Erste Auflage 2022

KATAPULT-Verlag Greifswald

www.katapult-verlag.de
verlag@katapult-verlag.de

An diesem Buch haben mitgewirkt:
Philipp Bauer, Kristin Gora, Anja Köneke, Felix Lange,
Lukas Laureck, Sebastian Wolter

Gesetzt aus der Minion Pro und der Gotham
Illustrationen und Covergestaltung: Malik Heilmann
Druck und Bindung: Optimal Media, Röbel
Papier: Enviro Nature Recyclingpapier

ISBN 978-3-948923-45-7

ANDREJ MURAŠOV

ALLES GOLD

ROMAN

MIT ILLUSTRATIONEN
VON MALIK HEILMANN

KATAPULT

Für Anna, Nedžad, Suzan und Torsten

So like they say, every dog has its day
And like they say, God works in a mysterious way.
So I pray, rememberin' the days of my youth
As I prepare to meet my moment of truth.

Gang Starr – Moment Of Truth

TEIL I

Bauchgefühl – die dämonische Kuh

Schmutzig graue Wolken hingen tief am Himmel, doch es regnete nicht. Artur saß hinter dem Steuer des alten silbernen Passats seiner Eltern und starrte nachdenklich durch die Frontscheibe. Auf dem kahlen Feld jenseits des Paderborner Flughafenparkplatzes stob eine Schar Krähen in die Höhe, jagte eine Weile über den Himmel und ließ sich erneut nieder. Flugzeuge waren nicht zu sehen. Der Flieger, in dem sein Vater sitzen sollte, hatte schon über eine Stunde Verspätung.

»Weißte eigentlich schon, was du jetzt machen willst?«, fragte Bobby, nachdem er seine Müllermilch Pistazie-Kokos weggeext hatte. Er kaufte sich immer diese ekligen Sorten.

»Wie meinste das?«, fragte Artur zurück.

»Ja, so zukunftsmäßig.«

»Boah, kein' Plan.«

Artur war der Erste im Freundeskreis, der sein Abi geschafft hatte.

Die beiden schwiegen.

»Erst mal kommt eh Zivi«, meinte Artur nach einer Weile. »Und dann mal schauen. Vielleicht irgendwas studieren. Aber nicht so 'ne langweilige Scheiße.«

»Hmm«, meinte Bobby.

»Und du?«, fragte Artur.

Bobby war ein gutes Jahr älter als er. Nachdem er die Schule und zuletzt seine Gärtnerausbildung abgebrochen hatte, jobbte er gerade in einem Skateshop.

»Keine Ahnung«, antwortete Bobby. »Aber ich möchte nicht für immer irgendein Niemand sein. Weißte? Die meisten verschwinden einfach wieder von der Bildfläche, ohne dass irgendwer gecheckt hat, dass sie überhaupt da waren. Das ist doch scheiße, Alter.«

»Ja, Mann, ich weiß, was du meinst.«

Die Krähen flogen wieder auf.

Artur nahm das Handy von der Ablage und schaute auf das Display. Da sein eigenes Guthaben aufgebraucht war, hatte seine Mutter ihm ihr Telefon mitgegeben. Sie benutzte immer noch das alte Nokia 8110, mit dem Neo in Matrix mit Morpheus telefoniert. Eine neue Mitteilung. Zu seiner Enttäuschung ließ es sich nicht wie im Film per Knopfdruck aufflippen.

»Bljad, das gibt's doch nicht!«

»Was'n los?«, wollte Bobby wissen.

»Mein Vater ist noch nicht mal gestartet. Er meint, dass wir nicht auf ihn warten sollen. Er fährt dann später mit dem Zug.«

»Und was machen wir jetzt?«

Artur drehte den Zündschlüssel um und schaltete in den Rückwärtsgang. Die Kupplung des alten Passats war so schwergängig wie die Pedale eines Hometrainers auf höchster Stufe.

»Wenn's trocken bleibt, können wir am Kesselbrink noch 'ne Runde skaten.«

»Musst du nicht arbeiten?«, wunderte sich Bobby.

»Jetzt hab ich meine Schicht eh schon verpasst«, meinte Artur.

»Haste sie nicht angerufen?«

»Keine Nummer.«

»Feuern die dich dann nicht?«

»Weiß nicht«, murmelte Artur und zuckte mit den Schultern.

Bobby wühlte sich durch die Kassetten im Handschuhfach.

»Ich mach mal die DJ Shadow rein …«

»Wenn du magst«, meinte Artur.

Aus den gnadenlos übersteuerten Minilautsprechern der Seitentüren schepperten die atmosphärisch hallenden Drums von *Midnight in a Perfect World*, Arturs Lieblingssong auf dem Album.

Wieso bauen die in dieses große Auto bloß so beschissen kleine Lautsprecher ein, dachte er sich. Die Anlage ist doch mit Abstand das Wichtigste.

Bobby drückte die Rückspultaste.

»Hey Mann, lass doch mal«, rief Artur.

»Du hörst immer nur diesen melancholischen Shit«, beschwerte sich Bobby und spulte weiter. »Ich will dieses eine Stück hören. Du weißt schon, dieses fette mit der Orgel.«

»*Organ Donor.*«

»Ja, kann sein.«

Bobby spulte laut, damit er die Pausen hören konnte. Endlich hatte er seinen Song gefunden. Er zog eine übertrieben dämliche Grimasse und nickte mit dem Kopf zum Beat.

Artur biss sich auf die Lippe, schaute hinaus auf die Fahrbahn und drückte aufs Gas. Der alte Passat machte 140 km/h, maximal vielleicht 150, aber dann klapperte und wackelte es, als würde er jeden Moment in seine Einzelteile zerfallen wie das Auto des lachenden Hundes bei *Wacky Races*.

Eine neue S-Klasse preschte gefährlich nahe heran und machte Lichthupe.

»Was für 'ne Missgeburt!«, rief Bobby, während Artur auf den rechten Fahrstreifen auswich.

Die A 33 zwischen Paderborn und Bielefeld war mit Abstand die trostloseste Strecke, die Artur kannte. Nur finsterer Wald und Schallschutzmauer. Kein Wunder, dass alle bemüht waren, dieses Stückchen Autobahn möglichst schnell hinter sich zu lassen. Der Himmel war mittlerweile so dunkel, dass die meisten anderen Autos bereits ihre Scheinwerfer eingeschaltet hatten. Seufzend legte Artur ebenfalls den Kippschalter um.

Dieses ungute mulmige Gefühl, dass ihn schon seit Monaten heimsuchte, war heute besonders stark. Auf den ersten Blick schien eigentlich alles okay zu sein, ja vielleicht sogar besser denn je: Er hatte endlich sein Abi geschafft, musste nie wieder zur Schule und Babuschka hatte ihm zur Belohnung ein saftiges Sparbuch geschenkt. Außerdem hatte er eine coole Freundin, eine Zivildienststelle für den Herbst und massenhaft Zeit. Aber irgendwie war alles für den Arsch. Und zwar nicht nur ein bisschen, sondern so richtig. Gestern Nacht, als er nicht schlafen konnte, hatte er im Fernsehen zufällig in *Dragon – Die Bruce Lee Story* reingeschaltet.

Ist mir etwa auch ein Dämon auf den Fersen?, fragte er sich. Wurde ich wie Bruce von irgendwem verflucht?

Schon seit seiner frühen Jugend litt er unter seltsamen Schwindelanfällen. Einmal hatte er dabei so schreckliche Angst bekommen, dass seine Eltern den Notruf wählten. Der Notarzt diagnostizierte Asthmaanfälle und Hyperventilation, aber irgendwie ahnte Artur, dass der Arzt damit nicht richtiglag.

»Krass, da ist ja schon wieder 'n neues MP«, riss Bobby ihn aus seinen Gedanken.

»Was ist da?«, fragte Artur.

Bobby zeigte auf große Blocklettern an der Schallschutzmauer. Neben Skateboardfahren war Graffiti seine große Leidenschaft.

»So 'n neues MP-Bombing. Das ist die Crew von Birth und Crak, Alter. Die gehen gerade ziemlich gut ab!«

»Ach so«, meinte Artur. »Und wann geht ihr mal wieder mullern?«

»Irgendwann nächste Woche, wenn Kazim Zeit hat«, erwiderte Bobby. »Hab an der Linie 3 'n cooles Rooftop entdeckt.«

Hinter der Ausfahrt Schloß Holte-Stukenbrock fielen die ersten Regentropfen. Kurz darauf schüttete es wie aus Eimern. Das Prasseln übertönte den Beat aus den mickrigen Lautsprechern.

»Oh, Mann!«, rief Bobby. »Das war's mit Skaten.«

»Scheiße«, fluchte Artur.

»Kannste mich noch nach Senne zu meiner Oma bringen?«, fragte Bobby.

»Na klar.«

Das Haus von Bobbys Oma, oder genauer gesagt, seiner Uroma hätte auch in irgendeiner verrückten Kindergeschichte à la Pippi Langstrumpf vorkommen können. Vier Generationen wohnten darin, bis auf Bobby alles Frauen. Unten lebte die Uroma, deren Mann, nachdem er das Haus gebaut hatte, nicht mehr aus dem Zweiten Weltkrieg zurückgekehrt war.

Die Uroma erinnerte Artur immer an den Imperator aus *Star Wars*. Eingewickelt in eine Decke saß sie den ganzen Tag in einem großen Sessel und sah fern. Zumindest vermutete er das, weil sie so vor sich hinstarrte. Vom Flur aus sah Artur bloß ihre Silhouette im Halbprofil. Denn obwohl er seit Jahren zu Bobby ging und ihre Wohnungstür im Erdgeschoss fast immer offen stand, war er noch nie zu ihr hineingebeten worden. Immer wenn sie das Haus verließen, sagte Bobby bloß, ich geh mal kurz Uroma Tschüss sagen, und verschwand im Halbdunkel ihrer Wohnung. Artur sah, wie Bobby ihre Hand nahm und ein paar Worte mit ihr wechselte, aber worüber sie sprachen, konnte Artur nicht verstehen.

Uroma war die einzige Person, von der Bobby sich verabschiedete, wenn er aus dem Haus ging.

Im Obergeschoss wohnte Bobbys Oma. Bobbys Oma war relativ jung, hatte einen Kurzhaarschnitt und blond gefärbte Haare. Sie ging arbeiten, schmiss den Haushalt und schaute gern *Columbo*, *Knight Rider* oder *Denver Clan*, dabei rauchte sie Kette. Ihre Stimme war heiser und kratzig. Wenn sie lachte, endete das meistens in einem Hustenanfall. Bei Artur, der ständig Hunger hatte, sammelte sie Sympathiepunkte mit den Tupperdosen und Frischhaltebeuteln in ihrem stets gut gefüllten Kühlschrank.

Bobbys Mutter ging in dem Haus zwar ein und aus, wohnte aber gar nicht mit ihren Kindern zusammen. Was sie arbeitete und wo sie eigentlich wohnte, wusste Artur nicht genau. Auf jeden Fall sah sie mit ihrem roten Bürstenhaarschnitt, den Lederhosen, der Jeansjacke und den Cowboystiefeln aus wie eine Punker- oder Rockerbraut. Wenn ihr alter VW Jetta in die Einfahrt donnerte, sie ihre Kippe aus dem Fenster warf und mit heiserer Stimme die Namen ihrer Kinder rief, zuckten alle zusammen. Bobby meinte dann nur: Boah, keinen Bock auf die cholerische Alte. Lass mal durch den Garten abhauen, bevor sie hochkommt.

Bis sie höchstpersönlich vor ihnen stand, hatten Bobby und seine Schwestern immer noch ein bisschen Zeit, was an der eigenartigen Bauweise des Hauses lag. Um in den Kinderbereich zu kommen, musste man nämlich zunächst die Treppe hinauf in die Wohnung der Oma und dann durch ein kleines Türchen und eine Wendeltreppe wieder hinunter in einen Anbau, den Bobby sich mit seinen drei Schwestern teilte. Dieser Anbau hatte etwas von einem Abenteuerspielplatz. Fehlte nur, dass die Wendeltreppe durch eine Rutsche ersetzt wurde. Genaugenommen bestand er aus einem einzigen großen, zwei Stockwerke hohen offenen Raum. Kam man die Treppe hinunter, befand man sich im Wohnzimmer der drei Schwestern. Die Einrichtung bestand aus einem riesigen alten Kleiderschrank, Kinderstühlen, Sitzkissen, einem mit Bastelzeug übersäten Schreibtisch, einem riesigen alten Fernseher mit Holzfurnier, vor dem ein Super-Nintendo und VHS-Kassetten lagen, sowie einer Matratze, auf der die älteste der drei Schwestern schlief. Die Betten der beiden jüngeren Schwestern befanden sich auf einer gut drei Meter hohen Ebene, die mit Holzbalken unter den Dachgiebel gebaut worden war und nur über eine schmale Holzleiter erreicht werden konnte.

Als Ältestes der Geschwister bewohnte Bobby einen eigenen kleinen Bereich. Der circa acht Quadratmeter große, mit Sprühdosen, Skizzen, Skateboardzubehör und Klamotten vollgestopfte Wintergarten war durch einen Vorhang und ein Regal vom Rest des riesigen Raumes abgetrennt und hatte einen eigenen Ausgang zum Garten.

»Willste noch ’ne Runde mit reinkommen?«, erkundigte sich Bobby, als Artur in die Einfahrt einbog.

»Hat deine Oma noch diese kalten Koteletts im Kühlschrank?«

Die Koteletts waren schon alle.

Artur verabschiedete sich und fuhr weiter. Sobald er alleine im Auto war, wurde das beklemmende Gefühl in seiner Brust noch stärker. Er drehte den Lautstärkeregler so weit hoch, dass es in den kleinen Boxen bedrohlich krächzte. An der Ampel vor der Auffahrt zum Ostwestfalendamm staute sich der abendliche Berufsverkehr. Auf dem regennassen Asphalt spiegelten sich die Bremslichter der stehenden Autos. Obwohl es nur noch nieselte, war der Himmel so dunkel, als habe die Sonne ihre Schicht heute um einige Stunden verkürzt. Artur wechselte die Spur, um noch einen kleinen Abstecher zum McDrive zu machen.

Als er schließlich auf den Ostwestfalendamm hinauffuhr, hatte der Stau sich aufgelöst. Die Wolken hingen noch immer wie gigantische zerrupfte Wattebausche tief über dem Teutoburger Wald. Artur gab Vollgas und brauste an den Dr.-Oetker-Werken vorbei ins Zentrum.

Seine Familie und er wohnten in der Bielsteinstraße in einem dieser alten, leicht heruntergekommenen Kaufmannshäuser nahe dem städtischen Krankenhaus. Neben einigen alteingesessenen Bielefeldern wohnten vor allem Griechen in dieser Gegend. Warum, wusste Artur nicht, aber so wie auch Familie Papadakis unter ihnen waren die meisten von ihnen schon da gewesen, als seine Familie aus Mannheim hergezogen war.

Mit seinem Skateboard unterm Arm schloss er die Haustür auf und stieg die Treppen hinauf. Aus der Erdgeschosswohnung von Familie Papadakis ertönte wie gewöhnlich lautes Gepolter und Geschrei. Die beiden Jungs, einige Jahre jünger als Artur, lagen sich ständig in den Haaren, trotzdem waren sie unzertrennlich. Wenn einer der beiden den anderen nicht gerade wüst beschimpfend und mit hochrotem Gesicht die Straße hinunterjagte, hingen sie mit ihrem Fußball auf dem Hof der Diesterwegschule herum und spielten Wandschießen.

Als Artur die Wohnung betrat, stand seine Mutter bereits im Flur.

»Ty gde byl i gde papa?«, rief sie.

»Papa hat voll die Verspätung. Wir haben über 'ne Stunde gewartet, aber er ist noch nicht mal abgeflogen. Er kommt später mit dem Zug.«

»Ty segodnja ne rabotajesch?!«

»Wir haben doch auf Papa gewartet. Ich konnte ja nicht wissen, dass er nicht mehr kommt?!«

Seine Mutter schüttelte verständnislos den Kopf.

»Du hättest auf Arbeit anrufen müssen! Musst du absagen, wenn du nicht kommst! Ich kenne Claudia! Tschto ona teper o tebe dumajet?«

»Tut mir leid, Mamotschka, ich hatte keine Nummer.«

»Da nu, es gibt Auskunft!«

»Hatte ich irgendwie keinen Kopf für ...«

»Keinen Kopf? A gde twoja golowa?«

»Ach Mama, was soll ich jetzt machen, nerv mich doch nicht ...«

»Artur Stepanowitsch, kak ty so mnoj rasgowariwajesch?«, ereiferte sich seine Mutter. »Du rufst jetzt an bei Claudia und sagst Entschuldigung!«

»Mach ich morgen, Mamotschka. Die arbeitet doch jetzt noch ...«, sagte Artur, während er in eines der Pantoffelpaare schlüpfte, die unter dem Heizkörper aufgereiht waren.

Seine Mutter verschränkte die Arme vor der Brust und lehnte sich an die alte Kommode. Darüber hing, so lange Artur sich erinnern konnte, ein goldgerahmter Kunstdruck von Chagall. Artur hatte das Bild immer gruselig gefunden. Das von einer dämonischen grünen Kuh begleitete Brautpaar wirkte irgendwie gespenstisch und erweckte den Eindruck, als sei es nicht auf seiner Hochzeit, sondern auf einer Beerdigung.

Artur drückte seiner Mutter einen Kuss auf die Wange und stahl sich an ihr vorbei.

»Ty tschjo kuschat ne budesch? Ja scharkoje swarila«, rief sie ihm hinterher.

»Danke, kein Hunger!«, rief Artur. »War bei Mäckes.«

Hinter dem Eingang zum Wohnzimmer führte eine Treppe zum ausgebauten Dachboden hinauf, wo sich die Zimmer von Artur und seinem kleinen Bruder befanden.

Die Tür zu Antons Zimmer war offen. Aus einem Ghettoblaster plärrte *Wannabe* von den Spice Girls. Sein zehnjähriger Bruder war ein riesiger Fan der britischen Girlband. Anton saß vor seinem Bett, wippte mit dem Kopf zur Musik und las in einem *Mickey-Maus*-Heft.

»Boah, wie kann man bloß die ganze Zeit dieses Kacklied hören!«, rief Artur.

»Yo tell you wodawond woda willi willi wond«, sang Anton extralaut mit.

»Bist du vielleicht der sechste Spice Boy?«

»Ja!«, rief Anton begeistert. »Ich bin ein Spice Boy!«

»Bolwan«, sagte Artur kopfschüttelnd, ging rüber in sein Zimmer und schloss die Tür ab.

Nachdem er sich eine Dose Paderborner Pils geöffnet hatte, die er sich auf dem Rückweg an der Tanke gekauft hatte, ging er zum Plattenregal, legte *ATLiens* von Outkast auf den Plattenspieler und setzte die Nadel an den Anfang von *13th Floor/Growing Old*.

Immer wenn es ihm schlecht ging und er einen Scheißtag hatte, hörte Artur diesen Song. Sobald Big Rube von der Dungeon Family im Intro seine Verse ohne Beat über das Klaviersample kickte, lockerte sich der Knoten in seiner Seele. Und wenn dann André 3000 mit seiner smoothen Stimme am Ende des Songs die letzten Zeilen wie ein Mantra wiederholte, dachte Artur sich, ja Mann, das geht alles auch wieder vorbei.

Fat titties turn to teardrops as fat ass turns to flab
Sores that was open wounds eventually turn to scab
Trees bright and green turn yellow-brown
Autumn caught 'em, see all them leaves must fall down, growin' old …

Artur rappte leise mit und nahm einen langen Schluck von seinem Bier. Dann setzte er sich aufs Bett und rief mit dem Matrixhandy zuhause bei Nina an. Nach mehrmaligem Klingeln meldete sich ihre Mutter und erklärte Artur, dass Nina bei einer Freundin sei.

Er überlegte kurz und schrieb ihr eine SMS. In dieser Woche hatten sie sich noch gar nicht gesehen. Bei dem Gedanken an sie bekam er richtig Lust auf Sex. Nina hatte hypersensible Brustwarzen, fast wie der Schwanz eines Typen. Nicht dass er besonders viel Erfahrung mit anderen Frauen gehabt hätte, aber so was hatte er noch nie erlebt.

Ans Kopfende des Betts gelehnt, trank er sein Paderborner und starrte an die Wand. Über dem Plattenregal, auf dem ein alter Pioneer-Verstärker von seinem Vater und der Technics-Plattenspieler standen, hing ein riesiges Wu-Tang-Clan-Poster. Darauf posierte der gesamte Clan mit vermummten Gesichtern und schwarzen Hoodies vor einem riesigen gelben W. Auf der Kleiderkommode daneben befand sich ein kleiner Uraltfernseher mit VHS-Rekorder, den ihm die Papadakis vermacht hatten, als sie sich ein neueres Gerät kauften. Die Fernbedienung dazu gab es nicht mehr. Links vom Bett stand Arturs Schreibtisch, darauf der alte PC seines Vaters sowie Dutzende selbstgebrannter CDs und Diskettenstapel, die an Hochhausentwürfe eines verrückten Architekten erinnerten. Über dem Schreibtisch waren ein paar Regalbretter angebracht, auf denen sich in bedrohlicher Schieflage Comics, Science-Fiction-Romane und einige abgegriffene russische Klassiker aneinanderreihten. Hier und da pinnten Fotos mit Nina und von Partys mit den Jungs.

Arturs erstes Bier war leer und aus den Boxen drang nur noch das Knacken der Nadel, die den Zimmerstaub durch die Endlosrille schob. Keine SMS von Nina. Enttäuscht nahm er sich eine neue Dose, ließ sich auf den zerschlissenen Schreibtischstuhl fallen und startete den Rechner.

Beats bauen würden ihn wenigstens auf andere Gedanken bringen. Er hatte vor ungefähr anderthalb Jahren damit angefangen, als er den alten

ENTER
THE
WU-TANG

Computer seines Vaters bekam. Erst hatte er Modplug Tracker benutzt, ein elementares Shareware-Programm, in dessen Pattern alle Noten und Befehle hineingeschrieben werden mussten, doch seit einigen Monaten besaß er eine gecrackte Version von Fruity Loops 4, die ihm ein Nerd aus seiner Klasse besorgt hatte.

Vor ein paar Tagen hatte er im CD-Regal seiner Mutter, die eigentlich Pianistin war, aber mittlerweile hauptsächlich als Klavierlehrerin an einer Musikschule arbeitete, zu seiner Überraschung ein Album des türkischen Sängers Barış Manço entdeckt. Auf der Platte befand sich ein Stück, dessen melancholischer Vibe ihn an *Heaven & Hell* von Raekwon erinnerte. Das musste er unbedingt sampeln. Artur wusste, dass viele Hip-Hop-Produzenten auf den Akai MPC 2000 schworen, einen analogen Sampler und Sequencer, aber den konnte er sich noch nicht leisten.

Er legte die CD ein, setzte die großen AKG-Kopfhörer auf und nahm mit Cool Edit die Stelle auf, die ihm so gut gefiel. Danach importierte er das Sample in Fruity Loops, wo er so lange schnitt, pitchte und die BPM abglich, bis es passte.

»Ja, Mann!«, entfuhr es ihm begeistert, als die gechoppten Akkorde einen guten Groove hatten. Die psychedelischen Klänge des schummrig-weichen Rhodes-Pianos hatten etwas Trauriges und zugleich schwerelos Verträumtes an sich. Der Loop stand und Artur konnte sich nicht daran satthören. Schon als Kind hatte er beim Musikhören oft auf eine bestimmte Stelle in einem Lied hingefiebert und bedauert, dass sie nicht noch einmal kam. Jetzt, da er Beats produzierte, konnte er genau das machen: den besten Teil eines Songs festhalten und endlos wiederholen, sodass man genau in demselben Gefühl hängenblieb.

Kopfnickend machte er sich an die Auswahl des Drum-Sets und probierte verschiedene Sounds aus. Nachdem er die passenden Drums gefunden hatte, programmierte er Kick und Snare. Die Hi-Hats setzte er gleichmäßig, damit der Beat trotz des gechoppten Samples eine gewisse Kontinuität bekam. Dann betonte er mit einem Equalizer und einem speziellen Plugin den im Sample bereits vorhandenen Bass und baute eine Variation in die Melodie ein, sodass der Loop sich nach ein paar Wiederholungen abwechselte. Um die Dynamik des Beats noch ein wenig zu verstärken, spielte er mit einem Synthesizer-Plugin noch ein paar Töne in derselben Harmonie dazu und mischte sie stellenweise dezent unter das Sample. Als er die Kopfhörer absetzte und sich erschöpft die Augen rieb, war es schon halb zwei. Die Endlosschleife des Beats hatte Artur eingehüllt wie ein Kokon und ihn die Zeit vollkommen vergessen lassen.

Er öffnete das Fenster, setzte sich auf den Sims und steckte sich eine Kippe an. Die Straße war mittlerweile trocken, die Nacht mild, die Fenster der Nachbarhäuser dunkel und weit und breit keine Menschenseele zu sehen. Mit einem Mal fühlte er sich unendlich leer und müde. Sein Körper hingegen war leicht, beinahe schwerelos. Im Hintergrund lief immer noch leise der Beat. Artur stellte sich vor, wie er vom Fensterbrett stieg und zu den psychedelischen Klängen von Barış Manço gemeinsam mit der dämonischen grünen Chagall-Kuh über das nächtliche Bielefeld schwebte. Er sog den Rauch ein, bis die Glut knisterte und er ihn in seiner Lunge spürte.

Nina, dachte er und holte das Handy raus.

Auf dem schummrig grünen Display blinkte das Nachrichtensymbol: Eine neue Nachricht.

Hey du! Bin mit Lisa und Sonja
unterwegs. Können ja morgen
oder so telefoniern, ok?

»Alter«, fluchte Artur. »Was soll das denn heißen!? Als ob ich irgend so ein Idiot wäre!«

Seit sie sich vor gut zwei Wochen in Bremen die Uni angesehen hatte, war sie irgendwie anders drauf. Sie meldete sich seltener und wirkte immer etwas distanziert. Diese beschissene SMS war das beste Beispiel.

Er tippte eine patzige Antwort und löschte sie wieder. Dann nahm er den letzten Zug von seiner Kippe, schnippte sie in hohem Bogen hinaus in die Nacht und warf sich aufs Bett. Bljad, irgendwie fühlte sich alles scheiße an.

Sein Schlaf war leicht und unruhig. Irgendwann kam es ihm so vor, als höre er unten im Haus Geschrei und das Knallen von Türen.

Sind das die Papadakis oder meine Eltern, wunderte er sich. Doch er war sich nicht sicher, ob er wachte oder träumte.

Ferngespräch

Nejla lehnte sich an die falsche Holzvertäfelung der Callshop-Kabine und wartete darauf, dass ihre Mutter abnahm. Normalerweise ging sie um diese Zeit immer ans Telefon, aber manchmal dauerte es eine Weile, wenn sie mit den Nachbarinnen draußen vor dem Haus oder im Garten saß.

Flach und blechern übertönte der Signalton das Rauschen in der Leitung und erinnerte Nejla an eine Boje, die im Begriff war, von den Wellen aufs offene Meer fortgerissen zu werden. Irgendwie klang es immer anders, wenn man im Ausland anrief. Sicherlich gab es irgendwo auf der Welt einen Freak, der anhand des unterschiedlichen Klangs der Wartezeichen heraushören konnte, in welchem Land man gerade anrief. Das wäre mal etwas für *Wetten dass..?*, diese Show im Švabo-TV, deren Popularität sie nie ganz verstanden hatte. 1995 war sogar Michael Jackson als Gast darin aufgetreten. Es war ihr zweites Jahr in Deutschland gewesen. Ihre Mutter hatte geweint, als er den *Earth Song* gesungen hatte. Wenige Wochen nach der Show war das Dayton-Abkommen unterzeichnet worden und der Bosnienkrieg zu Ende, doch Papa konnte ihnen nichts wieder zurückbringen. Šta ćeš, to ti je život …

Das weinende Baby der Kabinennachbarin riss Nejla aus ihren Gedanken. Die junge Mutter wollte ihre Gesprächsminuten nicht verschwenden und sprach abwechselnd mit dem Baby und ihrem Gesprächspartner, was an beiden Enden der Leitung offenbar für Verwirrung sorgte. Um das Baby zu übertönen, erhob auch der Mann eine Kabine weiter zunehmend die Stimme. Damit sie den Moment nicht verpasste, an dem ihre Mutter ans Telefon ging, presste Nejla den Hörer fester an die Ohrmuschel. Die Trennwände waren so dünn und die Schallisolierung so schlecht, dass man beinahe jedes Wort aus den angrenzenden Kabinen verstehen konnte. Nur dass die Kabinennachbarn meistens eine andere Sprache sprachen, ermöglichte es einem, sich auf das eigene Gespräch zu konzentrieren.

Wenn Nejla die Callshop-Kabine betrat, stellte sie sich manchmal vor, sie wäre eine Auslandskorrespondentin. Umringt von Kolleginnen und Kollegen aus der ganzen Welt berichtete sie ihren Landsleuten live von den neuesten Entwicklungen irgendeines internationalen Politikskandals. Wenn sie es sich genau überlegte, war diese Vorstellung gar nicht so weit von der Wirklichkeit entfernt. Klar, die Größenordnung und die Reichweite waren ganz anders, aber in den unzähligen kleinen Welten der in alle Himmelsrichtungen zerstreuten Menschen hatten die Neuigkeiten aus den Kabinen ebenfalls einen essenziellen Wert. Der einzige wichtige Unterschied zwischen der großen Bühne des weltpolitischen Geschehens und dem Schauplatz privater Dramen lag in der Erwartung des Publikums. Während es bei einer internationalen Krise gebannt vorm Fernseher hing und danach dürstete, noch mehr schauerliche Details zu erfahren, waren schlechte Nachrichten in den Berichten der Callshop-Korrespondenten eher nicht erwünscht. Nejla wusste, dass man in solchen Fällen geschickt vorgehen musste. Entweder man brachte eine positive Schlagzeile und erwähnte die schlechte Nachricht nur beiläufig, oder man beschönigte das Ganze und ließ die Einzelheiten weg, sodass die schlechte beinahe schon wie eine gute Nachricht klang.

An sich hatte Nejla heute eine gute Nachricht, doch sie war sich nicht sicher, ob ihre Mutter dies genau so sehen würde.

»Molim«, meldete sich eine weibliche Stimme am anderen Ende.

»Evo me, mama, je l' me čuješ?«, antwortete Nejla aufgeregt und presste den Hörer noch etwas fester ans Ohr.

»Čujem … sunce moje, čujem. Kako si mi?«

»Dobro, mama, dobro, ti? Kako je dole?«

»Pa znaš kako je. Sve isto kod nas, živi se. Bila je tu tetka Mersija. Upravo je otišla. Amra je rodila. Sina je dobila. Alen se zove mali.«

»Mala Amra?«, wunderte sich Nejla über ihre Cousine und frischgebackene Mutter. »Koliko ima godina? Nije više mala?«

»Dvadeset. Prava žena. Znaš kako je kod nas. Ljudi ne čekaju dok ne umru da imaju djecu.«

Nejla wusste nicht recht, was sie davon halten sollte, dass ihre ganzen Cousinen und Cousins in Bosnien schon Kinder bekamen. Auf der einen Seite bedauerte sie es, denn sie wusste, dass Amra, genau wie ihre ältere Schwester Elvisa, wahrscheinlich die Uni abbrechen und zuhause den Haushalt schmeißen würde, während ihr Mann neben seinem Hauptjob abends noch in irgendeiner Kafana kellnern würde, um die junge Familie über Wasser zu halten. Dabei hatte Amra bei Nejlas letztem Besuch noch davon geschwärmt, nach ihrem Englischstudium nach London zu gehen. Auf der anderen Seite konnte sie verstehen, warum die jungen Leute unten den Wunsch verspürten, möglichst bald neues Leben in die Welt zu setzen. Sowohl die wirtschaftliche als auch die politische Situation waren aussichtslos, der Krieg und der Tod immer noch überall gegenwärtig und die Herzen der Elterngeneration für immer gebrochen. Wenn man in dieser Lage nicht wenigstens ab und zu in das unschuldig lächelnde Gesicht eines Kindes blickte, wurde man irgendwann verrückt. So wie Onkel Miki, der sich letztes Jahr umgebracht hatte, oder ihr einstiger Lieblingscousin Denis, der mittlerweile an der Nadel hing und nur noch ein Schatten seiner selbst war. Also besser Kinder. Kinder waren eine gute Nachricht.

»Svaka joj čast. Nazvat ću je«, versicherte sie ihrer Mutter.

»Dobro.«

Ihre Mutter schwieg. Nejla war, als vernehme sie im Hintergrund das Zirpen der Grillen. Oder war es nur ein elektrisches Störgeräusch? In Bielefeld waren die Grillen im Sommer nicht annähernd so laut wie in Ilidža, dem Vorort von Sarajevo, in dem ihre Mutter und Tanten wohnten. Plötzlich überkam sie ein großes Heimweh: nach ihrer Mutter, den Obstbäumen im Garten, dem Abendrot über dem Igman und dem nächtlichen Gebell der Straßenhunde.

Nejla atmete tief durch und riss sich zusammen. Jetzt war sie an der Reihe. Wollte sie, dass ihre Mutter die Nachricht positiv aufnahm, dann musste sie überzeugend rübergebracht werden. Mehr als ein Jahr kellnerte sie nun schon Vollzeit im Mellow Gold, einer Szenekneipe in der Innenstadt. Die Arbeit machte ihr Spaß, der Laden hatte etwas Besonderes und das Publikum war interessant. Doch auf die Dauer war es ihr zu wenig, Nacht für Nacht hinter dem Tresen zu stehen und anderen beim Träumen zuzuhören, während einem selbst die Tage durch die Finger glitten. Es war an der Zeit, die eigenen Träume zu verwirklichen.

»Odlučila sam što ću sada …«, begann sie.

»Slušam …«, entgegnete ihre Mutter.

»Studirat ću!«

Ihre Mutter ließ sich mit ihrer Antwort einen Augenblick Zeit.

»A kako ćeš studirati?«, sagte sie schließlich. »Ne ide bez mature, jel'da?«

Der Einwand war berechtigt. Nejla hatte bloß einen Realschulabschluss, weil ihre Noten in der zehnten Klasse nicht für die Oberstufe gereicht hatten. Daher hatte sie sich schnell einen Ausbildungsplatz gesucht, um ihren Aufenthaltsstatus nicht zu verlieren.

»Studirat ću grafički dizajn. Svake godine Fachhochschule nudi mjesto za posebno nadarene ljude. Onda ne treba matura.«

»Okay, pa to je to …«

Ihre Mutter schien nicht genau zu wissen, wie sie darauf reagieren sollte. Obwohl sie es nicht aussprach, wusste Nejla, was sie dachte: Du hast die Chance bekommen, in Deutschland zu bleiben. Wenn du schon studieren möchtest, warum dann nicht Jura, BWL oder Medizin? Grafikdesign?! Das ist etwas, was die Kinder von deutschen Ärzten und Anwälten zum Spaß studieren. Aber für uns ist das Leben kein Spaß. Wir haben unsern Status mit dem Krieg verloren und nun musst du ihn dir in Deutschland doppelt so hart erarbeiten. Ein Glück dass du jung bist, für mich ist es zu spät. Also sei bitte vernünftig! Such dir lieber irgendeine richtige Arbeit und verdien Geld, bevor du deine Zeit mit so etwas Nutzlosem verschwendest!

Doch stattdessen fragte ihre Mutter vorsichtig:

»I nije li teško dobiti to mjesto? Zar nema puno ljudi koji ga žele?«

Nejla wusste, dass es nun an ihr lag, ihrer Mutter klarzumachen, dass ihre Entscheidung alles andere als naiv war. Schon von klein auf hatte sie gern gemalt und gezeichnet. Ihr war bewusst, dass sie ein gutes Gefühl für Farben und Formen hatte. Nicht zuletzt war Kunst das einzige Fach gewesen, in dem sie fast durchgängig Einsen bekommen hatte. Sicherlich erinnerte sich auch ihre Mutter daran, schließlich war sie es gewesen, die ihre Bilder über den Esstisch in der kleinen Wohnküche gehängt hatte. Außerdem war sie in ihrem gesamten Freundeskreis bekannt für ihre Einfälle und Ideen. Egal, wer einen Tipp brauchte und ganz gleich, was sie gefragt wurde, sie konnte dem- oder derjenigen immer einen kreativen Denkanstoß geben. Das war auch den Fotografie- und Designstudenten aufgefallen, die die Bar frequentierten und sich von ihr ab und zu Feedback zu ihren Seminararbeiten holten. Daraufhin sprach sie sogar ein Professor an, der zu den Stammgästen zählte. Wie sich herausstellte, hatte er als Fachmann für Installationen und Konzeptkunst eine Vorliebe für den sozialistischen Realismus und unternahm oft Reisen ins ehemalige Jugoslawien. Seitdem er erfahren hatte, das Nejla aus Sarajevo stammte, wollte er sich mit ihr immer über die Kulturszene auf dem Balkan unterhalten. Nachdem Nejla ihm einige ihrer Ideen zur künstlerischen Auseinandersetzung mit dem Bosnienkrieg erläutert hatte, war er so begeistert, dass er ihr von einem Begabtenstipendium erzählte und geradezu darauf bestand, dass sie sich bewarb. Da die Frist bereits in der folgenden Woche ablief, setzte sie sich noch in derselben Nacht an den Schreibtisch und begann, ihre Idee für die Bewerbungsmappe auszuarbeiten: einen fiktiven Reisepass für die Aufnahme an der Fachhochschule. Aus Radiergummi schnitzte sie Einreisestempel, die verschiedene illegale Arten der Grenzüberquerung darstellten. Anhand dieser Stempel sowie gefälschter Visa und Aufenthaltsbescheinigungen, hergestellt aus Fahrkarten und Nudelkartons, erzählte sie dann auf den Seiten des Passes ihre Geschichte: Sarajevo, Bosnien, Kroatien, Slowenien, Italien, Österreich, Deutschland, Aufnahme an der FH Bielefeld.

Die Leidenschaft, mit der Nejla erzählte, zeigte Wirkung. Die Kommentare ihrer Mutter waren nun deutlich positiver, dennoch blieben gewisse Zweifel.

»Kontam«, räumte sie ein. »To ti je lijepa stvar. Svaka ti čast. Ali šta je nakon diplome? Bit će para?«

»Natürlich, Mama!«, entgegnete Nejla, während sie sich insgeheim wunderte, wieso sie ausgerechnet bei der Frage nach Geld ins Deutsche gewechselt war. »Reklame su svugdje! Šta misliš, ko to radi?«

Bemerkte ihre Mutter denn nicht die ganzen Reklametafeln, wenn sie morgens mit der Trojka, der alten Straßenbahnlinie, ins Zentrum fuhr? All die bunten Träume, die wie halluzinogene Pilze auf dem langsam verwesenden Kadaver Titojugoslawiens rechts und links der Zmaja od Bosne nur so aus dem Boden schossen? In den letzten Jahren schienen sie sich verdoppelt zu haben, während die Hochhäuser dahinter noch genauso kaputt und zerschossen wirkten.

»Onda radit ćeš u oglašavanju jel?«

»Eto, mama, napokon kontaš.«

Erschöpft atmete Nejla auf. Nun da sie das Gespräch mit ihrer Mutter überstanden hatte, war die Angst vor dem Auswahlgespräch an der FH verschwunden. Vorausgesetzt natürlich, sie wurde eingeladen. Nächste Woche sollte eigentlich eine Nachricht kommen.

»Eto, bit će«, ermutigte sie ihre Mutter. »Pametna si i imaš jaku volju, baš kao i tvoj tata.«

»Pa znam, mama, bit će«, pflichtete Nejla ihr bei und sah auf die Uhr.

In einer guten halben Stunde fing ihre Schicht an und sie musste noch nach Hause und sich fertig machen. Ein Glück, dass sie direkt in der Altstadt wohnte.

»Volim te, draga moja. Čuvaj se«, sagte ihre Mutter zum Abschied.

»Volim i ja tebe, mama«, entgegnete Nejla und hängte den Hörer auf die Gabel.

Mit einem Mal war alles verschwunden, die Stimme ihrer Mutter, der Garten, der Igman und die Grillen. Sie befand sich wieder in dem lauten Callshop am Hauptbahnhof, eine unter Dutzenden Fremden, die hierherkamen, um Bericht zu erstatten und sich zumindest für einen Moment ihres Heimwehs zu entledigen.

Nejla ging hinüber zu dem Tresen, hinter dem der Ladenbesitzer saß und mit stoischer Miene Kurdistan TV auf einem Minifernseher schaute. Sie bezahlte ihr Gespräch, kaufte sich eine Schachtel rote Gauloises und legte noch ein paar Center-Shock-Kaugummis dazu, die sie an ihre Jugend erinnerten. Beim Hinausgehen riss sie ungeduldig die Cellophanhülle der Schachtel auf und steckte sich eine Zigarette an.

Der Himmel war bewölkt und die Luft feucht. Das Bielefelder Wetter, über das sich so viele immer beklagten, störte sie eigentlich nicht. Sie hatte nichts gegen den Regen und die Wolken, die auf ihrer Reise über den Himmel meist an den Hügeln des Teutoburger Waldes hängenblieben, denn auch wenn sie um einiges flacher waren, so erinnerten sie sie zumindest ein wenig an die Berge rings um Sarajevo.

Eigentlich fühlte sie sich in Bielefeld mittlerweile zuhause. Sie war mit neun Jahren hergekommen, war hier zur Schule gegangen und hatte einen großen Bekanntenkreis. Im Gegensatz zu ihrer Mutter, die mit einigen ihrer Onkels und Tanten ein paar Jahre nach Kriegsende wieder nach Bosnien zurückgekehrt war, konnte sie sich nicht mehr vorstellen, dauerhaft unten zu leben. Wenn überhaupt, dann lieber Berlin oder

Hamburg. Trotzdem fühlte sie sich nach solchen Telefonaten oft ziemlich durcheinander und durch den Wind. Plötzlich kam alles wieder hoch, der Krieg, der Tod ihres Papas und all die Probleme, Krankheiten und Schicksalsschläge, die ihre Familie in den letzten Jahren ereilt hatten. Zugleich verspürte sie eine heftige Sehnsucht nach Ilidža, ihrer Mutter und dem Rest der Familie, von denen die meisten wieder zurückgegangen waren.

Sie nahm ihren Discman aus dem Rucksack, legte die CD von Adi Lukovac & Ornamenti ein, die ihr Cousin ihr beim letzten Besuch geschenkt hatte, und drehte die Lautstärke auf Anschlag.

List koje pada,
ne poznaje mjesto,
nikuda, ne kada,
samo zna, da te voli
(voli)

… sang Adi Lukovac mit verträumter Stimme, bevor der düstere Breakbeat wieder einsetzte und Nejla dazu anspornte, noch fester in die Pedale zu treten.

Als sie vor ihrer Haustür vom Fahrrad stieg und den Wohnungsschlüssel aus der Tasche fischte, bemerkte sie auf ihrem Handy zwei Anrufe in Abwesenheit, beide von Tom.

O Mann, was will der denn jetzt, dachte sie sich.

Eigentlich mochte sie Tom. Er war schon ein paar Jahre älter als sie, ein netter Kerl und ein guter DJ, der ab und zu bei ihr in der Kneipe auflegte. Anfangs hatte er sie recht offensiv angeflirtet, aber da Nejla nicht darauf reagierte, waren sie schließlich einfach Freunde geworden. Allerdings ging sie ihm in der letzten Zeit aus dem Weg.

Der Grund dafür war, dass sie sich Tom gegenüber insgeheim schuldig fühlte. Letztes Jahr hatte er sich dazu bereit erklärt, Anela zu heiraten, eine Kindheitsfreundin Nejlas aus Sarajevo, damit sie der Abschiebung entging. Anela war daraufhin in Toms WG eingezogen und tatsächlich lief auch eine Weile etwas zwischen den beiden, was Nejla nicht unbedingt überraschte. Anela sah gut aus und wusste genau, wie sie auf Männer wirkte, und Tom war ein Lebemann, der gut bei Frauen ankam. In der darauffolgenden Zeit bemerkte Nejla immer mehr, dass Anela nicht mehr das schüchterne Mädchen war, das damals ein paar Häuser weiter gewohnt hatte. Doch sie wusste selbst nur zu gut, welche Veränderung der Krieg und die Flucht in den Menschen auslösen konnten. Ihre Kindheitsfreundin war mittlerweile ziemlich wild drauf und flippte manchmal, wenn sie abends gemeinsam unterwegs waren, ohne Grund völlig aus. Außerdem kokste sie regelmäßig, freundete sich mit ziemlich schrägen Typen an und ließ sich manchmal mehrere Tage in Folge nicht in ihrer WG blicken. Was sie während dieser Zeit trieb, erzählte sie nicht. Anfangs war Tom deshalb etwas eifersüchtig, doch dann nahm er die Scheinheirat als solche hin. Letztlich war er selbst viel auf Partys unterwegs und alles andere als monogam. Vor ungefähr einem halben Jahr war allerdings etwas passiert, mit dem weder er noch Nejla gerechnet hatten: Anela verschwand spurlos.

Die anderen Mitbewohner erzählten Tom, der zu jenem Zeitpunkt nicht zuhause gewesen war, dass eine junge, dunkelhaarige Frau mit einer schwarzen Sporttasche an der Tür geklingelt und sich in gebrochenem Deutsch als Anelas Schwester vorgestellt hatte. Nachdem sie und Anela ungefähr für eine Stunde in ihrem Zimmer verschwunden waren, verließen sie zusammen eilig die Wohnung, wobei Anela ihren Reisekoffer mitnahm. Als sie nach einigen Wochen immer noch kein Lebenszeichen von ihr erhielten und ihr Handy nicht mehr erreichbar war, beschloss die WG, das Zimmer vorerst unterzuvermieten. Der Polizei sagten sie nichts, da Tom Angst hatte, wegen der Scheinehe behelligt zu werden. Nejla hörte sich mithilfe ihrer Familie in Ilidža um, fand jedoch nur heraus, dass Anela sich angeblich während ihrer Flucht in Slowenien mit einer albanischen Gangsterbande eingelassen hatte.

Wo mag Anela jetzt wohl stecken?, fragte sich Nejla. War sie noch in Deutschland? War sie überhaupt noch am Leben?

Während Nejla sich frisch machte – sie besaß bloß ein Minimum an Schminke und benutzte diese nur sehr sporadisch –, vibrierte auf der Ablage des Badezimmerspiegels ihr Handy. SMS von Tom:

Hey Nejla, was machste? Meld
dich mal! Es geht um eine
gewisse Bekannte. Hab da so
eine Entdeckung gemacht …

Ihr Bauchgefühl stimmte. Nejlas Herz begann schneller zu schlagen. Immer wenn es um Familie oder Freunde aus Bosnien ging, war sie automatisch auf das Schlimmste gefasst. Ein Blick auf die Uhr sagte ihr, dass nicht mehr genug Zeit blieb, um zu telefonieren. Nachdem sie Kippen, Kaugummis und Hausschlüssel in eine ihrer Handtaschen gestopft hatte, die an der Garderobe hingen, tippte sie im Gehen eine Antwort an Tom.

Skatepark/Nichts

Hin und wieder hatte Artur einen seltsamen Traum. Er träumte, aus dem Traum aufzuwachen und durch das nächtliche Haus zu laufen, obwohl er in Wirklichkeit schlief. Irgendwo im Halbdunkel lauerte etwas auf ihn, doch er bekam es nie zu Gesicht. Oft begriff er, dass er träumte, und versuchte sich selbst aufzuwecken. Wachte er dann tatsächlich auf, war er total verstört und das unsichtbare Etwas, das im Traum auf ihn gelauert hatte, begleitete ihn noch weiter durch den Tag.

In dieser Nacht verließ er das Haus und irrte zusammen mit seinem kleinen Bruder durch eine riesige antike Ruinenstadt. Die Stadt war zur Hälfte überflutet und im Wasser tummelten sich gigantische Seeschlangen und Dinosaurier, die sich jedoch kaum für die beiden interessierten. Irgendwann trafen sie unterwegs Paris Hilton. Sie nahm Artur in den Arm und sagte: »Budet, budet.«

Warum zur Hölle Paris Hilton?, war Arturs erster Gedanke, als er sich am nächsten Morgen die verklebten Augen rieb. Und seit wann sprach sie Russisch?

Gierig trank er den Eisteerest aus dem Tetrapak, der neben dem Bett auf dem Boden lag. Milchig grelles Tageslicht drang durch die Fensterjalousie.

Artur ging zum Fenster und sah hinaus.

Wenigstens ist es trocken, dachte er sich, und schlüpfte in seine Jeans. Nachdem er gefrühstückt hatte, würde er Bobby anrufen und sich zum Skaten verabreden.

Auf dem Weg zur Küche hörte er gedämpftes Schluchzen. Offenbar hatte er sich den nächtlichen Streit nicht bloß eingebildet. Irgendetwas war vorgefallen.

Seine Mutter saß mit bleichem Gesicht am Esstisch und starrte in ihr Teeglas, das sie mit beiden Händen umklammerte.

»Mamotschka«, fragte Artur. »Was ist los?«

»Papa na raswod podal«, antwortete Arturs Mutter mit brüchiger Stimme und tupfte sich mit einem Taschentuch die zerlaufene Schminke von den Wangen. »Er hat andere Frau.«

»Was?!«, entfuhr es ihm ungläubig.

»A eto daleko jeschtscho ne wso«, sagte seine Mutter und blickte ihm geradewegs ins Gesicht. »Sie bekommt Kind von ihm. Schon in einem Monat.«

»Das kann doch nicht sein!«, rief Artur, doch seine innere Stimme sagte etwas anderes. Das unheimliche Etwas, das bereits seit Monaten wie ein Schatten an ihm haftete, hatte die Wirklichkeit betreten und begann damit, die Dinge auf den Kopf zu stellen.

Seine Mutter kniff die Augen zusammen, um weitere Tränen zu unterdrücken.

»Tschto podelajesch, ja tosche ne snaju. Aber ist wahr. Papas Kollegin von Arbeit. Er hat gesagt, dass er zu ihr nach Stuttgart geht.«

»Wot suka«, fluchte Artur.

»Er ist jetzt auf Arbeit«, fuhr seine Mutter fort. »Aber er hat gesagt, er möchte später mit euch sprechen.«

»Da poschol on …«, rief Artur. »Was denkt der denn? Der Wichser soll mir bloß nicht unter die Augen kommen!«

»Tak ne nado«, murmelte seine Mutter halbherzig.

Am liebsten hätte Artur sie in den Arm genommen und getröstet, aber seine eigene Wut, der Schmerz und die Enttäuschung waren zu groß. Ohne ein weiteres Wort rannte er aus der Küche.

»Ty kuda? Postoj!«, rief ihm seine Mutter hinterher.

Doch Artur hatte sich bereits sein Skateboard geschnappt, die Wohnungstür zugeschlagen und pushte, so schnell er konnte, die Straße hinunter. Die Umgebung flog an ihm vorbei, bis nichts mehr existierte außer ihm und seinem Deck.

Während des Skatens konnte Artur normalerweise all seine Probleme hinter sich lassen. Es war, als ob er eine magische Vorspultaste drückte. Er musste nur ein bisschen schneller pushen und schon zog die Welt an ihm vorüber, ohne ihm irgendetwas anhaben zu können. Alles, was sich ihm in den Weg stellte, wurde kurzerhand übersprungen, gegrindet oder geslidet, und wenn er auf die Fresse fiel, war das auch okay, denn die Schmerzen ließen ihn spüren, dass er lebendig war. Er wusste genau, wie sich Bielefeld unter den Rollen seines Decks anfühlte. Von zuhause bis zum Kesselbrink, dem großen, unbebauten Platz mitten im Zentrum, den der alte Telekomwolkenkratzer überragte, kannte er jeden Riss im Asphalt und jede Fuge im Gehsteig. Heute schien es ihm allerdings, als habe er jeglichen Boden unter den Füßen verloren.

Wie konnte Papa ihnen das bloß antun!, dachte er sich. Die Stimmung zuhause war zwar oft genug für den Arsch, aber warum muss er denn ausgerechnet jetzt noch so einen Move machen? Direkt ein Kind! Und das in seinem Alter! Und dann auch noch in Stuttgart?! Von wegen Baustellen, jetzt ist klar, was er die ganze Zeit inspiziert hat!

Artur warf sein Skateboard über den Metallzaun, der den Skatepark von den Autoparkplätzen trennte, und kletterte hinterher. Die BMXer und Skater hatten die Rampen zum größten Teil selbst gebaut.

Außer zwei türkischen Kids, die sich ein Kickboard teilten, war niemand da, doch das war Artur gerade ganz recht. Ohne recht zu wissen, wohin, pushte er wütend von einer Seite des Platzes zur anderen. Bei einem Crooked-Grind am Flatrail kippte ihm das Brett unter den Füßen weg, sodass er das Gleichgewicht verlor und hinfiel.

»Suka bljad!«, schrie er und schleuderte sein Skateboard in hohem Bogen über den Platz.

Eine Frau und ihre kleine Tochter, die gemeinsam auf ihrem großen Schalenkoffer saßen und auf den Reisebus warteten, sahen erschrocken vom

Busbahnhof herüber. Das Wort Busbahnhof war eigentlich übertrieben, denn es handelte sich um nicht viel mehr als einen breiten Bürgersteig, an dem ein paarmal am Tag irgendein alter Reisebus mit schmutzigen Fenstern und ausgeblichenen, muffigen Polstersitzen hielt, um seine Passagiere Richtung Ost- oder Südosteuropa zu kutschieren.

Artur erinnerte sich, dass ein junger Pole im letzten Sommer dort zuerst seiner Freundin und danach sich selbst in den Kopf geschossen hatte. Ivica, der in den einstöckigen Ladenbarracken dahinter eine kleine Pizzeria besaß, hatte es durch die gläserne Ladenfront mitverfolgt. Da der nächste Gully sich unmittelbar zwischen den Skaterampen befand, war die Blutlache bei der Tatortreinigung quer über den Skatepark gelaufen. Bobby meinte später zu Artur, er hätte darin auch noch kleine Hirnreste schwimmen sehen.

Neben Ivicas Pizzeria gab es noch den Anadolu Market, einen vietnamesischen Schnellimbiss, eine heruntergekommene Säuferkneipe und eine Reihe ziemlich stark demolierter Telefonzellen.

Da Artur kein Guthaben auf dem Handy hatte, kramte er ein bisschen Kleingeld aus der Tasche und rief Bobby an, doch der meldete sich nicht. Wahrscheinlich war auf der Arbeit gerade zu viel los.

Gegen Mittag kamen einige der Jungs vorbei, mit denen er immer Skateboard fuhr.

»Yo, alles fit bei dir?«, erkundigte sich Milhouse.

»Yo, geht schon«, antwortete Artur. Die Sache mit seinem Vater behielt er erst mal für sich.

Milhouse besaß eine riesige Sammlung an Starter-Jacken und trug fast jeden Tag eine andere. Eigentlich hieß er Onur, aber wegen der Brille und seiner Frisur hatte er irgendwann den Spitznamen Milhouse bekommen. Sein größter Traum war es, eine giftgrüne Kawasaki Ninja zu besitzen, die perfekt zu seiner lila Phoenix-Suns-Jacke passte. Außer Milhouse waren noch Bones und Jomi am Start. Der kleine, verrückte Bones war nur Haut und Knochen, hatte aber eine Stimme wie Ralf Richter, was vielleicht daran lag, dass in seinem Mundwinkel fast immer eine Kippe oder ein Joint steckte. Jomel, oder Jomi, wie er von allen genannt wurde, war der Frauenschwarm unter den Jungs. Er trug einen säuberlich gestutzten Musketierbart und sein lange schwarze Mähne wurde von einem Haarband zusammengehalten. Da er bereits als Elektriker bei den Stadtwerken arbeitete, war er der Einzige von ihnen, der sich eine eigene Karre leisten konnte. Er fuhr einen roten Suzuki Vitara und hatte sich eine fette Bassbox plus Endstufe in den Kofferraum gebaut, sodass er richtig guten Sound hatte.

Als eine halbe Stunde später die ersten dicken Regentropfen den Asphalt sprenkelten und der Himmel ungefähr dieselbe Farbe angenommen hatte, bot Jomi an, nach Bad Salzuflen zu fahren. Der Skatepark dort war unter einen Autobahnzubringer gebaut worden, sodass er auch bei schlechtem Wetter trocken blieb. Bobby war noch auf der Arbeit und versprach nachzukommen, falls er das Auto seiner Großmutter bekam.

»Shotgun!«, rief Bones.

Artur war es vollkommen egal, wo er saß. Wortlos stieg er hinten ein. Aus der Bassbox wummerte *Ruff Ryders' Anthem* von DMX. Die Vibrationen schüttelten beinahe die Regentropfen von den Fensterscheiben. Normalerweise fand Artur es richtig geil, wenn der Bass durch einen hindurchging und man das Gefühl hatte, als säße man im und nicht vor dem Lautsprecher, aber heute fühlte er sich bloß leer. Eigentlich hatte er noch nicht mal Lust gehabt mitzufahren, aber er wusste auch nicht, wohin sonst. Nach Hause wollte er nicht und bei Ninas Happy-Hippo-Familie wäre es jetzt für ihn ebenso unerträglich. Nina fuhr sowieso gerade ihren eigenen Film, sicherlich würde er sich nur mit ihr streiten.

Unter der Brücke in Bad Salzuflen war kaum etwas los. An guten Tagen legte Artur *Shook Ones, Part I* von Mobb Deep in den Walkman ein und wenn seine Rollen dann mit Vollspeed über das glatte, harte Betonpflaster ratterten, stellte er sich vor, er skatete die Brooklyn Banks in New York. An einem Tag wie heute war es jedoch bloß das, was es wirklich war: ein paar Holzrampen unter einem Autobahnzubringer neben einem Baumarktcenter irgendwo am Arsch der Welt. Vor dem hinteren Brückenpfeiler standen ein paar von Arturs Landsleuten mit ihren aufgemotzten Kleinwagen, rauchten Kippen, spuckten Semetschki auf den Boden und hörten Scooter. Der Wind blies von einer Seite den Regen unter die Brücke, sodass man nur die Hälfte des Parks fahren konnte. Ein paar jüngere Locals saßen lustlos auf ihren Boards und unterhielten sich.

Milhouse und Bones hatten einen geraucht, alberten herum und spielten S-K-A-T-E. Jomi war voll motiviert und gab Gas, während Artur geistesabwesend ein paar alibihafte Flipversuche über die Pyramide versuchte.

Wenn Artur es sich recht überlegte, dann hatte er im Verlauf des letzten Jahres an so gut wie allem die Lust verloren. Nicht einmal das Skateboardfahren machte ihm noch Spaß. Allein im Suff verspürte er noch ein gewisses Maß an Freude, oder in manchen Momenten, wenn die Musik ihm direkt aus der Seele sprach. Sonst gab es nichts. Dieses *Nichts* hatte mittlerweile eine erschreckend reale Form angenommen und immer mehr von ihm Besitz ergriffen. Dabei war es nicht über Nacht gekommen, nein. Wie bei einer Matroschka waren ihm nach und nach alle Arturpuppen abhandengekommen und jetzt, da der kleinste Miniatur-Artur einsam auf dem Grund der größten hohlen Arturpuppe lag, spürte er plötzlich, dass es kurz davor war, ihn komplett zu verschlucken.

Artur stand im Dämmerlicht neben Jomi auf der großen Quarterpipe, die Luft war kühl und roch nach Regen und die Welt um ihn herum zoomte raus. Von einem auf den anderen Moment erschien ihm alles darin unendlich weit entfernt und unwirklich. Er ließ sein Board fallen, sackte gegen das Geländer und hielt sich die Hände vors Gesicht.

»Alles klar, Diggi?«, meinte Jomi verwundert und hob Arturs Deck auf. »Du bist echt bleich.«

»Ja, geht schon«, erwiderte Artur, doch seine Stimme erschien ihm blechern und fremd, als würde jemand anderes für ihn sprechen. »Hab gerade irgendwie 'n Kreisigen.«

»Im Auto ist noch Wasser«, sagte Jomi und reichte Artur den Schlüssel. »Trink mal 'n Schluck.«

Artur nickte, fuhr die Rampe hinunter, wankte wie in Trance zu Jomis Vitara und setzte sich hinein.

Das Wasser machte es nicht besser, doch trotzdem trank er. Was hätte er Jomi auch sagen sollen? Dass er Angst davor hatte, verrückt zu werden? Dass er das Gefühl hatte, sich im *Nichts* zu verlieren?

Erst letztes Jahr war Boris, einer ihrer Kumpel vom Kesselbrink, nach Bethel in die Klapse gekommen. Boris, der ein paar Jahre älter war als Artur, hatte immer einen vollkommen normalen Eindruck gemacht. Und dann, von einem Tag auf den anderen, war er verschwunden. Als Artur ihm ein halbes Jahr später zufällig in der Stadt begegnete, erkannte er ihn zuerst kaum wieder. Mit leerem Blick, aufgedunsenem Gesicht und mindestens zwanzig Kilo schwerer war Boris ohne Begrüßung einfach an ihm vorbeigetrottet.

»Der schiebt sich ganz komische Filme«, hatte es bald auf dem Kesselbrink geheißen, ohne dass sich jemand von ihnen danach erkundigt hatte, was genau Boris überhaupt widerfahren war.

Würde es ihm am Ende genauso gehen?, fragte sich Artur. Allein bei der Vorstellung durchflutete ihn eine neue Panikwelle. Als er klein war, hatte er sich in so einem Fall eine Weile hingelegt und nach einiger Zeit war das Gefühl wieder abgeklungen. Doch diesmal war es anders, das spürte er. Dieses Gefühl ließ sich nicht so ohne Weiteres abschütteln.

Bobby presste sein Gesicht von außen an die Fensterscheibe. Offenbar hatte er sich den Opel Kombi seiner Oma ausleihen und herkommen können. Seine dämliche Grimasse rang der großen Arturpuppe ein leichtes Lächeln ab.

»Yo Bro, was geht ab?«

»Nicht viel«, entgegnete Artur. »Bin ziemlich durch irgendwie.«

»Heute ist eh 'n Scheißtag«, meinte Bobby. »Komm, wir rollen noch bisschen zusammen!«

»Ich bin fertig für heute«, winkte Artur ab.

»Ach komm schon«, rief Bobby.

Fünf Minuten später landete Bobby ungünstig auf seinem Board und brach es in der Mitte durch. Wütend schmetterte er die beiden Hälften gegen den Metallzaun.

Für die Rückfahrt nach Bielefeld stieg Artur zu Bobby ins Auto. Eigentlich hasste Artur diese Karre, denn dort, wo sich normalerweise das Radio befand, klaffte bloß ein Loch, aus dem bunter Kabelsalat heraushing, und niemand, nicht einmal Bobby, kam auf die Idee, diesen Mangel zu beheben. Für Artur, der ungefähr neunzig Prozent seines Tages mit Kopfhörern oder zumindest in der Nähe von Lautsprechern verbrachte, war dieser Umstand vollkommen unverständlich. Ohne Licht oder mit kaputtem Fenster zu fahren, okay, aber ohne Musik? Trotzdem war Artur froh, dass er neben seinem Kumpel saß. *Nichts* war immer noch da, aber wenigstens war das Angstgefühl nicht mehr so stark.

»Papa hat 'ne andere geschwängert und zieht nach Stuttgart«, sagte Miniatur-Artur durch den Mund der großen Arturpuppe.

»Was?!«, rief Bobby. »Laber doch nicht!«

»Ich schwöre.«

»Dein Vadder, Alter?! Echt?«

Artur wusste, dass Bobby seinen Vater mochte. Er konnte es ihm nicht übelnehmen. Alle seine Freunde mochten Stepan, oder Stjopa, wie sie ihn nannten. Er war zwar meistens nicht da, aber wenn, dann scherzte er mit ihnen herum und interessierte sich für das, was sie ihm erzählten. Besonders für Bobby, der seinen eigenen Vater nie kennengelernt hatte, war das etwas Besonderes. Arturs Papa hatte Bobby, der noch nie die Berge gesehen hatte, sogar mal versprochen, ihn zum Skifahren mitzunehmen.

»Offenbar hat er schon 'ne ganze Weile 'ne Affäre mit 'ner Kollegin. Und die kriegt jetzt 'n Kind von ihm.«

»Krass«, rief Bobby. »Ich wusste schon immer, dass Stjopa 'n Player ist, aber sowas ...«

»Dein Ernst, Alter?!«

»Sorry, war nicht so gemeint.«

Bobby redete immer einfach drauflos und sagte, was ihm gerade durch den Kopf schoss. Eigentlich schätzte Artur diesen Zug, doch manchmal hatte sein Kumpel einfach kein Taktgefühl und übertrieb es.

»Und wie kommt deine Ma damit klar?«, fragte Bobby nach einer Weile.

Das Verhältnis zwischen Bobby und ihr war momentan etwas angespannt. Eigentlich war seine Mutter offenherzig und gastfreundlich und mochte Bobby. Allerdings lebte sie in ständiger Angst, dass Artur und Anton aufgrund verschiedener schlechter Einflüsse, die in dieser grausamen Welt ihrer Meinung nach überall lauerten, auf die schiefe Bahn geraten könnten. Als Artur sich nach seinem achtzehnten Geburtstag hatte tätowieren lassen, hatte seine Mutter dies als deutliches Zeichen für seinen bevorstehenden Abstieg ins kriminelle Milieu gedeutet und bittere Tränen geweint. Und da Bobby bereits eine Tätowierung hatte, wurde er in ihren Augen zum Anstifter. Die Tatsache, dass Bobby die Schule abgebrochen hatte und oft schon untätig auf Artur wartete, wenn er aus der Schule kam, wirkte sich zusätzlich negativ auf ihr Urteil aus. Um den bösen Blicken und vorwurfsvollen Kommentaren seiner Mutter zu entgehen, wartete er daher mittlerweile lieber auf der Straße, bis Artur herauskam.

»Kein Plan«, antwortete Artur. »Die ist halt echt fertig. Sitzt heulend in der Küche …«

»O Mann. Das tut mir leid.«

Sie hatten das kurze Stück Autobahn hinter sich gelassen und fuhren über die Landstraße. Gleich würde Arturs Lieblingsstelle kommen. Irgendwo zwischen Bad Salzuflen und Bielefeld machte die Straße eine weite Kurve um ein brachliegendes Stück Ackerland. Dort hatte man einen freien Blick nach Westen auf den Horizont, wo sich eine lange, gleichmäßig gepflanzte Pappelallee erstreckte. Lag man mit dem Auto in dieser Kurve, schien es so, als würde die Zeit unvermittelt ins Stocken geraten und die Landschaft in Slow-Mo vorbeiziehen. Wenn Artur die Baumsilhouetten betrachtete, die kerzengerade in den Abendhimmel ragten, stellte er sich vor, dass die Allee zu einem unsichtbaren Schloss führte, das nur Auserwählte sehen konnten, so wie bei *Chihiros Reise ins Zauberland*.

Kurz bevor sie die Stelle erreichten, bremste Bobby plötzlich inmitten eines kleinen Kaffs ab und fuhr rechts ran.

»Muss nur kurz was einwerfen«, verkündete er.

Verwundert sah Artur zu, wie Bobby sich ein Paar Latexhandschuhe überstreifte und aus einer Mappe auf dem Rücksitz ein Kuvert herausnahm, das in einer Klarsichtfolie steckte.

Was zur Hölle soll das?, dachte sich Artur. Macht der jetzt einen auf Geheimagent?!

Nachdem er sich vergewissert hatte, dass weit und breit niemand zu sehen war, ging er zu dem Briefkasten auf der anderen Straßenseite und schob das Kuvert vorsichtig durch den Einwurfschlitz.

»Was war das denn?«, fragte Artur, als sie weiterfuhren.

»Ach, nur so ’n kleiner Drohbrief.«

»Wie?«

»Du weißt doch, worüber wir letztens geredet haben. Von wegen, dass es scheiße ist, wenn man so 'n bedeutungsloses Leben führt …«

»Ja, und?«

»Ich hab da so 'n Brief verfasst.«

»An wen?«

»An so 'ne Kosmetikfirma, die Tierversuche macht.«

»Und was hast du denen geschrieben?«

»Nicht viel, nur dass in dem Kuvert Anthrax ist, damit sie merken, wie dass für die Tiere ist.«

»Alter.«

»Natürlich ist da kein Anthrax drin gewesen.«

»Ist das nicht trotzdem krass strafbar?«

»Ja, schon. Bis zu drei Jahre.«

»Und das ist dir egal?«

»Nee, natürlich nicht. Deswegen bin ich ja auf Nummer sicher gegangen.«

»Bobby, Alter.«

»Keine Sorge«, versicherte Bobby. »Hab alles abgecheckt. Da kann gar nichts passieren. Ach ja, und ich esse kein Fleisch mehr.«

»Okay«, murmelte Artur, aber gar nichts war okay. Die Welt, wie er sie kannte, war offenbar über Nacht ausgetauscht worden. In der neuen Version hatte sein Vater plötzlich eine andere Familie und sein bester Kumpel war ein Ökoterrorist.

Am Horizont zeichnete sich die Pappelallee ab.

Wenn am Ende der Allee jetzt ein Schloss steht, dachte sich Artur, dann soll der Ökoterrorist mich hier rauslassen und ich werde wie Chihiro darin verschwinden. Doch das Schloss erschien wieder nicht und die Allee endete im Nichts.

Als Artur nach Hause kam, lag auf seinem Schreibtisch ein Brief von seinem Vater.

Artur stellte sich vor, wie sein Vater ihn genauso wie Bobby mit Latexhandschuhen aus einer Klarsichthülle geholt und vorsichtig auf der Tischplatte positioniert hatte.

Anthrax, sagte er sich und warf den Brief ungelesen aufs Bücherregal. Sie hatten sich verpasst. Besser so. Mamotschka, die noch immer mit ihrem Teeglas auf dem Stuhl in der Küche hockte, murmelte, dass er ins Hotel gezogen sei und morgen wieder nach Stuttgart fahre. Anton war unten bei den Papadakis-Jungen.

Egal wie sehr sich die beiden auch untereinander zofften, um Anton, der etwas jünger war, kümmerten sie sich mit überraschender Hingabe. Offensichtlich lenkte Anton ihre miteinander kollidierenden Energien auf geheimnisvolle Weise so um, dass sie sich bestens verstanden, wenn er dabei war.

Artur setzte die Nadel an den Anfang der Outkast-Vinyl, die noch auf dem Plattenspieler lag, und warf sich auf sein zerwühltes Bett. Die Frauenstimme im Intro sang:

You can be sure
Some go low to get high
You may hurt till you cry
You may die, you may die
Keep on trying, keep on trying
'Til it's summer, in the city
'Til it's summer, in the city

Anelas Vermächtnis

Toms WG lag im Bielefelder Westen in der Nähe des Siegfriedplatzes. Nejla lehnte ihr Fahrrad an die besprühte Altbaufassade und drückte auf den Klingelknopf. Auf dem provisorischen, mit Tesafilm befestigten Namensschild standen vier Namen. Der ihrer Freundin war nicht mehr dabei.

Nach der Arbeit war es spät gewesen, sie hatte Tom nicht mehr erreicht. Als sie ihn morgens aus dem Bett klingelte, meinte er, dass er die Sache lieber persönlich besprechen wolle. Also war Nejla – die Haare noch nass vom Duschen – kurzerhand auf ihr Fahrrad gestiegen und zu ihm gefahren.

»Hallo?«, ertönte es aus der Gegensprechanlage. Toms Stimme. Er klang etwas verkatert, aber das war keine Seltenheit.

»Ich bin's«, sagte Nejla.

Der Summer ertönte. Sie stieß die Tür auf und sprang die Treppen hinauf.

»Na«, meinte Tom. »Lang nicht mehr gesehen. Gut siehst du aus.«

Obwohl er sich wie immer charmant gab, wirkte Tom an diesem Morgen recht mitgenommen. Er trug Jogginghose und Unterhemd und war barfuß. Seine Frisur hatte das Kopfkissen geformt, dunkle Augenringe und ein leichtes Zucken um die Mundwinkel ließen sein Lächeln etwas gezwungen erscheinen.

»Danke, mein Lieber«, entgegnete Nejla. Sie trug Jeans, ein altes, verwaschenes Adidas-Streetball-Shirt in XL und kein Make-up. »Ich würde dir das Kompliment gern zurückgeben, aber du siehst ein wenig zerstört aus. Liegt's an dieser Sache oder warst du gestern feiern?«

»Sowohl als auch«, gestand Tom und lud sie in die WG-Küche ein. »Bin noch auf 'nen Sprung ins Forum.«

»Ha, wusst' ich's doch.«

Von den anderen WG-Bewohnerinnen war niemand zu sehen. Während Tom das Wasser in der Kaffeemaschine auffüllte, setzte Nejla sich im

Schneidersitz auf die Küchencouch und zündete sich eine Kippe an. Von der Wand gegenüber streckten ihr Samuel L. Jackson und John Travolta ihre Knarren von einem *Pulp Fiction*-Poster entgegen.

»Also«, meinte Nejla und betrachtete den Zigarettenrauch, der wie eine leere Sprechblase im Raum schwebte. »Jetzt sag schon. Was ist mit Anela? Sie hat sich noch nicht gemeldet, oder?!«

»Nee«, meinte Tom und reichte Nejla einen Kaffee. Auf der Tasse stand *Universität Bielefeld*. Wahrscheinlich hatte sie jemand aus der Uni-Cafeteria mitgehen lassen.

Verdammt, dachte sich Nejla. Diese Woche sollte eigentlich die Antwort der Fachhochschule kommen. Wieso hatte sie noch nichts von denen gehört?!

»Ich hab dir doch erzählt, dass ich mir 'ne eigene Bude suchen wollte«, unterbrach Tom sie in ihren Gedanken. »Auf jeden Fall hab ich ab nächsten Monat was am Start. 'ne chillige Zwei-Zimmer-Wohnung in der Kurfürstenstraße. Und deshalb habe ich jetzt schon mal angefangen, meine Sachen auszumisten.«

»Und?«

»Das solltest du dir am besten selbst anschauen«, meinte Tom.

»Na, dann zeig's mir doch!«, rief Nejla, ein wenig verwundert darüber, dass Tom so eine Geheimnistuerei daraus machte.

»Okay«, sagte Tom. »Dann komm mit. Ich hab's oben auf unserem Dachboden gefunden.«

Den Kaffee in der Hand folgte Nejla ihm durch das Treppenhaus hinauf ins Dachgeschoss. Tom zückte seinen Schlüssel und schloss eine Tür auf. Der Raum dahinter war weitläufiger, als Nejla erwartet hatte. Im Dach befanden sich in regelmäßigen Abständen kleine Luken, durch die so viel Tageslicht eindrang, dass man auch ohne elektrisches Licht gut sehen konnte. Im Mittelgang waren Wäscheleinen aufgespannt, an denen Bettwäsche hing. Es roch nach Staub, Holz und Weichspüler. Zu beiden Seiten des Gangs befanden sich Holzverschläge, die den Wohnungen in den höheren Geschossen offenbar als Kellerersatz dienten. Tom ging zielstrebig auf den hintersten Verschlag zu, löste das Vorhängeschloss und öffnete das aus grobem Bauholz zusammengezimmerte Holzgitter.

»Komm«, forderte er Nejla mit gedämpfter Stimme auf. Das Dachbodenabteil der WG war mit allem möglichen Gerümpel zugestellt. Tom zwängte sich an Umzugskartons, Skischuhen und einem kaputten Hometrainer vorbei bis ins hinterste Eck. Unter einem Sack mit alten Kleidern kam eine schwarze Sporttasche zum Vorschein, deren Inhalt ungewöhnlich schwer zu sein schien.

»Hier, schau mal da rein«, verkündete er, während er die Tasche auf einen Umzugskarton hievte.

Gespannt zog Nejla den Reißverschluss auf. In der Tasche befanden sich mehrere gestreifte Leinensäcke. Nejla löste bei einem die Verschnürung und sah hinein. Er war komplett mit frisch geprägten Münzen gefüllt. Nejla fischte ein paar heraus und hielt sie ins Licht, das durch die Luke fiel.

»Als Kind hab ich immer davon geträumt, irgendwo im Keller oder auf dem Dachboden meiner Großeltern 'nen Schatz zu finden, aber das hier …«, flüsterte Tom.

»Das sind alles Slowenische Tolar«, bemerkte Nejla, während sie auch die anderen Säcke öffnete.

»Ich weiß«, bestätigte Tom. »Hab's auch schon abgecheckt. Das sind nur sowas wie Ein-Cent-Münzen. Alles zusammen ist vielleicht um die fünfzig Euro wert.«

»Also mehr oder weniger wertlos.«

»Fuck, Mann. Nejla«, fluchte Tom. »Weißt du, was das bedeutet?!«

»Die haben irgendwen ausgeraubt …«

»Nicht irgendwen«, sagte Tom. »Die haben 'ne beschissene Bank oder 'nen Geldtransporter überfallen! Und diese Säcke haben sie nicht mitgenommen, weil sie nix wert sind!«

»Wahrscheinlich, ja …«, pflichtete Nejla ihm bei.

In ihrem Kopf erschien das Pulp-Fiction-Poster aus der Küche. Nur dass darauf anstelle von Samuel L. Jackson und John Travolta nun Anela und ihre vermeintliche Schwester abgebildet waren, die mit ausgestreckten Knarren einen Geldtransporter anhielten. Cool wie zwei kleine Fonzies.

Joj, Anela, pička ti materina, dachte sie sich. Was ist nur aus der kleinen Heulsuse geworden. Früher bist du schon weggerannt, wenn der Nachbarshund an den Zaun kam, und jetzt sowas. Überfällst in Slowenien mit irgendwelchen Albanern einen verdammten Geldtransporter.

»Scheiße, Nejla«, entfuhr es Tom, der langsam immer mehr die Nerven verlor. »Ich habe 'ne fucking Gangsterbraut geheiratet! Wer weiß, was die noch alles anstellt?!«

»Tut mir leid Tom, echt«, murmelte Nejla und legte ihre Hand auf seine Schulter. »Ich wusste nicht, dass Anela so drauf ist. Das ist komplett meine Schuld.«

Auch wenn Tom ihr manchmal zu oberflächlich war und den Eindruck erweckte, dass er nur auf Vergnügen aus sei, hatte er doch das Herz am rechten Fleck. Die Sache mit Anela hatte er damals wahrscheinlich allein ihr zuliebe durchgezogen. Und jetzt war er in so etwas hineingeraten. Mit seinen zerwühlten Haaren, der verrutschten Jogginghose und den dünnen langen Armen, die nicht wussten, wohin mit sich, wirkte er wie ein Vogel, der sich auf den Dachboden verflogen hatte und nicht mehr herausfand.

»Was, wenn die Bullen hier bald vor der Tür stehen und denken, ich wäre ihr Komplize?!«

»Das wird nicht passieren«, versuchte Nejla ihn zu beruhigen. »Und selbst wenn, du hast nichts getan und von nichts gewusst. Ich kann ja bezeugen, dass ich euch einander vorgestellt habe.«

»O Mann, das ist wie in so 'nem scheiß Film«, sagte Tom und schüttelte ungläubig den Kopf.

»Ich weiß …«, sage Nejla leise.

Dieses Gefühl kannte sie nur allzu gut. Immer wenn sie etwas aus ihrem Leben erzählte, kam es ihr so vor, als gebe sie die Handlung eines verrückten Films wieder, den sie mal im Kino gesehen hatte. Angefangen hatte das, als sie mit acht Jahren zuhause in Ilidža mit ihrer Mutter die Nachrichten geschaut hatte: Wie das gruselige Mädchen in *The Ring* war der Krieg plötzlich aus dem Fernsehapparat herausgekommen und Wirklichkeit geworden.

»Was denkst du, wo Anela sich jetzt rumtreibt?«, fragte Tom.

»Vielleicht ist sie nach Schweden«, vermutete Nejla. »Da hat sie ein paar Verwandte.«

»Ich habe versucht, bisschen was im Internet herauszufinden und nach Raubüberfällen in Slowenien gesucht.«

»Und?«

»Ich hab nix gecheckt. Du verstehst sicher mehr, vielleicht siehst du dir mal an, was ich gefunden habe.«

»Kann ich machen«, versprach Nejla, doch sie war sich nicht sicher, ob es sinnvoll war, wenn Tom mehr über diese Sache erfuhr. Je weniger er wusste, desto weniger würde es ihn belasten. Trotzdem nahm sie sich vor, bei Gelegenheit nach Löhne zu fahren und ihrem Cousin Haris einen Besuch abzustatten. Haris war in den letzten Jahren immer mehr auf die schiefe Bahn geraten und hatte nun angeblich was mit der albanischen Mafia zu tun. Vielleicht war ihm ja etwas zu Ohren gekommen.

»Und was sollen wir jetzt machen?«, fragte Tom. »Sollen wir die Tasche zu den Bullen bringen?«

Nejla überlegte kurz.

»Nein«, sagte sie dann, wobei sie ihm direkt in die Augen sah.

»Aber Hierlassen geht auch nicht«, wandte Tom ein. »Und bei meinem Umzug nehme ich sie bestimmt nicht mit!«

»Gib sie mir!«, sagte Nejla.

»Und was willst du damit machen?«

»Ich nehme sie erst mal mit und dann überleg ich mir was.«

Tom schien nicht recht zu wissen, was er dazu sagen sollte, nichtsdestotrotz wirkte er erleichtert.

»Bist du dir sicher?«, fragte er und kratzte sich unsicher am Kopf.

»Ja«, erwiderte Nejla schnell, während sie die Tasche schloss und ihr Gewicht prüfte. »Mach dir keine Sorgen. Das ist meine Gebühr für die Heiratsvermittlung.«

Tom lächelte schief und griff in einen Karton mit alten VHS-Kassetten.

»Willst du vielleicht noch ein paar alte Kung-Fu-Filme dazuhaben?«

»Warum nicht«, sagte Nejla und nahm die beiden Kassetten entgegen. »Bei mir steht immer noch Mamas alter Videorekorder rum.«

Schweigend verließen sie den Dachboden.

»Bitte mach dir keine Sorgen mehr um die Sache. Egal, was mit Anela ist, du hast damit nichts zu tun«, sagte Nejla, als sie unten vor der Wohnungstür standen und sich verabschiedeten.

»Ist die Tasche nicht zu schwer?«, erkundigte sich Tom, der offenbar ein schlechtes Gewissen hatte, dass Nejla die schwere Tasche allein durch die Gegend schleppen musste. »Sonst kann ich dir auch helfen …«

»Geht schon«, versicherte sie ihm. »Ich werde sie auf den Gepäckträger stellen und das Fahrrad schieben.«

»Ach ja«, meinte Tom, während er im Flur ein paar Eintrittskarten von der Ablage nahm und sie ihr in die Hand drückte, »bevor ich es vergesse, wir veranstalten bald wieder eine Party. Komm doch vorbei und lass uns mal wieder 'ne Runde zusammen feiern.«

Nejla betrachtete die Eintrittskarten. Auf dem gelben Karton war nichts als ein Totenkopf und ein Datum aufgedruckt. Nejla war noch nie dort gewesen, doch sie wusste, dass die sogenannten Totenkopfpartys illegale Undergroundevents waren, die Tom gemeinsam mit ein paar anderen Leuten aus der Bielefelder Clubszene in Abrisshäusern oder alten, nicht verpachteten Kneipen veranstaltete. Die Location wurde erst einige Tage vorher per Mundpropaganda bekanntgegeben und man kam nur mit solch einer Eintrittskarte hinein. Nichtsdestotrotz waren die Partys meistens bis zum Brechen voll und wurden nicht selten von der Polizei aufgelöst.

»Mach ich«, sagte Nejla und steckte die Karten in ihre Hosentasche. »Aber nur, wenn ich eine Zusage von der FH bekomme! Dann stoßen wir an!«

»Cool!«, freute sich Tom.

»Hajde, ćao«, rief Nejla und umarmte ihn.

Dann schulterte sie die schwere Sporttasche und stieg die Treppe hinunter.

Draußen war es warm, die Luft schwül und drückend. Das grelle Weiß des bewölkten Himmels brannte ihr in den Augen. Nejla schloss ihr Fahrrad auf, platzierte die Tasche, so gut es ging, auf dem Gepäckträger und schob es langsam bergauf Richtung Siegfriedplatz.

An jedem letzten Samstag des Monats gab es dort einen Flohmarkt. Die Verkäuferinnen und Verkäufer kamen gerade an, luden die Waren ab und bauten ihre Stände auf. Nejla blieb stehen und schaute ihnen dabei zu. Seit sie klein war, liebte sie Märkte und Flohmärkte. Denn im Gegensatz zu den Supermärkten, wo alles genau an seinem Platz stand, bargen sie Überraschungen und Geheimnisse. Außerdem sprach man mit Menschen, die eine persönliche Beziehung zu ihren Waren hatten und Geschichten über sie erzählen konnten.

Nejlas Blick fiel auf die schwarze Sporttasche. Für einen Moment überlegte sie, ob sie die Geldsäcke einfach einem Verkäufer andrehen oder heimlich an irgendeinem Stand dazulegen sollte. Doch wenn sie Pech hatte und Aufsehen erregte, machte sie sich möglicherweise selbst verdächtig, also verwarf sie den Gedanken wieder.

Was sich Anela wohl bei der Sache dachte?, fragte sich Nejla, während sie die Stapenhorststraße überquerte. War sie wirklich nach Schweden gegangen? Und würde sie jemals irgendwo ankommen oder wäre sie ihr ganzes Leben lang auf der Flucht?

Bei dem Gedanken an ihre Freundin überkam sie plötzlich große Einsamkeit. Auch wenn sie selbst niemals auf die Idee gekommen wäre, einen Geldtransporter zu überfallen, schreckte Anelas Tat sie nicht ab. Ihr war bewusst, dass ab einem gewissen Punkt alles möglich war. Man musste nur genug Verlust und Schmerz erfahren. Irgendwann öffnete sich ein schwarzes Loch in dir, das sich nie wieder richtig schloss. Dieses schwarze Loch strebte danach, alles zu verschlingen. Entweder man wurde im Kampf mit ihm stärker oder es sog einen mitsamt alldem, woran man sich klammerte, in sich hinein. Auch Nejla trug dieses Loch in sich. Mittlerweile hatte sie keine Angst mehr davor. Sie war sich ihrer inneren Stärke bewusst und widerstand ihm. Gleichzeitig hatte sie akzeptiert, dass sie immer dagegen würde ankämpfen müssen.

Die Einsamkeit, die sie gerade befiel, war ein Teil davon. Eigentlich war sie von Natur aus gesellig und liebte es, unter Menschen zu sein. Sie war eine gute Zuhörerin und eine ebenso gute Unterhalterin. Aufgrund ihres offenen Wesens und ihrer Gastro-Jobs kannte sie viele Leute, aber wirklich enge Freunde hatte sie kaum und es kam selten vor, dass sie jemanden wirklich nahe an sich heranließ. Milena aus Banja Luka, die sie damals in der Flüchtlingsunterkunft kennengelernt und mit der sie in ihrer Jugend Basketball gespielt hatte, war mit ihrer Familie nach der Realschule in die

Vereinigten Staaten ausgewandert und lebte mittlerweile in Detroit. Ihre zweite wirklich enge Jugendfreundin Dilek war mit fünfzehn in den Schulferien von zuhause geflohen, da ihre streng muslimischen Eltern ihr so gut wie alles verboten hatten. Anfangs hatte Nejla ihr noch Briefe geschrieben, die ihre gemeinsame Klassenlehrerin heimlich an sie übermittelte. Doch weil sie von Dilek nie eine Antwort erhielt, ließ sie es schließlich ebenfalls.

Rückblickend war Nejla sich nicht sicher, ob sie ihre Entscheidung bewusst getroffen hatte, aber da all die Menschen, mit denen sie eng verbunden gewesen war, immer unerwartet aus ihrem Leben hinauskatapultiert worden waren, hatte sie irgendwann auf tiefe Freundschaften verzichtet. Lieber umgab sie sich mit einem weiten Netz lockerer Bekanntschaften, wo der oder die ein oder andere kam und ging, ohne dass es besonders wehtat. Dieses Netz gab ihr im Alltag Halt und schützte sie davor, über sich selbst und gewisse Dinge ins Grübeln zu verfallen. Nur jetzt, da Anela ihr dieses ungewöhnliche Abschiedsgeschenk vermacht hatte, fragte sie sich, ob das Netz sie wirklich trug und ob sie wirklich dort war, wo sie hingehörte.

Ein Teil von ihr saß neben Anela im Auto, warf Geldscheine aus dem Fenster, sang lauthals Hits von Bijelo Dugme mit und fuhr verfolgt von einer Horde Polizeiautos auf einer schier endlos wirkenden leeren Straße durch die schwedische Seenlandschaft seinem Untergang entgegen – Selma und Luiza, die bosnische Variante. Der andere Teil schob ein Fahrrad durch Bielefeld, eine Stadt, von der selbst die Švabos sagten, dass sie eigentlich gar nicht existiere, und mühte sich ab mit einem schweren, aber wertlosen Räuberschatz, der sie daran erinnerte, dass es das Land, aus dem sie stammte, nicht mehr gab.

»Jebem ti život«, murmelte sie und wusste nicht, ob sie lachen oder weinen sollte. Das Leben war echt absurd.

Totenkopfparty

Der Sommer war selbst für Bielefelder Verhältnisse ziemlich für den Arsch. Die ganze Woche hatte es mehr oder weniger durchgeregnet, nur gegen Abend klarte es manchmal auf. Artur stand auf Bones' kleinem Balkon und hatte schon gut einen sitzen. Weiße Wolken zogen in hoher Geschwindigkeit über den Nachthimmel. Ein hell leuchtender Vollmond brach immer wieder zwischen ihnen hindurch und ließ ihre Ränder fluoreszieren. Die Stadt unter ihm wirkte irgendwie unecht und flach, so wie der schlecht gerenderte Hintergrund eines Computerspiels.

Besoffen konnte er dem *Nichts* besser widerstehen, auch wenn es umso aggressiver in seinem Leben wütete und seine Welt Stück für Stück darin verschwand. Ein paar Tage nachdem Papa abgehauen war, hatte er sich mit Nina getroffen. Sie hatte ihm eine Tüte übergeben, in dem ein paar seiner T-Shirts lagen, frisch gewaschen und gebügelt. Artur war klar, was das bedeutete, sie musste gar nicht mehr viel sagen. Mit den Worten »Ich scheiß' auf die T-Shirts« hatte er ihr die Tüte vor die Füße geworfen, sich umgedreht und war abgehauen.

Scheiß auf eine Aussprache, dachte er. Wenn Nina Schluss macht, dann ist Schluss. Was muss man da noch großartig klären? Es ändert nichts. Genau wie bei Papa. Genauso wie die Hollywood-Bösewichte am Ende des Films. Nur dass ich kein verfickter Held bin, der die Welt rettet. Fick diese Welt, Alter.

Hinter ihm ertönte lautes Geschrei und Gelächter.

»Yo Artur, was geht?«, rief Bones mit seiner Ralf-Richter-Stimme. »Komm rein, Alter, wir machen paar G-Fotos!«

Jomi hatte eine Einwegkamera mitgebracht, eine billige Fuji-Quicksnap, und dokumentierte den Abend. Bobby, Bones und Milhouse saßen unter einem Tony-Montana-Poster auf der Couch und machten einen auf

Gangster. Milhouse hatte sich ein Bandana ins Gesicht gezogen und hielt ein Rambomesser in der Hand, Bobby schulterte einen Baseballschläger und zeigte Mittelfinger. Zwischen ihnen saß Bones, der Pate höchstpersönlich, gefälschte Ray Ban, Gasknarre auf die Kamera gerichtet und vor sich auf dem Tisch eine Hennessy-Flasche.

»Komm her!«, rief Bones und riss Bobby den Baseballschlager aus der Hand. »Der Russe nimmt den Basie.«

Artur drängte sich neben die anderen auf die Couch, nahm den Schläger entgegen und machte eine böse Miene.

»Ja, Mann, genau so!«, rief Bones. »Die Hurensöhne sollen ruhig alle herkommen!«

Inmitten der Bierflaschen, Shotgläser, OCBs und zur Hälfte zerrissenen Kippenschachteln stand eine kitschige buntbemalte Rastafarifigur, wie sie für gewöhnlich in den Auslagen von Headshops oder Touristenbuden zu finden war. Artur hatte sich immer gewundert, wer solchen Scheiß kaufte. Auf der kreisförmigen Glasscheibe, die sie schulterte, hatten Bones und Jomi sich bereits die ein oder andere Bahn gelegt. Pep wohlgemerkt, Koks war zu teuer. Artur, der wegen seiner Panikattacken nicht einmal kiffte, konnte sich einfach nicht daran gewöhnen, dass seine Kumpels Speed zogen. Wenigstens ließ Bobby die Finger von dem Zeug.

»Alter« rief Bobby, als Bones sich erneut eine Line legte. »Wie viel hast du davon?! Gib's zu, du ziehst doch den Schimmel, der bei euch aus der Wand wächst.«

»Erwischt«, sagte Bones grinsend.

Tatsächlich war die weitläufige Dachgeschosswohnung in dem heruntergekommenen Altbau stark schimmelverseucht, weswegen Bones kaum Miete bezahlte. Als Hauptmieter war allerdings nur ihm dieser Umstand bekannt und so konnte er bei den Mitbewohnerinnen, meistens junge

Studentinnen aus dem Umland, zusätzlich abkassieren und sein Arbeitslosengeld aufbessern.

Im Grunde genommen war Bones ein herzensguter Kerl, doch im vergangenen Jahr war sein Leben irgendwie aus der Bahn geraten. Erst hatte er seinen Führerschein verloren und dann, weil er ohne Auto nicht mehr zur Firma kam, auch seine Arbeit. Er hatte schon lange keine Freundin mehr gehabt und seine Mutter, die draußen in Lemgo wohnte, hatte Lungenkrebs und war sterbenskrank. Über familiäre Probleme sprachen die vier Freunde nur selten, doch Artur spürte, dass Bones insgeheim sehr darunter litt.

»Hey Bones«, fragte Bobby. »Warum hast du eigentlich 'ne Gasknarre?«

»Aufm Land, wo ich herkomme, gab es früher teilweise übelste Massenschlägereien. Entweder mit den Nazis oder mit den Russkis.«

»Darf ich mal?«, erkundigte sich Bobby.

»Warte mal, ich zeig's dir«, antwortete Bones.

Fachmännisch holte er das Magazin heraus und erklärte Bobby die verschiedenen Farben der Patronen sowie das Laden der Waffe. Schließlich trat er in die Balkontür und feuerte einen Schuss ab.

»Gib mal her«, meinte Bobby und feuerte ebenfalls.

»Verdammt«, rief Milhouse und rieb sich die Augen. »Das Gas zieht volle Kanne ins Zimmer.«

Hustend und mit tränenden Augen zog die ganze Mannschaft in Bones' Küche um.

»Lass mich auch mal sehen«, sagte Artur und nahm Bones die Gasknarre weg.

Fasziniert wog er sie in der Hand, fuhr mit den Fingern über das Metall und presste den Lauf gegen seine Schläfe.

Ob der Druck der Gaspatrone wohl reichen würde, um sich umzubringen?, fragte er sich. Die Vorstellung, mit einer kleinen Bewegung seines Zeigefingers alles zu beenden, hatte etwas beängstigend Verlockendes.

Panik erfasste ihn, einem Impuls folgend riss er den Arm in die Höhe und schoss in die Luft. Erschrocken fuhren die anderen zusammen.

»Du Asi, Alter, was geht ab bei dir?!«, schrie Bones und riss ihm die Knarre aus der Hand. Zügig verbreitete sich das Gas in der ganzen Küche. Jomi öffnete das Küchenfenster, aber es half nichts. Hustend flüchteten sie aus der Wohnung ins Treppenhaus.

»Lass mal langsam zur Totenkopfparty«, meinte Bobby. »Kazim legt noch vor Stylewars auf.«

Kazim und Bobby waren in derselben Graffiticrew und gingen oft gemeinsam malen. Doch Kazim war nicht nur Writer, sondern auch DJ und konnte darüber hinaus angeblich ziemlich gut freestylen.

Da Bobby und Artur noch zuhause wohnten, Jomi aus Heepen und Milhouse aus Stieghorst kam, wurde in der Regel bei Bones vorgeglüht.

»Bobby hat recht«, verkündete Jomi. »Lasst mal langsam Uprock machen. Die Hasen warten schon!«

»Haydi, Leute, ihr glaubt nicht, wie heiß ich bin!«, rief Milhouse, der an diesem Abend seine schwarz-gelbe Pirates-Jacke angezogen hatte.

Um seine Motivation zu demonstrieren, stieg er auf Jomis brandneues teures Mountainbike. Aus Angst, dass es ihm geklaut wurde, hatte Jomi es bis ins fünfte Stockwerk hinaufgeschleppt.

»Wenn ich erst mal meine Ninja habe«, verkündete Milhouse, »dann wird richtig gefickt, Moruk!«

Bevor Jomi etwas sagen konnte, hatte er die Bremsen gelöst und donnerte geradewegs die Treppe hinunter. Kurz bevor er den nächsten Treppenabsatz erreichte, verlor er die Kontrolle, der Lenker drehte sich und Milhouse rauschte Hals über Kopf gegen die Wand.

»Aaah, amına koyim«, murmelte er und rieb sich den schmerzenden Kopf.

»Putang ina mo«, rief Jomi wütend und begutachtete sein Fahrrad, während die anderen Milhouse aufhoben.

Auf der Totenkopfparty war schon einiges los. Die eine Hälfte der Gäste hing draußen im Hof herum, kiffte und pisste gegen die Mauer, da es in dem Abrisshaus keine funktionierenden Toiletten mehr gab. Die andere Hälfte zwängte sich durch die Hausflure zur improvisierten Theke durch oder vergnügte sich auf einer der beiden Tanzflächen. Die Luft war stickig und roch nach Schweiß, Rauch und modrigem Putz. Im Keller befand sich der Electrofloor. Der allgemeine Dichtheitsgrad war bereits so hoch, dass ständig irgendwer die steile, verrostete Eisentreppe hinunterfiel, die in die stockdunkle, von Strobogewitter und Bässen erschütterte Technohölle führte. Im Erdgeschoss, wo später die DJ-Legende Stylewars auflegen sollte, liefen Hip-Hop und Funk. Als die vier Freunde ankamen, mixte Kazim gerade den Übergang von einer Funk-Nummer der Bar-Kays zu Juicy von Biggie.

Bobby und die anderen waren in Hochstimmung. Die Musik war geil, die Tanzfläche voll und an jeder Ecke traf man Bekannte. Artur merkte, wie dicht er war, aber er fühlte keine Spur von Euphorie. Alles war scheißegal. Im Flur traf er ein paar von Ninas Freundinnen, die ihn teils missfällig, teils mitfühlend anschauten.

Mariam, die Artur immer gemocht hatte, drückte ihn freundschaftlich und schrie ihm ins Ohr:

»Wie geht's dir?!«

»Geht schon«, schrie Artur zurück. »Nina ist nicht am Start, oder?!«

Mariam schüttelte den Kopf und presste die Lippen zusammen.

»Nein«, schrie sie. »Hat sie dir das nicht erzählt? Sie ist vor Bremen noch für 'nen Monat nach Spanien, Interrail!«

»Ahh, okay«, meinte Artur bloß und wankte weiter.

Wie zu erwarten war, hatten er und seine Freunde sich innerhalb von fünf Minuten aus den Augen verloren. Von Stylewars bekam Artur nicht viel mit. Wie der Avatar eines postapokalyptischen RPGs auf der Suche nach einer Mission steuerte Artur ziellos von Raum zu Raum, wechselte hier und da mit jemandem ein paar Worte und spazierte weiter. Irgendwann erging es ihm wie den anderen Unglücklichen und er fiel die Treppe hinunter in die Technohölle.

Strobos zerhackten die Körper der Tanzenden zu einer undefinierbaren Masse zuckender Gliedmaßen. Eine Weile nachdem Artur von ihr verschluckt worden war, erblickte er eine hochgewachsene, schlanke Frau, die mit geschlossenen Augen alleine vor dem DJ-Pult tanzte. Ihre Haltung war stolz und aufrecht, doch zugleich bewegte sie sich auf vollkommen harmonische und ungezwungene Weise zum Takt der Musik. Mit ihrem langen, pechschwarzen Haar und dem Goldschmuck, den sie um Hals und Handgelenke trug, wirkte sie wie die Königin dieser düsteren Unterwelt.

Als sie sah, dass Artur sie beobachtete, blitzten ihre Augen für einen Moment auf und es kam ihm so vor, als ob ein flüchtiges Lächeln über ihr Gesicht huschte. Artur begann zu tanzen und warf ihr dabei aus dem Augenwinkel immer wieder verstohlene Blicke zu. Nach einer Weile wandte sich die Königin der Unterwelt ab, ging zum DJ und begann, sich mit ihm zu unterhalten. Enttäuscht torkelte Artur von der Tanzfläche.

Irgendwann fand er die anderen wieder. Sie standen draußen im Hof. Milhouse rauchte genüsslich seinen Joint, während ein etwas älterer Typ, ein harmlos aussehender Kerl mit langen Haaren und Brille, sein Fahrrad aufschloss, das neben ihnen an der Mauer lehnte. Als der Typ versuchte, sein Fahrrad an Milhouse vorbeizuschieben, machte der ein paar verarschemäßige Dancemoves, woraufhin der Kerl den Kopf schüttelte und sagte:

»Hey du Clown, kann ich jetzt mal vorbei?!«

Artur, der sich etwas weiter weg mit Bones unterhielt, bekam das Ganze nur halb mit. Die Sache hatte sich bereits erledigt, der Typ stieg auf sein Fahrrad und fuhr los, da sah Artur Bones auf einmal todernst an. Sein Blick war starr und seine Stimme heiser.

»Hinterher?!«, murmelte er.

»Hinterher!«, bekräftigte Bones.

Während er losrannte, spürte Artur, wie sehr er insgeheim auf diesen Moment gewartet hatte. Da war sie, ihre Mission. Adrenalin schoss in seine Adern und zum ersten Mal an diesem Abend hatte er das Gefühl, lebendig zu sein. Aus dem Nichts stieg eine fürchterliche, unbändige Wut in ihm auf und damit der Wunsch, bis zur Besinnungslosigkeit auf irgendetwas einzuschlagen.

»Du Hurensohn!«, schrie er, während seine Fußspitzen im Stakkato über den Asphalt flogen.

»Bleib stehen, du Missgeburt!«, stimmte Bones mit ein.

Der Typ blickte sich entgeistert um und begann, in die Pedale zu treten. Artur startete durch wie der Duracellhase auf Speed, sodass Bones, der eigentlich ein guter Sprinter war, alle Mühe hatte mitzuhalten. An der nächsten Kreuzung waren Bones und Artur bis auf wenige Meter an den Kerl herangekommen.

»Ich pack ihn mir!«, rief Artur.

Mit ausgefahrenem Ellbogen setzte er zum Sprung an, segelte wie in Zeitlupe an dem Typen vorbei und schlug der Länge nach hart auf den Asphalt. Während Bones staunend Arturs Flugmanöver verfolgte, übersah er selbst die Bordsteinkante, stolperte und fiel, ohne den Sturz mit den Armen abzufangen, ungebremst auf den Bürgersteig.

»Welche Drogen habt ihr denn genommen?!«, ertönte aus sicherer Entfernung die Stimme des verängstigten Fahrradfahrers. »Ihr seid ja total kirre, ihr Psychos!«

Jammernd wälzten sich Artur und Bones auf dem Boden. Als die Schmerzen etwas abgeklungen waren, brachen beide in lautes Gelächter aus. Arturs fürchterliche Wut war komplett verflogen.

»Alter, was war das denn?«, meinte Bones.

»Keine Ahnung«, murmelte Artur.

Dunkle Blutstropfen liefen an seinem aufgeschürften Ellenbogen herunter. Der Himmel über ihnen färbte sich langsam rosa.

Zeit, dass die Gargoyles nach Hause zurückkehren, dachte sich Artur, während sein Blick über die verwitterte gotische Fassade der Pauluskirche schweifte, die hinter ihnen emporragte.

»Wieso haben wir den Typen eigentlich verfolgt?«, wunderte sich Bones.

»Keine Ahnung, irgendwas mit Milhouse«, antwortete Artur.

»Fuck. Als ich ihm 'nen Kick geben wollte, hatte ich das Gefühl, irgendwer zieht mir das Bein weg.«

»Ich schwöre, der liebe Gott hat uns die Beine weggezogen.«

»Wahrscheinlich besser so.«

»Ja, Mann.«

Die Kugel im Labyrinth

Die Mittagssonne stand gleißend hell am blauen Himmel. Nejla saß an dem verschmutzten Zugfenster und genoss die Wärme in ihrem Gesicht, während draußen die letzten Vororte von Bielefeld vorbeizogen. Auf dem gegenüberliegenden Vierer stritten sich drei Jugendliche lautstark um den letzten Chicken McNugget aus ihrer McDonald's-Tüte, bis er auf dem Boden landete.

Die Fahrt nach Löhne dauerte mit der Regionalbahn kaum fünfzehn Minuten, trotzdem war sie schon eine halbe Ewigkeit nicht mehr dort gewesen. Obwohl Haris mittlerweile der Einzige in ihrer Familie war, der immer noch in der Gegend lebte, sah sie ihn nur selten. Einerseits lag es daran, dass Haris' Mutter, die sie immer sehr gern gehabt hatte, schon vor einigen Jahren an Krebs gestorben war, und andererseits daran, dass ihr Cousin danach irgendwie auf die schiefe Bahn geraten war und sich mit Leuten umgab, mit denen sie lieber nichts zu tun haben wollte. Nejla erinnerte sich daran, wie er sie ungefähr vor einem Jahr überraschend im Mellow Gold besucht hatte. So betrunken und zugekokst, wie er war, hatte sie ihn kaum wiedererkannt. Ständig hatte er die anderen Gäste angepöbelt und sich am Ende des Abends beinahe noch mit ihrem Chef geprügelt. Zwar hatte er am nächsten Tag angerufen und sich entschuldigt, doch danach hatten sie so gut wie keinen Kontakt mehr gehabt. Bis gestern. Noch immer war sie sich nicht sicher, ob es eine gute Idee gewesen war, ihn anzurufen.

Na ja, sagte sie sich. Jetzt gibt es kein Zurück mehr. Ich habe Tom versprochen, mich nach der Sache mit Anela und dem Raubüberfall zu erkundigen, und wenn, dann ist Haris der Einzige, der eventuell was davon gehört hat.

Mit Tom war das auch so eine Sache. Noch immer konnte sie nicht so recht fassen, dass sie gestern nach der Party mit zu ihm nach Hause gegangen war und sie zusammen im Bett gelandet waren, aber in dieser Nacht war einfach eins zum anderen gekommen. Diese Woche hatte sie endlich ihre Zusage für die Fachhochschule bekommen und war zum ersten Mal seit Ewigkeiten wieder richtig feiern gegangen. Außerdem hatte sie seit Monaten nichts mehr mit einem Typen gehabt und an diesem Abend mal wieder richtig Lust auf Sex bekommen. Und dann war Tom ihr auf der Party die ganze Zeit nicht von der Seite gewichen und hatte ihr unmissverständlich gezeigt, dass er immer noch auf sie stand.

Der Sex war ja gut, sagte sie sich. Wenn ich nur nicht ganz so betrunken gewesen wäre. Bei seinem Lifestyle hätte ich gar nicht erwartet, dass er so einen guten Body hat.

Hätte am nächsten Morgen nur nicht dieser andere Tom in der Küche gestanden. Dieser dämlich grinsende, verliebt wirkende Typ, der so rein gar nichts mit dem coolen, feierwütigen DJ zu tun hatte, der ihr Kumpel war. In diesem Moment war ihr klargeworden, dass ihr Verhältnis nie wieder das gleiche sein würde. Während er im Begriff war, ein neues Gefühl für sich zu entdecken, begriff sie, dass sie in dieser Nacht ihren Kumpel verloren hatte. Dieses Maß an Zuneigung, das er ihr am nächsten Morgen plötzlich entgegenbrachte, war bei ihr niemals da gewesen und hatte sich auch nach ihrer gemeinsamen Nacht nicht eingestellt.

Verdammt, dachte sie sich und verspürte ein dumpfes Schuldgefühl. Früher oder später werde ich ehrlich mit Tom darüber reden müssen.

Sie hasste es, Menschen vor den Kopf zu stoßen. Wahrscheinlich war sie auch deshalb Hals über Kopf aufgebrochen. Obwohl ihr noch über eine Stunde Zeit geblieben war, hatte sie lieber alleine bei McDonald's gefrühstückt und auf dem Bahnhofsvorplatz die Tauben gefüttert.

Vor dem Zugfenster zog die Reklame »Schokolade am Stiel« vorbei. Die riesige Tafel befand sich schon dort, seit sie sich erinnern konnte, und jedes Mal, wenn sie daran vorbeifuhr, wunderte sie sich, welchen Sinn es hatte,

Schokolade am Stiel zu produzieren. Aber wahrscheinlich gab es viele sinnlose Dinge auf dieser Welt.

Von Herford nach Löhne war es nur noch ein Katzensprung. Außer Nejla stiegen nur ein paar Kids aus. Die einzige Person, die auf dem leeren Bahnsteig stand, war ihr Cousin. Eine Kippe im Mundwinkel und sein Handy am Ohr lief er unruhig hin und her und redete wild auf die Person am anderen Ende der Leitung ein. Als er Nejla sah, nickte er ihr kurz zu und hielt ihr, während er weiter telefonierte, als Willkommensgruß seine offene Kippenschachtel hin. Nejla nahm sich eine Zigarette und wartete, bis er fertig war.

Haris trug eine schwarze Hugo-Boss-Lederjacke, ein weißes Poloshirt von Ralph Lauren und eine verwaschene Levi's. Die Hand, in der er sein Telefon hielt, zierte eine teuer aussehende Uhr. Doch trotz der Markenklamotten und seiner akkurat ausrasierten dunkelblonden Haare fand Nejla, dass ihr Cousin irgendwie heruntergekommen aussah. Seine Gesichtsfarbe war ungesund, die Haut porig und seine schönen blauen Augen, wegen denen er früher der Liebling seiner Tanten gewesen war, hatten ihren Glanz verloren und wurden von dunklen Augenringen umrahmt. Gehetzt glitt sein Blick hin und her, während er sich immer wieder am Hinterkopf kratzte und mit der Hand übers Gesicht fuhr.

»Eh, srce slatko, kakva si mi?«, rief er schließlich, nachdem er aufgelegt hatte, und umarmte sie.

Für einen Moment blitzte in Haris' Gesicht das alte Lächeln auf, das Nejla noch von früher kannte. Gemeinsam durchquerten sie die leere Halle des alten, backsteinernen Bahnhofsgebäudes, in dem es nichts außer einem Zigaretten- und einem Snackautomaten gab.

»Schau mal«, wechselte Haris, dessen Eltern bereits einige Jahre vor dem Krieg als Gastarbeiter nach Deutschland gekommen waren, ins Deutsche. »Kennst du schon meine neue Karre!?«

Auf dem Taxistreifen direkt vor dem Eingang parkte ein dunkelblauer 3er BMW mit glänzenden Chromfelgen.

»Nee«, entgegnete Nejla, die sich nicht wirklich für Autos interessierte. »Aber sieht cool aus.«

Haris musste erst noch kurz irgendetwas erledigen und schlug vor, danach nach Bad Oeynhausen zum Werre-Park, einem Shoppingzentrum, zu fahren.

»Arbeitest du immer noch in dieser Bar?«, erkundigte er sich bei Nejla, während er sich im Auto eine neue Kippe anzündete.

»Manchmal«, antworte Nejla.

»Ihr habt bestimmt einige Kunden, du weißt schon«, meinte er und machte mit dem Daumen eine unmissverständliche Geste vor seiner Nase. »Wenn du bisschen Pare machen willst, sag Bescheid. Ich kann dir erst mal auf Kombi geben, kein Problem. Aber dieser Hurensohn, Emir oder wie hieß der noch mal, kriegt nix. Und wenn der aufmuckt, kein Problem. Dann komm ich eben vorbei und therapiere ihn ein bisschen.«

»Joj, pusti ga, molim te«, entgegnete Nejla und schüttelte den Kopf. »Du weißt doch, das ist nichts für mich.«

Als Nejla ihm von ihrem Studienplatz an der FH und dem Wunsch, Künstlerin zu werden, erzählte, war Haris zuerst überrascht, verlor dann aber schnell das Interesse. Nejla wechselte das Thema und erzählte ihm von ihrer Mutter und dem Rest der Verwandtschaft.

Haris parkte den BMW vor einer Sportsbar und bedeutete ihr mitzukommen. Im Innern der Bar war es ziemlich schummrig. An den Seitenwänden hing jeweils ein großer Flachbildfernseher, auf dem Fußball lief, aber der Ton war ausgeschaltet. Die Vorhänge waren geschlossen, die Wandvertäfelung und die Tische bestanden aus dunklem Holz und die gedimmte Hintergrundbeleuchtung war lila und rot. Bis auf zwei Sitzgruppen waren die schwarzen Kunstledersessel alle leer. Haris und Nejla passierten den vorderen Bereich, in dem ein paar Leute herumhingen, die Shisha rauchten, und gingen nach hinten zur Bar, wo in einer Nische neben dem Tresen zwei Typen saßen, die Nejla als Rocky und Jet vorgestellt wurden.

Mit seinen fettigen langen Haaren und dem roten Gesicht wirkte Rocky seinem Namen zum Trotz weniger wie ein Boxer, sondern mehr wie ein verlebter Rocker, der sich in seinem Leben viel mit Drogen und kaum mit Musik beschäftigt hatte. Nejla schätzte ihn bestimmt zehn oder zwanzig Jahre älter als ihren Cousin. Jet hingegen musste ungefähr so alt wie Haris sein. Er war hager und schlaksig und alles an ihm, egal ob Augen, Mund, Hände oder Füße, war ständig in Bewegung. Er hatte eine leichte Hakennase, sein Gesicht war ein bisschen einfallen und in seinen Augen war dieses irre Leuchten, das entweder auf einen Junkie, einen Psychopathen oder beides hindeutete.

»Hier, kennst du schon mein neues Baby«, meinte er zu Haris und hielt ihm unterm Tisch einen verchromten Revolver mit Perlmuttgriff hin. »Hat Rocky mir von unten mitgebracht.«

Haris nahm die Waffe entgegen und musterte sie anerkennend.

Ein zurückhaltender Typ, den sie vorher gar nicht bemerkt hatte, kam hinter dem Tresen hervor, begrüßte Haris und fragte, was sie trinken wollten. Kurz nachdem ihr Espresso gekommen war, stand Haris auf, ließ Nejla mit Rocky allein und ging mit Jet nach hinten zu den Toiletten.

Nejla fiel ein Bild ins Auge, ein Ölgemälde, das über dem Tresen hing. Auf den ersten Blick wollte es nicht so ganz zu seiner Umgebung passen, doch nach einem zweiten Blick korrigierte sie ihr Urteil.

Auf dem Bild war eines dieser typischen Geschicklichkeitsspiele dargestellt, ein kreisförmiges Labyrinth, durch das eine kleine Silberkugel zu einem Loch manövriert werden muss. Der Clou dieses speziellen Labyrinths bestand darin, dass die Kugel nicht daraus entkommen konnte, denn keiner der Wege führte zum Loch. Das Motiv war realistisch gemalt und der Künstler verfügte ohne Zweifel über ein beachtliches handwerkliches Können.

»Interessantes Bild, oder?«, meinte Rocky, als er ihre Faszination bemerkte. »Talentierter Junge. Hätte richtig was werden können. So ein Typ aus Düsseldorf hat ihn eingeladen für Ausstellung. Haben sie richtig viel Geld gegeben für seine Bilder. Aber das da hat Aco bekommen fast für nix.«

Rocky deutete auf den Typen, der ihre Getränke gebracht hatte.

»Der Kleine hatte Schulden. Junkie. Für ihn war nur wichtig nächste Schuss.«

Nejla nickte verständnisvoll. Sofort kam ihr Denis, ihr Cousin aus Sarajevo, in den Sinn.

»Scheiße Heroin«, murmelte Rocky und schüttelte den Kopf.

»Jetzt verstehe ich, wieso er dieses Bild gemalt hat«, meinte Nejla.

»So, denkst du?«, sagte Rocky, während er sich eine Zigarette ansteckte und ihr ebenfalls eine anbot. »Ich denke mal so, mal so. Natürlich, du kannst sagen, es gibt keine Weg aus dieser Labyrinth. Welt ist scheiße, kommst du nie dahin. Aber schau, wieso soll denn Kugel in Loch? Vielleicht will Kugel gar nicht. Sie kennt nicht Loch. Es ist nur dein Wunsch, weil du Loch siehst und Kugel und denkst, muss so gehen.«

»Du hast recht«, pflichtete Nejla ihm bei und sah in Richtung Toiletten. »Was ist eigentlich bei denen los? Holen die sich da drin gegenseitig einen runter?!«

Rocky lachte und bekam dabei einen Hustenanfall.

Tatsächlich hatten beide ein glückliches Lächeln im Gesicht, als sie eine Weile später zurück an den Tisch kamen. Verwundert musterte sie die beiden. Jet, der vorher die ganz Zeit auf hundertachtzig gewesen war, wirkte jetzt total entspannt und irgendwie abwesend, während Haris plötzlich total happy war über ihren Anblick, so als hätte er sie gar nicht vom Bahnhof abgeholt und würde sie jetzt erst richtig begrüßen. Forschend sah sie hinüber zu Rocky, doch der wendete nur den Blick ab und drückte seine Kippe in den Aschenbecher.

»Hajmo«, sagte Haris, nachdem er den Rest seines Espressos hinuntergekippt hatte.

Der Werre-Park in Bad Oeynhausen beherbergte neben den normalen Läden auch ein Casino. Als sie im Einkaufscenter ankamen, bestand Haris darauf, eine Runde an die Automaten zu gehen.

»No sikiriki«, meinte er und wedelte mit einem Bündel Fuffis herum, das er aus seiner Jackentasche geholt hatte. »Ich geb einen aus!«

Nachdem sie eine halbe Stunde lustlos auf den blinkenden Knöpfen herumgedrückt hatte, wobei sie im Gegensatz zu Haris ironischerweise auch noch ständig Freispiele bekam, drängte sie ihn schließlich mit der Begründung, dass sie Hunger habe, zum Gehen. Haris, der gerade im Begriff war, einen weiteren Schein in die gefräßige Maschine zu stecken, willigte wohl oder übel ein und ging mit ihr zu Mr. Phung.

Während des Essens sprach sie endlich die Sache an, wegen der sie gekommen war. Sie begann mit Anela und der Scheinheirat und erzählte ihm alles, vom Fund der Sporttasche auf dem Dachboden bis hin zu den Fremden an Toms Haustür und Anelas spurlosem Verschwinden. Aus einem unbestimmten Gefühl heraus ließ sie allerdings unerwähnt, dass sich die beinahe wertlosen Tolarsäcke nun in ihrem Besitz befanden.

Tatsächlich meinte Haris sich zu erinnern, dass ein paar Typen aus dem Kosovo sich vor gut einem halben Jahr nach einer Bosnierin umgehört hatten. Wo die Typen mittlerweile steckten und was sie von ihr gewollt hatten, konnte er nicht sagen, aber Jet, der aus der gleichen Ecke stammte und einen von ihnen ganz gut kannte, hatte ihm versichert, dass die richtig krass drauf waren. Angeblich waren sie ursprünglich auf Einbrüche spezialisiert gewesen, doch mittlerweile machten sie fast alles.

»Was ist denn mit diesem Tom?«, fragte Haris misstrauisch. »Vielleicht verheimlicht er dir ja was und hat in Wirklichkeit den Rest der Beute zusammen mit dieser Anela irgendwo gebunkert.«

»Ach, Quatsch«, entgegnete Nejla. »Der doch nicht. Der ist total harmlos, Mann. Mir tut's voll leid, dass ich ihn in die ganze Sache reingezogen habe.«

»Aber zu den Bullen geht er ja auch nicht …«

»Weil er Angst hat wegen der Scheinheirat«, sagte Nejla. »Daran bin ich schuld.«

»Immer diese kriminellen Bosnier«, sagte Haris und schüttelte grinsend den Kopf.

»Ich meine es ernst, Haris«, sagte Nejla. »Wenn du irgendwas von Anela oder diesen Typen hörst, sagst du mir Bescheid?«

»Warum interessiert dich das so?«, fragte Haris ein wenig verwundert.

»Hab ich dir doch gesagt«, antwortete Nejla. »Wegen Tom. Ich will nicht, dass er deswegen noch mehr Ärger bekommt.«

»Hast du was mit dem Typen?!«

»Nee, wir sind nur Freunde«, sagte sie, doch Haris' Gesichtsausdruck nach zu urteilen, klang sie dabei nicht sehr überzeugend.

Nachdem sie noch eine Weile durchs Einkaufszentrum spaziert waren, brachte Haris sie zum Bahnhof.

Als sie in der Regionalbahn zurück nach Bielefeld saß, hatte sie irgendwie ein mieses Gefühl.

Hatte Anela den Rest der Bande um ihren Anteil betrogen?, fragte sie sich. So oder so, es ist offenbar wirklich jemand hinter ihr her gewesen.

Und als ob das nicht genügte, schien dieser Jet auch noch jemanden von denen zu kennen. Jet war ihr überhaupt nicht sympathisch gewesen. Er war einer von der gefährlichen Sorte, jemand, dem alles egal war. So einem war nicht zu trauen. Und ausgerechnet mit ihm hing ihr Cousin herum. Aber konnte sie Haris denn trauen? Die beiden hatten auf der Toilette hundertprozentig irgendwas konsumiert. Nur was? Irgendwie waren sie anders drauf gewesen. Denis, ihr Cousin aus Sarajevo, kam ihr in den Sinn. Das letzte Mal, als sie ihn gesehen hatte, stand er den Tränen nahe vor der Haustür ihrer Mama und bettelte sie verzweifelt nach ein paar Maraka an. Ein paar Tage später hatte er erst gar nicht mehr gefragt, sondern war direkt in ihre Garage eingebrochen und hatte alles mitgenommen, was man irgendwie zu Geld machen konnte. Rocky hatte recht: »Scheiße Heroin.« Hoffentlich war Haris nicht auch darauf gelandet.

Die Sonne stand noch immer hoch am blauen Himmel. Niedergeschlagen verfolgte Nejla den Flug der Krähenscharen über den Feldern.

Gestern war alles noch so perfekt, dachte sie sich. Warum fühlt sich heute alles so falsch an?

I'm a loser, baby

Die Sonne war untergegangen, nur am äußersten Rand des Himmels hielt sich noch ein schmaler dunkelvioletter Streifen. Die Straßenlaternen auf dem Gelände des Skateparks waren bereits angegangen, doch ihre trüben Lichtkegel beleuchteten nur einen Bruchteil des Platzes. Bobby und Artur saßen im Halbdunkel auf ihren Decks und tranken Alsterwasser aus der Dose.

»Ich glaub, ich muss von zuhause ausziehen«, verkündete Artur. »Mama ging mir ja schon vorher auf den Sack, aber seitdem der Alte weg ist, ist es echt die Hölle. Ich kann ja verstehen, dass sie traurig ist, aber wir können doch auch nichts dafür. Ständig kommt sie zu einem an, Alter, und verlangt irgendwas. Arturtschik mach dies, Arturtschik mach das … und sobald ich mir bisschen einen angesoffen hab, sitzt sie am nächsten Morgen heulend in der Küche. Erzählt mir irgendwas von wegen ich wäre ein verdammter Alkoholiker und so.«

»Wenn du ausziehen musst, dann muss ich es erst recht«, meinte Bobby. »Deine Mutter ist wenigstens nicht so eine Cholerikerin. Du solltest mal meine erleben, wie die abgeht, wenn sie besoffen ist. Da bleibt nichts heile. Außerdem will ich endlich mal 'n eigenes Zimmer haben.«

»Heißt das, du wärst dabei?«, fragte Artur.

»Ja, Mann«, entgegnete Bobby. »Lass uns zusammen was suchen …«

»Korrekt, Alter!«, sagte Artur und hielt ihm die Hand hin.

Grinsend schlug Bobby ein.

Das Glück war auf ihrer Seite. Bereits eine Woche später hatten sie eine Wohnung gefunden, die voll und ganz ihren Anforderungen entsprach: Sie war groß, sehr günstig und lag zentral, genauer gesagt, in der Nähe des Hauptbahnhofs an der Herforder Straße, über einem kurdischen Restaurant. Bis auf das Bad, das einen relativ neuen Eindruck machte, war die

Wohnung ziemlich heruntergewirtschaftet. Die Teppichböden mussten herausgerissen und erneuert, die Wände gestrichen und eine komplette Küche eingebaut werden. Dafür war die Miete für die fast achtzig Quadratmeter große Drei-Zimmer-Wohnung so niedrig, dass sie nicht einmal einen weiteren Mitbewohner brauchten.

»Wir suchen junge Leute wie euch«, meinte die Maklerin. »Die selbst ein bisschen anpacken und die Wohnung schön machen!«

»Yo, kein Problem«, sagten Artur und Bobby. »Machen wir!«

Und so unterschrieben sie den Mietvertrag. Mit seinem Job im Skateshop verdiente Bobby gerade genug, um sich die Miete leisten zu können. Artur konnte die Zeit bis zum Zivildienst mithilfe des Sparbuchs seiner Babuschka überbrücken.

Nachdem sie die Wohnung gestrichen hatten, rissen sie die alten, vergammelten Teppiche raus. Da neue zu teuer waren, überstrichen sie die alten, rostbraunen Holzdielen mit weißer Farbe. Nachdem sie ein paarmal drübergelaufen waren, blätterte das Weiß zwar zum Teil wieder ab, sodass der Boden aussah wie die schlecht gereinigte Kulisse eines Splatterfilms, doch das war ihnen egal. Für die Küche staubten sie bei einer Haushaltsauflösung einen Uraltherd aus den Sechzigern ab, der an eine Höllenmaschine aus einem trashigen Horrorfilm erinnerte, da er ziemlich schwer zu regulieren war und regelmäßig die Sicherung raushaute, sobald man mehrere Platten anschaltete. Kühlschrank und Waschmaschine fanden sie über Ebay. Außerdem entdeckten sie im Keller von Arturs Eltern eine ausrangierte Garnitur Küchenschränke. Einen Tisch sowie Sitzgelegenheiten baute Bobby, der handwerklich ziemlich talentiert war, aus billigem Kistensperrholz und Baubohlen selbst.

Als sie bei Ikea in Sennestadt den letzten Kleinkram besorgten, stellte Artur zwei kleine langstielige Grünpflanzen in den Wagen.

»Aglaonema«, las Bobby von dem Schild ab, das in einem der Töpfe steckte.

»Das ist die Léon-der-Profi-Pflanze«, erklärte Artur. »Eine für dich und eine für mich. Egal, was kommt und wohin wir gehen, jeder nimmt seine Pflanze mit. Und irgendwann, wenn wir ein richtiges Zuhause gefunden haben, pflanzen wir sie dort in die Erde.«

»Yo, find ich gut«, stimmte Bobby ihm zu.

Ihr offizieller Einzugstermin war der 1. August, ein Mittwoch. Als Artur seine letzten Sachen aus der Bielsteinstraße abholte, stand seine Mutter weinend in der Tür.

»Arturtschik, solnyschko mojo. Erst Papa und jetzt gehst du«, klagte sie.

»Ach Mamotschka, ich wohne doch zu Fuß gerade mal zwanzig Minuten entfernt«, versuchte Artur sie zu trösten. »Wenn irgendwas ist, kann ich sofort vorbeikommen.«

»Das sagst du so einfach …«, erwiderte seine Mutter und schüttelte enttäuscht den Kopf.

»Nicht traurig sein, Mamotschka«, sagte Artur und drückte ihr einen Kuss auf die Wange. Anton stand oben am Fenster und streckte ihm die Zunge raus. Beim Anblick seines kleinen Bruders hinter dem staubigen Fensterglas seines ehemaligen Zimmers überkam ihn für einen Moment eine tiefe Traurigkeit. Er winkte hinauf, schluckte den Kloß in seinem Hals herunter und ging zu dem Transporter, den Bobby sich vom Skateshop ausgeliehen hatte.

Als er neben Bobby auf der Sitzbank saß und sie in die August-Bebel-Straße abbogen, fühlte er sich allmählich leichter. Das Wetter war diese Woche zum ersten Mal durchgängig schön und die Spätnachmittagssonne tauchte die Straßenzüge in warmes Licht. Aus den Autolautsprechern kam *Extra Extra* von Paula Perry. Artur kurbelte das Seitenfenster herunter und ließ seine Hand durch den Fahrtwind gleiten. Schon als Kind hatte er das gern gemacht. Fuhr man schnell genug, fühlte es sich an, als streiche man über den Körper eines unsichtbaren Wesens. Die Opas aus dem kurdischen

Begegnungszentrum hatten ihre Stühle auf den Bürgersteig gestellt und aus Richtung des Wiesenbads trottete eine Traube sonnenverbrannter Jugendlicher mit ihrem Badezeug die Straße hinunter. Am Kesselbrink stand eine Horde Kinder am Zaun, löffelte Wassereis aus Kratzbechern und verfolgte staunend die Tricks der Skater und BMXer, an deren nackten Oberkörpern der Schweiß herunterlief.

Bevor sie zur neuen Wohnung fuhren, machten sie noch einen kurzen Abstecher und holten Kazim ab.

»Was geht ab, lo?!«, rief Kazim, während er sich mit Plattentasche und Rucksack neben Artur auf die Sitzbank quetschte.

»Was los, Bıra?!«, rief Bobby.

Artur hatte Kazim bisher nur ein paarmal auf Partys oder Hip-Hop-Konzerten getroffen und kannte ihn nur vom Hallosagen.

»Artur, oder?«, vergewisserte sich Kazim.

»Yo«, antwortete Artur.

»Bist du Russe oder Pole?«

»Meine Eltern kommen aus Russland«, erklärte Artur. »Aber ich bin schon hier geboren.«

»Ah, kak dela, bljad?!«, meinte Kazim grinsend.

»Normalno«, erwiderte Artur. »Du bist Kurde, oder?«

»Ja, Mann. Jeside.«

»Jeside«, überlegte Artur. »Ihr glaubt doch an diesen Engel, oder?«

»Genau«, bekräftige Kazim und zeigte den Anhänger der Goldkette, die er um den Hals trug. »Tausī Melek!«

»Cooles Shirt, Mann«, bemerkte Artur.

Kazim trug ein T-Shirt des Bielefelder Hip-Hop-Labels 667. Auf der Brust befand sich ein abgewandeltes James-Bond-Logo mit Pistole, darunter stand *One more than the Devil.*

»Danke«, sagte Kazim. »Kennste?«

»Klar. Woher haste das?«

»Direkt von den Jungs. Kann dir auch eins besorgen, wenn du willst?«

»Yo, das wär' cool.«

Bobby parkte den Transporter direkt vor dem Hauseingang, um den Rest von Arturs Sachen auszuladen.

»Laber nicht«, rief Kazim und zeigte auf das Restaurant. »Hier wohnt ihr, oder was? Direkt über Onkel Halefs Laden.«

»Der ist mit halb Bielefeld verwandt«, meinte Bobby.

»Schwöre, lo.«

Während Artur den Rest seiner Sachen einräumte und den Computer anschloss, malten Bobby und Kazim zusammen ein Graffiti-Piece an die Wohnzimmerwand: »Live and Die in BLFD«, frei nach dem Tupac-Song *To Live & Die in L.A.* Im Zentrum stand Bobbys »BLFD« in türkisen Wildstyle-Lettern mit roten Outlines, Schatten und hellblauen Seconds. Kazim malte in klassischen, blockigen weißen Lettern mit roten Outlines und hellblauen Seconds »Live and Die« darüber. Auf der linken Seite fügte er den Turm der Sparrenburg und auf der rechten Seite eine Pistole hinzu.

»Sieht echt geil aus, Jungs!«, sagte Artur, als er das aerosolvernebelte Zimmer betrat.

Artur hatte Bobby nachts ein paarmal beim Sprühen begleitet. Allerdings hatte er schnell begriffen, dass er kein Talent besaß, und wieder damit aufgehört. Trotzdem übte jener ganz spezielle, mit nichts anderem zu vergleichende Aerosolgeruch eine besondere Anziehungskraft auf ihn aus. Wenn man ohne Maske in einem geschlossenen Raum sprühte, konnten die Dämpfe einen echt high machen.

»Yo, ist ganz fresh geworden«, meinte Bobby und ließ sich auf die durchgesessene Secondhandcouch fallen, die sie von Bekannten abgestaubt hatten.

»Boah, jetzt hab ich krass Hunger«, verkündete Kazim. »Ich glaub, ich mach uns bei Onkel Halef mal was zum Essen klar!«

Tatsächlich brachte er fünfzehn Minuten später ein großes Tablett mit drei Portionen Reis, Döner, Köfte, Salat und Ayran hinauf. Da das Wohnzimmer noch auslüftete, aßen sie bei Artur.

Artur hatte das meiste von zuhause mitgenommen (die Fotos mit Nina fehlten). Da das neue Zimmer jedoch fast doppelt so groß war wie sein altes, hatte er sich bei Ikea noch einen freischwingenden Stoffsessel, den typischen Lack-Couchtisch und eines dieser schlichten quadratischen weißen Regale für seine Platten und CDs gekauft. Außerdem hatte er sich ein Filmplakat der Animeserie *Cowboy Bebop* bestellt und eine dünne Holzleiste an der Wand angebracht, auf die er einige seiner Lieblingsvinyls gestellt hatte: *Liquid Swords* von Genius/GZA, *Labcabincalifornia* von The Pharcyde, *The Infamous* von Mobb Deep, *Brothas Doobie* von Funkdoobiest und natürlich *ATLiens* von Outkast.

Nach dem Essen begutachtete Kazim anerkennend Arturs Vinylsammlung. Dann setzte er sich neben die Léon-der-Profi-Pflanze auf den breiten Fenstersims, holte sein Ot raus und drehte sich einen. Arturs Zimmer verfügte über hohe, doppelte Sprossenfenster, die viel Licht hereinließen. Die Fenster gingen direkt zur lauten, vielbefahrenen Herforder Straße hinaus. Auf der anderen Straßenseite befand sich nur leerer Baugrund, sodass man freie Sicht auf den Abendhimmel über den Gleisanlagen hatte. Am Horizont zeichneten sich das Fake-Minarett des orientalisch gestylten Erlebnisbads Ishara und der riesige Parkhausbetonklotz der Bielefelder Ausgehmeile ab. Jenseits des Bahnhofs standen einige rotweiße Regionalbahnen auf den Abstellgleisen.

»Chilligen Ausblick habt ihr hier«, bemerkte Kazim, während er sich die Tüte anzündete. »Eigentlich geil zum Filmen für Zug-Action.«

»Yo, hab ich mir auch schon gedacht«, pflichtete Bobby bei und gesellte sich zu Kazim, um mitzurauchen.

Artur saß neben dem Fenster am Schreibtisch und spielte ein paar seiner neuen Beats vor. Nach einer Weile begann Kazim ganz beiläufig zu

END
IN

freestylen. Seine Stimme war relativ hoch, klang aber gleichzeitig kraftvoll und smooth wie die von Jay-Z. Kazim flowte mühelos im Takt, wobei er den Reim am Ende teils etwas hinauszögerte. Manchmal verzichtete er auch ganz darauf, brachte einen neuen Reim und nahm den alten dann in der nächsten Zeile vollkommen unerwartet wieder auf. Er rappte weder besonders aggressiv noch lustig oder übertrieben. Es wirkte total natürlich, so als ließe er seinen Gedanken einfach freien Lauf. Er erzählte eine Anekdote, erinnerte sich an dieses und jenes, grüßte jemanden, kam auf einen Vergleich, führte ihn aus, besann sich wieder aufs Hier und Jetzt, nannte seine Träume und Wünsche und fantasierte dann immer schräger und verrückter drauflos. Artur hatte schon öfter bei einer Freestylesession zugehört, aber die meisten Rapper hatten ihn irgendwann gelangweilt. Besonders wenn sie aus krampfhaftem Geltungsbedürfnis nicht aufhörten zu rappen, obwohl sie nichts Interessantes mehr zu sagen hatten. Bei Kazim war es anders. Ihm hätte Artur stundenlang zuhören können. Mit seiner unaufdringlichen und zugleich souveränen Art zu reimen nahm Kazim einen mit auf eine Reise. Dabei konnte man sich als Beifahrer entspannt zurücklehnen und die Wortlandschaften an sich vorbeiziehen lassen.

»Killer Freestyle!«, rief Artur begeistert, als der Beat zu Ende war und Kazim seinen Joint weiterrauchte.

»Geiler Beat«, sagte Kazim. »Von wem ist der?«

»Der ist von mir«, antwortete Artur.

»Echt?«, meinte Kazim erstaunt. »Krass, Alter. Das Sample ist geil gechoppt und die Drums bocken auch!«

»Danke, Mann«, sagte Artur lächelnd. »Das ist ’n Sample von Barış Manço.«

Es war der Beat, den er in der schicksalhaften Nacht gebaut hatte, als seine Eltern sich getrennt hatten.

»Machst du nur Beats oder rappst du auch?«, wollte Kazim von ihm wissen.

Artur zögerte mit seiner Antwort.

»Also freestylen kann ich nicht. Ich hab schon mal paar Texte geschrieben. Aber eher so für mich selbst. Vor jemand anderem hab ich die noch nie gerappt.«

»Freestylen kann jeder, Bro«, entgegnete Kazim. »Musste einfach probieren. Lass die Tage mal 'ne kleine Session machen! Ich feier dein Zeug echt!«

Artur lächelte erfreut. Schon nach seinen ersten Reimen hatte sich in ihm der Wunsch geregt, etwas mit Kazim zu starten. Keiner der lokalen Rapper, die er bisher gehört hatte, gefielen ihm so gut, dass er mit ihnen zusammenarbeiten wollte, und seine eigenen sporadischen Rapversuche stellten ihn bisher ebenso wenig zufrieden. Kazim war der Erste, bei dem es sich richtig anfühlte. Seine Stimme, der Flow und die Reime trafen genau die Atmosphäre des Beats und erweckten ihn auf eine Weise zum Leben, dass Artur das Gefühl hatte, etwas gänzlich Neues zu hören. Dazu war Kazim auch noch ein entspannter und cooler Typ, in dessen Gegenwart man sich direkt wohlfühlte. Artur konnte sich gut vorstellen, dass Kazim der Erste sein würde, dem er etwas von seinen Texten vorrappte.

»Ja, auf jeden, machen wir!«, stimmte er ihm zu.

Kazim ging es mit Arturs Beats offenbar ähnlich.

»Ich mein es ernst, Bıra«, sagte er und hielt Artur seine Hand hin, damit er einschlug. »Ich bin da ehrlich. Viele machen Standard-Shit, aber deine Sachen haben irgendwie Charakter.«

»Ich auch, Mann«, entgegnete Artur leicht verlegen. »Ich habe noch nie jemanden so freestylen gehört.«

»Jungs!«, rief Bobby grinsend. »Das ist der Beginn von etwas ganz Großem.«

An diesem Abend legte Kazim noch für ein paar Stunden in einer kleinen, aber angesagten Szenebar auf, in der Hipster, Künstler und Designstudenten verkehrten. Bobby und Artur, die ihren Einzug begießen wollten, begleiteten ihn.

Die Sonne war schon hinter den Häusern verschwunden, doch der Himmel schien gläsern und hell und die Tageshitze hielt sich noch in den Straßen. Der Großteil der Bielefelder war in den Sommerurlaub gefahren und die Einkaufsmeile nach Ladenschluss so gut wie ausgestorben. Im sogenannten Kneipendreieck neben der Bahnunterführung war ein bisschen mehr los. Die dortigen Bars hatten alle nur relativ kleine Außenbereiche und da bei dem schönen Wetter niemand drinnen sitzen wollte, saßen all die, die keinen Platz mehr an den Tischen bekommen hatten, auf dem Bürgersteig oder standen in Grüppchen an der Straße.

Artur war erst einmal da gewesen, weil er und seine Kumpels aus Geldmangel meist zuhause vorglühten, bevor sie auf irgendeine Party gingen. Der Großteil des Publikums im Kneipendreieck war ein paar Jahre älter als er. Ein, zwei Gesichter kannte er von Partys oder vom Skatepark, aber sonst war ihm die hiesige Szene eher fremd. Während Kazim drinnen seinen Mixer anschloss und sich darauf vorbereitete, aufzulegen, tranken Bobby und Artur ihr Wegbier aus und musterten die Leute.

»Hängen hier nicht immer die ganzen Kunst-FH- und Designstudentinnen rum?«, meinte Artur zu Bobby.

»Sieht so aus«, entgegnete Bobby. »Den da vorne kenne ich. Der macht auch Graff. Aber eher diesen hippen Street-Art-Shit.«

»Aha«, meinte Artur, exte den Rest seines Biers und stellte die leere Flasche an den Bordstein. »Lass mal rein, was zu trinken holen.«

Bobby nickte und tat es ihm gleich.

An der Eingangstür stießen sie beinahe mit der Kellnerin zusammen, die – ein Dutzend frischer Gin Tonics auf dem Tablett – zu einem der Außentische eilte.

»Nejla!?«, rief Bobby überrascht.

»Hey Bobby!«, antwortete die große, dunkelhaarige Kellnerin, während sie die Gläser auf den Nebentisch stellte. »Wir haben uns ja ewig nicht gesehen! Setzt euch doch an den Tresen, dann können wir bisschen quatschen!«

»Ja, cool! Machen wir!«

Perplex sah Artur zu, wie Bobbys Bekannte die Drinks abstellte und dabei locker mit den Gästen scherzte.

Kein Zweifel, das ist sie, dachte er sich. Die Königin der Unterwelt, die auf der Totenkopfparty die Technohölle beherrscht hatte. Nur trug sie jetzt kaum Schmuck, hatte ihr Haar nach hinten gebunden und sich mit Schürze und T-Shirt als Kellnerin verkleidet. Auch unabhängig von ihrem Outfit wirkte sie plötzlich viel nahbarer als auf der Tanzfläche.

»Was ist los, Diggi?«, meinte Bobby grinsend und stupste Artur mit dem Ellenbogen in die Seite. »Komm!«

Artur nickte und folgte ihm wortlos.

»Woher kennst du die denn?«, erkundigte er sich, als sie außerhalb ihrer Hörweite waren, wobei er versuchte, so beiläufig wie möglich zu klingen.

»Nejla?«, antwortete Bobby und setzte sich auf einen freien Hocker am Tresen. »Die war paar Jahre auf der Gesamtschule Brackwede in meiner Klasse.«

»Ach so.«

»Hab früher manchmal in der Freistunde mit ihr rumgehangen. Wusste gar nicht, dass die hier arbeitet. Ist echt 'ne Hübsche geworden.«

»Ja, Mann«, bestätigte Artur und schielte aus dem Augenwinkel zu Nejla herüber, während er Bobby insgeheim darum beneidete, seine Freistunden ausgerechnet mit ihr verbracht zu haben.

Kazim hatte mittlerweile seinen Mixer angeschlossen und *Uknowhowwedu* von Bahamadia aufgelegt. Da bei einem Bar-Gig wie diesem die Musik eher im Hintergrund lief, damit sich die Leute unterhalten konnten, hatte Kazim einen Mix aus chilligen Hip-Hop-Scheiben und alten Soulnummern eingepackt.

»Yeah, geiler Sound«, rief Nejla Kazim zu.

Wippenden Schrittes kam sie zurück an den Tresen.

»Kazim, oder?«, erkundigte sie sich bei ihm. »Was möchtest du trinken?«

»Jackie Cola wäre super«, antwortete Kazim.

»Gerne«, meinte Nejla und ging hinter die Bar.

»Kannst du den beiden Jungs auch zwei bringen?«, rief Kazim ihr hinterher und deutete auf Bobby und Artur.

»Ach«, meinte Nejla zu ihnen. »Seid ihr seine Manager oder seine Groupies?«

»Beides«, antwortete Bobby grinsend und zeigte auf Artur. »Ich bin sein Manager und der da sein Groupie.«

»So, so«, sagte Nejla, während sie eine Cola öffnete, um ihre Drinks zu mixen. »Kazim, Bobby und wer bist du?«

Ihr Blick ruhte auf Artur. Nejla hatte große dunkelbraune, leicht mandelförmige Augen, von denen ein warmes Licht ausging.

»Artur«, sagte Artur, wobei er das Gefühl hatte, dass seine Stimme plötzlich ziemlich dämlich klang.

»Artur«, sagte Nejla. »So wie der König.«

»Genau.«

»Wir wohnen zusammen«, sagte Bobby und legte ihm freundschaftlich den Arm um die Schulter. »Er ist wie ein Bruder für mich.«

Nejla lächelte. Artur wurde rot.

»Irgendwie kommst du mir bekannt vor«, meinte Nejla und musterte ihn neugierig. »Du warst damals aber nicht bei Bobby und mir auf der Schule, oder?«

»Nee, wir kennen uns vom Kesselbrink«, antwortete Artur.

Dass er sie auf der Totenkopfparty gesehen hatte, ließ er unerwähnt.

»Apropos Schule«, fiel Bobby ein. »Hast du eigentlich jemals wieder was von Dilek gehört? Ihr wart doch damals richtig dicke.«

»Witzig, dass du es erwähnst«, meinte Nejla. »Ich habe letztens erst an sie gedacht und im Internet bei Myspace und so nach ihr gesucht, aber leider nichts gefunden.«

»Schade«, seufzte Bobby. »Sie war mein erster großer Schulschwarm. Weißt du eigentlich, warum sie damals nach den Sommerferien nicht zurückkam?«

»Ja, schon. Vielleicht erinnerst du dich, dass sie nicht am Schwimmen und an den Klassenfahrten teilnehmen durfte. Ihre Eltern waren halt voll konservativ. In der Pubertät wurde es dann noch schlimmer. Ihr Vater ist schon ausgetickt, wenn sie nur ’ne halbe Stunde später aus der Schule kam. Sie hat sich immer krass zusammengerissen, sodass selbst wir als ihre Freundinnen nicht so viel mitbekommen haben. Aber in dem Sommer war es richtig heftig und das Jugendamt wurde eingeschaltet. Die haben sie dann in einem Mädchenhaus untergebracht und niemand durfte wissen, wo sie war. Unsere Klassenlehrerin, Frau Voß, hat ihr sehr geholfen.«

»Echt?! Krass«, sagte Bobby. »Das habe ich damals gar nicht so richtig mitbekommen.«

»Ja«, sagte Nejla. »Wir durften es auch niemandem erzählen. Frau Voß hatte Angst, dass ihre Familie sie suchen würde.«

»Heftig«, meinte Bobby nachdenklich. »Was sie wohl heute macht …«

Kazims DJ-Set zeigte Wirkung. Nach und nach kamen die Leute von draußen herein und die Tische füllten sich. Nejla und ihr Kollege hatten alle Hände voll zu tun, die Gäste zu bedienen, sodass Artur kaum noch Gelegenheit hatte, sich mit ihr zu unterhalten. Nichtsdestotrotz standen immer frische Beck’s vor Bobby und ihm. Hin und wieder stellte sie noch ein paar tränenförmige Schnapsgläser dazu und trank mit ihnen einen hausgemachten Šljivovica, den Emir, der bosnische Ladenbesitzer, aus seiner Heimatstadt mitbrachte.

»Warum heißt der Laden eigentlich Mellow Gold?«, erkundigte sich Artur, während Nejla hinter dem Tresen gerade eine Bestellung fertig machte.

»Das ist 'n Albumtitel von Beck«, antwortete sie.

»Beck?«

»Dieser amerikanische Sänger. Du kennst bestimmt das eine Lied: I'm a loser, baby, so why don't you kill me ...«

»Hmm, ja«, überlegte Artur. »Kommt mir irgendwie bekannt vor.«

»Hör mal rein. Er hat noch ein paar andere coole Songs.«

»Mach ich.«

Bobby und er blieben bis zum Schluss. Gegen eins wurden die letzten Gäste abkassiert. Kazim baute sein Equipment ab und drehte sich einen. Die Schnaps-Bier-Kombi zeigte Wirkung. Artur und Bobby waren in Feierstimmung und wollten weiterziehen, blieb nur zu klären, wohin und wer mit dabei war. Zu Arturs großer Enttäuschung war Nejla raus.

»Tut mir echt leid, Jungs«, sagte sie, während sie ihr Fahrrad aufschloss. »Ich habe morgen Frühschicht. Aber kommt doch mal wieder vorbei! Dann gebe ich 'nen Šljiva aus!«

»Auf jeden Fall!«, riefen sie.

Bei ihrer Verabschiedung kam es Artur so vor, als verweile Nejlas Blick einen Moment länger bei ihm. Ihr Lächeln war wie ein zu grelles Licht, das noch vor seinen Augen herumtanzte, nachdem sie bereits verschwunden war. Ob sie mich wohl cool findet?, fragte er sich.

»Alter, wo sind denn alle auf einmal hin?«, wunderte sich Bobby, während er die leere Straße hinunterblickte. »Das ist ja wie zur Geisterstunde.«

»Gleich rollt hier so Wüstengestrüpp vorbei«, meinte Kazim, der seine Plattentasche und den Mixer im Mellow Gold hatte einschließen lassen und noch mit von der Partie war.

»Wo gehen wir jetzt hin?«, fragte Artur.

»Dienstag ist echt tot«, meinte Kazim und trat seinen Jointstummel aus.

Tatsächlich hatten auch die anderen Bars alle schon geschlossen und es gab kaum einen Club, der heute seine Türen öffnete.

»Leute, ich hab's«, rief Bobby. »Ist nicht dienstags im Far Out immer diese Schwulen- und Lesbenparty?«

»Was er alles weiß, lo«, meinte Kazim.

»Bobby will heute noch abschleppen«, sagte Artur.

»Ich habe meinen Schatz doch schon!«, entgegnete Bobby und fasste ihm an den Hintern.

»Lass hin, Süßer!«, pflichtete Artur ihm bei.

Der Club befand sich gut zehn Minuten entfernt im Keller des gläsernen Pavillons am Altstädter Kirchpark. Bobby und Artur hatten sich gegenseitig die Arme um die Schultern gelegt und sangen lauthals »Wir sind die Jungs aus der Leineweberstadt«. Kazim zündete sich eine Kippe an und ging kopfschüttelnd neben ihnen her.

Tatsächlich war das Far Out geöffnet. Doch die Türsteherin, die Artur mit ihrem strengen Pagenschnitt, der Hakennase, ihrer dicken schwarzen Bomberjacke und der engen Lederhose an einen großen Raben erinnerte, war von ihrem Anblick alles andere als angetan.

»Komm schon, bitte«, rief Bobby. »Wir sind doch nur ein paar unschuldige Jungs auf der Suche nach Liebe!«

»Keine Chance«, sagte sie und plusterte sich vor ihnen auf.

»Frau Rabe, ich verdurste!«, rief Artur.

Doch der Rabe ließ sich nicht erweichen. Erfolglos zogen sie ab.

»Blaue Lagune?«, meinte Artur.

»Nee, Alter«, entgegnete Bobby. »Ich chill doch nicht an der Tanke!«

»Vielleicht ist ja was im Movie«, überlegte Kazim. »Und wenn nicht, holen wir uns noch was zum Essen bei Dilan.«

»Yo, lass Richtung Movie gehen«, rief Artur.

Bobby fand die Idee auch gut und so zogen sie los zum Movie, einem zum Club umfunktionierten ehemaligen Kino am Bahnhofsplatz. Bobby hatte einen Marker dabei. Gemeinsam mit Kazim taggten sie im Vorbeigehen an Stromkästen und Wände. Hinter dem Jahnplatz war die Straße wegen einer Baustelle gesperrt.

Während Artur ihnen zusah, bekam er eine unglaubliche Lust, irgendetwas zu zerstören. Er nahm Anlauf und trat mit voller Wucht gegen den Bauzaun. Kurz darauf gesellte Bobby sich dazu. Gemeinsam warfen sie sich dagegen, bis der Zaun umkippte.

»Bob der Baumeister!«, grinste Artur und drückte Bobby eine Leitbake mit blinkender Signallampe in die Hand.

Bobby schleifte sie mit sich herum, bis sie ihm zu schwer wurde, und warf sie weg. In der Feilenstraße gab es keine Baustelle, aber dafür jede Menge geparkter Autos.

»Jacky-Chan-Style«, rief Artur und hechtete über die Motorhaube eines VWs.

Bobby lief über einen BMW. Artur trat den Spiegel ab.

»Jungs, bleibt ruhig!«, rief Kazim, der etwas zurückgefallen war. »Da kommen die Bullen!«

Tatsächlich kam ein Streifenwagen aus dem Kreisverkehr und fuhr auf sie zu. Als er auf Bobbys und Arturs Höhe war, schaltete er Blaulicht und Lautsprecher an.

»Guten Abend, Herr Wachtmeister«, begrüßte Bobby die aussteigenden Polizisten und lüftete sein Cap.

»Hier soll eine Gruppe Randalierer durch die Gegend ziehen!«, sagte der Beamte, während der Lichtkegel seiner Taschenlampe von einem zum nächsten Gesicht schwenkte. »Seid ihr das vielleicht?!«

»Nein, Herr Officer!«, beteuerte Bobby. »Auf keinen Fall. Wir kommen gerade vom Blockflötenunterricht.«

Sein Kollege nahm ihnen die Ausweise ab und verschwand im Auto, um die Nummern durchzugeben. Nach einigen Minuten kam er wieder und gab ihnen ihre Dokumente zurück.

»Noch ein Mucks von euch und wir nehmen euch mit!«, donnerte sein Kollege.

»Wir sind nur unterwegs zum Movie«, beteuerte Artur.

Die Polizisten stiegen ins Auto und fuhren langsam weiter. Bobby und Artur warteten, bis sie in der Unterführung unter den Gleisen verschwunden waren, und sahen sich nach Kazim um. Grinsend trat er aus dem Hauseingang heraus, in dem er sich versteckt hatte.

»Bobby, du Dino«, rief er. »Die hätten euch fast mitgenommen.«

»Whoop whoop, that's the sound of da police«, sang Bobby.

»Whoop whoop, that's the sound of da beast«, fiel Artur mit ein.

Der Bahnhofsvorplatz war so gut wie tot. Vor McDonald's standen Taxifahrer mit ihren Kaffeebechern und rauchten. Neben der beleuchteten Glaspyramide des U-Bahneingangs stritten sich ein paar Junkies. Das Movie war natürlich geschlossen. Ein paar Meter weiter blinkte die Leuchtreklame von Dilan, dem einzigen Dönerimbiss, der um diese Zeit noch offen war.

»Bljad«, rief Artur. »Ich brauch jetzt 'nen Döner und 'nen Ayran.«

»Yo, ich auch«, pflichtete Kazim ihm bei.

Bei Dilan war noch ziemlich was los. Neben Automatenspielern und Leuten, die von der Spätschicht kamen, hatten sich die letzten Nachtschwärmer eingefunden, um den Abend mit einem Döner zu beenden. Artur, Bobby und Kazim saßen direkt am Fenster und hatten gerade ihr Essen bekommen, als unmittelbar vor der Ladenfront ein Streifenwagen hielt. Kurz darauf kam noch ein Polizeibulli dazu.

»Kuckt mal«, meinte Artur, während ihm ein Fetzen Dönerfleisch aus dem Mund fiel. »Die holen sich auch Döner.«

Zwei Polizisten betraten den Laden. Während der eine sich an den übernächtigten Imbissmitarbeiter hinterm Tresen wandte, trat der andere geradewegs an ihren Tisch. Artur erkannte sie wieder. Die beiden hatten sie vorhin angehalten.

»Döner weglegen und mitkommen!«, rief der Polizist im Befehlston.

Verwundert starrten die anderen Gäste zu ihnen herüber. Bobby, Kazim und Artur wechselten vielsagende Blicke.

»Aber wir haben noch nicht gezahlt«, meinte Artur.

Der Imbissmitarbeiter schaltete sich ein und rief Kazim ein paar Worte auf Kurdisch zu. Seine Gesten gaben deutlich zu verstehen, dass er die Unruhestifter schleunigst aus seinem Laden heraushaben wollte.

»Lasst uns gehen«, murmelte Kazim nur und stand auf.

Draußen standen vier weitere Polizisten. Die Hände an ihren Schlagstöcken bildeten sie eine Gasse, die direkt zur offenen Tür des Transporters führte.

»Rein da!«, rief der Bulle, der bereits ihre Ausweise kontrolliert hatte.

»Ihr könnt uns doch nicht so einfach mitnehmen?!«, protestierte Bobby.

»Klar können wir das! Wenn ihr wollt, gern auch auf die harte Tour!«

Artur, Bobby und Kazim blieb nichts anderes übrig, als sich hinten in den Bus zu setzen.

»Wohin bringt ihr uns?«, wollte Artur wissen.

»Was glaubt ihr denn?!«, rief einer der Beamten, die vorne saßen. »Ins Hotel!«

»Herr Officer, mir ist schlecht«, ließ Bobby verlauten, doch die Beamten reagierten nicht.

Artur lehnte seine Stirn gegen das kalte Glas und blickte aus dem Seitenfenster. Der Polizeibulli brauste die Stapenhorststraße entlang, am Oetkerpark vorbei, geradewegs zum Polizeipräsidium.

Auf dem Parkplatz wurden sie voneinander getrennt. Zwei Beamte nahmen sich jeweils einem von ihnen an. Im Eingangsbereich verlor Artur seine Kumpels aus den Augen. Er wurde aufgefordert, seine Taschen auszuleeren, und dann zusätzlich noch gefilzt. Schließlich nahm man ihm auch Kapuzenpulli und Gürtel ab und brachte ihn in den unterirdischen Zellenbereich. Hinter ihm fiel die Tür ins Schloss und er war allein.

Die Betonwand und der Betonboden der Zelle hatten die Farbe heller Kotze. Die gesamte Einrichtung, wenn man sie überhaupt als solche bezeichnen konnte, wirkte wie aus einem Guss, oder besser gesagt, einem Strahl Kotzbeton. Ein etwa zwanzig Zentimeter hohes Betonpodest diente als Bett und Sitzgelegenheit und ein metallgerahmtes Loch mit höchstens zehn Zentimeter Durchmesser als Toilette. Die dunkle Wasseroberfläche am Grund des Lochs erinnerte ihn an ein schwarzes, glänzendes Auge. Das Auge blickte ihn mitleidslos an. Sein Rausch war wie weggeblasen. Das *Nichts* in ihm hatte sich nach außen gekehrt und umschloss ihn wie ein umgestülpter Magen, der ihn langsam verdaute. Kein Entkommen. Nur der Schlaf würde ihn befreien können.

Artur presste den Daumen auf den leuchtenden Knopf neben der Zellentür, doch egal wie oft er auch drückte, das milchig grelle Oberlicht ließ sich nicht ausschalten. Nach einer Weile hörte er hinter der Tür eine Stimme.

»Was ist da drin los?«

»Nichts«, sagte Artur. »Ich will nur das Licht ausmachen.«

»Dann hör gefälligst auf damit, den Beamtenruf zu drücken!«

Die Stimme meldete sich nicht mehr, doch das Licht blieb an. In dem fensterlosen Keller des Polizeipräsidiums war es für diese Jahreszeit erstaunlich kühl und er trug bloß ein T-Shirt. Artur setzte sich wieder auf die Betonerhöhung und rieb sich mit den Händen die nackten Arme warm. Aus irgendeinem Grund kamen ihm ein paar Verse eines Gedichts von Daniil Charms in den Sinn, das sein Vater ihm vorgetragen hatte, als er klein war.

Usch ja begal, begal, begal
i ustal.
Sel na tumbotschku, a begat
perestal.

Wischu, po nebu letit
galka,
a potom eschtscho letit
galka,
a potom eschtscho letit
galka,
a potom eschtscho letit
galka.
Potschemy ja ne letaju?
Ach, kak schalko!

Artur legte sich auf die Seite, rollte sich ein und schloss die Augen. Um sich vor der Kälte zu schützen, die aus dem Beton in ihn hineinkroch, zog er die Arme aus den Ärmeln und vergrub sie unterm T-Shirt direkt an seiner Brust. Trotzdem konnte er nicht einschlafen.

»Nejla«, murmelte er und dachte sehnsüchtig an ihre großen dunklen Rehaugen und die Wärme ihres Körpers. Wie es sich wohl anfühlt, sie in den Arm zu nehmen und mit dem Gesicht in ihr Haar zu tauchen, dass ihr wie ein schimmernder schwarzer Wasserfall über die Schultern fällt?

Nach einer Weile war die eine Körperhälfte so durchgefroren, das er sich auf die andere Seite drehte. Verdrossen starrte er die Wand an. Etwas oberhalb seines Kopfes hatte jemand etwas in den Beton geritzt:

EDIK WAS HERE

»Edja«, murmelte Artur verwundert. Einer seiner besten Freunde aus der Grundschule hieß so. Er war genau in dem Jahr gekommen, als Deutschland gegen Argentinien Weltmeister geworden war. So wie die anderen Deutschrussen hatte er direkt gegenüber der Diesterwegschule in dem alten städtischen Krankenhaus gewohnt, das damals kurzfristig zur Flüchtlingsunterkunft umfunktioniert worden war. Die ganze Familie auf Stockbetten in einem Raum. Aber anders als die Griechen waren die russischen Spätaussiedler nicht lange im Viertel geblieben. Stattdessen hatten die meisten Familien sich irgendwo im Umland ein günstiges Grundstück gekauft und dort eigenhändig ein Haus gebaut.

Arturs Papa, selbst Deutschrusse, hatte dazu immer gesagt: Die kommen alle irgendwo vom Dorf am Arsch der Welt und jetzt bauen sie sich das gleiche Dorf, nur auf der anderen Seite des Arsches. Denn obwohl Papas Familie ebenfalls nach Kasachstan deportiert worden war, hatte er in St. Petersburg studiert und dort eine »echte« Russin geheiratet.

Was wohl aus Edja geworden ist?, fragte sich Artur und fuhr mit dem Finger über die Kerben der Buchstaben. Nachdem er in der vierten Klasse weggezogen war, hatte er ihn weder gesehen noch von ihm gehört. Wie viele Ediks gab es wohl in Bielefeld? Hatte derselbe Edja, mit dem er seine Initialen in die Schulbank geschnitzt hatte, seinen Namen in diese Wand geritzt? Aber wie zum Teufel hatte er hier einen spitzen Gegenstand hineinbekommen? Und warum war er hier gelandet? Sobald er herauskam, würde er sich nach ihm erkundigen.

Irgendwann – Artur irrte immer noch im Grenzland zum Schlaf herum – ertönten aus einer der Nachbarzellen dumpfe Schläge und Rufe. Jedes Mal, wenn sie verstummten und Artur dachte, der Typ habe seine Energie verbraucht, setzten sie plötzlich mit neuer Kraft ein.

Wenn der so weitermacht, kommt er gar nicht mehr hier raus, sagte er sich.

Als Artur endlich kurz wegnickte, ertönten die Schläge plötzlich in nächster Nähe. Erschrocken fuhr er auf.

»Vogel, Artur?«, erkundigte sich jemand hinter der Tür nach seinem vollen Namen.

»Ja«, meldete sich Artur.

Die Zellentür öffnete sich und ein Polizist schaute herein.

»Schönheitsschlaf beendet?«, scherzte der Beamte.

Artur nickte und stand auf.

Draußen herrschte strahlendes Sommerwetter. In den Bäumen zwitscherten die Vögel und von der Stapenhorststraße drang das unablässige Rauschen des Berufsverkehrs herüber. Die Sonne stand schon hoch am tiefblauen Himmel, ihre Strahlen heizten die Luft auf und trieben Artur feine Schweißperlen auf die Stirn. Seine Beine waren wacklig und das grelle Licht trieb ihm Tränen in die Augen. Wie ein verirrter Statist aus einem Zombiefilm wankte er die Straße hinunter.

Gegenüber vom Oetkerpark entdeckte er eine Bäckerei, bei der er sich ein Käsebrötchen, Kaffee und eine Flasche kaltes stilles Wasser kaufte. Sein Hunger hielt sich in Grenzen, aber das Wasser wirkte Wunder. In einem Zug kippte er es runter.

Dann setzte er sich im Oetkerpark auf eine schattige Bank und schrieb Bobby eine SMS. Außer ein paar Rentnern, die ihre Hunde spazieren führten, war der Park leer. Da von Bobby keine Antwort kam, beschloss er, seinen Vorsatz zu verwirklichen und bei Edja anzurufen.

Anders als bei den meisten seiner Kindheitsfreunde, deren Festnetznummern er immer noch auswendig konnte, besaß er von ihm keine Nummer. Nach dem Auszug aus der Flüchtlingsunterkunft hatte seine Familie einen neuen Anschluss erhalten. Artur probierte es bei der Auskunft. Die Frau am anderen Ende der Leitung nannte ihm fünf Einträge zu Ediks Familiennamen im Raum Bielefeld, darunter einen mit dem Vornamen seines Vaters, also ließ Artur sich die Nummer per SMS zuschicken.

Erst rang er eine Weile mit sich, ob er tatsächlich anrufen sollte, doch dann drückte er die grüne Hörertaste.

Nachdem es einige Male geklingelt hatte und er schon wieder auflegen wollte, klickte es plötzlich in der Leitung.

»Hallo«, meldete sich eine etwas schroffe Frauenstimme.

»Hallo«, meldete sich Artur. »Hier ist Artur. Ich weiß nicht, ob Sie sich erinnern. Ich bin ein alter Freund von Edja. Ist er vielleicht zuhause?«

Anstatt zu antworten, atmete die Frau am anderen Ende der Leitung bloß geräuschvoll aus.

Habe ich vielleicht die falsche Nummer erwischt?, fragte sich Artur verunsichert.

»Edja gestorben«, brach die Frau schließlich ihr Schweigen.

»Oh«, entfuhr es Artur. »Das … das tut mir sehr leid. Hab ich nicht gewusst. Wir hatten schon länger keinen Kontakt mehr. Wann ist das denn passiert?«

»Letzte Jahr«, sagte die Frau, vermutlich seine Mutter, mit rauer Stimme. »Im Winter.«

»War er krank oder hatte er einen Unfall?«

»Etwas wie krank«, sagte die Frau und machte eine kurze Pause. »Er hatte Problem mit Drogen.«

»Ach«, sagte Artur, ohne recht zu wissen, was er darauf sagen sollte. »Das tut mir leid.«

»Kannst du ihm besuchen«, sagte Edjas Mutter. »Auf Sennefriedhof.«

»Danke, mach ich«, sagte Artur und verabschiedete sich.

Krass, dachte Artur erschüttert. Vielleicht hatte Edja in der Zelle schon eine Vorahnung gehabt, dass er so enden würde, und deshalb die paar Kratzer in der Wand hinterlassen. Als ob er gehofft hätte, dass irgendwann einer seiner Kumpels dort landen und seinen Gruß entdecken würde. Was für ein trauriges Vermächtnis.

Das flaue, ungute Gefühl in seinem Magen war zurück, aber diesmal lag es nicht am Alkohol. Wie ein Tropfen Säure fraß es sich langsam aber stetig in sein Bewusstsein hinein.

Sein Handy vibrierte. SMS von Bobby:

Yo Knastbruda,
bin grad rausgekommen.
Wo steckst du?

Kurz nachdem Artur ihm geantwortet hatte, kam er auch schon um die Ecke. Bobby wirkte ein wenig durch den Wind und sein Grinsen war etwas schiefer als normalerweise, aber ansonsten war er ganz der Alte.

»Wo zum Teufel bleibt Kazim?«, wunderte er sich, während sie den Hang hinaufgingen und sich im Schatten einer großen Buche ins Gras legten.

Es dauerte über zwei Stunden, bis Kazim endlich freigelassen wurde.

»Hey Bro«, rief Bobby erleichtert, als er ihnen auf der Wiese entgegenkam. »Wieso haben sie dich so lang eingesperrt? Du warst doch mit Abstand der Nüchternste von uns?!«

»Dieser Kurê Kaxba hatte es auf mich abgesehen«, sagte Kazim leise, doch seine Stimme zitterte vor Wut.

»Einer der Bullen?«, fragte Artur.

»Ja, Mann.«

»Was ist denn passiert?«

»Ach«, sagte Kazim, während er sich neben ihnen im Gras niederließ. »Ich hab sie bloß gefragt, aus welchem Grund sie mich einsperren würden, und gesagt, dass ich das nicht einsehe. Da hat der eine mir direkt den Arm auf den Rücken gedreht und gemeint, ich soll die Fresse halten. Ich dann nur so:

Alter, übertreib mal nicht deine Rolle! Da ist er voll ausgeflippt. Der eine hat mich in der Zelle auf den Boden gedrückt, direkt neben dem verdammten Scheißloch, Alter. Und dann haben sie mich ausgezogen. Bis auf die Boxershorts haben die mir alles weggenommen und meinten nur so, ich kann froh sein, dass sie nicht noch 'ne Rektalinspektion machen. Diese Hurensöhne.«

»Was für Bastarde!«, rief Artur.

»Scheiß Bullen, Alter«, empörte sich Bobby. »Die brauchen mal 'ne richtige Lektion!«

Der Park füllte sich allmählich. Einige Besucher hatten sich Decken oder Handtücher mitgebracht, um sich darauf zu sonnen. In der Mitte des Rasenkessels spielte jemand Dschembe und ein Grüppchen junger Leute mit Rastazöpfen und bunten Stoffhosen machte dazu Capoeira-Übungen.

Artur und Bobby hatten wegen Kazim ein schlechtes Gewissen. Schweigend sahen sie dem Treiben zu.

»Sorry, Bro«, meinte Artur nach einer Weile.

»Warum?«, fragte Kazim.

»Wenn wir unterwegs nicht so abgegangen wären, wäre dir das nicht passiert«, sagte Bobby.

»Was labert ihr? Wir waren da alle zusammen«, sagte Kazim.

»Ja, aber du hast es abbekommen.«

»Tausī Melek, ich habe schon ganz andere Sachen erlebt. Wenn die Missgeburten dachten, sie können mich einschüchtern, haben sie falschgelegen.«

Artur musste an die Schläge und Schreie denken, die er aus der anderen Zelle gehört hatte. Doch er verzichtete darauf, Kazim danach zu fragen. Kazim zog an seiner Kippe und blies den Rauch hinauf in den Himmel.

Über ihren Köpfen flog ein einzelner schwarzer Vogel über den Himmel. Nach einer Weile folgte ein zweiter und dann noch einer.

Ich hoffe, du hast deinen Frieden, Edja, sagte er sich.

Dann flogen seine Gedanken zu Nejla.

Mellow Night

Nejla lehnte am Tresen, zog an ihrer Zigarette und blickte durch die Glasfront hinaus auf die leere Straße. Draußen war kaum etwas los und von den wenigen Passanten wählten die wenigsten den Weg durch die Kneipentür. Emir, ihr Chef, war bereits nach Hause gegangen und sie schmiss den Laden allein. Mit der Handvoll Gäste, die noch da waren, hatte sie kaum Arbeit.

Im Moccaklatsch, der Bar auf der gegenüberliegenden Straßenseite, saß die Kellnerin ebenfalls untätig hinter dem Tresen.

Ist das Julia?, fragte sich Nejla, während sie den Hals reckte und ihre Augen zusammenkniff. Eine ihrer Kommilitoninnen aus den Einführungskursen an der FH arbeitete dort, doch sie war sich nicht ganz sicher, welche.

Die Kellnerin gegenüber hob die Hand und winkte ihr zu, Nejla erwiderte den Gruß und drückte ihre Kippe aus. Wie viele Kellnerinnen und Kellner standen irgendwo da draußen wohl auch gerade gelangweilt hinter ihrem Tresen und rauchten? Kaleidoskopblick, eine weitere Superpower für die Liste nutzloser Superhelden: Man sieht alle Personen, die zu einem bestimmten Zeitpunkt dieselbe Tätigkeit ausüben.

»Tschuldigung, können wir noch mal zwei Beck's haben?«, meldete sich jemand von einem der Tische.

»Klaro, einen Moment«, entgegnete Nejla und erledigte die Bestellung.

Kurz darauf war sie wieder alleine mit ihren Gedanken. Vor einer halben Stunde hatte ihr Tom geschrieben und sie gefragt, ob sie nach der Arbeit noch vorbeikommen wolle. Noch immer hatte sie ihm nicht geantwortet. Unschlüssig nahm Nejla ihr Handy heraus und starrte auf das Display.

Joj, jebem ti, šta ću, sagte sie sich. Ich habe doch gewusst, dass es so kommt, wieso bin ich nicht straight geblieben.

Mehr als Freundschaft war bei ihr nicht da und trotzdem hatte sie noch zweimal bei Tom übernachtet, sei es, weil sie ihn nicht enttäuschen wollte oder weil der Sex ganz gut war. Und jetzt hatte sie den Scheiß. Offensichtlich dachte Tom, dass sie etwas Ernsteres am Laufen hatten.

Nejla legte das Handy weg und kassierte zwei Gäste ab, die zum Tresen gekommen waren, um zu bezahlen. Während sie ihnen hinterhersah, wie sie die Kneipe verließen und draußen in der Nacht verschwanden, bemerkte sie eine Gestalt, die sich von der gegenüberliegenden Straßenseite her geradewegs auf den Eingang zubewegte.

»Mrš«, flüsterte sie.

Ein Unbekannter, der mitten in der Nacht in irgendeinem gottlosen Nest am Rande des Universums in eine leere Bar kommt, war vielleicht der Anfang eines superkrassen Films. Doch wenn man an einem Sonntag in der Gastro arbeitete und sehnlichst darauf wartete, endlich Feierabend machen zu können, war diese Art von Gästen eher so etwas wie ein Fluch oder die Bestätigung von Murphy's Law.

Nejla kniff die Augen zusammen. Der Unbekannte war nur noch wenige Meter vom Eingang entfernt. Da er sich die Kapuze ins Gesicht gezogen hatte, konnte sie ihn nicht erkennen, doch sein Gang wirkte auf seltsame Weise vertraut. Der Unbekannte ging etwas breitbeinig, die Füße nach außen gestellt, wobei seine Arme locker vor- und zurückschwangen. Diese Art zu gehen wirkte leicht verträumt und wenig zielstrebig und erinnerte sie irgendwie an zuhause. So laufen die Leute hier nicht durch die Fußgängerzone, diesen Gang hatten die Leute, die in Ilidža den ganzen Tag auf dem Korzo zwischen den Kafanas herumhingen und auf die Frage, was sie so trieben, lediglich mit »dies-das« antworteten. Bevor er eintrat, zögerte er kurz, sah in ihre Richtung und griff dann nach der Türklinke.

Nachdem sein Blick kurz durch den Raum geschweift war, lüftete der Neuankömmling die Kapuze seines Hoodies und trat zu ihr an den Tresen.

»Hi, wie geht's?«, sagte er mit einem schüchternen Lächeln.

»Artur?!«, entgegnete Nejla überrascht. Bobbys Mitbewohner war die letzte Person, mit der sie an diesem Sonntagabend gerechnet hatte. Zugleich freute sie sich irgendwie, dass er es war. Es musste ungefähr eine Woche her sein, seit er gemeinsam mit Bobby, dem alten Chaoten, und diesem Hip-Hop-DJ bei ihr am Tresen gesessen hatte. In dieser Woche war viel passiert, trotzdem hatte sie ein paarmal an Artur denken müssen. Vor allem an seinen Mund und seine Augen. Seine Lippen waren weich und hatten an jenem Abend stets gelächelt, manchmal gutmütig und manchmal frech. Doch seine blaugrauen Augen hatten die ganze Zeit über unglaublich traurig geschaut, und wenn sie während der Arbeit zwischendurch mal einen flüchtigen Blick auf ihn geworfen hatte, dann hatte er so verloren gewirkt, als sei er in Gedanken ganz woanders.

»Kann ich noch 'n Bier bekommen oder ist es schon zu spät?«

»Klar bekommst du ein Bier. Setz dich her.«

»Cool«, meinte Artur, während er seinen Rucksack ablegte und einen Barhocker zu sich heranzog.

»Wo hast du denn Bobby gelassen? Oder bist du mit jemand anderem verabredet?«, erkundigte sich Nejla.

»Nee«, sagte Artur und fuhr sich verlegen mit der Hand über den Hinterkopf.

Sein dunkelbraunes Haar war bis auf wenige Millimeter heruntergeschoren. Eigentlich mochte Nejla keine Glatzen, aber Artur hatte eine schöne, gleichmäßig runde Kopfform. Die Frisur passte zu ihm, ohne dass sie ihn aggressiv oder grob aussehen ließ.

»Ich war auf dem Weg nach Hause und dachte, vielleicht bist du ja zufällig noch am Arbeiten.«

Oh, dachte sich Nejla. Er ist tatsächlich wegen mir hergekommen. Neugierig musterte sie ihn. Artur senkte seinen Blick, zog den Aschenbecher zu sich herüber und bot ihr eine Kippe an, bevor er sich selbst eine ansteckte.

»Danke«, sagte sie. »Wo kommst du denn an einem Sonntag um diese Uhrzeit her?«

»Ich besuche sonntags meistens meine Mutter und meinen kleinen Bruder«, sagte Artur. »Muss wenigstens einmal die Woche bei ihnen vorbeischauen, auch wenn ich nicht immer Bock hab.«

»Familie kann nerven«, entgegnete Nejla. »Aber wenn sie nicht da ist, fehlt sie einem. Ich wünschte, ich könnte meine Mutter öfter sehen.«

»Wo lebt sie denn?«, erkundigte sich Artur.

»Unten in Sarajevo.«

»Und dein Papa?«

Nejla machte eine kurze Pause, nahm einen tiefen Zug von ihrer Kippe und blies den Rauch zur Decke hinauf.

»Der lebt nicht mehr.«

»Oh«, sagte Artur. »Das tut mir leid.«

»Ist schon lange her. Aber danke.«

Sie spürte den Sog des schwarzen Lochs in ihrer Brust. Es öffnete sich, wuchs und zerrte an ihrem Bewusstsein. Sie schloss die Augen. Nach einigen Sekunden löste es sich wie ein Wasserwirbel auf und es wurde wieder ruhig in ihr.

»Ich habe übrigens paar Sachen von Beck runtergeladen und ausgecheckt«, sagte Artur, der bemerkt hatte, dass Nejla lieber über etwas anderes sprechen wollte.

Fragend sah sie ihn an.

»Ich hatte dich doch letztes Mal gefragt, warum eure Bar Mellow Gold heißt«, erklärte Artur. »Und du meintest, es wäre ’ne Platte von Beck.«

»Ach ja«, erinnerte sich Nejla. »Cool, dass du dir das gemerkt hast. Ihr wart ja schon krass betrunken.«

»Frag nicht«, entgegnete Artur und grinste.

»Und wie findest du ihn?«

»Also er ist auf jeden Fall ein echt origineller Musiker. Aber es ist nicht unbedingt mein Sound. Auf *Mellow Gold* fand ich eigentlich nur zwei Stücke cool. *Whiskeyclone* geht klar und dieses *Blackhole* hat auch was. Ansonsten ist mein Favorit *Everybody's Got to Learn Sometime* vom Soundtrack von *Eternal Sunshine of a Spotless Mind*. Kennste den?«

Nejla lächelte. Der Song passte zu dem Ausdruck in seinen Augen.

»Das ist einer meiner Lieblingsfilme!«, rief sie.

»Echt? Ich hab ihn noch nicht gesehen. Der ist mit Jim Carrey, oder?«

»Ja genau, und Kate Winslet. Der ganze Film spielt in ihrem Kopf. Sie will mithilfe so einer verrückten Maschine ihre gemeinsamen Erinnerungen löschen. Doch dann entscheidet sie sich dagegen und versucht, ihn in ihrem Unterbewusstsein zu verstecken.«

»Hört sich crazy an, aber ich steh auf solche Geschichten. Außerdem bin ich voll der Jim-Carrey-Fan. Alle denken, er wäre nur dieser Clown, aber wenn man sich die Filme ansieht, in denen er eine ernste Rolle spielt, merkt man erst, was für ein krasser Charakterschauspieler er eigentlich ist.«

Nejla hatte die Spülmaschine aufgemacht und räumte nebenbei die Gläser aus. Nachdenklich musterte sie ihn von der Seite. Das was er über Jim Carrey sagte, passte irgendwie auch zu ihm selbst.

»Du meinst, so wie in *Dumm und Dümmer*?, sagte sie.

»Ja, genau«, rief er, während sich auf seinem Gesicht ein breites Lächeln zeigte.

Wenn er so lächelt, dann sieht er ganz anders aus, dachte sich Nejla. Viel unbeschwerter.

»*Truman Show*«, sagte sie.

»Das ist einer meiner Lieblingsfilme«, entgegnete Artur. »In letzter Zeit komm ich mir irgendwie auch voll oft vor wie Truman.«

»Ich auch, glaub mir«, pflichtete Nejla ihm bei.

Artur beobachtete sie neugierig, sagte aber nichts.

Die letzten Gäste standen auf und verabschiedeten sich. Nejla begleitete sie zur Tür. Nach einem Blick auf die silberne Casio an ihrem Handgelenk zückte sie ihr Schlüsselbund und schloss ab. Artur saß allein am Tresen. Mit fragendem Blick sah er zu ihr herüber.

»Willst du noch ’nen Gin Tonic?«, fragte sie ihn.

Artur nickte.

Nejla nahm den Bombay Sapphire aus dem beleuchteten Flaschenregal, öffnete eine neue Flasche Tonic Water und mixte mit routinierten Bewegungen zwei Drinks.

»Cool, dank dir«, sagte Artur und nahm das Glas entgegen.

»Živjeli«, sagte Nejla und hob ihr Glas.

»Auf die Truman Show«, sagte Artur und stieß mit ihr an.

An den Wochenenden oder wenn richtig Stimmung aufkam, trank Nejla mit den Gästen manchmal einen Schnaps mit, ansonsten versuchte sie, während der Arbeit auf Alkohol zu verzichten. Nach Ladenschluss gönnte sie sich jedoch meistens einen Gin Tonic. Unter ihren Kolleginnen und Kollegen war dieses Ritual allgemein recht verbreitet. Abhängig von der jeweiligen Personenkonstellation konnte es ziemlich ausarten. War Emir dabei, kam es vor, dass der Himmel bereits das Blau der Ginflasche annahm, wenn man sich endlich auf den Nachhauseweg machte.

Genüsslich sog Nejla an ihrem Strohhalm. Manche machten aus ihrem Gin Tonic geradezu eine Wissenschaft und schworen auf gewisse Ginsorten. Nejla hingegen trank immer Bombay, einfach weil sie die Flasche am schönsten fand. Für sie zählten nur die dezente Zitronennote und die Tatsache, dass das Tonic Water frisch war, denn sie liebte viel Kohlensäure.

»Mmmh«, meinte Artur und nickte anerkennend.

»Ich mach schnell noch die Abrechnung«, sagte Nejla und deutete dann auf die Stereoanlage hinter dem Tresen. »Such dir ruhig Musik aus, wenn du was Bestimmtes hören möchtest!«

»Echt?! Cool!«, sagte Artur.

Das Gin-Tonic-Glas in der Hand kam er hinter den Tresen. Während Nejla stumm ihre Lippen bewegend die Bargeldfächer durchzählte, vertiefte Artur sich in das Booklet der Massive-Attack-CD, die oben auf dem CD-Player lag.

»Was hörst du eigentlich so für Musik?«, erkundigte er sich und wandte sich dem Inhalt des CD-Fachs zu.

»Ach, eigentlich alles«, entgegnete Nejla. »Techno zum Feiern und sonst Hip-Hop, Balkan Beats und Rock. Als Teenagerin hatte ich auch mal so ’ne R&B-Phase, aber die ist irgendwann wieder vorbeigegangen.«

»So Usher- und TLC-mäßig?«

»So ungefähr«, antwortete Nejla und legte den durchgezählten Stapel Zehn-Euro-Scheine zurück ins Fach. »Und du, was hörst du so?«

»Hauptsächlich Hip-Hop«, sagte Artur. »Aber eigentlich ist mir die Musikrichtung egal. Ich produziere selber Beats, deswegen höre ich mir fast alles an, um neue Samples zu finden. Generell gibt es für mich nur zwei Kategorien: gute und schlechte Musik. Aber selbst aus ’nem schlechten Song lässt sich was Geiles sampeln.«

Nejla musterte ihn neugierig von der Seite. So wie er über Musik sprach, wirkte er plötzlich viel entschiedener und leidenschaftlicher.

»Klingt gut«, meinte sie und lächelte. »Fast wie ’ne Lebensphilosophie. So wie: In allem steckt was Gutes. Musst mir bei Gelegenheit mal was von deinen Beats vorspielen.«

»Gerne«, sagte Artur etwas verlegen.

»Machst du das allein?«

»Bisher schon. Aber jetzt wollen Kazim und ich zusammen was auf die Beine stellen.«

»Ist das nicht der DJ, mit dem du und Bobby letztens hier wart?«

»Genau. Der ist nicht nur DJ, sondern rappt auch echt krass.«

»Und du?«, fragte Nejla. »Rappst du auch?«

Artur zögerte.

»Bisher habe ich nur paar Texte geschrieben. Aber ich möchte es probieren.«

»Also ich würd's mir anhören«, sagte Nejla und sah ihm direkt in die Augen. »Du wirkst wie jemand, der was zu erzählen hat.«

Artur lächelte verlegen und wurde rot. Er wusste nicht so recht, wie er mit ihrem Kompliment umgehen sollte.

»Was machst du eigentlich sonst so, wenn du nicht hinterm Tresen stehst?«, fragte er und nahm einen Schluck von seinem Gin Tonic.

Nejla hatte die Tageseinnahmen ausgezählt und legte das Wechselgeld zurück in die Kasse.

»Noch einen?«, fragte sie und deutete auf sein leeres Glas.

»Yo, gern«, antwortete Artur und reichte es ihr herüber.

»Ich studiere seit ein paar Wochen Design an der FH«, sagte Nejla, während sie zwei frische Drinks mixte.

»Ah«, sagte Artur, wobei das Lächeln in seinem Gesicht nun eher frech wirkte. »Das hätte ich mir eigentlich denken können.«

»Wieso?!«, meinte Nejla und zog die Brauen hoch.

»Hier im Mellow hängen doch die ganzen Hipster und Designstudis rum.«

»Hmm«, entgegnete Nejla und runzelte die Stirn. »Stimmt schon. Aber ich mache das nicht wegen irgendwelchen anderen Leuten oder weil es hip oder cool ist. Kreativ zu sein heißt für mich, den Leuten eine neue Perspektive auf ihre Umgebung zu ermöglichen. Ich will in ihre Köpfe rein und sie zum Nachdenken bringen. Oberflächlichen Lifestyle-Scheiß gibt es schon genug.«

»Das hört sich echt cool an«, sagte Artur beeindruckt. »Und was machst du da so zum Beispiel?«

Nejla reichte Artur den frischen Gin Tonic und steckte sich eine neue Zigarette an. Der Rauch stob aus ihrem Mund und füllte den Lichtkegel der Tresenlampe wie wogendes Wasser. Ihre Mundwinkel kräuselten sich zu einem Lächeln.

»Ich steh auf Konzeptkunst und Performances«, sagte sie. »Gerade beschäftigt mich zum Beispiel der Gedanke, wie ich einen riesigen Haufen wertloses Bargeld in ein Kunstwerk verwandele.«

»Hast du die falsche Bank ausgeraubt oder was?«, sagte Artur grinsend.

»So ungefähr«, entgegnete Nejla. »Ist 'ne lange Geschichte. Erzähl ich dir vielleicht ein andermal. Auf jeden Fall besitze ich ein paar unglaublich schwere, aber wertlose Münzsäcke, aus denen ich 'ne Installation machen möchte. Ich habe schon ein paar Ideen, aber irgendwie bin ich mir noch nicht ganz sicher ...«

»Zum Beispiel?«, erkundigte sich Artur interessiert.

»Also einerseits dachte ich an einen Titel wie *Recycling Capitalism*, aber ich habe noch nicht die richtige Idee gefunden, wie ich das konkret umsetzen könnte«, sagte Nejla und zog an ihrer Kippe. »Andererseits dachte ich daran, irgendeine Redewendung oder ein Sprachbild zu benutzen und damit zu spielen. Zum Beispiel ›die Last des Geldes‹. Man könnte so 'ne Hängevorrichtung bauen. Wenn der Betrachter die Installation ansehen will, muss er sich darunterstellen und riskieren, von einem der Geldsäcke erschlagen zu werden. Oder ›Zeit ist Geld‹. Ich könnte 'nen Automaten bauen, der nicht richtig funktioniert und einfach weiterläuft, egal, wie viele Münzen man hineinwirft.«

»Wie wär's mit ›in Geld ertrinken‹?«, schlug Artur vor.

»Hmm, nicht schlecht«, entgegnete Nejla.

Artur nahm einen Schluck von seinem Gin und überlegte.

»Oder du baust einen Wunschbrunnen«, sagte er dann. »Und versenkst die ganzen Münzen da drin.«

»Ein Wunschbrunnen.« Nejla nickte anerkennend. »Die Idee hat was. Daraus ließe sich vielleicht echt was machen.«

»Wenn du ihn tatsächlich baust, hab ich dann auch 'nen Wunsch frei?«

»Natürlich«, sagte Nejla. »Was wünschst du dir denn?«

»Ich dachte, das darf man nicht verraten.«

»Das gilt nur für Sternschnuppen oder ausgefallene Wimpern. Einem Dschinn musst du doch auch deine Wünsche verraten.«

»Stimmt«, räumte Artur ein. »Aber wollen die dich am Ende nicht immer austricksen?«

»Ich glaube, oft wissen wir selbst nicht, was wir wollen, und wünschen uns das Falsche«, sagte Nejla nachdenklich.

»Weißt du denn, was du willst?«

»Ich denke schon, aber manchmal gesteh ich mir gewisse Dinge nicht ein«, sagte Nejla. »Und du?«

»Hmm«, machte Artur. »Vielleicht Brot und Salz?«

Verwundert sah Nejla zu ihm herüber. Artur hielt eine CD in der Hand, die er aus dem Stapel gezogen hatte.

»Das ist der Name der Band, oder?«, sagte er und zeigte auf das Cover.

»Ach ja«, entgegnete Nejla. »Leb i sol. Das ist eine mazedonische Rockband aus den Achtzigern.«

»Das heißt auf Russisch fast genauso«, sagte Artur. »Das Cover sieht funky aus. Welches Lied soll ich reinmachen?«

Nejla nahm die CD entgegen und studierte die Titelliste.

»Lied drei«, sagte sie und nahm die CD aus der Hülle.

Sie war schon ziemlich abgegriffen und zerkratzt. Bevor Nejla sie Artur gab, hauchte sie die silberne Oberfläche an und polierte sie vorsichtig am Saum ihres T-Shirts. Aus allen CDs, die in diesem Fach liegen, hat er ausgerechnet die herausgezogen, dachte sie sich. Ihr Papa hatte das Album oft auf Schallplatte gehört, als sie klein war.

»Ich weiß nicht, ob dir der Sound gefällt«, sagte sie, während sie ihm die CD reichte. »Das ist so klassischer Ex-Jugo-Rock. Mich erinnert das halt voll an meine Kindheit.«

»Ich glaub ich weiß, was du meinst«, antwortete Artur. »Ich habe auch 'n paar solcher Alben von meinem Dad. DDT zum Beispiel. Der Sänger sieht aus wie 'n Penner und hat eine Stimme wie ein ketterauchender Alkoholiker, was er wahrscheinlich auch ist. Aber wenn er loslegt, bekomme ich sofort Gänsehaut und könnte losheulen.«

Artur legte die CD ein und wählte das Lied an. Schweigend hörten sie zu und nippten an ihren Gin Tonics.

»Ist cool«, meinte Artur nach einer Weile und steckte sich eine Zigarette an.

»Findest du?«

»Ja. Das Lied hat irgendwie was Episches und zugleich Entspanntes. Die Saxophonparts kommen auch cool. Und die Gitarre am Anfang! Die würde ich direkt sampeln. Da kann man 'nen geilen Beat draus machen.«

»Wenn du magst, leih ich dir die CD aus«, bot Nejla an. »Du kannst sie ja nächsten Sonntag zurückbringen. Da muss ich auch wieder arbeiten.«

»Echt?«, sagte Artur überrascht.

Auf seinem Gesicht zeigte sich ein glückliches Lächeln.

»Ich bring sie dir nächsten Sonntag wieder vorbei. Versprochen!«

Nejla sah auf ihre Uhr. Die Zeit war unbemerkt verflogen. Die grünlich schimmernde Digitalanzeige verkündete, dass es bereits halb zwei war. Morgen früh hatte sie schon um acht ihr erstes Seminar, und zwar ausgerechnet bei dem Professor, der sie für das Begabtenstipendium empfohlen hatte. Eigentlich war das Seminar gar nicht für Erstsemester freigegeben, aber Nejla hatte das Thema so interessant gefunden und darum gebeten, zusätzlich zu ihren Einführungskursen daran teilnehmen zu dürfen. Wenn sie es verpasste, würde das keinen guten Eindruck machen.

Artur schien zu spüren, was in ihr vorging.

»Ich muss auch langsam nach Hause«, sagte er und trank den letzten Schluck von seinem Gin Tonic.

Nachdem sie gemeinsam die Stühle hochgestellt und die letzten Aschenbecher geleert hatten, löschte Nejla die Beleuchtung und schloss ab. Die Fenster der umliegenden Bars waren längst dunkel. Weit und breit war keine Menschenseele zu sehen. Im Hintergrund wechselte die Ampel an der Kreuzung zur Elsa-Brändström-Straße auf Grün, doch die Fahrbahn blieb leer. Nejla hatte ihr Fahrrad geholt und drehte sich zu Artur um, der unschlüssig neben ihr stand. Das Licht der Straßenbeleuchtung verlieh seinen graublauen Augen ein katzenhaftes Leuchten. Irgendwie hat er etwas von einem Kater, sagte sich Nejla. Ein Straßenkater, aber ein sanftmütiger.

Noch immer hielt er die CD in der Hand, als handele es sich dabei um ein wertvolles Geschenk.

»Čuvam noć od budnih«, las er. »Das heißt irgendwas mit Nacht oder?«

»Hmm«, sagte Nejla und überlegte. »Das heißt so viel wie: Ich beschütze die Nacht vor denen, die wach sind.«

»Cool«, sagte Artur. »Erinnert mich an diese Nacht.«

Nejla lächelte. Dass der Inhalt des Liedes an sich ziemlich traurig war, erwähnte sie nicht.

»Komm gut nach Hause«, sagte sie und umarmte ihn.

»Du auch«, sagte er.

Im Gehen drehte er sich noch mal um und winkte ihr nach.

»Bis nächsten Sonntag!«, rief er.

»Bis dann«, sagte Nejla und wunderte sich über sich selbst.

Beim Gedanken an ihr Wiedersehen verspürte sie bereits jetzt so etwas wie Vorfreude.

Zuhause angekommen, holte sie ihr Handy aus der Tasche und bemerkte, dass sie völlig vergessen hatte, Tom zu antworten. Vor circa einer Stunde hatte er ihr eine SMS geschickt, die nichts als ein Fragezeichen enthielt. Widerwillig schrieb sie zurück.

Sorry Tom, ist heute zu spät
geworden. Hab morgen früh
Seminar. Lass uns dann
telefoniern. Schlaf gut!

Dann zog sie sich aus, schlüpfte in ihr Schlafshirt, stellte den Wecker und kroch ins Bett. Morgen musste sie mit Tom Klartext reden. Menschen zu enttäuschen, fiel ihr immer schwer. Und Tom würde enttäuscht sein, so viel war sicher. Aber letztendlich war es so, wie ihre Mutter sagte: Egal wie sehr man versucht, die Dinge hinauszuzögern, am Ende kommt es immer, wie es kommen muss. Sie machte das Licht aus und sah im Dunkel hinauf zur Decke.

»Čuvam noć od budnih«, murmelte sie und dachte an Artur.

Bei ihrer Verabschiedung hatte er plötzlich so etwas Strahlendes an sich gehabt, während er vorher eher verloren gewirkt hatte. Seine großen, traurigen, blaugrauen Augen waren ihr schon bei ihrer ersten Begegnung aufgefallen. Bau doch einen Wunschbrunnen, hatte er gesagt. Seine Augen hatten auch etwas von einem Brunnen, einem tiefen Brunnen, auf dessen Grund nur selten Lichtstrahlen trafen. Doch irgendwie schienen sie an diesem Abend dorthin vorgedrungen zu sein. Er hat schöne Lippen und einen sanften Mund, dachte sie sich. Seine Lippen lächelten und Nejla schlief ein.

In dieser Nacht träumte sie zum ersten Mal seit langer Zeit wieder von ihrem Vater. Nejla stand in ihrer alten Wohnung am Plattenspieler und suchte ein spezielles Lied, das er extra für sie aufgenommen hatte. Doch egal wo sie die Nadel auf die schwarz glänzende Oberfläche setzte, es kam immer ein anderes Lied. Wieso auch nicht?, fragte sie sich im Traum. Das ist Michael Jackson, Papa macht doch gar keine Musik. Als sie sich umdrehte, erblickte sie ihren Vater. Er saß in seinem Lieblingssessel und blätterte wie immer in der *Oslobođenje*, der Sarajevoer Tageszeitung. Ah, dachte sie, Papa ist wieder da. Verwundert fragte sie sich, wieso sie gedacht hatte, dass er gestorben sei. Natürlich lebt er. Dođi ovamo, sunce moje, rief ihr Vater und stand auf. In seinen Armen hielt er plötzlich ein großes Aquarium. Nejla lief zu ihm hin. Ein wenig verängstigt sah sie hinunter ins Wasser. Ne boj se, hörte sie seine Stimme. Auf dem Grund des Aquariums lag eine Actionfigur. Sie hatte die Figur noch nie zuvor gesehen, doch sie wusste, dass sie ihr gehörte. Sie griff in das Wasser und versuchte die Figur herauszufischen, doch ihre Arme waren zu kurz. Als sie aufsah, war ihr Vater verschwunden. Plötzlich schwamm sie selbst durch eine weite Unterwasserlandschaft. Das Wasser war glasklar und sie konnte mühelos auf den Meeresgrund hinuntersehen. Sie schwamm, doch es fühlte sich an wie fliegen. Neugierig sah sie sich um. Unter ihr tauchte der Rücken eines riesigen goldenen Fisches auf. Trotz seiner Größe hatte der Fisch nichts Bedrohliches an sich. Ich träume, dachte sie sich, doch sie wollte nicht aufwachen, sondern weiter den wunderschön leuchtenden Fisch beobachten.

Als der Wecker Nelja ihrem Wunsch zum Trotz aus dem Schlaf riss, hatte sie das Gefühl, beschenkt worden zu sein und gleichzeitig etwas verloren zu haben.

Was für ein wunderschöner Fisch, sagte sie sich. Gähnend ging sie zu ihrem Schreibtisch, klappte ihr Moleskin-Notizbuch auf und notierte sich die Traumepisoden, die in ihrem Bewusstsein hängengeblieben waren. Immer wenn sie einen besonders eindrücklichen Traum gehabt oder von ihrem Vater geträumt hatte, machte sie einen Eintrag.

»Morgen«, rief Meike, Nejlas Mitbewohnerin, ihr durch die offene Badezimmertür zu. »Bin gleich fertig. Dann kannst du rein!«

»Guten Morgen, meine Süße«, erwiderte Nejla und setzte in der Küche einen Espresso auf.

Durch ihren Kopf schwamm immer noch der riesige goldene Fisch.

»Joj, papo«, murmelte sie.

Das Gefühl aus ihrem Traum würde sie noch weit in den Tag hinein begleiten. Wenn sie von ihrem Vater oder von anderen Personen träumte, die gestorben waren, war es meistens so.

Diese Träume unterschieden sich von gewöhnlichen Träumen. Nejla hatte das bereits als Kind begriffen. Bald nachdem ihr Vater gestorben war, fing er an, sie in ihren Träumen zu besuchen. Tatsächlich wäre es falsch, zu sagen, dass sie von ihrem verstorbenen Vater träumte. Ihr Vater war kein Traumgebilde, das nachts aus dem Sumpf ihrer Erinnerung emporstieg, und die Begegnungen spielten auch nicht in irgendeiner abgedrehten Version ihrer eigenen Vergangenheit. Er betrat ihre Träume wie ein Reisender, der lange nicht mehr zuhause gewesen war und nun überraschenderweise vor der Tür stand. Manchmal brachte er etwas mit, manchmal unterhielt er sich mit ihr, manchmal sagte er nur einen Satz und manchmal schwieg er und war einfach nur da. Dabei wunderte sie sich jedes Mal über ihren eigenen Irrtum, zu glauben, dass er gestorben sei. In diesen Träumen begriff sie, dass niemand starb. Der Tod selbst war ein Irrtum. Nur weil jemand nicht da war, hieß es noch lange nicht, dass diese Person nicht mehr existierte, sie war einfach nur woanders unterwegs. Ihr Papa war nicht der Einzige. Ihre Großmutter, Onkel Miki und Zeko, der Nachbarssohn, den sie vor seiner eigenen Haustür erschossen hatten, sie alle schauten hin und wieder in ihren Träumen vorbei. Und nicht nur Nejla veränderte sich während der Zeit, die zwischen ihren Wiedersehen verstrich. Auch ihr Vater, ihre Großmutter und die anderen waren beim nächsten Mal nicht mehr dieselben. Sie alle veränderten sich, wenn auch nicht unbedingt anhand der Maßstäbe unserer Realität. Sie sahen anders aus, erzählten andere Geschichten und verhielten sich unterschiedlich. Da sie sich nur in sehr unregelmäßigen Abständen in Nejlas Träumen trafen, war es nur natürlich, dass sie sich mit der Zeit mehr und mehr auseinanderlebten und aus den Augen verloren. Dieser Umstand machte Nejla traurig, doch zugleich war ihr bewusst, dass

es gut war, wie es war, denn sie lebte ihr Leben in der Realität und nicht in ihren Träumen. Als Kind überzeugter Kommunisten war Nejla nicht religiös erzogen worden. Trotzdem war sie dankbar für die Einsicht, dass die Menschen, die sie verloren hatte, offensichtlich auf eine wundersame Weise woanders weiterlebten. Wo oder was dieser andere Ort war, konnte sie nicht sagen, doch sie wusste, dass er mit ihren Träumen verbunden war.

Die Espressokanne rumorte wie ein gutmütiger kleiner Hausdrache und spie eine duftende Dampfwolke aus. Nejla nahm sie vom Herd und goss sich, bevor sie ins Bad ging, eine halbe Tasse ein, schwarz und ohne Zucker.

Gut zwanzig Minuten später saß sie auf ihrem Fahrrad und fuhr die Wertherstraße entlang zur Design-FH. Der Morgen war noch relativ kühl. Während sie den Berg hinauf in die Pedale trat, spürte sie, wie ihr Kreislauf langsam in Schwung kam und die Müdigkeit verschwand.

Der Parkplatz vor dem Haupteingang der FH wirkte um diese Uhrzeit noch ziemlich ausgestorben. Der erste Unterrichtsblock um acht Uhr morgens war weder bei den Studierenden noch bei den Dozenten sonderlich beliebt. Auch Nejla stand nicht zuletzt wegen ihres Kneipenjobs lieber später auf, doch dieses Seminar wollte sie unbedingt besuchen. Zum einen leitete es Stephan Kralik, der Professor, der sie auf das Begabtenstipendium aufmerksam gemacht hatte, und zum anderen hatte sie ein besonderes Interesse an dem Thema: Raum- und Konzeptkunst im postsozialistischen Raum. So erlesen wie das Thema des Seminars waren auch seine Teilnehmer. Ein paar von ihnen kamen wie Nejla selbst aus dem postsozialistischen slawischen Raum. Neben Tengis, einem mongolischstämmigen, introvertierten Kameramann, gab es noch Lena und Anastasia, zwei hochgewachsene Ukrainerinnen, die eigentlich Mode studierten, sowie Mateusz aus Polen, dessen Hauptfach Typografie war. Julia, Antje, Peter und Hannah, allesamt Fotografiestudenten, schienen persönliche Zöglinge Kraliks zu sein und grundsätzlich die meisten seiner Seminare zu besuchen. Und dann war da noch Uli, der einfach ein riesiger Osteuropafan und etwas nerdig war.

Nejla betrat den Seminarraum und setzte sich neben Tengis, mit dem sie sich auf Anhieb gut verstanden hatte.

»Morgen«, sagte er mit einem müden Lächeln und schob seinen Rucksack zur Seite, damit sie genug Platz hatte.

»Morgen«, antwortete Nejla und sah sich um.

Nur Anastasia fehlte, sonst waren alle da. Stephan Kralik saß hinter dem Dozentenschreibtisch und klickte sich probeweise durch seine Powerpoint-Präsentation. Mit einem freundlichen Nicken registrierte er Nejlas Anwesenheit und eröffnete nach einem kurzen Blick auf seine Armbanduhr das Seminar.

Thema der heutigen Sitzung waren das russisch-jüdische Künstlerpaar Ilja und Emilia Kabakow. Nachdem Uli ein Kurzreferat über ihren Werdegang und Konzeptkunst in der ehemaligen Sowjetunion gehalten hatte, zeigte Kralik einige ihrer Installationen, über die dann diskutiert wurde. *The Man Who Flew Into Space From His Apartment*, eine Schleudersitzvorrichtung unter einer zerstörten Zimmerdecke, und *How To Meet An Angel*, ein fragiler Turm aus Leitern, an dessen Spitze eine Figur ihre Hände zum Himmel emporstreckte, gefielen ihr besonders gut. Doch obwohl sie sowohl die Installationen als auch die Diskussion darüber eigentlich interessant fand, hatte sie Mühe ihr zu folgen und schweifte immer wieder in ihre eigenen Gedanken ab. In den eher theoriebezogenen Kursen ging es ihr öfter so, besonders wenn der Inhalt, über den diskutiert wurde, sie inspirierte und zu eigenen Projekten anregte.

Ein Wunschbrunnen, dachte sie sich. Während sie nebenbei einen Entwurf in ihr Notizbuch kritzelte, kam ihr der große goldene Fisch aus dem Traum wieder in den Sinn. Sollte sie einen goldenen Fisch in den Brunnen setzen, der sich von den Wünschen der Menschen ernährte? Dann ließen sich die Tolarsäcke quasi als Fischfutter nutzen. Um die Zuschauer zu testen, könnte sie ein Bitte-nicht-füttern-Schild daran anbringen.

»Der Moment des fliegenden Individuums wird kontrastiert durch die Enge und die Abwesenheit des …«, ertönte im Hintergrund Kraliks Stimme.

Oder sollte sie die Funktion des Wunschbrunnens lieber umkehren?, fragte sich Nejla. Hatte sie gestern nicht selbst zu Artur gesagt, dass wir uns oft das Falsche wünschten, weil wir nicht wüssten, was wir überhaupt wollten? Wie wäre es also mit einem umgekehrten Wunschbrunnen, in dem die Leute ihre Wünsche zurücknehmen könnten? Man könnte ein Aquarium bauen, auf dessen Grund lauter Wunschmünzen liegen und dann einen mechanischen Greifarm installieren, so wie in diesen Greifautomaten mit den Kuscheltieren.

Ja!, sagte sie sich begeistert. Das ist eine coole Idee. Blieb nur die Frage, wie sie diesen Greifarm bauen sollte. Vielleicht fand sich ja irgendwo günstig ein alter Automat, aus dem er sich ausbauen ließe.

Die Abschlussaufgabe des Seminars bestand eigentlich in der fotografischen Dokumentation einer bereits bestehenden Installation unter der Berücksichtigung ihres ursprünglichen Konzepts, doch Kralik hatte zwischendurch angedeutet, dass man eventuell auch ein Konzept für ein eigenes Projekt verfassen könnte. Nejla dachte allerdings noch einen Schritt weiter. Sie wollte ihre Installation auch bauen, selbst wenn das für das Bestehen des Kurses keine Rolle spielte, denn sie hatte einfach Lust darauf.

»Wollen wir uns einen Kaffee holen?«, erkundigte sich Tengis, als das Seminar zu Ende war und alle ihre Sachen zusammenpackten.

»Geh schon mal vor«, antwortete Nejla. »Ich wollte noch was mit Kralik besprechen und komme dann nach!«

»Okay«, sagte Tengis und schulterte seinen Rucksack.

Antje, Peter und Hannah umringten bereits den Dozententisch. Nejla wartete geduldig, bis Kralik seine Zöglinge abgefertigt hatte.

»Hallo Nejla«, sagte Kralik, als sie schließlich vor ihm stand.

Er gehörte zu den Dozenten, die wenig von Formalitäten und schulischen Hierarchien hielten.

»Hallo«, antwortete Nejla. »Ich hätte da noch ein paar Fragen wegen unserer Abschlussaufgabe …«

»Nur zu«, meinte Kralik, während er sein Macbook zusammenklappte.

»Wenn es möglich wäre, würde ich gerne eine Installation konzipieren«, begann Nejla. »Ich habe auch schon eine ungefähre Idee …«

»Das klingt doch gut«, sagte Kralik. »In welche Richtung geht es denn?«

»Es handelt sich um eine Art Wunschbrunnen«, antwortete Nejla.

»Interessant.«

»Allerdings würde ich nicht nur das Konzept schreiben, ich würde die Installation auch gerne bauen«, erklärte Nejla. »Also ich weiß, dass es für diesen Kurs nicht verlangt wird, aber das ist mir egal. Ich möchte diese Installation einfach gerne umsetzen.«

»Hmm«, sagte Kralik mit einem Lächeln, bei dem Nejla sich nicht sicher war, ob es anerkennender oder ironischer Natur war. »Also, ich würde erst einmal das Konzept schreiben und dann weitersehen, zumal du gerade erst angefangen hast zu studieren. Die Realisierung von einem Konzept hängt von vielen verschiedenen Faktoren ab. Ist es etwas, dass du einfach zuhause bauen kannst? Oder ist es so groß, dass es einen Platz im öffentlichen Raum braucht? Wie hoch sind die Materialkosten? Brauchst du finanzielle Mittel, das heißt eine Projektförderung oder ein Stipendium? Bei Projekten von etablierten Künstlern dauert es manchmal Jahre, bis ein Konzept in die Praxis umgesetzt wird. Manchmal passiert dies auch gar nicht …«

»Das ist mir schon bewusst«, entgegnete Nejla. »Mein Projekt ist auch nicht sehr aufwendig. Vom Umfang her könnte es im Foyer der FH ausgestellt werden. Was die Materialkosten angeht, muss ich noch schauen.

Irgendwie bekomme ich das schon finanziert. Hättest du denn einen Tipp, was Förderungen angeht?«

»Also es gibt die verschiedensten Töpfe und Stiftungen«, sagte Kralik. »Aber erst mal muss dein Konzept stehen.«

»Natürlich, ich arbeite daran.«

»Stell es doch in einer der Sitzungen im Seminar vor.«

»Super«, rief Nejla. »Werd ich machen!«

Kralik hob sein Sakko auf, das über der Stuhllehne hing, und nahm seine Tasche. Gemeinsam verließen sie den Seminarraum.

»Und«, meinte Kralik, wobei seine Stimme eine Nuance familiärer klang. »Arbeitest du noch im Mellow Gold?«

»Schon«, entgegnete Nejla. »Aber nur noch Teilzeit, meistens am Wochenende und ein, zwei Abende unter der Woche.«

»Ich verstehe«, sagte Kralik. »Das Studium geht vor.«

»Genau.«

»Bloß schade um die abendliche Gesellschaft am Tresen und die inspirierenden Gespräche.«

Nejla sah ihn verwundert von der Seite an. Nein, komm schon, dachte sie sich. In ihrem Kopf meldete sich eine unangenehme Vorahnung, was jetzt folgen würde.

»Dafür sitze ich jetzt ja in deinem Seminar«, entgegnete sie. »Es gefällt mir übrigens sehr gut.«

Kralik nickte nur, ohne weiter darauf einzugehen.

»Vielleicht mag mir meine ehemalige Lieblingskellnerin und jetzt -studentin ja trotzdem heute beim Abendessen Gesellschaft leisten«, sagte er. Seine Stimme klang gespielt beiläufig. »Ich kenne da so 'n gemütliches kleines Tapaslokal in der Altstadt. Bei der Gelegenheit könntest du mir auch in Ruhe mal dein Projekt vorstellen. Ein Wunschbrunnen, das klingt echt interessant …«

»Eher so etwas wie ein umgekehrter Wunschbrunnen«, antwortete Nejla kühl. »Für Leute, die ihre Wünsche wieder zurücknehmen wollen.«

»Ach so.«

»Aber nein, danke. Ich komme nächstes Mal lieber in die offizielle Sprechstunde.«

Nejla und Kralik waren mittlerweile im Eingangsbereich angekommen. Tengis stand mit ein paar Kommilitoninnen draußen vor der Tür und rauchte.

»Bis dann«, sagte Nejla und ließ Kralik stehen.

Kurac, dachte sie sich. Warum zur Hölle denken alle Kerle, dass man auf sie steht, nur weil man cool findet, was sie machen? Wie enttäuschend, gerade bei Kralik. Erst macht er einen auf großen Mentor und dann baggert er doch nur herum. Hat er mich die ganze Zeit über nur deswegen unterstützt? Ach, scheiß auf den Wichser, ich weiß, dass ich Talent habe, egal, was er sagt.

»Alles klar?«, erkundigte sich Tengis, als Nejla sich näherte.

Normalerweise sah Tengis seine Gesprächspartner selten an, wenn er redete, doch nun blickte er Nejla mit seinen dunkelbraunen, fast schwarz wirkenden Augen direkt ins Gesicht. Nejla wusste, dass Tengis, was seine Mitmenschen anging, extrem feinfühlig war, obwohl er oft einen abwesenden Eindruck machte.

»Ja, alles gut«, sagte Nejla, während sie mit zitternden Fingern im vorderen Fach des Rucksacks nach ihrer Zigarettenschachtel suchte.

»Hier«, sagte Tengis und reichte ihr eine selbstgedrehte Kippe. »Worüber hast du mit Kralik gesprochen?«

»Ach, nur über meine Abschlussaufgabe«, sagte Nejla und nahm einen tiefen Zug.

Tengis schien zu spüren, dass sie nicht weiter darüber reden wollte.

»Ich seh immer, was du in dein Notizbuch zeichnest«, sagte er, jetzt ohne sie anzusehen. »Du bist mit etwas Höherem verbunden. Vertrau auf diese Connection und scheiß drauf, was andere sagen.«

Erstaunt sah Nejla ihn an.

»Heute Nacht habe ich von einem riesigen goldenen Fisch geträumt«, sagte sie dann.

Tengis machte einen Fischmund und blies hintereinander ein paar Rauchkringel in die Luft.

Beide lachten.

Twingo Freestyles – Fensterplatz

Artur saß in dem kleinen Renault Twingo der Arbeiterwohlfahrt, rauchte aus dem offenen Fenster und wartete darauf, dass die Ampel endlich auf Grün schaltete. »Nu dawaj, bljad«, rief er und warf den Kippenstummel in seinen zum Aschenbecher umfunktionierten Kaffeebecher.

Zögernd setzte sich die Autokolonne vor ihm in Bewegung. Als die Ampel bereits Gelb wurde, bog Artur von der Heeper Straße rechts ab in die Otto-Brenner-Straße. Obwohl die Twingos des Mobilen Sozialen Hilfsdienstes der Awo ziemlich neu waren, hatten sie keine Servolenkung, weshalb man in den Kurven immer ordentlich am Lenkrad kurbeln musste. Doch im Vergleich zu der anderen Sparmaßnahme, welche die Awo bei der Anschaffung ihrer Dienstwagen vorgenommen hatte, war dies für Artur bei Weitem das kleinere Übel. Denn wie er an seinem ersten Arbeitstag von Tomek, seinem älteren Zivikollegen, erfahren hatte, besaß keines der Autos ein Radio, geschweige denn Lautsprecher.

Alter, das kann doch nicht sein, hatte Artur gedacht. Als ob *Nichts* sich auch auf die Autos in seiner Umgebung übertrug.

Am Anfang war es die reinste Qual gewesen, zumal er zwischen den einzelnen Hausbesuchen je nach Entfernung und Verkehrslage zwanzig bis dreißig Minuten alleine im Auto saß. Das Schlimme war die Kombination aus Einsamkeit und Stille. Solange er Musik hatte, ließ sich die Einsamkeit irgendwie ertragen, manchmal war sie ihm sogar lieber als Gesellschaft. Aber wenn auch die Musik verschwand, dann kreisten seine Gedanken bald nur noch um *Nichts* und er bekam Angst, sich darin aufzulösen. Um gegen dieses Gefühl anzukämpfen, begann er während der Autofahrten bald eine nach der anderen zu rauchen. Wenn er das Ziehen in der Brust spürte und zusah, wie der Rauch aus seinem Mund stieg, hatte er für einen Moment die Gewissheit, dass er immer noch existierte. Zum ersten Mal seit er angefangen hatte, Kippen zu rauchen, kam er täglich auf eine ganze Schachtel.

Es gab auch noch einen gesünderen Zeitvertreib, der ihm dabei half, die Stille zu ertragen: Freestyles. Gleichzeitig mit dem Beginn des Zivildienstes hatte er angefangen, mit Kazim Mucke zu machen. Kazim kam abends nach der Arbeit bei Artur vorbei, kiffte sich einen und freestylte auf die neuen Beats, die Artur in der Zwischenzeit gebaut hatte. Während einer dieser Sessions hatte Kazim plötzlich aufgehört zu rappen, ihn angeschaut und gemeint: Hey Bro, wieso rappe ich eigentlich die ganze Zeit alleine? Mach du auch mal!

Erst hatte Artur gezögert, doch dann hatte er den Schuhkarton herausgezogen, in dem er seine Versuche, Rapsongs zu schreiben, sammelte, und Kazim etwas vorgerappt. Kazim war total geflasht gewesen und hatte ihn beschworen, damit weiterzumachen. Sein Rat, mit dem Freestylen anzufangen, um so ein Gefühl für die Atmung und den Flow zu bekommen, erwies sich als extrem wertvoll.

Schon nach kurzer Zeit spürte Artur, wie sich sein Gefühl für den Beat und das Timing der Silben veränderte. Plötzlich trat der Flow von Anfang an viel mehr in den Vordergrund. Im Gegensatz zu Kazim tat Artur sich allerdings sichtlich schwer, seinen Gedanken freien Lauf zu lassen. Sobald er sich verhaspelte oder nicht sofort ein Reimwort fand, brach er ab und stoppte seinen eigenen Gedankenfluss. Kazim hingegen fing sich, auch wenn ihm ein Reim nicht perfekt gelang, immer wieder selbst auf, lieferte später etwas nach oder zog seine Zuhörer einfach weiter mit sich, indem er zu einem neuen Gedanken sprang und diesen ausführte. Sein Flow und die Betonungen blieben dabei jedoch wie auf wundersame Weise die ganze Zeit stabil.

Versuch einfach loszulassen, meinte Kazim immer wieder, wenn Artur ins Stocken kam. Seiner Meinung nach schoben die meisten sofort Filme, sobald sie keinen Endreim fanden. Dabei checkten sie nicht, dass es beim

Freestylen gar nicht darauf ankam und es sich auch durchaus mal überhaupt nicht reimen musste. Die Hauptsache war, dass man seinen Flow nicht unterbrach. Wenn man souverän blieb und nicht verkrampfte, kam der Reim früher oder später von ganz alleine wieder.

Artur spürte, dass Kazim recht hatte, aber leichter gesagt als getan. Trotzdem blieb er am Ball, und wenn er nach ein paar Lines ins Stocken geriet und Kazim daraufhin ganz locker einen mehrminütigen Freestyle kickte, hörte er aufmerksam zu und probierte es dann erneut. Da Kazim ziemlich entspannt und überhaupt nicht battlemäßig drauf war, fühlte Artur sich dabei zusehends wohler.

Nach einer Weile begann Artur auch unterwegs im Auto zu freestylen. Erst rappte er bloß stumm in Gedanken oder murmelte höchstens leise etwas vor sich hin, doch als die Stille auf den einsamen Zivildienstfahrten immer unerträglicher wurde, verlor er seine Hemmungen und rappte einfach laut drauflos.

»Digga, Frau Lieblich ist das Gift in Person«, rappte Artur, während er auf das Gaspedal trat und die Otto-Brenner-Straße hinaufpreschte. »Schwarze Wolken überm Haus, wo sie wohnt … Ich paffe Wolken aus dem Auto, wenn ich cruise, du siehst die Wolken aus dem Auspuff … und … du hustest …«

Frau Lieblich, die Kundin, von der er gerade kam, war tatsächlich das Gegenteil von dem, was ihr Name suggerierte: eine übel gelaunte, mehr oder weniger trockene Alkoholikerin, die, sobald ihr ein neuer Zivi zugeteilt wurde, nichts unversucht ließ, mithilfe des Ahnungslosen an Stoff zu kommen. Außerdem hatte sie eine ausgeprägte kleptomanische Ader und versuchte während des Einkaufens ständig, was zu klauen. Die meisten Alten hatten Artur bereits nach wenigen Tagen ins Herz geschlossen. Selbst mit Herrn Kowalschek, dem verrückten Nazi-Rollstuhlfahrer, den Artur manchmal nach der Arbeit beim Betteln in der Altstadt traf und dessen Wohnzimmerwand ein aus der Zeitung ausgeschnittenes Hitlerporträt und ein langer regenbogenförmiger Blutspritzer zierten, kam er irgendwie klar. Bloß Frau Lieblich konnte ihn aus irgendeinem Grund nicht leiden und beschwerte sich nach jedem seiner Besuche in der Zentrale bei der Chefin. So auch heute, wobei sie behauptet hatte, dass er absichtlich langsam gefahren sei, damit sie ihren Arzttermin verpasste.

Artur schielte mit einem Auge auf die nächste Adresse in seinem Tagesplan. Die nächste und letzte Kundin an diesem Tag war Frau Otterpohl. Artur besuchte sie zum ersten Mal. Tomek hatte ihm erklärt, dass die anderen nur ungern zu ihr fuhren. Frau Otterpohl litt an Inkontinenz und trocknete ihre alten Windeln auf der Heizung, weshalb es in der ganzen Wohnung nach Pisse roch. Ansonsten, meinte er, sei sie eigentlich ganz umgänglich.

Artur bog auf halber Höhe zwischen Heepen und Sieker-Mitte in eine der Nebenstraßen ab, drosselte auf Schrittgeschwindigkeit und hielt Ausschau nach der notierten Hausnummer. Während die eine Seite größtenteils von Einfamilien- und Reihenhäusern gesäumt war, befand sich auf der anderen eine heruntergekommene zweistöckige Arbeitersiedlung aus der Nachkriegszeit. Die länglichen, in Ocker- oder Grautönen gestrichenen Mietskasernen lagen, durch einen Grünstreifen voneinander getrennt, quer zur Straße, wobei einem Gebäude je sechs Hausnummern zugeteilt waren. Artur parkte den Twingo und lief auf dem schmalen Weg an den Mietskasernen entlang bis zu Frau Otterpohls Adresse. Die Rasenfläche zwischen den Häusern war kurzgemäht, wirkte aber trotzdem vernachlässigt. Zwei rostige Wäschestangen, die eine lange, leere Wäscheleine verband, ragten in die Höhe, ansonsten wuchs dort nichts. Artur sah hinauf zu den Fenstern im Hochparterre. Vom Nikotin vergilbte Spitzengardinen unterstrichen die Vorstadttristesse.

Artur drückte die Klingel. Als der Summer ertönte und er das Treppenhaus betrat, schlug ihm direkt ein widerlicher, süßlich-fauliger Geruch entgegen.

»Verdammt«, murmelte er, während er den Treppenabsatz zu Frau Otterpohls Wohnung hinaufstieg.

Die anderen Zivis übertrieben es manchmal mit ihren Storys, aber diesmal hatten sie recht. So etwas Widerliches hatte Artur in seinem ganzen Leben noch nicht gerochen. Normalerweise gewöhnte sich die Nase nach einiger Zeit an die meisten Gerüche, doch bei diesem Gestank zweifelte er daran, dass dies jemals passieren würde.

In dem dämmrigen Licht des Hausflurs erblickte er eine Gestalt in einem weiten weißen Kleid, mit einer dünnen, zu Berge stehenden weißen Mähne und riesigen, leuchtenden Telleraugen.

Was ist das denn für ein Dämon, dachte sich Artur. Voll der Film. Und dann auch noch dieser Gestank. Als ob sich unter dem Haus der Eingang zur Hölle befindet.

Die leuchtenden Telleraugen entpuppten sich beim Näherkommen als unwahrscheinlich dicke Brillengläser, die die Augen der Trägerin wie eine Lupe vergrößerten.

»Tach«, begrüßte ihn Frau Otterpohl.

Mit schlurfenden Schritten durchquerte sie den Vorraum. Dahinter befand sich eine große Küche, von der Schlafzimmer und Wohnzimmer abgingen. Vergeblich hielt Artur Ausschau nach den besagten Windeln, die für diesen widerlichen Gestank verantwortlich waren.

Frau Otterpohl ging zum Esstisch, setzte sich und bot Artur ebenfalls einen Stuhl an.

»Sind Sie neu?«, erkundigte sie sich, während sie nach einem selbstgeschriebenen Notizzettel griff und ihn einmal überflog. Hinter den dicken Brillengläsern wirkte sie wie ein Fisch, der fassungslos die eigenartige Welt hinter der Glasscheibe des Aquariums studiert.

»Ja.«

»Heute ist Treppenhaus und Staubsaugen.«

Sie machte eine Pause, hob den Blick und sah Artur an.

»Haben Sie Zeit zum Einkaufen?«, erkundigte sie sich.

»Klar«, sagte Artur. »Kriegen wir schon hin.«

Frau Otterpohl nickte zufrieden, reichte ihm eine Liste und rezitierte laut deren Inhalt.

»Aprikosenmarmelade, einmal Butter, Emmentaler am Stück von Gut und Günstig, Erbsen inner Dose, Maggi Brühwürfel Rind, Pellkartoffeln fertig im Glas und zweimal rote Magnum, Big Box.«

»Okay«, bestätigte Artur.

»Rewe ist anner Ecke«, sagte Frau Otterpohl und reichte ihm ein abgewetztes Haushaltsportmonee. »Bitte mit Kassenzettel.«

»Yo, bin gleich wieder da!«, sagte Artur und machte sich auf den Weg.

Immer wenn er die Einkaufslisten dieser alten Leute las und sie mit den üppigen Einkäufen verglich, die er zusammen mit Bobby für die WG tätigte, taten sie ihm leid. Viele von ihnen hatten ihr ganzes Leben lang geschuftet und bezogen kaum mehr als Sozialhilfe. Aber auch diejenigen, denen es augenscheinlich besser ging, gönnten sich kaum etwas extra. Kauften sie Süßigkeiten, dann meistens nur für ihre Enkel oder die Zivis. Seine Babuschka war genauso. Als wäre ihre Generation im Gegensatz zu Arturs nie auf die Idee gekommen, ihr Leben und den Überfluss zu genießen, den die heutige Konsumgesellschaft ihnen anbot. Oder sie hatten eine komplett andere Vorstellung von diesen Dingen. Vielleicht waren ja die vorgekochten Pellkartoffeln im Glas, deren bloßer Anblick Artur schon traurig machte, etwas, das für Frau Otterpohl einen ganz besonderen Luxus bedeutete.

Nachdem er den Einkauf zu ihrer Zufriedenheit erledigt hatte, saugte er mit einem uralten Vorwerkstaubsauger die Wohnung, während Frau Otterpohl in der Küche saß, auf einem kleinen Kofferradio WDR 4 hörte und ihre Magnums rauchte. Getreu der Erzählung der anderen Zivis entdeckte er auf den Heizkörpern im Schlafzimmer ein paar weiße Gebilde, die dort zum

Trocknen aufgehängt worden waren. Der Anblick der Windeln störte Artur kaum. Was solche Dinge anging, war er ziemlich unempfindlich. Nur der Gestank war widerlich. Aber komischerweise war er im Eingangsbereich der Wohnung weitaus intensiver als im Schlafzimmer.

Womöglich ist es das Bad, sagte er sich.

Doch als er dort den Wassereimer auffüllte, um die Hausordnung zu erledigen, konnte er nichts Auffälliges entdecken. Das Putzzeug in der Hand trat er hinaus in den dämmrigen Hausflur und begann die Treppe abzufegen, wobei ihm der widerwärtige Geruch wieder stärker in die Nase stieg.

Nach einer Weile hörte er, wie jemand aus dem oberen Stockwerk die Treppe hinunterkam. Die Ellenbogen auf den Besenstiel gestützt wartete er ab, bis die Bahn wieder frei war. Als der Mann, ein bulliger Glatzkopf in einem abgewetzten Wollpullover, Trainingshose und Birkenstocksandalen, auf seiner Höhe war, hielt er unvermittelt inne und wandte sich zu ihm um.

»Guten Tag«, sagte Artur.

Das Pfannkuchengesicht des Mannes war von einer Hautkrankheit verunstaltet. Die großen purpurroten Flecken sahen aus wie eingetrocknete Rotweinpfützen auf einer Tischdecke. Sein Alter ließ sich nicht zuletzt aufgrund der ungesunden Erscheinung nur schwer schätzen, aber Artur vermutete, dass er vielleicht Mitte vierzig war. Während er sich Mühe gab, nicht zu sehr zu starren, musterte sein Gegenüber ihn von Kopf bis Fuß und ließ sich mit seiner Antwort Zeit.

»Gehörst du zu Frau Otterpohl?«, fragte er ohne Begrüßung.

»Ich bin Zivi von der Awo«, antwortete Artur.

»Hmm«, schnaubte der Mann. »Ich habe deinen Kollegen schon paar Mal gesagt, dass ihr was gegen den Gestank machen müsst! Das riecht im ganzen Haus!«

»Ist das denn schon länger so?«, fragte Artur.

»Den ganzen Sommer stinkt's schon so!«

Artur überlegte. Irgendetwas passte hier nicht zusammen. Er ließ Pfannkuchengesicht stehen, lief in Frau Otterpohls Schlafzimmer und roch an den Windeln. Im Gegensatz zu dem fürchterlichen Gestank im Treppenhaus rochen die weißen unförmigen Gebilde tatsächlich kaum nach irgendetwas. Artur trat wieder hinaus in das Treppenhaus, wo der Mann noch immer an der gleichen Stelle stand.

»Das kommt nicht aus Frau Otterpohls Wohnung«, verkündete Artur und deutete auf die linke Nachbarstür. »Wer wohnt denn da?«

»Herr Knoll«, antwortete der Mann.

»Hamse den denn mal gesehen in letzter Zeit?«

»Kann mich nicht erinnern. Muss schon ’ne Weile her sein.«

Artur trat direkt an Herr Knolls Wohnungstür heran und roch. Tatsächlich schien der Gestank aus dieser Wohnung zu kommen. Er drückte die Klingel. Stille. Artur drückte noch einmal länger.

»Haben Sie den Herrn nebenan in letzter Zeit mal gesehen?«, erkundigte sich Artur bei Frau Otterpohl, die wie eine alte Schildkröte den Kopf aus der Wohnungstür streckte.

»Nee«, antwortete sie.

Artur inspizierte die Briefkästen und stellte fest, dass Herrn Knolls nur so überquoll.

»Vielleicht isser verreist«, sagte Pfannkuchengesicht und zuckte ratlos mit den Schultern. »Was machen wa denn da jetzt?«

»Ich hab ’nen Schlüssel«, verkündete Frau Otterpohl überraschend.

Wie sich herausstellte, hatte Herr Knoll irgendwann mal einen Zweitschlüssel bei ihr hinterlegt.

Nach nochmaligem Klingeln und Klopfen steckte Artur den Schlüssel ins Schloss und stieß vorsichtig die Tür auf.

Der süßlich faulige Gestank schlug ihm mit voller Wucht entgegen. Irgendwie kam er ihm plötzlich vertraut vor.

So ähnlich riecht es manchmal bei den Mülltonnen vor unserem Haus, wenn Kazims Onkel verdorbene Fleischreste aus dem Restaurant entsorgt, dachte er sich.

Im Korridor war zunächst nichts Verdächtiges zu entdecken. An einer Seite der Wand standen, ordentlich aufgereiht, einige Paar Schuhe neben einem altmodischen hölzernen Schuhhocker, auf dem ein langer silberner Schuhlöffel lag. Darüber befanden sich ein Schlüsselbrett und ein runder Spiegel. Auf der anderen Seite gab es eine Garderobe, an der einige Jacken, Hüte und Schiebermützen hingen, alle in den typischen Alte-Leute-Farben Grau, Braun und Waldgrün.

Artur hatte sich schon immer darüber gewundert, warum alte Leute diese Farben bevorzugten. Wollten sie damit ihrer Umwelt zeigen, dass sie sich bereits darauf einstellten, ihren Körper der Erde zurückzugeben und sich wieder mit Steinen, Erde und Pflanzen zu vereinigen?

Die Tür am anderen Ende des Korridors stand einen Spalt offen. Im Gegensatz zu den beiden anderen Türen, die seitlich abgingen und geschlossen waren, hatte sie einen Glaseinsatz, durch den etwas Tageslicht in das Halbdunkel fiel. Artur vermutete, dass sich dahinter das Wohnzimmer befand.

Während Frau Otterpohl im Treppenhaus wartete, betrat Artur die Wohnung. Pfannkuchengesicht folgte ihm in sicherem Abstand. Der Staubschicht nach zu urteilen, die sich wie ein Schleier über die Einrichtung gelegt hatte, war der Flur schon länger nicht mehr benutzt, geschweige denn saubergemacht worden. Den Besen wie eine Lanze umklammert stieß Artur mit dem Stiel die Wohnzimmertür auf und sah in den Raum hinein.

»Tfu bljad«, entfuhr es ihm.

Die Sonne fiel in hellen Bahnen zwischen den Spitzengardinen hindurch auf den ausgeblichenen Wohnzimmerteppich, auf dem Herr Knoll lag. Oder besser gesagt das, was von ihm übrig geblieben war. Aus Herrn Knolls dunkelrotem Gesicht lösten sich bereits die Zähne heraus, sein

Körper war halb in den Teppich eingesunken und hatte sich als klebrige Masse mit ihm vereinigt. Um die Leiche hatte sich ein großer dunkler Fleck auf dem Teppich gebildet, der von unzähligen weißen Maden bevölkert wurde.

Der Gestank war so übel, dass Artur sich fast übergeben musste. Mit bleichem Gesicht taumelte er einen Schritt zurück und stieß beinahe gegen Pfannkuchengesicht, der daraufhin ebenfalls den Rückzug antrat.

Frau Otterpohl stand immer noch regungslos im Hausflur.

»Isser tot?«, fragte sie.

»Ja«, murmelte Artur. »Er liegt offenbar schon 'ne ganze Weile da.«

Nachdem er vor der Haustür ein bisschen frische Luft geschnappt und sich beruhigt hatte, holte er sein Handy heraus und rief den Notruf an. Das Pfannkuchengesicht ließ sich nicht mehr blicken. Artur lehnte sich gegen die Hauswand, zündete sich eine Zigarette an und wartete.

Der Tag war schön und die Spätnachmittagssonne stand schon recht tief. Über den Dächern schwebten die Mauersegler und der Kondensstreifen eines einsamen Flugzeugs zerschnitt den tiefblauen Himmel. Der Grünstreifen zwischen den Häusern war immer noch wie ausgestorben und auch hinter den schmutzigen Fensterscheiben des Nachbarhauses zeigte sich keine Menschenseele.

Was für eine Geistersiedlung, dachte Artur. Als ob die anderen Bewohner ebenfalls tot in ihren Wohnungen liegen und die ganze Welt still und leise verfault.

Eine gute Viertelstunde später waren Arzt und Polizei zur Stelle. Artur gab kurz zu Protokoll, was passiert war, und wurde dann entlassen. Frau Otterpohl war seine letzte Kundin gewesen, also konnte er endlich Feierabend machen.

»Kommen Sie nächste Woche wieder?«, erkundigte sie sich, als er sich verabschiedete.

»Aber klar doch«, sagte Artur und reichte ihr lächelnd die Hand. »Wir sehen uns nächste Woche.«

Regungslos stand sie in der Wohnungstür und sah ihm hinterher.

Auf dem Weg zum Auto stellte Artur fest, dass die Bestatter mittlerweile ebenfalls vor Ort waren und einen Metallsarg ausluden. Mit einem diskreten Kopfnicken trugen sie ihn an Artur vorbei ins Haus.

Wie lange hat Herr Knoll wohl allein in der Wohnung gelegen?, fragte sich Artur. Er ist einfach von dieser Erde verschwunden und es hat niemanden gekümmert. Nicht mal seine Nachbarin hat es mitbekommen. Wenn ich mich schon so einsam fühle, wie geht es dann erst den ganzen Alten, die alleine in ihrer Wohnung hocken, Schlagerradio hören, Dosengemüse aufwärmen und Kreuzworträtsel in der Apothekenzeitschrift lösen? Und wenn sie jemand besucht, dann ist es der Sensenmann.

Hinter dem Lenkrad seines Twingos erblickte er im Rückspiegel die Schnauze des schwarzen Leichenwagens. Artur kurbelte alle Fenster runter, steckte sich eine neue Kippe an und ließ den Motor aufheulen. Als er beschleunigte und der Fahrtwind durch die Fahrerkabine strich, wurde ihm wieder etwas leichter ums Herz.

»Endlich Wochenende«, murmelte er, während er die Oldentruper Straße stadteinwärts zurück in die Welt der Lebenden fuhr.

Eigentlich hatte ihm weder Herrn Knolls Leiche noch ihr furchtbarer Gestank so sehr zugesetzt. Beides konnte man mit den Sinnen erfassen, wodurch es irgendwie trotzdem ein Teil des Lebens war. Viel schauerlicher war die andere, die unsichtbare Seite des Todes. Der schwarze Wagen, in den man nicht hineinsehen konnte, der leere Grünstreifen, die Stille und die Einsamkeit, in der Herr Knoll gelegen hatte, dazu Frau Otterpohls starre Fischaugen im Dämmerlicht des Hausflurs – all das gab ihm ein ungefähres Gefühl davon, aber das eigentliche Wesen des Todes war ein anderes. Der Tod ist das *Nichts*, durchfuhr es ihn. Dieses unheimliche Gefühl, das ihn während der letzten Monate befallen hatte, die Panikattacken und die Auflösungszustände, war das alles Teil eines langsam eintretenden Todes? Eines heimlichen und stillen Todes, unsichtbar für die Augen anderer?

»Pisdez«, rief er und drückte das Gaspedal herunter.

Plötzlich hatte er ein unglaubliches Verlangen danach, zu spüren, dass er am Leben war. Er wollte Nejla sehen, sie in die Arme nehmen, ihren Atem in seinem Gesicht spüren, mit ihr irgendwohin fahren, durch irgendeine fremde Stadt laufen, bis ihre Beine sie nicht mehr trugen, sich mit ihr besaufen und neben ihr einschlafen und wieder aufwachen und mit ihr Sex haben.

»Yo Nejla, fühlst du das auch«, freestylte er, während er die Oelmühlenstraße entlang am städtischen Krankenhaus vorbeipreschte. »Diese Leere tief in meinem Bauch, wie ein Zimmer voll kaltem Rauch, ich muss da raus, ich will zu dir, bevor ich mich selbst verlier, ich denke an dich, denkst du gerade auch an mich?«

Letzten Sonntag hatte er Nejla im Mellow Gold besucht und ihr, wie versprochen, die CD zurückgebracht. Aber irgendwie hatte sie an diesem Abend nachdenklich und etwas distanziert gewirkt, was ihn ziemlich verunsichert hatte. Vielleicht steht sie überhaupt nicht auf mich, sagte er sich. Vielleicht ist sie einfach zu jedem so freundlich.

Die ganze Zeit über waren noch einige andere Gäste da gewesen und er hatte, da er am nächsten Morgen schon früh zur Arbeit musste, nicht so lange bleiben können, bis sie allein gewesen wären. Trotzdem hatte er bei der Verabschiedung seinen ganzen Mut zusammengenommen, Nejla seine Nummer aufgeschrieben und ihr gesagt, dass er sie gerne auch mal außerhalb der Arbeit treffen würde.

Nejla hatte zwar gelächelt und »hey cool, ich meld mich« gesagt, doch ihre Nummer hatte sie ihm nicht gegeben, sodass er sich während des ganzen Nachhausewegs den Kopf darüber zerbrach, was das wohl zu bedeuten hatte.

Als er die darauffolgenden Tage dann weder eine SMS noch einen Anruf von ihr bekam, war er ziemlich down. Bobby, der sich ebenso schnell verwie entliebte und alle paar Monate eine andere Freundin hatte, ermutigte ihn und meinte, sie würde sicher bloß die Drei-Tage-Regel ausreizen wollen, aber mittlerweile war es schon Freitag und Artur hatte kaum noch Hoffnung.

»Verdammt, warum meldet sie sich nicht«, murmelte er, während er in der Nähe seiner Wohnung nach einem Parkplatz suchte.

Da er am Sonntag Dienst hatte, durfte er den Wagen übers Wochenende behalten. Der WG-Kühlschrank war wieder mal leer, also ging er direkt rüber zu dem indischen Minimarkt in der August-Bebel-Straße. Der Laden hatte trotz seiner geringen Größe ein super Tiefkühlpizzasortiment, durch das sich Bobby und er systematisch durchfutterten. Als er vor dem Eingang sein Handy rausholte, um Bobby zu fragen, ob er auch was brauchte, sah er, dass er eine SMS von einer unbekannten Nummer erhalten hatte. Aufgeregt öffnete er sie.

Hey Arturo! Wie gehts dir?
hab morgen endlich mal
den ganzen Tag frei :)
Wenn du Lust hast, können wir
was machen
LG Nejla

»Yes Mann!«, rief Artur, so laut, dass die wartenden Passanten an der Ampelkreuzung zur Herforder Straße überrascht herübersahen.

Als er die Tiefkühlpizzen auf den Verkaufstresen legte, war sein Grinsen so breit, dass der Verkäufer denken musste, er wäre high.

Auf Nejlas Vorschlag hin verabredeten sie sich am nächsten Nachmittag für den Flohmarkt auf dem Siegfriedplatz.

In dieser Nacht schlief Artur ziemlich unruhig. In seinen Träumen arbeitete er verzweifelt kryptische Einkaufslisten ab, die überhaupt keinen Sinn ergaben, und wurde dabei von einem Leichenwagen verfolgt, der sich, egal was er unternahm, nicht abschütteln ließ. Einigermaßen verwirrt wachte er auf.

Nach dem Frühstück ließ er sich von Bobby die Haare rasieren, dann machte er ein bisschen Hanteltraining und Liegestütze, um in Form zu bleiben.

Als er aus dem Haus ging, fühlte er sich frisch und war voller Vorfreude. Draußen war es sonnig und angenehm warm. Artur hatte seine neuen blau-weißen Air Max 97 angezogen, kurze beige Carhartt-Shorts und ein schlichtes schwarzes T-Shirt. Auf seinem MP3-Player hörte er einen neuen Mix, den Kazim letzte Woche aufgenommen hatte. Kazim hörte viel französischen Hip-Hop und hatte ihm einige coole neue Sachen gezeigt, die genau nach seinem Geschmack waren. Artur spulte vor zu *Mystère et suspense* von Fonky Family, einem seiner Favoriten. Mit dem Kopf zum Takt nickend lief er unter dem Ostwestfalendamm entlang und bog in die Arndtstraße ab.

Als er den Siegfriedplatz erreichte, war es kurz vor drei und an den Verkaufsständen einiges los. Artur reckte den Hals und schlängelte sich zwischen den Flohmarktbummlern hindurch zum U-Bahn-Eingang. Nejla war noch nicht da. Artur entspannte sich ein wenig, zündete sich eine Kippe an und spähte den Treppenaufgang hinunter. Offenbar war gerade eine Bahn angekommen, denn es kamen einige Leute herauf.

Plötzlich tippte ihm jemand von hinten an die Schulter. Überrascht fuhr er herum.

»Na«, sagte Nejla lächelnd.

»Hey«, rief Artur und warf seine Kippe weg. »Cool, dass es geklappt hat!«

»Ja, sehr schön«, stimmte Nejla zu und betrachtete ihn aufmerksam. »Hast du dir die Haare geschnitten?«

»Bobby hat sie rasiert.«

»Darf ich mal«, sagte sie und fuhr über den kurzgeschorenen Schädel. »Fühlt sich gut an. Ich finde, so kurze Haare stehen nicht jedem, aber bei dir gefällt's mir.«

»Danke«, sagte Artur, der mit Komplimenten nicht umzugehen wusste, und wurde rot. »Dein Style gefällt mir auch.«

Tatsächlich sah Nejla wunderschön aus. Sie hatte kaum Schminke benutzt, nur etwas dunkelroten Lippenstift. In Kombination mit ihren großen dunklen Rehaugen war die Wirkung umwerfend. Ihr langes schwarzes Haar hatte sie zu einem lockeren Pferdeschwanz zusammengebunden und sie trug keinen Schmuck außer einem Paar goldener Ohrstecker. Passend zu ihren schwarzen Adidas-Sneakern hatte sie ausgefranste schwarze Jeansshorts an, die ihre schlanken, braungebrannten Beine voll zur Geltung kommen ließen. Außerdem trug sie ein locker fallendes, einfaches graues T-Shirt und eine hellbraune Vintage-Lederhandtasche.

»Und warum bist du so ein Flohmarktfan?«, fragte Artur, während sie zu den Verkaufsständen schlenderten.

»Sie erinnern mich irgendwie an meine Kindheit«, erklärte Nejla. »In Bosnien war ich mit meinen Eltern ständig auf irgendwelchen Straßenmärkten. Mein Papa hat Schallplatten gesammelt.«

»Cool«, meinte Artur. »Ich hab meinen Vater immer gebeten, mir russische Rap-Kassetten zu kaufen, wenn er dahin gefahren ist. Da gibt's wohl so Stände auf der Straße.«

»Bei uns auch«, sagte Nejla. »Wann warst du eigentlich das letzte Mal dort?«

»Ich war noch nie in Russland«, sagte Artur etwas verlegen. »Hat sich irgendwie nie ergeben und die Verwandtschaft lebt mittlerweile komplett in Deutschland.«

»Und möchtest du nicht mal hin?«

»Klar, auf jeden Fall«, entgegnete Artur. »Mein Papa hatte mir immer versprochen, mich mitzunehmen, wenn ich mit der Schule fertig bin. Er ist hin und wieder mal geschäftlich da. Aber jetzt hat er sich wegen 'ner anderen von meiner Mutter getrennt und ich will keinen Kontakt mit ihm.«

»Ich verstehe«, sagte Nejla.

Schweigend betrachteten sie eine Auslage mit sorgfältig aufgereihten Actionfiguren. Verschiedene He-Man-Figuren waren darunter, X-Men, Wrestler, verwandelbare Mask-Motorräder und Transformers.

»Wenn du eine Superkraft haben könntest, ganz egal was«, fragte Nejla, »welche würdest du nehmen?«

»Hmm«, überlegte Artur, während er eine Skeletorfigur in die Hand nahm.

»Ich glaube, ich hätte gerne einen Spezialblick, mit dem ich alles in Scheiße verwandeln kann«, sagte er grinsend.

»In Scheiße?!«, wunderte sich Nejla. »Nicht lieber in Gold oder sowas?«

»Nee«, entgegnete Artur. »Gold ist doch langweilig. Aber Scheiße – überleg mal, wie cool das ist. Nimm zum Beispiel so einen Typ im Mellow Gold. Der ist voll das Arschloch und benimmt sich richtig daneben. Ein Blick rüber zu seinem Stuhl und er sitzt in 'nem Haufen Scheiße. Oder es gab in der Schule bei dir früher so 'ne richtige Bitch, die alle immer fertiggemacht hat, und du siehst zufällig, dass sie bei Starbucks in der Schlange steht und sich 'nen fancy Kaffee holt. Frappuchino XXL mit Doppellatte oder so. Sie rührt gerade so voll genüsslich mit ihrem Strohhalm in ihrem Becher und fühlt sich richtig cool. Du gehst vorbei, ein Blick ...«

Artur imitierte mit einem schrägen Pfeifen den Einsatz seines Scheißeblicks.

»... und sie lutscht Scheiße.«

»Nicht dein Ernst«, rief Nejla lachend und schüttelte den Kopf. »Das ist echt 'ne beschissene Superkraft.«

»Voll«, grinste Artur.

Die Art, wie Nejla lachte, das Strahlen ihrer dunklen Augen und die leichte Röte in ihrem Gesicht stachelten ihn weiter an.

»Oder stell dir mal vor, dein Ex oder der Ex von einer Freundin hat krass betrogen und die Sache richtig scheiße beendet. Und jetzt siehst du ihn mit seiner Neuen zufällig in 'nem Cafe und ihm isses voll ernst. Er hat ihr 'nen richtig krasses Geschenk gekauft, 'nen Diamantring oder so, mit Gravur. Und den überreicht er ihr gerade. In 'nem eleganten Kästchen mit Schleife und so. Sie ist voll gerührt und öffnet mit vor Aufregung feuchten Fingern die Schachtel … du benutzt deinen Blick … zoooom … und da liegt 'n Ring auf dem blauen Samtkissen. Aber der ist braun und wirkt irgendwie bisschen bröselig. Sie will sich aber nicht anmerken lassen, dass sie enttäuscht ist, und sagt nur so: Hmm, Designerschmuck. Dann nimmt sie ihn heraus und begutachtet ihn. Währenddessen steigt ihr schon so 'ne dezente Scheißenote in die Nase. Er ist natürlich bestürzt, weil er sieht, dass das nicht sein Ring ist, und beugt sich ebenfalls vor. Beide riechen jetzt voll das Aroma. Sie schauen sich gegenseitig total entsetzt in die Augen, und sie so: Alter, hast du mir aus deiner Scheiße einen Ring geformt?!«

Nejla musste lachen. Dabei hielt sie sich verschämt die Hand vor den Mund, was in unerwartetem Kontrast zu ihrer ansonsten sehr direkten, selbstbewussten Art stand.

Wie süß, dachte Artur. Wenn sie lacht, sieht sie aus wie eine Glückskatze.

Er stellte die Skeletorfigur zurück und schlenderte mit Nejla zum nächsten Verkaufstisch.

»Du hast echt viel Scheiße im Kopf«, meinte Nejla, nachdem sie sich wieder eingekriegt hatte.

»Sorry, ich weiß«, sagte Artur in wieder ernsterem Ton. »Also wenn ich wirklich die Wahl hätte, dann würde ich wahrscheinlich Unsterblichkeit wählen …«

»Unsterblichkeit«, wiederholte Nejla und machte ein nachdenkliches Gesicht. »Diese Superkraft könnte zu einem Fluch werden.«

»Warum?«

»Vielleicht hast du irgendwann genug gelebt und möchtest sterben. Doch dann geht's nicht …«

»Hmm«, machte Artur. »So hab ich das noch nicht gesehen.«

»Ich würde gerne durch die Zeit reisen können«, verkündete Nejla.

»Und was würdest du dann machen?«

»Na, ich würde mir die ganzen krassen Sachen anschauen, den Bau der Pyramiden zum Beispiel. Ich glaube, die alten Hochkulturen waren schon richtig weit entwickelt, weiter, als wir heute denken. Oder ich würde in die Zukunft reisen, um zu sehen, ob die Menschheit irgendwann auf einen anderen Planeten übersiedelt oder ausstirbt, weil wir unsere eigene Umwelt komplett kaputtgemacht haben. Außerdem würde ich mich gern mit ein paar historischen Persönlichkeiten unterhalten.«

Nejla machte eine Pause und überlegte.

»Und ich würde paar wirklich schlimme Bösewichte zur Strecke bringen, bevor sie Unheil anrichten können.«

»So wie Hitler?«

»Zum Beispiel«, sagte Nejla und zündete sich eine Zigarette an. »Und ein paar Militärs aus dem Jugoslawienkrieg.«

»Ist dein Papa damals … Ist er im Krieg gestorben?«, fragte Artur vorsichtig.

»Mein Vater war auch beim Militär«, antwortete Nejla und betrachtete den Rauch ihrer Zigarette. »Kein großes Tier, aber ein Offizier bei der JNA, der Jugoslawischen Volksarmee. Mein Vater war Serbe, aber meine Mutter ist muslimische Bosnierin. Als der Krieg ausbrach, schloss mein Vater sich Jovan Divjak an. Das war der einzige serbische General, der aufseiten der bosnischen Streitkräfte Sarajevo verteidigte. Mein Papa wurde im ersten

Jahr der Belagerung bei der Leitung eines Konvois von einem serbischen Scharfschützen erschossen.«

»Krass«, murmelte Artur. »Wie alt warst du da?«

»Es passierte genau einen Monat vor meinem neunten Geburtstag«, sagte Nejla.

»Scheiße«, sagte Artur und seufzte. »Das ist so krass. Ich meine, der Krieg war damals gar nicht weit weg. Wir haben das zuhause als Kinder in den Nachrichten gesehen, aber so richtig vorstellen konnte man es sich trotzdem nicht.«

»Ich finde es auch noch heute total irreal«, meinte Nejla. »Wenn ich von der Zeit spreche, kommt es mir vor, als ob ich vom Leben einer anderen Person erzähle.«

Ihre Gesichtszüge hatten sich verhärtet und ihr Blick driftete in die Ferne. Nachdem sie einen tiefen Zug von ihrer Zigarette genommen hatte, wandte sie sich wieder Artur zu.

»Wie alt bist du eigentlich?«, fragte sie unvermittelt.

»Nächsten Monat werde ich zwanzig.«

»Wie süß«, sagte Nejla und grinste. »Wenn wir in Amerika wären, müsste ich dir Alkohol kaufen.«

»Wie alt bist du denn?«, wunderte sich Artur.

»Bald zweiundzwanzig.«

»Ach so«, sagte Artur grinsend. »Ich dachte schon, jetzt kommt Anfang dreißig oder so.«

»Ziemlich frech, Kleiner«, entgegnete Nejla.

Sie hatten inzwischen die meisten der Stände angesehen und standen gerade vor einem Tapeziertisch voller VHS-Kassetten und Technikzubehör. Zwischen alten Videorekordern, Kassettenabspielgeräten und Fotozubehör fiel Artur eine kleine gelbe Plastikbox ins Auge. Die Box hatte die Form eines Fernsehers, dessen Bildschirm ein ausgeblichenes Foto der Pyramiden von Giseh zierte.

»Warte mal, ich glaub ich hab was für dich«, sagte Artur zu Nejla und wandte sich an den Verkäufer.

Nach kurzem Hin und Her zählte er ihm ein paar Euros ab und bekam die Box.

»Du wolltest doch durch die Zeit reisen«, sagte er zu Nejla und überreichte ihr den kleinen Klickfernseher.

»Wie cool«, sagte Nejla gerührt. »Ägypten …«

»Hattest du als Kind nie so einen?«

»Ich glaube nicht.«

»Also, du siehst dahinten durch«, sagte Artur und deutete auf die Linse auf der Rückseite, »und dann klickst du hier und siehst ein anderes Bild.«

»Oh«, sagte Nejla und starrte mit zugekniffenen Augen in die kleine Box.

»Und, wie ist es im alten Ägypten?«

»Wundervoll«, sagte Nejla.

Strahlend verstaute sie die kleine Plastikbox in ihrer Handtasche.

»Danke, der bekommt einen Ehrenplatz.«

»Freut mich, dass er dir gefällt.«

»Hmm«, meinte Nejla und ließ ihren Blick über den Verkaufsstand schweifen. »Jetzt musst du von mir aber auch was bekommen.«

Artur winkte ab, doch Nejla ließ sich nicht beirren.

»Bist du eher der Action- oder der Comedy-Typ? Oder vielleicht der heimliche Romantiker?«, erkundigte sie sich, während sie die VHS-Kassetten durchsah.

»Von allem ein bisschen«, meinte Artur. »Ich mag nur keinen Horror.«

»Ich auch nicht«, pflichtete Nejla ihm bei. »Wie wäre es mit ’nem Kung-Fu-Film?«

Nejla zog einen Film heraus und las den Titel vor.

»*Die Schlange im Schatten des Adlers.*«

كله دهب

»Zeig mal den dahinter«, sagte Artur und deutete auf eine Videokassette auf dem Tisch.

»Du meinst den?«, fragte Nejla und hielt *Dragon – Die Bruce Lee Story* hoch.

»Ja, genau«, meinte Artur. »Der lief letztens mal im Fernsehen. Aber ich konnte ihn nur zur Hälfte sehen.«

»Den hab ich zuhause.«

»Echt?!«

Nejla musterte ihn mit ihren großen dunklen Augen. Ihre Lippen umspielte ein unmerkliches Lächeln. Der Ausdruck in ihrem Gesicht erinnerte Artur daran, wie sich ihre Blicke auf der Tanzfläche der Totenkopfparty getroffen hatten.

Ob sie sich wohl daran erinnert?, fragte er sich.

»Wenn du willst, können wir zu mir gehen und ihn uns ansehen«, sagte sie.

»Heute?«, fragte Artur überrascht.

»Klar, wenn du magst«, antwortete Nejla. »Ich spendiere Bier und Snacks.«

»Cool«, sagte Artur, bemüht darum, sich seine Aufregung nicht anmerken zu lassen. »Ich bin dabei.«

Gemeinsam holten sie Nejlas Fahrrad, das neben der U-Bahn abgestellt war, und spazierten die Stapenhorststraße entlang Richtung Altstadt.

O Mann, dachte Artur sich. Nicht nur, dass Nejla richtig cool ist und wir uns super verstehen, jetzt lädt sich mich auch noch zu sich nach Hause ein! Passiert das gerade wirklich?!

Verstohlen schielte er von der Seite auf ihren schönen Hals und die kleinen Löckchen am Ansatz ihres pechschwarzen Haars.

Oder versteh ich das alles vollkommen falsch, fragte er sich, und sie ist einfach voll der Kumpeltyp und denkt sich gar nichts dabei, mich zu sich nach Hause einzuladen?

»Wie kommt's, dass du Bruce-Lee-Fan bist?«, fragte er, während ihm tausend andere Gedanken durch den Kopf schossen.

»In Bosnien ist so gut wie jeder Bruce-Lee-Fan«, anwortete Nejla. »In Mostar haben sie ihm sogar eine Statue gebaut.«

»Du verarschst mich.«

»Kein Witz. Ich schwör.«

In dem kleinen Supermarkt am Anfang der Fußgängerzone neben dem Kunsthallenpark kauften sie sich ein Sixpack Beck's und Popcorn. Nejla wohnte direkt in der Altstadt in einer kleinen Dachgeschosswohnung, die sie sich mit einer Mitbewohnerin teilte. Es waren nur noch ein paar Wochen bis zu den Bundestagswahlen und die samstäglichen Einkaufsbummler vermischten sich mit schilder- und fahnentragenden Besuchern einer Wahlkampfveranstaltung, die vor dem Theater am Alten Markt abgehalten wurde.

Im Treppenhaus des Altbaus war es dämmrig und kühl, sowohl Treppen als auch Geländer waren aus dunklem Holz und es roch angenehm nach Wachspolitur. Einen Lift gab es nicht. An Büros und Praxen vorbei stiegen sie hinauf in den vierten Stock, auf dem sich die einzigen beiden privaten Mietwohnungen des Hauses befanden.

»Krass«, meinte Artur, während Nejla die Wohnungstür aufschloss, »wie bist du an diese Wohnung gekommen?«

»Durch Zufall«, sagte Nejla. »Meine Mitbewohnerin Maike hat hier vorher mit ihrem Ex gewohnt. Als sie sich getrennt haben, hat sie mir angeboten, einzuziehen.«

Neugierig trat Artur durch die Tür.

In der Wohnung war es still. An der Garderobe hing ein überquellender Wulst von Jacken und Mänteln. Die Wand des Flurs zierte ein wild zusammengewürfeltes Sortiment verschiedenster Sneaker, Stiefel, Sandalen und High Heels. Neben dem Sicherungskasten hing eine vertrocknete Sonnenblume und daneben ein Filmplakat von *Die fabelhafte Welt der Amélie*.

»Ist Maike nicht da?«, erkundigte er sich.

»Nee«, antwortete Nejla, während sie zwei Flaschen aus dem Sixpack nahm und den Rest in den Kühlschrank der kleinen Wohnküche stellte. »Die ist übers Wochenende zu ihren Eltern nach Paderborn gefahren.«

Nejla führte ihn in ihr Zimmer. Es war nicht sonderlich groß, höchstens vierzehn Quadratmeter, und wirkte etwas chaotisch, aber gemütlich. Anstelle eines Betts besaß sie einen großen Futon, der neben dem Fenster an der Kopfseite des Zimmers ausgerollt war. An der rechten Wand hingen versetzt alte Obstkisten mit Büchern, CDs und Zimmerpflanzen. Am Fußende des Futons stand ein kleines Tischchen, auf dem sich ein VHS-Rekorder, ein DVD-Player und ein kleiner Fernseher türmten. Ihr Schreibtisch, der an der gegenüberliegenden Wand stand, quoll über vor Papieren, Zeitschriften, Briefen, Stiften und Zeichenmaterialien. Darüber pinnten verschiedene Fotos, die meisten zeigten Landschaften und Städte. Menschen waren nur vereinzelt auf ihnen zu sehen. Eines davon, das Schwarzweißporträt eines jungen Mannes, war eingerahmt. Artur vermutete, dass es sich um Nejlas Vater handelte. Rechts neben der Zimmertür befand sich ein alter Kleiderschrank im Bauernstil, über dessen halb offene Türen Kleider, T-Shirts und Gürtel geworfen worden waren.

»Komm, ich zeige dir das Coolste an diesem Zimmer«, sagte Nejla.

Dann öffnete sie das in die Dachschräge eingelassene Fenster und stieg behände über den Heizkörper auf den Sims.

»Ich hoffe, du hast keine Höhenangst«, sagte sie und deutete auf den freien Platz neben sich.

Artur tat es ihr gleich und kletterte ebenfalls hinaus. Die Dachschräge zu ihren Füßen endete nach ungefähr anderthalb Metern und bot gerade so viel Platz, dass man seine Füße darauf ausstrecken konnte. Das Fenster zeigte nach Osten, sodass man Richtung Niederwall und auf den freien Himmel über den Dächern blickte. Man konnte sogar das Telekomgebäude und das städtische Krankenhaus sehen.

»Echt krasse Aussicht«, staunte Artur.

»Das ist mein Lieblingsplatz«, sagte Nejla und zündete sich eine Zigarette an.

Vom Alten Markt schallten die Stimmen und Geräusche der Wahlkampfveranstaltung herüber. Schweigend blies Nejla den Rauch aus.

Der Fenstersims war so schmal, dass sie ganz dicht beieinandersaßen und sich ihre Ellenbogen immer wieder berührten. Diese leichten Berührungen passierten scheinbar ganz beiläufig, aber Artur spürte die unheimliche Intensität dahinter. Er sah hinauf in den Himmel und fühlte sich schwerelos, so als würden Nejla und er kopfüber in sein tiefes Blau hineingesogen.

Als er den Blick wieder senkte, neigte Nejla sich zu ihm herüber und sie begannen sich zu küssen. Gierig glitten ihre Zungen in den Mund des anderen und begannen, sich zu jagen. Nach einer Weile setzten ihre Hände die Jagd unter den T-Shirts fort. Eng umschlungen taumelten sie vom Sims herunter, zogen sich gegenseitig die Shirts über den Kopf und pressten ihre Körper aneinander. Artur spürte die harten Brustwarzen von Nejlas kleinen, spitzen Brüsten an seinem nackten Oberkörper. Erregt tauchte er mit dem Gesicht in ihr Haar, küsste ihre Schulter, glitt ihren Hals hinauf, bis seine Zunge ihre Ohrmuschel fand. Nejlas Fingernägel krallten sich in seine Schultern und glitten an seinem Rücken hinunter. Nach einer Weile löste sie den Gürtel seiner Shorts und begann, seinen steifen Schwanz zu massieren.

Für einen Moment hielt Artur inne und sah sie an. Dass es so schnell gehen würde, hatte er nicht erwartet. Nejla war so cool, er hatte noch nicht mal wirklich an Sex mit ihr gedacht, er wollte ihr einfach nahe sein. Ein seltsamer Gedanke schoss ihm durch den Kopf. Nicht, dass es so endet, einmal Sex und das war's.

»Hey, ich hab dich wirklich gern, mehr als nur ein bisschen«, sagte er und sah sie ernst an.

»Ich weiß«, sagte Nejla lächelnd und glitt an ihm hinunter in die Hocke. Während ihre großen dunklen Augen seinen Gesichtsausdruck erforschten, nahm sie langsam sein Glied in den Mund. Eine Welle der Erregung riss Arturs Bedenken mit sich fort. Bald hielt er es nicht länger aus und zog sie hoch. Nachdem er ihr die Shorts heruntergerissen hatte, drang er von hinten in sie ein und nahm sie stehend am Fenster. Dann drückte Nejla ihn auf dem Teppich neben dem Futon zu Boden und ritt ihn, bis sie zitternd auf seiner verschwitzten Brust zur Ruhe kam und ihr duftendes, feuchtes Haar Arturs Gesicht bedeckte.

In der Wohnung war es dämmrig und still. Obwohl die Außenwelt unendlich weit weg schien, nahmen Arturs Sinne all die Geräusche, die von draußen zu ihnen hereindrangen, ungewöhnlich deutlich wahr.

Nejlas Atem ging jetzt langsamer. Artur legte einen Arm unter seinen Kopf, mit der anderen Hand streichelte er ihr Haar. Es roch nach Sommerwiese und feuchter Erde.

Auf dem Alten Markt verhallte allmählich der Applaus für die neue Kanzlerkandidatin, diese kleine Tante aus dem Fernsehen, die aussah wie ein Mitglied der Addams Family. Über den Dächern ertönten die Rufe der Mauersegler, vor dem Rathaus fuhr eine Straßenbahn an und irgendwo in der Ferne heulte eine Polizeisirene.

Ohne viele Worte zogen sie vom Teppich auf Nejlas Bett um und sie legte die Videokassette von *Dragon – Die Bruce Lee Story* ein. Nach ungefähr zwanzig Minuten überstieg ihr Interesse aneinander das Interesse an der Kampfkunstikone. Während Bruce Lee sich durch Straßen und Filmkulissen prügelte, wälzten sie sich in wilder Umarmung über Nejlas Bett.

»Scheint Schicksal zu sein, dass ich den Film immer nur zur Hälfte sehe«, sagte Artur, während sie Schulter an Schulter an die Wand gelehnt im Bett saßen, rauchten und das Ende des Films an sich vorüberziehen ließen.

»Glaubst du an Schicksal?«, fragte Nejla.

»Hmm«, meinte Artur. »Ist ein Fluch auch sowas wie Schicksal?«

»Wahrscheinlich schon«, sagte Nejla ein wenig überrascht. »Also zumindest ist ein schlechtes Schicksal auch so etwas wie ein Fluch. Warum?«

Artur überlegte kurz.

»Manchmal denke ich, dass irgendein Fluch auf mir lastet«, sagte er dann. »So wie bei Bruce Lee. Deshalb ist die Story aus diesem Film wohl auch bei mir hängengeblieben.«

»Und aus welchem Grund denkst du so etwas?«

»Ach«, sagte Artur und seine Stimme wurde etwas leiser. »Ich hatte schon als Kind manchmal so seltsame Vorahnungen und Ängste. Irgendwann ging es weg, aber seit diesem Jahr sind diese Anfälle so heftig wie noch nie. Und dann ist plötzlich wirklich so viel Scheiße passiert. Als ob ich irgendwie verflucht bin.«

Artur hielt inne und nahm einen tiefen Zug von seiner Kippe. Nejla war die erste Person, der er davon erzählte. Nicht einmal mit Bobby hatte er darüber gesprochen.

»Aber heute«, fuhr er fort, wobei er schüchtern lächelte, »heute fühlt sich eher wie ein Segen an. Ich weiß gar nicht, wann ich das letzte Mal so glücklich war.«

Baden verboten

Nejla saß an ihrem Laptop und starrte durch die Fenster der FH-Cafeteria. Es war fast Mitte September und das Wetter ungewöhnlich heiß, so als hätte sich der Sommer in diesem Jahr für einen Monat nach hinten verschoben. Die Sonnenstrahlen prallten auf das dicke Fensterglas und heizten die Luft auf wie in einem Gewächshaus.

Eigentlich hatte sie das Konzept für den Wunschbrunnen überarbeiten und ihre Bewerbungsunterlagen für einen Nachwuchsförderpreis vorbereiten wollen, doch irgendwie war ihr gerade überhaupt nicht danach.

O Mann, dachte sie sich. Wieso bin ich jetzt nicht mit Artur im Dornberger Freibad? Wir liegen auf der Wiese, im Hintergrund das Geschrei der Kids, der Duft von Sonnencreme und Pommes liegt in der Luft und wir machen nichts, außer die Wolken am blauen Himmel zu betrachten.

Es war schon heftig, wie schnell sie Artur vermisste. Die Connection zwischen ihnen machte ihr fast ein wenig Angst. Sie erkannte sich kaum wieder. Normalerweise war sie am Anfang immer total vorsichtig, aber diesmal hatte sie sich geradezu Hals über Kopf in die Sache hineingestürzt. Ihr Flohmarkt-Date auf dem Siggi war ungefähr anderthalb Wochen her und seitdem sahen sie sich so gut wie jeden Tag. Selbst wenn sie Schicht in der Bar hatte oder Artur mit Kazim bis spät in die Nacht Musik machte, übernachteten sie noch beieinander.

Manchmal unternahmen sie was mit Bobby und den anderen, aber am schönsten war es, wenn sie allein waren. Dann war jeder von ihnen ein ganz anderer Mensch. Sowohl Artur als auch sie selbst. Zwei geheime Bonusversionen, die nur in der Gegenwart des anderen existierten. Bonus-Artur und Bonus-Nejla waren viel lebendiger als ihre Standardversionen, sie waren alberner und verspielter, aber gleichzeitig auch ernster und unverstellter und lebten in ihrer ganz eigenen Welt. Aber so wunderbar diese Welt war

– wurde sie nicht zu sehr in sie hineingezogen, sodass sie Gefahr lief, sich darin zu verlieren?

Das Klingeln ihres Handys riss sie aus ihren Gedanken. Es war Tom, der Letzte, mit dem sie gerade quatschen wollte. Hatte sie ihm nicht mit aller Deutlichkeit zu verstehen gegeben, dass die Sache zwischen ihnen ein für alle Mal gegessen war?!

»Šuti«, murmelte Nejla und schaltete auf stumm.

Kurz darauf erhielt sie eine SMS von ihm. Widerwillig las sie die Mitteilung:

Heute haben ein paar richtig
strange Typen bei mir
geklingelt und sich nach
Anela erkundigt. Sie haben
auch deinen Namen genannt und
wussten, dass du ihre
Freundin bist! Geht das so
weiter, schalte ich echt die
Bullen ein!

»Jebem ti«, entfuhr es ihr.

Je mehr sie sich von Tom distanzierte, desto mehr verfolgte sie diese verfluchte Geschichte mit Anela. Für einen Moment schien es ihr, als ob Karma sich einen Spaß erlaubte und ihr diese Verbrecherbande auf den Hals hetzte, um sich dafür zu revanchieren, dass sie Tom abserviert hatte.

Während Nejla die SMS noch einmal las, beschlich sie eine böse Ahnung. Wenn das echt diese Kerle waren, von denen Haris ihr erzählt hatte, woher wussten sie von ihr und Tom? Eigentlich konnte es nur ihr Cousin selbst gewesen sein, der es ihnen gesagt hatte. Der Verräter hatte bestimmt diesem verdammten Jet von ihrer Unterhaltung erzählt! Nicht ohne Grund hatte sie nach dem Besuch so ein schlechtes Bauchgefühl gehabt.

Sicherlich ist er drauf gewesen, der verfickte Junkie, sagte sie sich. Aber was hat er ihm bloß über mich erzählt?!

Wenn diese Typen herausfanden, dass sie die restlichen Tolarsäcke hatte, dann dachten sie bestimmt, sie würde mit Anela unter einer Decke stecken. Zum Glück hatte sie Haris nicht erzählt, dass sich die Säcke in ihrem Besitz befanden. War es zu naiv gewesen, zu denken, sie könnte die Münzen einfach in einem Kunstprojekt verwenden? Toms SMS nach zu urteilen, waren sie im Werkraum der FH zumindest erst einmal sicherer als bei ihr zuhause. Nicht dass diese Kerle auf die Idee kamen, ihr ebenfalls einen Besuch abzustatten.

Nejla seufzte. Jetzt brauchte sie erst einmal eine Zigarette.

Als sie vor dem Haupteingang eine rauchte, kam ihr Tengis entgegen, mit dem sie verabredet war. Tengis hatte schnell bemerkt, dass sie innerlich ziemlich aufgewühlt war. Fragend sah er sie an, aber Nejla konnte und wollte in diesem Augenblick nicht sagen, was los war.

Sie setzten sich in die Cafeteria, um ihre gemeinsame Arbeit zu besprechen. Als sie Tengis vom geplanten Bau ihrer Wunschbrunnen-Installation erzählt hatte, war er ziemlich begeistert gewesen und hatte ihr angeboten, sie dabei zu unterstützen. Anstatt eine Installation eines etablierten Künstlers zu dokumentieren, wollte er für das Seminar eine kleine Dokumentation über ihre Arbeit drehen.

Tengis studierte schon seit einigen Semestern, arbeitete nebenbei bereits für Agenturen und fürs Fernsehen und war ein ausgezeichneter Kameramann. Nejla und er hatten sich auf Anhieb gut verstanden und hingen zwischen ihren Kursen öfters zusammen rum. Tengis war eher introvertiert, aber wenn er redete, dann hatte er eine sehr direkte Art. Einige Kommilitonen schreckte das ab, da er sich nichts vormachen ließ und über eine gute

Menschenkenntnis verfügte. Tengis schien das jedoch egal zu sein, denn er mochte selbst nur einen kleinen Kreis an Personen, Nejla eingeschlossen.

Tengis las sich die Bewerbungsunterlagen für die Nachwuchsförderung durch und machte ein paar Vorschläge, die sie zusammen ausformulierten. Die Zusammenarbeit zwischen ihnen klappte eigentlich super, aber nach der SMS von Tom konnte sie sich nicht mehr so recht konzentrieren.

Nach einer Weile bekam sie abermals eine SMS.

Bitte nicht schon wieder Tom, dachte sie genervt.

Doch es war Artur:

Hey Kisa moja :)
Kazim, Bobby, sein Girl und
ich wollen schwimmen nach
Bad Laer. Hab Auto, können
dich abholen!
*Kommst du mit? :-**

Mit einem schuldbewussten Blick sah sie hinüber zu Tengis. Der rollte theatralisch mit den Augen und schenkte ihr ein schiefes Lächeln.

»Was soll's«, sagte er schulterzuckend. »Wir haben eh noch ein bisschen Zeit bis zur Bewerbungsfrist und das ist wahrscheinlich der letzte richtig geile Sommertag dieses Jahr. Lass uns einfach Montag nach dem Seminar weitermachen!«

»Ist das echt okay für dich?«

»Klar«, versicherte ihr Tengis. »Ich wollt mir eh noch was zu buffen besorgen und dann 'ne Runde im Oetkerpark chillen.«

»Cool«, freute sich Nejla und sprang auf.

Ehe Tengis sich's versah, hatte Nejla ihr Zeug in den Rucksack gestopft und war aus der Cafeteria gerannt.

Eine halbe Stunde später saß Nelja neben Bobby und seiner Freundin auf dem Rücksitz des alten silbernen Passats von Arturs Mutter. Draußen zogen die Ausläufer des Teutoburger Waldes und das Gelb, Grün und Braun der Raps- und Getreidefelder an ihnen vorbei, während sich im graublauen Dunst am Horizont die riesigen weißen Windkrafträder drehten.

»Ich habe total vergessen, wie schön es hier ist«, murmelte Nejla.

Tom, die albanische Gangsterbande und ihr Cousin konnten ihr für heute alle gestohlen bleiben. Diesen Tag würde sie sich nicht vermiesen lassen.

»Ja, voll«, pflichtete ihr Bobbys neue Freundin Antje bei.

Laut Artur hatte Bobby sie vor zwei Wochen auf einer Party im Forum kennengelernt und sich schlagartig so krass verliebt, dass er seine vorherige Flamme am gleichen Abend kurzerhand abserviert hatte. Wie lange es mit Antje gehen würde, war ziemlich ungewiss. Bobbys Bereitschaft, sich ständig in jemand Neues zu verlieben, war so groß, dass er theoretisch dazu in der Lage war, an der nächsten Tanke mit der Kassiererin durchzubrennen.

Antje war ein zierliches Mädchen mit hellblonden Haaren, einem etwas rundlichen Gesicht und blaugrauen Augen. Für ihr Alter war sie schon ziemlich heftig tätowiert. Arme, Hals, Hüfte und Oberschenkel, die unter dem schwarzen Jeansrock hervorschauten, zierten Schwalben, Messer, Dornenranken, Totenschädel und tränende Augen, sodass Nejla sich fragte, was wohl in diesem sonst eher schüchtern wirkenden Mädchen so vorging.

»Ich war noch nie in Bad Laer«, sagte Nejla.

»Echt?«, wunderte sich Artur. »Ich war schon öfter da. Baggerseen sind 'n Russending.«

»Und warum?«, fragte Bobby.

»Gute Frage«, überlegte Artur. »Urlaub am Meer ist für die meisten Russen in Russland ziemlich teuer. Aber dafür haben viele eine Datscha, also so

’n kleines Wochenendhäuschen, wo sie die Ferien verbringen. Und da gibt’s halt nur Seen und Birkenwälder. Ja, und deshalb werden wir Russen wahrscheinlich ganz nostalgisch, wenn wir hier einen Baggersee entdecken.«

»Hat die russische Mafia nicht irgendwann mal so ’n Typen erschossen und in Bad Laer in den See geworfen?!«, meinte Bobby sich zu erinnern.

»Hmm«, überlegte Artur. »Ich dachte, sie hätten ’ne verbrannte Leiche zwischen den Sandhügeln gefunden.«

Mit einem mulmigen Gefühl dachte Nejla daran, wie Jet ihrem Cousin unterm Tisch seine neue Knarre gezeigt hatte. Sie musste unbedingt Haris sprechen, diesen Arsch, damit er denen irgendwie klarmachte, dass sie nichts mit Anela und der Beute zu schaffen hatte.

»Alter, wo bringst du uns hin«, meinte Kazim kopfschüttelnd.

»Ach kommt schon«, rief Artur. »Da isses richtig cool. Man fühlt sich dort wie im Urlaub. Ich schwör’s euch!«

»Mein letzter Urlaub war die Abschlussfahrt in der Zehnten«, meinte Kazim.

»Frag mich mal«, meinte Bobby, während er sein Alsterwasser aus der Dose schlürfte. »Mein erstes und letztes Mal am Meer war auf Klassenfahrt nach Wangerooge. In der Achten.«

»Ihr müsst mal an die Adria fahren«, meinte Nejla. »Eine Tante von mir wohnt bei Dubrovnik. Ist wunderschön da.«

»Lass sie uns besuchen!«, rief Artur.

Kazim drehte sich mit verheißungsvoller Miene nach hinten um.

»Ey Leute«, rief er und deutete auf die Kassette in seiner Hand. »Macht mal alle die Fenster hoch. Wir wollen euch was zeigen! Das ist unser erster Demotrack!«

»Das ist ein historischer Moment, meine Freunde«, meinte Artur neben ihm halb ernst und halb im Scherz. »Denkt daran, wenn unser Video auf MTV läuft!«

Nejla und Bobby applaudierten, während Antje sie irritiert anschaute und offenbar nicht wusste, was das zu bedeuten hatte.

Das Intro vom Beat lief aus und Artur begann zu rappen:

Nichts ist gut, aber alles wird besser, mein Brudi,
wso budet, budet, Logo Nike, just do it,
ich steppe ein in die Schuhe und ich schnüre sie tight, Mann,
der Hase aus dem Wunderland klaut mir die Zeit, lan.
Bin immer on the run, nee, ich komm nicht nach Hause,
ich lehn mich an an das Haus, rauch 'ne Kippe, mach Pause,
die Schwalben fliegen tief durch den gläsernen Himmel,
ich frage mich wie Raekwon, ist das wirklich alles so simple.
Kipp den Gin in das Glas, in mei'm Kopf ist nur Nebel,
die Musik geht aus, aber ich bin richtig auf Pegel,
die Jungs machen Welle, schieben Filme auf Nase
und belügen sich dann selber, das ist nur eine Phase,
ja, ich kenne ihr Lächeln, es ist wie eine Maske,
die man trägt, ganz egal was einen gerade belastet.
Mama weint ihre Tränen, doch sie gibt keinen Segen,
denn sie checkt nicht die Art, wie wir heute hier leben ...

Gespannt hörte Nejla zu. Den Beat kannte sie schon, aber sie hatte Artur noch nie rappen gehört. Seine Stimme hörte sich vertraut und doch ganz anders an, tiefer und ernster. So als würde ein anderer Teil von ihm sprechen, der im Alltag normalerweise selten zu Wort kam. Rap-Artur war poetischer und nachdenklicher, so wie Bonus-Artur, nur eine Runde cooler und härter. Er wirkte auf eine neue und unbekannte Weise anziehend und hatte gleichzeitig etwas Abschreckendes, denn hier sprach seine dunkle Seite. Rap-Artur brachte genau das zum Ausdruck, was er damals auf ihrem Bett nicht so recht hatte artikulieren können, als er gesagt hatte, dass er verflucht sei. Während der letzten Tage hatte sie es ganz vergessen, aber in jener Nacht hatte sie noch länger über seine Worte nachdenken müssen.

Nach Rap-Artur kamen Scratches und danach Kazim. Mit ihrem jeweils sehr unterschiedlichen Charakter ergänzten sie sich super. Kazim hatte eine hohe und einprägsame Stimme und viel Energie. Anders als Artur wirkte bei ihm alles wie Eins. Egal ob er rappte, Platten auflegte oder sich mit einem unterhielt, er war immer ein und dieselbe Person.

Überhaupt war Nejla glücklich darüber, dass Artur so jemanden wie Kazim als Freund hatte. Kazim hatte eine souveräne und lockere Art und war gleichzeitig ein bisschen wie der große Bruder, den jeder sich insgeheim wünschte. Schon an jenem Abend, als die drei zu ihr ins Mellow Gold gekommen waren, hatte sie gemerkt, dass er der Typ war, der sich immer um seine Freunde kümmerte und für sie da war, egal, worum es ging.

»Hey Jungs«, rief Bobby. »Echt 'n Burner geworden! Beide Parts sind der Hammer!«

»Richtig geil«, stimmte Nejla zu. »Hört sich total rund an. Ihr ergänzt euch auch super!«

»Cool«, meinte Antje. »Seid das echt ihr beiden?«

»Ja, auf jeden!«, rief Kazim grinsend.

»Danke Leute«, sagte Artur. »Aber das ist nur die ungemischte Demo. Außerdem ist die Anlage hier im Auto echt scheiße.«

Im Rückspiegel trafen sich Nejlas und Arturs Blicke. Artur war ein wenig rot geworden, als ob er nicht so recht wusste, wie er mit der ganzen Aufmerksamkeit und dem Lob umgehen sollte. Nejla zwinkerte ihm zu und kraulte durch die Kopfstütze hindurch seinen Nacken.

»Dafür klingt's aber schon fresh!«, sagte Bobby. »Lass es uns noch mal hören!«

»Na los, DJ!«, rief Nejla.

Bis Bad Laer hatten sie das Lied noch weitere vier oder fünf Male gehört und konnten fast mitrappen.

Nachdem sie die Autobahn verlassen hatten, fuhren sie ein kurzes Stück Landstraße, dann bog Artur ab auf eine schmale Asphaltstraße, die über Felder führte, bis das Gelände ringsumher sandiger wurde. Gespannt betrachtete Nejla die Umgebung. Zu ihrer Rechten befand sich nichts als Felder, zu ihrer Linken wuchs dichtes Gebüsch. Sie passierten eine gesperrte Ausfahrt, die auf ein Firmengelände führte, aber noch immer keine Spur von einem See. Artur bremste das Auto ab, da die Fahrbahn mittlerweile nur noch aus einem unebenen, lehmigen Forstweg bestand. Plötzlich weitete sich der Forstweg zu einer breiten, von Sandhügeln gesäumten Piste. Artur riss das Lenkrad herum, ließ den Passat ausscheren und zog die Handbremse, sodass er sich einmal halb um die eigene Achse drehte und zum Stehen kam.

»Yeah Leute«, rief er. »Wir sind da!«

Sie ignorierten das Badeverbotsschild, klemmten sich die Handtücher unter den Arm und überquerten die Sandhügel. Artur hatte nicht zu viel versprochen. Vor ihnen lag ein einsamer, tiefblauer See mit grünen Ufern und sandigen Böschungen. Auf der kahlen Landzunge, die in den See hineinragte, war weit und breit keine Menschenseele zu sehen. Inmitten des Sees befand sich ein riesiger, fast schon unwirklich erscheinender Sandberg, der so aussah, als rinne durch ein Loch im Himmel Körnchen um Körnchen hinunter wie bei einer gigantischen unsichtbaren Sanduhr.

»Echt krass«, rief Kazim, der auch zum ersten Mal da war. »Fast schon karibische Vibes!«

»Hab ich doch gesagt!«, rief Artur, dann drehte er sich zu Nejla, küsste sie und sagte mit gesenkter Stimme: »So cool, dass du mitgekommen bist. Ich hab dich schon vermisst!«

Da sie ihre Badesachen schon druntertrugen, rissen sie sich die Klamotten vom Leib, nahmen Anlauf und sprangen nacheinander die steile Lehmböschung hinunter ins Wasser.

Schmunzelnd beobachtete Nejla, wie Artur, Bobby und Kazim wie kleine Jungs herumtollten, sich Wasser ins Gesicht spritzten und gegenseitig unter die Oberfläche drückten.

»Du Arsch, Alter«, rief Artur, den Bobby von hinten überrascht hatte.

Die oberen anderthalb Meter war das Wasser noch relativ warm, doch an den Fußspitzen wurde es schlagartig kälter. Das Ufer fiel sehr schnell steil ab und nach kaum zwei Metern verlor man bereits den Boden unter den Füßen.

»Ist das nicht gefährlich hier?«, erkundigte sich Antje und deutete auf die gegenüberliegende Seite des Sees, wo einige Kräne aufragten und ein langer Eisensteg auf das Wasser hinaus zu einer Fördervorrichtung führte.

»Hier ist es in Ordnung«, meinte Artur. »Aber hinter dem Sandberg würde ich nicht baden!«

Kaum hatte er das gesagt, drückte Nejla, die an seinen Schultern gehangen hatte, ihn unter Wasser. Die anderen lachten.

»Boah, wartet nur!«, rief Artur, als er wieder auftauchte.

»Lasst uns rüber zu dem Sandberg!«, schlug Bobby vor.

»Ja Mann!«, rief Kazim.

Artur hatte sein typisches schelmisches Grinsen aufgesetzt und sah zu Nejla herüber.

»Ich bin dabei, hajde!«, rief sie.

Antje fühlte sich nicht wohl bei der Sache und schwamm zurück ans Ufer.

Während Kazim mit Bobby um die Wette kraulte, schwammen Nejla und Artur gemütlich nebeneinander her. Die Sonne stand bereits tief am Himmel, es war windstill und die glatte Oberfläche des Sees hatte eine tiefdunkelblaue Farbe. Mit jeder Schwimmbewegung wurde das Wasser ein wenig kälter. Aus irgendeinem Grund flößte Nejla die geheimnisvolle Stille des Sees mehr Angst ein als ein stürmisches Meer. Vielleicht gerade weil es so unvorstellbar war, dass jemand in so einem ruhigen Gewässer plötzlich in die Tiefe gezogen wurde und ertrank. Und trotzdem passierte es. So wie an einen schönen Sommertag Krieg ausbrechen, jemand erschossen werden oder eine Räuberbande einem auf den Fersen sein konnte. Nichts war unmöglich. Wenn das Leben sie eines gelehrt hatte, dann das.

»Alles okay?«, erkundigte sich Artur.

»Alles gut«, sagte Nejla und lächelte ihn an.

»Gleich sind wir da«, versicherte Artur, der offensichtlich spürte, dass sie irgendetwas beunruhigte. »Schau dir die Idioten an!«

Kazim hatte Bobby eingeholt und versuchte gerade am Fuß des Sandbergs auf die Beine zu kommen, als Bobby ihm die Badeshorts herunterzog, sodass sein halber Arsch zum Vorschein kam.

»Wılo meke, du Asi«, rief Kazim und trat nach Bobby, der sich wieder zurück ins Wasser fallen ließ.

Kurz darauf hatten auch Nejla und Artur es geschafft. Der Sandberg war ziemlich steil und bei jedem Schritt sackte man wieder ein Stück nach unten. Schnaufend stiegen sie hinauf bis zum Gipfel.

Oben angekommen winkten sie zu Antje hinüber, die gut fünfzig Meter Luftlinie entfernt am Ufer stand und ihre Kamera herausgeholt hatte, um sie zu fotografieren.

»Geile Aussicht«, sagte Bobby.

»Voll«, stimmte Nejla zu und ließ, die Augen mit der Hand abgeschirmt, den Blick über das Ufer gleiten.

Der See war größer, als sie gedacht hatte.

»Verrückt, dass an so einem schönen Tag niemand hier ist«, meinte Artur.

»Stimmt doch gar nicht«, warf Kazim ein und zeigte auf eine kleine Sandbucht jenseits des Stegs mit der Förderanlage. »Schaut mal da drüben!«

»Alter, sind die nackt?!«, rief Bobby.

»Yo«, sagte Nejla. »Die machen FKK.«

Tatsächlich hatte von den zwei Mädels und dem Jungen, die dort auf ihren Handtüchern lagen, niemand etwas an. Im Wasser entdeckte Nejla einen weiteren blonden Haarschopf. Kurz darauf tauchte die Schwimmerin, gleichermaßen nackt, aus den Fluten auf und trat ans Ufer.

»Alter, dieser Typ da drüben hat echt Glück«, rief Bobby.

»Die ist echt hot«, bemerkte Kazim und winkte der Blonden zu, die am Ufer stand, ihr Haar auswrang und zu ihnen herüberschaute.

Das Mädchen hielt inne … und winkte zurück.

»Schwimm rüber, Bro!«, rief Artur. »Die steht auf dich!«

»Ach, hör auf«, winkte Kazim ab und ließ sich in den Sand fallen.

Die anderen taten es ihm gleich.

»Wie kommt's eigentlich, dass du keine Freundin hast?«, erkundigte sich Nejla nach einer Weile. »Ich meine, du bist DJ, rappst, siehst gut aus, bist nicht auf den Mund gefallen …«

Artur legte die Stirn in Falten und warf ihr einen eifersüchtigen Seitenblick zu.

»So meine ich das doch nicht«, murmelte Nejla ungläubig und ein wenig amüsiert.

»Das ist mir gerade irgendwie alles zu stressig«, meinte Kazim.

»Echt?«, wunderte sich Nejla. »Wieso denn?«

»Hmm«, machte Kazim, während er mit den Händen über den Sand strich und ihn durch die Finger rinnen ließ. »Bei uns funktioniert das ein bisschen anders. Ich kann nicht einfach irgendeine, die ich abends in der Disko kennengelernt habe, mit nach Hause nehmen und dann frühstücken wir morgens zusammen mit meinen Eltern.«

Lächelnd schüttelte er bei dieser Vorstellung den Kopf.

»Sowas wie eine Freundin gibt es für meine Eltern eh nicht. Wenn dann eine Braut. Und die muss Jesidin sein. Aber ein jesidisches Mädchen zu daten, ist voll der Act, weil alle Familien um Ecken miteinander verwandt sind oder sich kennen. Du musst dich also heimlich treffen. Öffentlich Händchenhalten am Jahnplatz oder so ist nicht. Wenn es offiziell werden soll, müssen die Familien zustimmen, sonst bleibt dir eigentlich nichts anderes übrig, als sie zu entführen.«

»Klingt romantisch«, meinte Nejla. »Wie in so 'ner Legende aus alten Zeiten.«

»Und wie ist das mit 'ner Deutschen oder 'ner Nichtjesidin?«, fragte Bobby.

»Klar ist das easier«, antwortet Kazim. »Aber sobald es ernster wird, gibt's immer die gleichen Probleme. Früher oder später wird sie fragen, warum ich sie nicht meiner Familie vorstelle und so. Und wenn ich sage, das geht nicht, wird sie denken, ich meine es nicht ernst. Kann ich auch verstehen, aber ist halt so. Wir wurden seit Jahrhunderten immer wieder vertrieben und verfolgt. Da muss man eben auf seine Leute achten und zusammenhalten, wenn man überleben will.«

»Was würde denn passieren, wenn du 'ne Nichtjesidin mit nach Hause bringen würdest?«, fragte Artur.

»Das geht nicht«, antwortete Kazim. »Vielleicht gibt's mittlerweile hier und da 'nen Fall, wo ein Jeside 'ne Nichtjesidin heiratet, aber bei meinen Eltern … keine Chance. Die würden mich verstoßen.«

»Mir wäre das egal«, meinte Bobby. »Ich hab eh keinen Bock auf meine Familie.«

»Du verstehst das nicht«, entgegnete Kazim. »Bei vielen Almans sind die Familien kaputt. Da macht jeder sein Egoding. Bei uns ist das anders. Die Familie ist alles. Ich will nicht sagen, dass es besser oder schlechter ist. Es ist halt einfach anders. Ich kann immer jemanden anrufen, der mir hilft, egal in welcher Situation. Aber dafür bist du deinen Eltern auch ein Leben lang was schuldig.«

Nejla wusste, was Kazim meinte. Bei seinen Worten dachte sie an ihre Tanten, Cousinen und Cousins, von denen der Großteil jetzt in und um Sarajevo lebte. Unwillkürlich verspürte sie Heimweh.

Wenn Antjes Foto was geworden ist, schicke ich es Mama, sagte sie sich.

Bobby machte ein nachdenkliches Gesicht.

»Sowas kenne ich leider nicht von zuhause«, sagt er schließlich ernst. »Wenn jemand sowas wie Familie für mich ist, dann ihr.«

»Ach, komm her«, rief Artur und legte ihm die Arme um die Schultern.

Kazim lächelte und gab Bobby einen Nackenklatscher.

Gemeinsam rannten sie die Düne hinunter und schwammen zurück. Als es dämmerte, sammelten Kazim und Bobby im Gebüsch Holz, um ein Lagerfeuer zu entfachen. Kurze Zeit später saßen sie im Kreis um die Flammen.

Nejla schmiegte sich an Artur, der hinter ihr saß und die Arme um sie gelegt hatte. Der Mond stand hell über den abgeernteten Feldern und im Hintergrund glänzte die Oberfläche des Sees silbrig schwarz wie Quecksilber. Schweigend verfolgte sie den Flug der Funken, die in den dunklen Himmel stoben, und versuchte sich zu erinnern, wann sie das letzte Mal draußen an einem Feuer gesessen hatte. Es musste im Garten ihrer Tante in Ilidža gewesen sein, doch das war eine gefühlte Ewigkeit her, wie Erinnerungen aus einem anderen Leben.

»Hey Jungs«, sagte sie. »Ich habe eine Bitte …«

»Klar«, meldete Artur sich hinter ihr. »Was denn?«

»Euer Song heute im Auto hatte sowas Trauriges. Versprecht ihr mir, dass ihr auch einen Song über die schönen Seiten des Lebens schreibt? So wie dieser Sommertag. Damit wir uns an Tage wie heute erinnern …«

Kazim nickte.

»Versprochen«, sagte Artur leise.

Sein Mund war so nah an ihrem Ohr, dass sie die Wärme seines Atems spürte.

Nejla drückte seine Hand und sah hinaus auf den dunklen See.

AK602

Artur zog den Reißverschluss seiner Carhartt-Jacke bis zum Anschlag hoch und steckte seine Hände in die Taschen. Ende Oktober war es noch ungewöhnlich warm gewesen, doch in den letzten Wochen waren die Temperaturen stark gefallen. Nachts gingen sie unter null und gestern Abend hatte es zum ersten Mal ein wenig geschneit. Auch jetzt tanzten Schneeflocken aus dem grauen Himmel und überzogen den Rasen des Skulpturenparks mit einer dünnen weißen Puderzuckerschicht. Artur ging links an der Kunsthalle vorbei zur Detmolder Straße hinauf, wo er mit Kazim vor dem Musikshop verabredet war, um ihre Bestellung abzuholen.

Endlich hat das Warten ein Ende, dachte er sich und beschleunigte voller Vorfreude seine Schritte.

Die letzten Monate, in denen sie mit einem billigen Kaufhaus-Mic gefreestylt hatten, waren schon geil gewesen und für die Demoaufnahmen hatte es auch gereicht, doch jetzt, da sie genug Tracks für ihre erste EP beisammenhatten, brauchte es einfach eine bessere Quali.

Da Kay der gleichen Meinung gewesen war, hatten sie beschlossen, zusammenzulegen und sich ordentliches Studio-Equipment zu bestellen: ein AKG C414 Mikrofon, einen Focusrite ISA 110 Preamp, Popschutz und Mikroständer von K&M, XLR-Kabel, Noppenschaum für die Wand und eine Luna II von Creamware, eine richtige Studiosoundkarte für Arturs neuen PC.

Artur würde dafür sein Sparbuch opfern, das er von seiner Babuschka zum Schulabschluss bekommen hatte, und Kay meinte, er würde die Hälfte der Kohle an den Start bringen, und wenn Kay so etwas sagte, dann machte er es auch.

Womit genau er sein Geld verdiente und was sein Kumpel alles so haupt- oder nebenberuflich machte, konnte Artur gar nicht genau sagen. Auf jeden Fall hatte Kazim verschiedenste Einnahmequellen und nicht unbedingt alle davon waren offizieller oder legaler Natur. Soweit Artur wusste, hatte Kay nach der Zehnten eine Zahntechnikerausbildung gemacht, aber nie in diesem Beruf gearbeitet. Stattdessen machte er vormittags Telefonumfragen für Emnid, ein Marktforschungsinstitut, und abends legte er hier und da in einer Bar oder auf einer Party auf. Ab und an designte er auch Logos und Schriftzüge für kleinere Läden oder Leute in seinem Bekanntenkreis, außerdem vertickte er Gras und begleitete in diesem Zusammenhang manchmal einen seiner Cousins auf »Geschäftsreise«.

Vor dem Laden angekommen bemerkte Artur, dass Kazim noch nicht da war. Ungeduldig sah er auf sein Handy und zündete sich eine Kippe an. Als er sie zur Hälfte aufgeraucht hatte, bog ein blauer Transporter von der Straße ab, fuhr auf den Gehsteig und kam abrupt vor ihm zum Stehen.

Verwundert spähte Artur durch die Windschutzscheibe.

Hinter dem Lenkrad saß ein düster dreinblickender bärtiger Typ im Blaumann. Bei genauerem Hinsehen hatte er eine gewisse Ähnlichkeit mit Kay, der auf dem Beifahrersitz saß. Während Kay aus dem Auto sprang, nickte er Artur nur stumm zu und blieb in der Fahrerkabine sitzen.

»Das ist Cemîl«, erklärte Kay. »Mein ältester Bruder. Er hilft uns mit seinem Bulli, den Stuff zu dir zu transportieren.«

»Ach, cool«, meinte Artur, während er hinter Kazim in den Laden trat.

Kay hatte ihm einmal erzählt, dass er fünf Brüder und eine Schwester hatte. Während die beiden älteren Brüder und seine Schwester schon verheiratet waren und nicht mehr zuhause lebten, wohnte Kay, der genau in der Mitte war, noch mit seinen drei jüngeren Brüdern zuhause. Einen davon, Rezo, hatte er mit Kazim zufällig mal am AOK-Basketballplatz am städtischen Krankenhaus getroffen. Cemîl war der zweite aus Kays Familie, den er kennenlernte.

Der Verkäufer, ein Kerl Ende vierzig mit Hornbrille und verwaschenem Heavy-Metal-Shirt, schaute leicht irritiert, als Kazim seinen Anteil komplett in kleinen Scheinen heraushollte und vor ihm auf dem Tresen abzählte.

»Darf man fragen, was für Musik ihr macht?«, erkundigte er sich.

»Ich rezitiere mittelalterliche Lyrik«, sagte Artur mit todernstem Gesicht. »Und mein geschätzter Freund hier begleitet mich auf der Renaissancelaute.«

»Ach so«, murmelte der Typ mit der Hornbrille und schaute noch irritierter aus der Wäsche als vorher.

Grinsend schleppten sie die Sachen zum Auto. Cemîl, der rauchend an seinem Bulli lehnte, sah ihnen überrascht entgegen.

»Mala min bê«, wandte er sich an Kay. »Was habt ihr denn da alles gekauft? Bist du jetzt Puff Daddy oder was?!«

»Was für Puff Daddy, Mann?!«, meinte Kazim. »Ich bin Kay und das ist Arturo.«

Ursprünglich hatte Nejla Artur diesen Spitznamen gegeben, aber mittlerweile nannten ihn fast alle so. Ihm selbst gefiel der Name auch gut, deshalb benutzte er ihn als Rappernamen.

»Çawanî?«, begrüßte Artur Cemîl mit einem Brocken Kurdisch, den er von Kazim gelernt hatte.

»Oh, baş im, baş im!«, rief Kays Bruder und reichte ihm die Hand. »Bıra, woher kannst du Kurdisch?!«

Cemîls Miene hatte sich augenblicklich aufgehellt. Während sie sich unterhielten, bemerkte Artur immer deutlicher die Ähnlichkeit mit seinem jüngeren Bruder. Cemîl war der Älteste von allen Geschwistern und hatte schon zwei Kinder. Wie sich herausstellte, war er Elektriker und besaß nicht nur den Bulli, sondern einen eigenen kleinen Betrieb, der offenbar recht gut lief.

»Wenn du Hilfe brauchst«, sagte er zu Artur, als sie sich vor seiner Wohnung verabschiedeten, »sag einfach diesem Heware da Bescheid oder rufst du mich an!«

Voller Euphorie packten Kay und Artur ihr neues Equipment aus und begutachteten es.

»Richtig edel«, staunte Kay und wiegte vorsichtig das AKG-Mikrofon in der Hand. »Ich wollt's haben, allein schon, weil das Gehäuse golden ist.«

»Alles Gold, Diggi, alles Gold, ey, keiner kann uns stoppen, wenn wir rollen, ey!«, rappte Artur die ersten Zeilen vom Titelsong ihrer geplanten Debüt-EP.

Den Rest des Tages verbrachten sie damit, die Aufnahmeecke einzurichten. Während Kay den akustischen Noppenschaum an die Wand klebte, Mikro und Vorverstärker aufbaute und anschloss, baute Artur die neue Soundkarte in seinen PC ein und konfigurierte alles so, dass sie mit seinem gecrackten Cubase SX aufnehmen konnten. Am Abend war es endlich so weit und sie hatten Beat und Aufnahmesignal auf den richtigen Kanälen.

»Boah, was für ein krasser Sound, lo!«, rief Kay begeistert aus, als er die erste Aufnahme hörte. »Wie crisp und clean das klingt!«

»Lass mich auch mal!«, sagte Artur und nahm Kay den Kopfhörer ab.

Schon bei ihren ersten Sessions mit dem Billigmikro war es für Artur wie eine Offenbarung gewesen, sich selbst zu hören. Als er den Klang seiner verstärkten Stimme hörte, die als elektrisches Signal zu ihm zurückkam, hatte er zum ersten Mal seit diesem verdammten Regentag unter der Brücke in Bad Salzuflen das Gefühl, sein eigenes Ich zu spüren. Wie durch eine Geheimtür trat es plötzlich wieder in ihn ein und füllte die leere Arturpuppe aus. Am Anfang war es ziemlich fremd gewesen, dieses Ich; ein Unbekannter, der eine halbe Ewigkeit durch einen Schneesturm geirrt ist und plötzlich die Kälte und die Wildnis in das warme Haus hereinbringt. Doch schon bald konnte er sich nicht mehr vorstellen, auf den Klang dieser Stimme verzichten zu müssen. Dieses neue Ich war wie eine bessere Variante seines alten Ichs, das sich während der letzten Jahre schleichend in *Nichts* aufgelöst hatte. So ähnlich ging es ihm auch, wenn er mit Nejla zusammen war. Aber Nejlas Arturo existierte nur in ihrer Anwesenheit und löste sich ohne sie wieder auf, während Arturo der Rapper stabil blieb, das heißt, er konnte ihn – wenn auch nur am Mic – jederzeit selbst erschaffen.

»Ich bin früh auf den Beinen, Bra, der Morgen ist golden«, rappte er probeweise die ersten Zeilen seines Parts. »Ja, ich will scheinen wie die Sonne, hoch über den Wolken …«

Während Artur die Spur abhörte, trat ein breites Grinsen auf sein Gesicht. Kay hatte recht. Der Sound war brillant. Der Rapper Arturo trug jetzt eine goldene Rüstung. Niemand konnte ihm noch etwas anhaben; wenn er wollte, dann eroberte er die ganze Welt.

»Krass!«, rief er. »Das ist echt was ganz anderes!«

Als sie den Rechner herunterfuhren und die Session schließlich beendeten, zeigte die Uhr bereits zwei. Artur ließ den Rapper Arturo nur ungern gehen und auch Kay hätte am liebsten die ganze Nacht aufgenommen, doch es ging nicht anders, da beide am nächsten Tag früh zur Arbeit mussten.

Kay war zu high und zu müde, um noch nach Hause zu fahren, und schlief auf der Couch im Wohnzimmer. Weil es so oft vorkam, dass er dort übernachtete, nannten Bobby und Artur ihr Wohnzimmer mittlerweile scherzhaft Kays Zimmer. Tatsächlich hatte er bereits eine Plattenkiste, seinen alten Mixer und einen Plattenspieler bei ihnen deponiert und wohnte, wenn er auf irgendwelchen Partys oder in Bars auflegte, meistens das komplette Wochenende über bei ihnen. Zuhause bei seinen Eltern musste Kay sich ein Zimmer mit seinem jüngeren Bruder teilen und Artur vermutete, dass Kay nur ungern dort schlief, wenn er zu viel gekifft oder gesoffen hatte. Doch obwohl er genug Geld verdiente, um sich ein WG-Zimmer oder eine kleine Wohnung leisten zu können, zog er nicht von zuhause aus. Als Artur und Bobby ihn einmal gefragt hatten, ob er nicht offiziell ihr Mitbewohner werden wolle, hatte er abgewinkt und gemeint, solange er ab und zu die Couch bekomme, sei alles gut.

Jetzt, wo Artur seinen ältesten Bruder Cemîl kennengelernt hatte, checkte er, dass Kay so etwas wie das schwarze Schaf der Familie war und die anderen nicht verstanden, was Kay mit seinem ganzen Hip-Hop- und DJ-Kram eigentlich vorhatte. Trotzdem war Kays Verbindung zu seiner Familie viel inniger, als Artur es von zuhause kannte.

Artur machte die Fenster auf, damit der Rauch hinauszog, und legte sich aufs Bett. Er fühlte sich immer noch wie elektrisiert.

Unglaublich, was wir jetzt alles für Möglichkeiten haben, dachte er sich, während er im Halbdunkel stolz die frisch eingerichtete Homestudio-Ecke betrachtete.

Als er nach seinem Handy griff, um den Wecker zu stellen, sah er, dass Nejla angerufen und geschrieben hatte.

Fuck, dachte er sich, während er die SMS öffnete.

Nejla wusste, dass er heute mit Kazim das Equipment abgeholt hatte, und war nicht wütend, trotzdem klang sie ein wenig enttäuscht, dass er überhaupt nicht reagiert hatte.

Meistens schrieb er gleich zurück, aber wenn er Musik machte, vergaß er einfach alles andere, was um ihn herum geschah, sogar Nejla, und dann bekam er ein schlechtes Gewissen. Rapper Arturo stand zwar nicht in direktem Widerspruch zu dem Artur, der Nejla liebte, aber er war der König seiner eigenen Welt und genügte sich selbst, während Nejlas Arturo ein hoffnungsloser Junkie ihrer Liebe war und immer mit der Angst lebte, sowohl sie als auch sich selbst zu verlieren.

Nachdem Liebesjunkie Arturo ihr eine SMS geschrieben hatte, legte er das Handy auf den Nachttisch und schloss die Augen. In der Wohnung war es still, doch in seinem Kopf wummerten noch immer die Beats.

Am darauffolgenden Wochenende musste Nejla arbeiten und Bobby war bei Antje. Da Kay keine DJ-Gigs hatte, beschlossen er und Artur, eine zweitägige Studiosession zu veranstalten. Ausgerüstet mit einer Flasche Jack Daniel's, einigen Litern Cola, Eistee, einem Kasten Wicküler Pilsener, Tabak und einem Gefrierbeutel voll Weed bunkerten sie sich ein und arbeiteten an der EP.

Am ersten Abend nahmen sie eine neue Version von *Besser* auf, ihrer ersten Demo. Nachdem sie die Vocals gemischt und die Backups geschnitten hatten, endeten sie vor Bobbys Playstation 2 und zockten *FIFA 2005*, bis sie an Ort und Stelle wegpennten.

Am nächsten Tag setzten sie sich an den Sommertrack, den Nejla sich in Bad Laer von ihnen gewünscht hatte. Als sie Arturs Beats durchstöberten, blieb Kay, der ein großer J-Dilla-Fan war, bei einem simplen Loop hängen, den Artur nie wirklich ausproduziert hatte und der lediglich aus Drums und einem einzigen Sample bestand.

»Der ist richtig geil, Bıra, glaub mir«, rief Kazim. »Manchmal ist weniger mehr. Sobald da 'nen Rap-Part draufkommt, hört der sich ganz anders an!«

Kazim hatte recht. Der spezielle Drive der Drums lenkte die Raps automatisch in eine bestimmte Richtung und verlieh ihnen unerwartet viel Energie.

»Alter, den kann man ja sogar im Club spielen!«, rief Artur begeistert.

»Hab ich doch gesagt, Mann!«, stimmte Kazim grinsend zu.

Nachdem sie ihre Parts aufgenommen hatten, probierte Kazim ein paar Scratches für die Hook, aber irgendwie verfehlten sie ihre Wirkung. Schließlich hatte Artur, der die ganze Zeit über grübelnd danebengesessen hatte, eine spontane Eingebung und schrieb einen Refrain.

»Die Lines sind cool«, meinte Kazim. »Aber irgendwie fehlt der Kontrast zu den Rap-Parts. Wäre geil, wenn jemand die Hook singt. So soulmäßig.«

Artur summte ein bisschen herum, bis er eine Melodie hatte, und machte eine Probeaufnahme. Die Melodie war eingängig, Kazim gefiel sie gut, doch Artur mochte seine Singstimme nicht und fand, dass es schief klang, also beschlossen sie, erst einmal eine Pause zu machen und unten bei Kays Onkel Essen zu bestellen.

Eine Viertelstunde später stand Zînê, eine von Kays Cousinen, die ab und zu im Laden unten aushalf, mit einem Tablett vor der Tür.

»Hey, cool«, rief Zînê, als sie das Mikrofon in Arturs Zimmer sah. »Macht ihr hier gerade Musik, oder was?«

Wie sich herausstellte, war Zînê eine leidenschaftliche Sängerin und jobbte bei Halef, um Geld für Gesangsstunden zu verdienen. Ihr Traum war es, eines Tages ein eigenes, deutschsprachiges R&B-Album aufzunehmen. Artur und Kay spielten ihr den Beat und die Refrainskizze vor und sofort war sie Feuer und Flamme. Ohne lange zu zögern, drückte Artur ihr den Kopfhörer in die Hand und stellte ihr das Mikrofon ein. Beim ersten Take war Zînê noch etwas schüchtern, doch schon bald hatte sie sich eingesungen, wurde locker und catchte mit ihrer kraftvollen und zugleich samtigen Stimme perfekt den Vibe des Beats.

»Wie geil«, rief Artur begeistert. »Das isses! Du bist unser erster Feature-Gast!«

Das Essen war kalt, aber die Hook im Kasten. Zînê war anzusehen, dass sie Lust hatte, direkt das nächste Lied aufzunehmen, doch ihre Tante rief sie wieder hinunter ins Restaurant.

»Hey Bro«, meinte Kay, als er nach dem Essen das Tablett ins Restaurant zurückgebracht hatte. »Ich glaube, neben euch wohnt 'ne Nutte.«

»Wie kommst du darauf?«, wunderte sich Artur.

»Als ich runtergegangen bin, ging bei eurer Nachbarin so 'n älterer Kerl rein«, erzählte Kazim. »Und als ich zurückkam, war ihre Wohnungstür offen. Der Typ kam gerade wieder raus und machte seine Hose zu. Und sie hat sich gerade mit Lippenstift ihre Lippen frisch gemacht.«

»Hmm, kann schon sein«, meinte Artur schulterzuckend. »Hier wohnen eh nur Freaks. Letzte Woche hab ich an der Haustür so 'n Typen getroffen, der sah aus wie der Kumpel von Blade. Du weißt schon, dieser Biker-Opa mit den weißen Haaren in dem Vampirstreifen mit Wesley Snipes. Er kuckt mich so voll schräg von der Seite an, sagt irgendnen Namen und fragt, ob ich den kenne. Ich so: Nee. Er so voll misstrauisch: Der soll hier aber wohnen. Ich so: Steht er denn hier an der Klingel?! Er so: Nee. Ich so: Sorry, und will gehen. Da tritt er so richtig nah an mich ran und flüstert: Wenn du ihn siehst, sag, Toni war da, sein alter Kamerad. Wir waren nämlich zusammen bei der Fremdenlegion … Alter, was soll ich dazu sagen, voll der Film, ey.«

»Vielleicht ist die Nutte 'n Vampir und er kam im Auftrag von Blade«, grinste Kazim.

»Mich überrascht nichts mehr«, erwiderte Artur kopfschüttelnd. »Die Polizei hat hier letztens auch 'ne Wohnung aufgebrochen.«

»Apropos Polizei«, sagte Kazim. »Ich hätte da noch 'ne Songidee für unsere EP …«

»Einen Song über die Bullen?« Artur horchte auf.

»Genau«, antwortete Kazim. »Darüber, was für 'ne Scheiße die abziehen und wie sie einen behandeln.«

»Okay«, sagte Artur.

Diese Sache lag Kazim am Herzen, das spürte er sofort.

Es war das erste Mal, das Kazim von sich aus mit einer Songidee ankam, ansonsten war er durch und durch Freestyle-Rapper. Was das bedeutete, war Artur erst klargeworden, seit sie zusammen an ihrer EP arbeiteten. Kay konnte locker eine halbe Stunde zu einem beliebigen Thema freestylen, ging es allerdings darum, sich hinzusetzen und sechzehn Zeilen auf ein Blatt Papier zu schreiben, dann tat er sich eher schwer. Während das Schreiben Artur dabei half, seine Gedanken zu ordnen, und ihm Zeit gab, sich in Ruhe die treffenden Punches und Vergleiche zu überlegen, geriet Kays kreativer Flow dann plötzlich ins Stocken und verlor seine Leichtigkeit. Daher machten sie es meistens so, dass Artur zu einem Thema vorschrieb und Kazim dazu ein paar Freestyles aufnahm. Nachdem sie seine besten Parts ausgewählt und zusammengeschnitten hatten, lernte Kay sie auswendig und nahm sie dann noch mal in einem Take auf.

»Ich hab mir auch schon 'ne Hook überlegt«, sagte Kazim. »Warte …«

»Lass hören«, meinte Artur gespannt.

»Ich hör den Sound und mein Feeling ist so mies«, rappte Kazim. »Whoop, whoop und schon wieder die Polîs! Sie wollen Krieg, doch ich smoke nur mein Piece, whoop, whoop und schon wieder die Polîs!«

»Yeah«, rief Artur begeistert. »Geile Hook. Bleibt voll hängen mit dem KRS-One-Zitat! Das wird krass!«

»Danke, Bıra«, sagte Kazim mit einem stolzen Lächeln.

Normalerweise begann Artur immer mit dem Sample und baute darauf die Drums auf, aber da Kazims Refrain bereits ein gewisses Tempo und einen bestimmten Groove hatte, programmierten sie erst die Drums und suchten dann ein passendes Sample. Kazim wünschte sich einen düsteren, rohen Sound à la Wu-Tang Clan oder Mobb Deep, doch es war gar nicht so leicht, etwas zu finden, das den richtigen Drive und die passende Stimmung hatte. Nachdem sie vergeblich Arturs Samplelibrary durchforstet hatten, setzte Artur sich ans Keyboard und spielte mithilfe eines Moog-Plugins selbst eine Synthesizermelodie ein.

»Ich schwöre, das ist es!«, rief Kazim begeistert und machte dazu probeweise ein paar Scratches mit KRS Ones Klassiker *Sound of da Police.*

Artur ließ den Beat auf Repeat laufen und begann zu schreiben, doch irgendwie fand er nicht den richtigen Einstieg. Mehrmals schrieb er eine Zeile hin und strich sie wieder durch, da sie irgendwie nicht so cool kam, wie er es sich wünschte. Als er merkte, dass es auf diese Weise nicht laufen wollte, begann er damit, lose Gedanken, Motive und Reime aufzuschreiben, um einen ungefähren Überblick darüber zu bekommen, was er gerne in seinen Part mit reinnehmen könnte. Die Ideen und Assoziationen waren nicht schlecht, aber irgendwie gelang es ihm nicht, sie in die richtige Form zu bringen. Schließlich warf er den Stift auf den Tisch und ging in die Küche, um sich ein Bier zu holen.

»Ich kenn so 'nen kurdischen Rapper aus München«, rief Kazim ihm hinterher. »Exxil von Guerilla System. Vielleicht hat der ja bei dem Track Bock auf 'n Feature.«

»Warum nicht«, sagte Artur, als er zurück ins Zimmer kam. »Da fällt mir ein, wie wollen wir uns eigentlich nennen?«

»Was meinst du?«, wunderte sich Kazim, der schon mit seinem Part fertig war und Sketches in seinen Block zeichnete.

»Wenn wir unsere EP rausbringen, brauchen wir doch auch 'nen Namen, oder?«

»Yo, stimmt …«, pflichtete Kazim ihm bei und legte die Stirn in Falten, während er einen tiefen Zug von seinem Joint nahm.

»Arturo und Kay?«

»Hmm, ich weiß nicht«, meinte Artur.

»Wie wäre es mit der Abkürzung AK?«, überlegte Kazim weiter. »So wie 'ne Kalaschnikow, AK-47 …«

»Ja, das ist kurz und prägnant«, meinte Artur. »Aber vielleicht mit 'ner anderen Zahl. Einer, die uns was bedeutet. Wie wär's mit 88 für Hip-Hop?«

»Steht das nicht auch für Heil Hitler?«

»Dann vielleicht 808, so wie der Bass?«

»Hmm, ich weiß nicht.«

»Was geht?«, fragte Bobby, der gerade nach Hause gekommen war und den Kopf zur Tür hereinstreckte.

»Wir suchen gerade eine Zahl für unseren Bandnamen«, erklärte Artur. »AK noch was …«

»Nehmt doch einfach unsere Postleitzahl«, schlug Bobby vor. »602, AK602.«

»AK602!«, riefen Kazim und Artur begeistert.

Bobby ließ sich auf Arturs Bett fallen. Erst jetzt bemerkte Artur, dass er irgendwie mitgenommen aussah.

»Wo kommst du eigentlich gerade her?«, fragte er ihn.

Bobby presste die Lippen zusammen, sein Blick war leer.

»Ausm Krankenhaus«, murmelte er.

»Was ist passiert, Alter?!«, rief Artur.

»Uroma ist gestorben«, flüsterte Bobby mit heiserer Stimme.

»Scheiße Mann«, rief Artur bestürzt und setzte sich neben Bobby auf das Bett. »Das tut mir leid.«

Obwohl oder vielleicht auch gerade weil er Bobbys Uroma immer nur aus der Ferne gesehen hatte – die regungslose Silhouette einer schildkrötenhaften Frau im bläulichen Widerschein des Fernsehers auf einem throngleichen Sessel in einem ansonsten leeren Zimmer –, spürte er in diesem Moment, welchen Stellenwert sie im Leben seines Freundes gehabt hatte. Mit ihr hatte Bobby den einzigen Menschen verloren, der so etwas wie eine Konstante in seinem Leben gewesen war.

Als Artur den Arm um Bobbys Schultern legte, spürte er, wie sie zitterten. Hätte er es nicht besser gewusst, hätte er gedacht, dass sein Freund lachte.

Runnin'/R.I.P., Dilla

Gedankenverloren stieg Nejla die Stufen zu ihrer Wohnung hinauf. Schon die ganze Woche über hatte sie sich den Kopf darüber zerbrochen, wie sie mit Artur über das, was ihr auf dem Herzen lag, reden sollte. Sie wunderte sich über sich selbst – wieso hatte sie noch nicht den Mut dazu aufgebracht? Das war doch normalerweise gar nicht ihre Art.

Heute nach dem Slum Village-Konzert rede ich mit ihm, schwor sie sich.

Auf dem oberen Treppenabsatz hielt sie verwundert inne. Die Wohnungstür war nur angelehnt. Hatte sie etwa vor lauter Eile vergessen, die Tür richtig zuzuziehen, als sie vorhin spontan ins Mellow Gold gefahren war, um auszuhelfen?

»Hallo?«, rief sie. »Maike, bist du da?!«

Keine Antwort. Warum auch. Maike war ja den Rest der Woche bei ihrem neuen Freund in Dortmund.

Während sie nach der Klinke fasste, überkam sie plötzlich ein mulmiges Gefühl.

Ist bei uns eingebrochen worden?, fragte sie sich. Was, wenn sie noch in unserer Wohnung sind!

Mit klopfendem Herzen begutachtete Nejla die Tür. Das Schloss wies keine besonderen Spuren von Gewalteinwirkung auf, andererseits schlossen Maike und sie nur selten richtig ab, sodass man die Tür auch mit einer Kreditkarte und ein bisschen Fingerspitzengefühl öffnen konnte. Nejla hatte das selbst schon mal geschafft, als sie ihren Schlüssel vergessen hatte.

»Hey«, rief sie noch einmal lauter. »Wenn da jemand drin ist, verpisst euch aus unserer Wohnung!«

Kein Mucks. Nach kurzem Überlegen öffnete Nejla den Brandschutzkasten, der in der Ecke an der Wand hing. Bewaffnet mit dem Feuerlöscher nahm sie allen Mut zusammen, stieß die Tür auf und betrat den Flur. Im

Badezimmer und in der Küche schien alles in Ordnung zu sein. Als Nächstes war ihr eigenes Zimmer an der Reihe. Mit einem entschlossenen Satz sprang sie in den Raum und blickte sich um …

Als sie den umgefallenen Fernseher sah, kam ihr aus irgendeinem Grund in den Sinn, wie sie mit Artur – unterbrochen von Sex – die Bruce-Lee-Story gesehen hatte.

»Sei Wasser«, sprach sie sich Mut zu.

Hinter ihrem Schreibtisch sprangen zwar keine Ninjas hervor, doch der Anblick war erschreckend genug. Ihre Klamotten waren alle auf den Boden geworfen, die Bücher vom Regal gefegt und der Inhalt sämtlicher Kisten und Schubladen ausgeleert worden.

»Pizda ti materina«, flüsterte Nejla und ging hinüber in Maikes Zimmer, wo sich ihr der gleiche Anblick bot.

Jetzt da sie sich sicher war, dass die Einbrecher weg waren, hängte sie den Feuerlöscher zurück in den Kasten, holte sich die Radenska-Flasche mit dem Rest Selbstgebrannten aus der Speisekammer und goss sich ein Gläschen ein.

Zum Glück ist Maike nicht da, sagte sie sich. Bis sie wiederkommt, habe ich ihr Zimmer aufgeräumt. Im besten Fall wird sie gar nichts merken und wenn, dann sag ich, dass es ein Notfall war und ich was zum Anziehen gesucht habe.

Der Rakija rann wie Feuer die Kehle hinunter und hinterließ eine angenehme Wärme in ihrem Bauch. Nach dem Gläschen beruhigte sie sich etwas.

Hundertprozentig sind es die Albaner gewesen, sagte sie sich. Die suchen immer noch Anela und ihre Beute. Was für ein Glück, dass die Tolarsäcke in der FH sind, sonst hätten sie wahrscheinlich in der Wohnung auf mich gewartet. Aber wieso kommen die gerade jetzt auf mich?

Dabei hatte sie gedacht, dass sich die Sache seit dem Telefonat mit ihrem Cousin erledigt hatte. Hatte er ihr nicht versprochen, es über seine Kontakte zu regeln? Anscheinend hatte das ja super funktioniert.

Nejla ging rüber in ihr Zimmer. In der Anlage war noch die Mix-CD, die Artur ihr gebrannt hatte. Sie drückte auf Play und machte sich daran, wieder ein wenig Ordnung in das Chaos zu bringen. Aus den Lautsprechern tönte ein Song von The Pharcyde.

Can't keep running away
Can't keep running away
Can't keep running away
Can't keep running away

Alter, willst du mich verarschen, sagte sich Nejla, als der Refrain kam.

Als Maikes und ihr eigenes Zimmer wieder einigermaßen nach alltäglichem Chaos aussahen, schenkte sie sich noch einen Kurzen ein und rief Haris an.

Ihr Cousin wirkte ziemlich überrascht, als sie ihm erzählte, was passiert war, und schwor, dass er nichts von der Sache wusste. Nejla blieb skeptisch, denn ihr war klar, dass das Wort eines Junkies nicht viel bedeutete, doch sein Bedauern und die Sorge um sie schienen echt zu sein. Nachdem er ihr zehnmal versprochen hatte, sich sofort um die Angelegenheit zu kümmern, legte Nejla auf.

Ein Blick auf die Uhr sagte ihr, dass es mittlerweile schon fast halb neun war. Um neun war sie mit Artur und den anderen vor dem Kamp verabredet und sie hatte weder gegessen noch geduscht oder sich fertig gemacht.

Eine gute Dreiviertelstunde später lief sie, eine weiße Atemwolke vor sich hertreibend, an der Sportanlage des VfB 03 vorbei Richtung Niedermühlenkamp. Es war dunkel und kalt, eine typische Februarnacht um die null Grad. Ein eisiger Wind pfiff durch die kahlen Äste der Bäume über ihrem Kopf, trotzdem trat ihr in dem blauen Filzmantel, frisch geduscht, wie sie war, der Schweiß aus den Poren.

Verdammt, dachte sie sich. Artur steht bestimmt schon fast zwanzig Minuten mit unseren Konzertkarten am Eingang in der Kälte. Nicht gerade die beste Ausgangssituation, um mit ihm diese Sache zu besprechen, von dem Einbruch ganz zu schweigen.

Ungeduldig schweifte ihr Blick über die Menschentraube, die sich im Dämmerlicht der Laternen vor dem Kamp versammelt hatte. Endlich entdeckte sie Artur, der mit Kazim, Jomi und diesem verrückten Bones ein wenig abseits neben dem Treppenaufgang stand.

»Hey«, rief sie und winkte Artur erleichtert zu.

»Da bist du ja!«, rief er erfreut und kam ihr entgegen. »Ich habe mir schon Sorgen gemacht!«

Bei dem Anblick seines Lächelns wurde ihr sofort etwas leichter ums Herz. Zumindest war er nicht sauer, dass sie zu spät gekommen war.

Wie kommt es, dass er so gut wie nie wütend auf mich ist?, fragte sie sich und studierte seinen Gesichtsausdruck. Seitdem sie zusammen waren, hatte sie ihn schon ein paarmal ziemlich angepisst erlebt und wusste, welche Wut in ihm schlummerte, aber bei ihr hatte er immer dieses sanfte Leuchten in den Augen. Gestritten hatten sie sich bisher kaum. Nur in manchen Momenten, als ihr seine Nähe zu viel geworden war und sie ihm die kalte Schulter gezeigt hatte, war eine seltsame Veränderung in ihm vorgegangen. Sein Blick war plötzlich leer geworden und er hatte kaum noch ein Wort herausbekommen, so als hätte er sich plötzlich in eine leblose Puppe verwandelt. Dieser seltsame Anblick hatte ihr fast noch mehr Angst gemacht als ein wütender Artur.

Nicht dass er der Typ ist, sagte sie sich, der alles in sich reinfrisst und dann eines Tages voll austickt oder sich einfach aus dem Staub macht.

Dabei hätte sie selbst nicht gedacht, wie sehr ihr die eigenen Verlustängste in einer Beziehung zusetzen würden, vor allem weil es so gut lief und er ihre Liebe auf eine Art und Weise erwiderte, mit der sie niemals gerechnet hatte.

»Sorry«, sagte sie. »Heute war echt stressig.«

»Was war denn?«, fragte Artur.

»Ach, das muss ich dir irgendwann mal in Ruhe erzählen«, meinte Nejla und begrüßte die anderen.

Gemeinsam gingen sie hinein.

»Der Tourbus steht schon hinten im Hof«, erzählte ihnen Kazim. »Aber es kann sein, dass es sich noch etwas hinzieht. Der Veranstalter ist ’n Kollege von mir und meinte, dass wohl irgendwas passiert ist.«

»Meinste, es hat was mit J Dilla zu tun?«, wollte Artur wissen. »Der ist doch schwer krank, oder?«

»Wer ist denn noch mal J Dilla?«, wunderte sich Nejla, die zwar gerne Hip-Hop hörte, sich aber nicht immer die ganzen Namen merken konnte, mit denen Artur sie ständig bombardierte.

»Das ist so ’n krasser Produzent aus Detroit«, erklärte ihr Artur. »Unter anderem ist er auch Gründungsmitglied von Slum Village.«

»Er leidet schon länger an so einer seltsamen Immunschwächekrankheit«, ergänzte Kazim. »Letztes Jahr saß er auf Tour bereits im Rollstuhl. Mittlerweile liegt er nur noch im Krankenhaus. Angeblich hat er sich aber extra eine MPC bringen lassen und produziert immer noch.«

»Echt? Krass«, meinte Nejla.

Nachdem sie sich etwas zu trinken besorgt hatten, betraten sie den vollen, bereits gut verrauchten Konzertsaal. Die Bühnenvorhänge waren zurückgezogen und die Scheinwerfer beleuchteten das leere DJ-Pult, ein Drumset, Bassgitarre, Keyboard und Mikrofonständer, während auf der Anlage in gedämpfter Lautstärke Hip-Hop-Beats vom Band liefen.

»*A Day Wit the Homiez* von 1st Down, J Dillas erster Gruppe«, kommentierte Kazim begeistert den Song. »Hab ich die Originalpressung, Alter!«

»Von Bob James gesampelt!«, rief Artur. »*Take Me to the Mardi Gras.*«

Nejla schüttelte schmunzelnd den Kopf. Was Hip-Hop anging, waren Artur und Kay echt die letzten Nerds. Es musste nur irgendein Rapsong laufen und schon gerieten sie total aus dem Häuschen und übertrumpften sich gegenseitig mit irgendwelchen Details zu den Rappern, DJs und Samples, die darin benutzt wurden.

Gemeinsam schlängelten sie sich durchs Publikum hindurch bis zu der schmalen Erhöhung, die die Längsseite des Raumes säumte, und drängten sich zwischen die, die bereits dort standen. Ihr Platz war zwar nicht in unmittelbarer Bühnennähe, aber dafür hatten sie einen guten Überblick.

Nach gut zwanzig Minuten ging ein Raunen durchs Publikum, alle reckten die Hälse und der DJ kam auf die Bühne.

»Das ist DJ Dez«, erklärte Kazim.

»Wassup folks, how ya doin out there?«, wandte DJ Dez sich per Mikro an die euphorisierte Menschenmenge. »Are you ready for Slum Village?«

»Yeah«, ertönte es ringsherum aus dem Publikum.

»I see, I see«, meinte Dez mit einem zufriedenen Lächeln. »But I'm not sure if the guys back there hear ya'll. Can you get a lil louder?!«

Diesmal schrien alle aus vollem Hals. Während Nejla mitmachte, spürte sie, wie gut es tat, nach diesem Scheißtag einfach alles rauszulassen. Sie war so laut, dass Artur sich überrascht zu ihr umdrehte.

Scheiß drauf, was heute passiert ist, dachte sie sich und lächelte ihn an. Wir sind hier und es ist cool. Den Abend macht uns niemand kaputt.

DJ Dez' Hand ließ die Platte los, der Beat erklang und die Rapper samt Band betraten die Bühne.

»Hey, den Song kenne ich doch«, meinte Nejla, während sie Artur mit der Hüfte anstupste.

»*Tainted*«, sagte Kazim, der mit dem Kopf nickend an seinem Joint zog.

Die meisten Songs, die danach kamen, hatte Nejla noch nie gehört, nichtsdestotrotz nahmen der Sound und die Energie im Saal sie mit und ließen sie alles andere vergessen. Die warmen, kraftvollen Stimmen der Rapper, der Sound der Live-Instrumente und der Rhythmus des Beats wirkten wie

Medizin, eine heilende Wärme, die den ganzen Körper durchdrang und ihr neuen Mut und Zuversicht gab.

Bit će, bit će, dachte sie sich. Vielleicht ist das mit dem Einbruch heute ein Zeichen gewesen. Es hat keinen Sinn, gewisse Dinge aufzuschieben. Heute muss ich die Sache mit Artur endlich klären.

Nachdenklich betrachtete sie Artur, der neben ihr euphorisch mit dem Kopf nickte, während Kazim ihm irgendetwas ins Ohr schrie.

Artur war einerseits sehr nachdenklich und verkopft, andererseits wirkte er manchmal wie ein kleiner Junge. Wahrscheinlich hatte sie sich gerade wegen dieser Mischung in ihn verliebt, aber hin und wieder kamen ihr deshalb auch Zweifel, gerade im Hinblick auf ihre Zukunft.

Plötzlich cuttete der DJ den Sound und einer der Rapper wandte sich mit einer Ansprache ans Publikum. Nach den ersten Sätzen ging ein Raunen durch den Saal und die Leute ringsherum machten überraschte und betroffene Gesichter.

Nejla hatte während ihrer Schulzeit erst mal Deutsch lernen müssen, weshalb ihr Englisch damals ziemlich auf der Strecke geblieben war. Bei Kazim, der erst die Hauptschule besucht und später seinen Realschulabschluss nachgeholt hatte, sah es ganz ähnlich aus. Fragend blickten beide zu Artur hinüber.

»Er sagt, sie haben vor ein paar Stunden erfahren, dass Jay Dee gestorben ist. Das ist also das erste Konzert von Slum Village nach seinem Tod. Und er sagt, dass er immer ein Teil dieser Gruppe bleiben wird. Sie wollen ihm den nächsten Song widmen und davor eine Schweigeminute einlegen.«

»Ich wusste es doch«, murmelte Kazim traurig.

Die Rapper und Musiker legten ihre Instrumente nieder, senkten den Kopf und verschränkten ihre Hände. Im Saal wurde es still. Im Licht der blau gedimmten Scheinwerfer stiegen hier und dort wie in Zeitlupe einzelne

Rauchwolken auf. Nejla schien es, als stünden sie auf dem Boden eines Aquariums. Unwillkürlich musste sie an ihren Wunschbrunnen denken und an den Traum, den sie an jenem Abend hatte, als Artur sie zum ersten Mal allein im Mellow Gold besuchte.

Woran diese ganzen Leute hier wohl gerade denken?, fragte sie sich. Wir denken alle, dass wir allein sind mit unserem Scheiß und so verdammt speziell. Dabei sind es im Grunde doch immer die gleichen Dinge, die uns fertigmachen. Trotzdem bemerken wir nur in besonderen, seltenen Augenblicken, dass wir in Wirklichkeit alle eins sind.

Als Nejla den Kopf zur Seite drehte, bemerkte sie, dass Artur lächelte und sie stumm beobachtete. Nejla lächelte zurück und nahm seine Hand. Einer der Musiker setzte seine Trompete an die Lippen und begann zu spielen. Der DJ hatte die Plattenspieler verlassen und saß jetzt am Schlagzeug. Der Song hieß *05*. So wie das letzte Jahr. Ein Jahr, in dem so viel passiert war.

Was wird uns dieses Jahr wohl bringen?, fragte sie sich und drückte Arturs Hand.

Nach dem Konzert verabschiedeten Nejla und Artur sich von den anderen und gingen zu Fuß nach Hause. Da Artur am nächsten Tag Dienst hatte und das Zivi-Auto vor seiner Wohnung stand, gingen sie zum ihm, was Nejla angesichts des Einbruchs ganz recht war.

»Boah«, sagte Artur beeindruckt. »Dieser Song nach T3s Ansprache mit der Trompete, der kam so heftig, fandest du nicht auch?«

»Ja, ging mir auch so«, stimmte Nejla zu. »Der Song passte so gut zum letzten Jahr.«

»Stimmt«, sagte Artur und hauchte gegen seine kalten Finger. »Irgendwann möchte ich auch so wie die auf der Bühne stehen. Und dann rappe ich 'nen Song über uns!«

»Das wirst du ganz sicher«, antwortete sie und drückte seine Hand.

Der Wind hatte nachgelassen, aber es war klirrend kalt. Mit Sicherheit ein paar Grad unter null und weder er noch sie hatten Handschuhe. Artur zog sie glücklich zu sich heran und gab ihr einen Kuss. Seine Lippen waren warm, aber seine Nase kalt wie Stein. Als sie weitergingen, nahm er ihre Hand in seine und steckte beide zusammen in seine Jackentasche.

Schweigend gingen sie am Realparkplatz entlang in Richtung Ravensberger Spinnerei.

Jetzt ist der Zeitpunkt, dachte sie sich. Was ist nur mit mir los? Ich muss ihn fragen. Trotzdem zögerte sie innerlich.

Als sie an der Kreuzung zur Heeper Straße an der Ampel standen, klingelte plötzlich ihr Handy.

Haris.

Verdammt, dachte sie. Da muss ich ran.

»Halo, čujem«, meldete sie sich.

Tatsächlich schien Haris sich diesmal gekümmert zu haben. Schnell und undeutlich redete er auf sie ein. Erst konnte sie ihn kaum verstehen, da es im Hintergrund ziemlich laut war. Wahrscheinlich befand er sich in irgendeiner Kneipe oder Spielothek. Haris erzählte ihr, dass er sich umgehört und erfahren habe, dass der Rest von Anelas Bande offenbar mit internationalem Haftbefehl von der Polizei gesucht werde und auf der Flucht sei. Angeblich hätten sie heute Deutschland verlassen wollen. Haris vermutete, dass der Einbruch bei ihr ein letzter verzweifelter Versuch gewesen sei, irgendwie noch an den Rest der Beute zu kommen.

»Ne brini se, čuješ«, versicherte ihr Haris. »Die sind weg. So oder so. Entweder Knast oder Ausland. Sto posto.«

Nejla bedankte sich und legte auf.

»Wer war das?«, wunderte sich Artur.

»Ach, das war nur mein Cousin Haris«, antwortete sie.

Artur sah sie fragend an, aber sie winkte ab. Er wusste zwar ungefähr über die Geldsäcke Bescheid, aber die Sache mit Tom und der Bande hatte sie ihm verschwiegen. Wenn sie jetzt mit dem Einbruch anfing, dann konnte sie die andere Sache vergessen.

Jetzt oder nie, sagte sie sich.

»Ich wollte mit dir eigentlich über was anderes reden. Ich hab mir seit ein, zwei Wochen bisschen Gedanken gemacht …«

Verwundert schaute Artur sie an.

»Ich hab dir doch erzählt, dass Maike nächsten Monat auszieht«, sagte sie, während sie aufmerksam seinen Gesichtsausdruck studierte. »Na ja, und mittlerweile denke ich, bevor ich mir irgendjemand Fremdes reinhole, wieso ziehst du nicht zu mir? Ich meine, du pennst doch sowieso fast jede Nacht bei mir. Und du findest die Wohnung doch auch cool …«

»Ja, schon«, sagte Artur, doch das Lächeln, das er dabei aufsetzte, wirkte ein wenig gezwungen.

Nejla kannte ihn mittlerweile gut genug, um zu wissen, dass er sich bedrängt fühlte und nicht wirklich sagte, was er dachte.

Kurac, dachte sie sich. Ich wusste, dass er noch nicht so weit ist. Wie kam ich bloß auf diese Idee.

»Es ist nur so«, meinte Artur und senkte seinen Blick. »Wir haben gerade unser Homestudio in der WG eingerichtet. Außerdem mache ich mir Sorgen um Bobby. Seit dem Tod seiner Uroma ist er irgendwie anders. Er macht gerade echt 'ne scheiß Zeit durch und ich möchte ihn nicht so gern allein lassen …«

»Aber nur weil wir zusammenziehen, heißt das doch nicht, dass du nicht mehr für Bobby da sein kannst«, entgegnete Nejla. »Ich hab ihn doch auch voll gern, genauso wie Kay. Und was das Musikmachen angeht, kannst du dir doch auch in unserer Wohnung ein Homestudio einrichten. In dem Haus sind kaum Mietwohnungen, das heißt, es stört so gut wie niemanden, wenn du da abends laut bist.«

Nejla zog ihre Hand aus seiner Tasche. Artur ließ seinen Blick gedankenversunken über den menschenleeren Kesselbrink schweifen.

»Ich weiß, dass es ein großer Schritt ist«, sagte Nejla. »Mir kommt es manchmal auch wie ein Wunder vor, dass ich dich so nah an mich herangelassen habe. Das war vorher bei niemandem so. Und das macht mir auch Angst. Zum ersten Mal im Leben habe ich diese krasse Verlustangst. Ich weiß, das kommt wahrscheinlich davon, dass ich meinen Vater so früh verloren habe. Aber ich weiß nicht, was ich dagegen tun soll. Verrückterweise habe ich aber keine Angst davor, mit dir zusammenzuziehen. Ich denke mir eher, wenn ich das mit dir nicht schaffe, dann schaff ich das mit niemandem. Verstehst du?«

Nejla blickte die ausgestorbene August-Bebel-Straße hinunter. Der Nachthimmel war klar und jenseits der schummrigen Straßenlaternen blinkten hier und dort die Sterne wie winzige silberne Nadelköpfe.

»Ja«, sagte er mit gedämpfter Stimme. »Glaub mir, ich habe noch nie jemanden so geliebt wie dich, aber gerade deswegen habe ich irgendwie auch Angst, es kaputtzumachen. Bei meinen Eltern zuhause war die Stimmung oft richtig scheiße, so lieblos und angestrengt, wie bei 'ner Pflichtveranstaltung, auf die keiner der Anwesenden Bock hat. Und bei uns läuft es gerade so gut. Was, wenn wir zusammenziehen und dann wird es genauso abgefuckt wie damals bei mir zuhause?«

»Das glaube ich nicht«, antwortete Nejla. »Wir sind ja nicht wie deine Eltern. Ansonsten klar, schiefgehen kann es immer. Aber das wird es dann früher oder später sowieso. Egal ob wir zusammenwohnen oder nicht. Und wenn es tatsächlich nicht funktioniert, ziehen wir eben wieder auseinander. Davon geht die Welt auch nicht unter. Ich weiß, das kommt vielleicht etwas plötzlich, aber denk halt mal drüber nach.«

»Mach ich«, sagte Artur und nahm wieder ihre Hand. Den Rest des Weges gingen sie schweigend nebeneinander her.

Vor Arturs Haustür stieg Nejla bereits der widerliche Geruch vergammelten Fleischs in die Nase, der aus den überfüllten Müllcontainern herüberwehte. Im Sommer war einmal der gesamte Boden vor der Haustür mit weißen Maden überzogen gewesen, die durch den Kohleschacht aus dem Keller gekrochen waren, in dem der Restaurantbesitzer seine Küchenabfälle gelagert hatte.

Während Nejla vor lauter Kälte von einem Bein aufs andere trat, fischte Artur mit klammen Fingern den Hausschlüssel hervor.

An und für sich ist Arturs und Bobbys Wohnung ja nicht übel, dachte sich Nejla. Aber das Haus und die anderen Bewohner sind teilweise echt abgefuckt.

Zügig schlüpften sie durch die offene Tür ins Treppenhaus. Das Licht war immer noch kaputt und im Dunkel roch es nach Bratfett, muffigem Teppich und Alkohol. Auf dem Treppenabsatz im ersten Stock hörte Nejla plötzlich ein eigenartiges schmatzendes Geräusch.

Neben dem Eingang zu Arturs WG befand sich ein Flur, der zu einer Reihe von Ein-Zimmer-Apartments führte. Wahrscheinlich war das Haus früher einmal ein Hotel oder eine Pension gewesen. Verwundert zog Nejla Artur am Ärmel. Die erste Apartmenttür stand ein Viertel offen. Das Licht im Innern war ausgeschaltet, doch der Mond schien so hell durch das Fenster, dass man die Umrisse eines etwas rundlichen Mannes erkennen konnte, der breitbeinig auf der Bettkante saß und heftig atmete, während vor ihm jemand auf dem Boden kauerte und diese schmatzenden Laute von sich gab.

»Hey, was ist denn da los?!«, flüsterte Nejla Artur zu. »Kriegt der Kerl da etwa einen geblasen?!«

»O Mann«, entfuhr es Artur. »Kazim hatte recht. Neben uns wohnt echt eine Nutte.«

»Wie kommst du darauf?«

»Das da ist Kays Onkel Halef! Und letztens war irgendein anderer Kerl bei ihr!«

Leise schlichen sie weiter zu Arturs Wohnung.

»Und hier fühlst du dich wohl?!«, entfuhr es Nejla, nachdem die Wohnungstür hinter ihnen ins Schloss gefallen war.

Artur überhörte die Frage.

»Ey, das war Kays Onkel«, rief er schockiert. »Ich schwör's dir! Und dabei arbeitet seine Frau unten im Laden.«

»Was für ein Wichser«, meinte Nejla kopfschüttelnd und verschwand auf der Toilette, dem einzigen Ort in der Wohnung, der vor nicht allzu langer Zeit saniert worden war.

Während sie pinkelte, versuchte sie ein wenig ihre Gedanken in Ordnung zu bringen. Die Frage stand nach wie vor offen im Raum. Was, wenn Artur Nein sagte? Würden sie einfach so weitermachen wie bisher? Während sie dasaß, spürte sie, wie erschöpft sie war. Seufzend stand sie auf. Ein Blick in den Badezimmerspiegel bestätigte ihr Gefühl. Sie sah echt fertig aus.

Als sie in Arturs Zimmer kam, stand er mit dem Rücken zu ihr am offenen Fenster und rauchte. Das Licht war aus, doch das gelbe Licht der Straßenlaternen umriss klar seine breiten Schultern, die sie so mochte, und seinen schön geformten, kurzgeschorenen Hinterkopf.

»Kriege ich auch 'n Zug?«, fragte sie und stellte sich neben ihn.

Wortlos reichte Artur ihr seine Zigarette. Er sah nachdenklich aus und seine Augen hatten wieder diesen melancholischen Ausdruck.

Nejla nahm einen tiefen Zug und folgte seinem Blick. Draußen in der Dunkelheit ergoss sich ein Funkenregen über die Gleise. Eine Gruppe von Arbeitern in roten Westen erledigte offenbar irgendwelche Schweißarbeiten.

»Dieser Anblick hat irgendwie etwas Beruhigendes«, sagte er. »Wenn ich die Typen da sehe, denke ich mir, es muss da draußen in der Dunkelheit irgendwen geben, der für uns die Weichen stellt und dafür sorgt, dass wir genau dahin kommen, wo wir hinsollen.«

Artur machte eine Pause und nahm einen Zug.

»Aber gleichzeitig macht mir dieser Gedanke auch Angst. Denn wenn das so ist, dann ist es ja eine reine Illusion, zu denken, wir hätten irgendeine andere Wahl, als dem Weg zu folgen, der uns vorbestimmt ist.«

»Ich weiß, was du meinst«, flüsterte Nejla und betrachtete den Funkenregen.

TEIL II

Wrong Side of da Tracks

»Fuck, Alter!«, fluchte Bobby. Wieso musste er sich ausgerechnet jetzt voll auf die Fresse legen?

Die Lichtkegel der Taschenlampen seiner Verfolger tanzten zwischen den Reihen der Bahnwaggons durch das Dunkel. Ihre Stimmen und das Hundegebell kamen immer näher. Der stechende Schmerz in seinem linken Knie war übel und sein rechter Arm tat ebenfalls verdammt weh, doch es blieb keine Zeit. Angetrieben vom Adrenalin raffte er sich wieder auf und lief weiter. Endlich hatte er das Ende des Zuges erreicht und bog ab. Zumindest war er jetzt für kurze Zeit aus der Sicht. Nachdem er seinen Vorsprung abgewogen hatte, wandte er sich in die entgegengesetzte Richtung und rannte geduckt auf der Rückseite des Zuges zurück, in der Hoffnung, durch eine Lücke zwischen den Zügen aus der Gasse verschwinden zu können, bevor sie ihn entdeckten. Auf der anderen Seite des Zuges preschten seine Verfolger an ihm vorbei.

»Er ist nach rechts!«, hört er einen von ihnen rufen.

»Lass den Hund los!«, rief ein anderer.

Scheiße, dachte Bobby. Wenn sie tatsächlich den verdammten Hund loslassen, dann kann mich nur noch der Zaun retten.

Wenigstens hatte er Glück, was seine Finte anging. Unentdeckt kletterte er zwischen zwei aneinandergekuppelten Waggons hindurch. Nun trennten ihn nur noch wenige Meter vom Bahndamm. Der Hund bellte nicht mehr, doch Bobby war sich nicht sicher, ob das ein gutes Zeichen war. Mit letzter Kraft rannte er zum Zaun und kletterte hinüber. Nachdem er die Böschung heruntergerollt war, kauerte er sich ins Gebüsch und lauschte. Über seinen Köpfen ertönte verhaltenes Gebell, doch es kam nicht näher.

Bobby seufzte erleichtert auf. Dann begutachtete er sein Knie und seinen Arm. Dem Arm ging es nicht so schlecht, aber das Knie schmerzte dafür umso mehr. Mindestens eine ordentliche Prellung. Außerdem spürte er, dass es aufgeschürft war und blutete. Nachdem er einige Minuten still in seiner Deckung verharrt hatte, spähte er aus dem Gebüsch hinaus die Straße hinunter, die am Bahndamm entlangführte. Weit und breit war keine Menschenseele zu sehen. Ein Auto fuhr vorbei, doch es war bloß irgendein Lieferwagen. Bobby wartete noch eine Weile ab, dann verließ er sein Versteck und humpelte die Straße hinunter. Sein Auto, ein klappriger alter Renault Clio, den ihm Antje, seine Ex, zum symbolischen Preis von hundert Euro abgetreten hatte, stand etwas weiter weg in entgegengesetzter Richtung, doch er hielt es für ratsam, noch ein bisschen zu warten, bevor er sich ihm näherte. So schnell es ging, verließ er die Straße und verschwand in einer Neubausiedlung zwischen den Häusern. Die Fenster der Häuser waren bis auf ein, zwei Ausnahmen alle dunkel, die Straße blieb ruhig und er begann sich allmählich sicherer zu fühlen.

Bobby setzte sich in das Sandkastenhaus eines Spielplatzes im Innenhof und überlegte. Die Plastiktüte mit den Dosen hatte er verloren, als er hingefallen war, doch er hatte sie alle saubergemacht, bevor er losgefahren war, und im Yard Handschuhe getragen, also dürften sie eigentlich keine Fingerabdrücke finden. In den Außentaschen seines Parkas befanden sich außerdem noch eine halb volle Schwarz und eine Chrom. Vielleicht war es dumm gewesen, heute Nacht alleine hier rauszufahren, aber was sollte er sonst machen, wenn Kazim nie Zeit hatte und nur noch rappte. Auf Teufel komm raus mit irgendwelchen Asis malen zu gehen, darauf hatte er keinen Bock. Dann lieber alleine.

Glück gehabt, dachte er sich. Aber sollte dieser Abend wirklich so kläglich zu Ende gehen? Ganz ohne irgendwo wenigstens ’n bisschen Action gemacht zu haben?

Die Wände der dreistöckigen Mehrfamilienhäuser ringsum leuchteten jungfräulich weiß in der Nacht.

Nee, dachte er sich. Das Risiko lohnt sich nicht. Hier bekommt es eh kein Arsch zu Gesicht.

Sein Blick schweifte über unbebautes Ackerland zu einem Landwirtschaftsbetrieb. Der Hof befand sich ungefähr fünfhundert Meter Luftlinie entfernt. Die Wand des großen, länglichen Scheunengebäudes verlief parallel zur Landstraße und war super von dort zu sehen, fast wie eine Reklametafel.

»Scheiß drauf«, murmelte Bobby und schüttelte prüfend die beiden Dosen.

Für ein schnelles Throw-up würde es reichen. In respektvollem Abstand zur Straße stapfte er über das brachliegende Feld.

Je näher die Scheune kam, umso mehr spürte er, wie ihm das Adrenalin bis in die Fingerspitzen schoss. Die Gebäude waren verlassen und die Landstraße wie ausgestorben. Bobby maß die Wand mit einem prüfenden Blick, checkte den Druck der Dose und zog dann mit schnellen, weiten Schwüngen vor, so gut es sein schmerzendes Knie erlaubte. Da es ihm nicht um den Fame eines bestimmten Namens ging und er einfach viel malen wollte, wechselte er regelmäßig sein Tag. Zurzeit malte er BUSTA. Da er nicht genug Chrom hatte und möglichst groß malen wollte, schraffierte er die Buchstaben bloß grob aus, zog die Outlines mit Schwarz nach und setzte noch Schatten an die Buchstaben.

Nachdem er noch ein Crewtag danebengesetzt hatte, lief er zurück übers Feld. Was für ein Abend, dachte er sich, während er sich auf halbem Weg umdrehte und zufrieden das im Dämmerlicht silbrig glänzende Throw-up betrachte. Zurück in der Siedlung warf er Dosen und Handschuhe in einen der Müllcontainer und machte sich auf den Weg zu seinem Auto, das er etwas weiter stadteinwärts geparkt hatte. Einmal fuhr zwischendurch ein Auto vorbei, doch es handelte sich nur um einen roten Golf. Erschöpft ließ er sich in die klammen, muffigen Sitzpolster hinter das Lenkrad fallen und trank einen Schluck von dem Eistee, der auf dem Beifahrersitz lag. Die Uhr im Armaturenbrett zeigte viertel nach drei. Die Lüftung funktionierte nicht mehr so gut, sodass die Scheiben noch ziemlich beschlagen waren, als er langsam losfuhr. Genervt wischte er mit einem Lappen über die Scheibe, als er bemerkte, dass hinter ihm ein Auto aus der Seitenstraße bog und ihm folgte.

Sofort spürte er ein mieses Gefühl in seiner Magengegend. Er blinzelte in den Rückspiegel, die Scheinwerfer wurden immer heller. Das Auto fuhr ungewöhnlich dicht auf. Warum macht er keine Lichthupe, wenn er so drängelt?, wunderte er sich, als auf dem Dach plötzlich Blaulicht anging.

Wütend schlug er aufs Lenkrad. Kurz darauf ertönte durch die Lautsprecheranlage des Streifenwagens auch schon die Aufforderung, rechts ranzufahren.

Bobby gab seinen Führerschein und seine Fahrzeugpapiere ab, dann wurde er gebeten, auszusteigen, und gefilzt. Ein weiterer Streifenwagen parkte hinter dem ersten und die Polizistinnen und Polizisten durchsuchten sein Auto.

»Was treibt wohl jemand aus Bielefeld zu so später Stunde in der Nähe des Zugdepots?!«, meinte der Bulle, der ihn abtastete.

»Hab nur jemanden besucht.«

»Wen denn?«

»Meine Freundin.«

»Und wo wohnt die?«

»Da vorne.«

»Hältst dich offenbar für ein ganz cleveres Bürschchen. Aber dir wird das Lachen noch vergehen.«

Verdammt, dachte er sich, als die Beamten eine halb volle Dose fanden, die im Fußraum unter den Sitz gerollt war. Die hatte er vollkommen vergessen.

»Im Handschuhfach lagen auch noch zwei Sprühdosenkappen!«, verkündete eine Polizistin triumphierend.

»Lief anscheinend nicht so gut mit deiner Freundin heute! Auf der Gleisanlage hast du auch ein paar davon liegen gelassen!«, verkündete der Beamte.

»Ich weiß nicht, was Sie meinen«, erwiderte Bobby verächtlich. »Damit habe ich nur ein paar Kratzer am Auto übermalt.«

»Deine Geschichten kannst du uns später erzählen«, meinte der Polizist barsch. »Autoschlüssel her!«

Während Bobby hinten im Streifenwagen Platz nehmen musste, folgte einer der Beamten ihnen mit seinem Auto. Zu allem Überfluss fuhren sie auch noch direkt an seinem frischen Throw-up vorbei, welches man tatsächlich perfekt von der Straße aus sehen konnte. Bobby kauerte schweigend auf dem Rücksitz und verweigerte jegliche Aussage. Die Polizisten dokumentierten das Bild, dann ging es weiter. Zu seiner Verwunderung brachten sie ihn nicht auf das nächste örtliche Polizeirevier, sondern fuhren mit ihm geradewegs Richtung Bielefeld.

»Wohin fahren wir?«, wollte er wissen.

»Na, wonach sieht's denn aus?«, entgegnete der Bulle, der am Steuer saß. »Wir bringen dich jetzt schön nach Hause. Die Kollegen von der AG Graffiti warten schon mit einem Durchsuchungsbefehl. Und dann können wir uns noch mal in Ruhe über deine Geschichte unterhalten!«

»Aha«, meinte Bobby nur, bemüht darum, sich nichts anmerken zu lassen. Die Schweine sollten bloß nicht denken, sie könnten ihm Angst einjagen.

Während er durchs Seitenfenster in die Dunkelheit hinaussah, ging er in Gedanken die Sachen in seinem Zimmer durch und überlegte, was die Bullen wohl finden würden. Zum Glück bunkerte er Dosen, Fotos und Blackbooks in der Garage seiner Oma in Sennestadt. Womöglich entdeckten sie ein paar Graffitifotos auf seiner Kamera. Aber war das genug, um ihn dranzukriegen? Schließlich konnte er ja theoretisch fotografieren, was er wollte. Außerdem flogen vielleicht hier und dort ein paar Sketches herum. Allerdings sketchte er in der Regel nicht mit dem Namen, den er illegal malte, also würden sie, was das anging, wahrscheinlich so gut wie nichts finden. Er war bisher noch nicht für Graffiti verurteilt worden. Wenn sie ihn also wegen Sachbeschädigung an der Scheunenwand drankriegten und eventuell wegen Hausfriedensbruchs auf dem Gelände der Deutschen Bahn, dann würde er vermutlich bloß ein paar Sozialstunden und eine Geldstrafe bekommen. Hoffentlich. Langsam beruhigte er sich etwas.

Als sie schließlich vor der Haustür in der Herforder Straße hielten, spürte Bobby, wie das Adrenalin ihm wieder in die Adern schoss. Vor ihrer Tür parkten bereits zwei weitere Einsatzwagen, vermutlich Typen von der Bielefelder Graffiti-Soko.

Flankiert von zwei Beamten schloss Bobby die Tür auf und ließ sie in die Wohnung. Artur war zum Glück nicht zuhause. Auch wenn er eigentlich erst nächsten Monat zu Nejla zog, verbrachte er jetzt schon so gut wie jede Nacht bei ihr und kam eigentlich nur noch zum Muckemachen rüber. Bobby konnte verstehen, warum – Nejla war echt richtig cool –, aber trotzdem fühlte er sich manchmal ein bisschen von Artur im Stich gelassen. Nicht mal ein Jahr hatten sie hier gewohnt und jetzt wollte er schon wieder ausziehen. Na ja, wenigstens ist er heute nicht zuhause, dachte er sich, während er den leeren Flur hinuntersah.

Die Hausdurchsuchung verlief größtenteils so, wie er es erwartet hatte. Die Typen von der Graffiti-Soko fotografierten das Bild an der Wohnzimmerwand sowie die Tags auf seiner Schreibtischplatte, beschlagnahmten die Speicherkarte seiner Digitalkamera, den Laptop, sein Handy, einen alten Collegeblock, ein paar Industriemarker sowie einige lose Skizzen auf Papier und einen kleinen Rest Gras, der in einem Plastiktütchen unter dem Couchtisch gelegen hatte.

Um kurz nach fünf ließen sie ihn endlich in Ruhe. Erst jetzt bemerkte er, was für einen wahnsinnigen Durst er hatte. Seine Kehle fühlte sich an wie Sandpapier. Erschöpft ging er in die Küche, trank hintereinander drei Gläser Leitungswasser auf ex und stopfte sich ein ungetoastetes Sandwich mit Scheibenkäse in den Mund. Im Kühlschrank fand er noch einen Rest Wodka. Die Flasche in der Hand ging er zurück in sein Zimmer, setzte sich auf die breite Fensterbank und schaute hinüber zum Bahnhof.

»Verfickte Scheiße, Mann«, murmelte er und nahm einen Schluck aus der Flasche. Irgendwie lief in letzter Zeit alles aus dem Ruder. Klar, die Probleme waren nicht über Nacht gekommen. Der Briefkasten quoll schon lange mit Mahnungen über, und es war nur eine Frage der Zeit gewesen, bis die gelben Briefe kamen. Sein Chef, der drauf und dran war ihn zu feuern, war bei Weitem nicht der Erste, mit dem er sich verkracht hatte. Auch dass die Sache mit Antje schiefgegangen war, verwunderte ihn eigentlich nicht, nur hätte es nicht auf so uncoole Weise zu Ende gehen müssen. Aber das Allerschlimmste war, dass ihm all das total am Arsch vorbeiging. Zum ersten Mal in seinem Leben war ihm einfach alles scheißegal. Lag es vielleicht wirklich an Uroma Friedas Tod? Bisher war er kein einziges Mal an ihrem Grab gewesen, geschweige denn nach Sennestadt zu den anderen gefahren. Irgendwie ertrug er es nicht, nicht einmal den Gedanken daran. Im Gegenteil, der Gedanke, nie wieder einen Fuß über die Türschwelle dieses Hauses setzen zu müssen, erleichterte ihn.

Bobby erinnerte sich daran, wie Artur ihm gesagt hatte, dass er ihn bewundere, weil er ein echter Lebenskünstler sei. Dass er immer mache, was er wolle, und drauf schiss, was andere sagten. Und dass er nie den Kopf hängenlasse, sondern – egal was auch passiere – immer einen Weg, eine Lösung oder einen Job finde.

Vielleicht war da was dran, tatsächlich hatte er jedoch gerade überhaupt keine Ahnung, wohin. Nie zuvor hatte er sich so verloren gefühlt. Zum ersten Mal in seinem Leben kam es ihm vor, als befände er sich ungebremst im freien Fall. Als schwebte er alleine durch dieses rätselhafte, unendlich weite Universum und sein Leben bestände aus nichts als einer willkürlichen Aneinanderreihung unabwendbarer Kollisionen.

Bobby nahm einen weiteren Schluck aus der Flasche und strich mit den Fingern über seine Léon-der-Profi-Pflanze, die er sich damals mit Artur bei ihrem Auszug gekauft hatte. Die Pflanze war ein wenig vertrocknet und ihre Blätter verstaubt. Er nahm ein leeres Glas vom Schreibtisch, füllte es im Bad auf und gab ihr Wasser. In knapp zehn Tagen würde Arturs Pflanze bei Nejla ein neues Zuhause finden. Sicherlich kümmerte sie sich gut darum, obwohl das eigentlich gar nicht nötig war, denn wenn er darüber nachdachte, passte Artur eigentlich immer gut auf seine Sachen auf.

»Soll ich uns ebenfalls ein neues Zuhause suchen?«, fragte er seine Pflanze und fuhr ihr dabei durch die Blätter.

Der Gedanke, diese Wohnung mit irgendwem Fremden teilen zu müssen, war ihm zuwider, doch alleine zu wohnen, konnte er sich nicht leisten, selbst wenn er sich eine kleine Einzimmerwohnung suchte.

Drüben am Bahnhof herrschte langsam wieder Betrieb. Die ersten Pendler versammelten sich an den Gleisen, um mit den Regionalbahnen nach Minden, Herford, Halle, Detmold oder in irgendein anderes Kaff in der Umgebung zu fahren.

Nee, sagte er sich. Wenn er umzog, dann ganz woanders hin. All die Probleme, die Schulden und der Stress mit den Bullen würden dadurch natürlich nicht verschwinden, aber trotzdem bot einem eine neue Stadt eine gewisse Chance auf einen Neubeginn. Hier in Bielefeld liefen einem jeden Tag dieselben beschissenen Fressen über den Weg und alle dachten, sie würden bereits genau wissen, wie man tickte.

Als er am letzten Wochenende im Forum auf dieser Drum-'n'-Bass-Party gewesen war, hatte er dieses süße Mädchen mit der Pilzfrisur kennengelernt, Klara, die eigentlich in Berlin wohnte. Warum ziehst du nicht auch nach Berlin, jemandem wie dir würde es da sicher gut gefallen, hatte sie halb im Scherz gemeint. Nachdem sie in einer Ecke ein bisschen herumgeknutscht hatten, war sie mit ihren Freundinnen abgehauen. Allerdings hatte sie ihm vorher noch ihre Nummer gegeben und gesagt, dass er sie doch mal in ihrer WG in Kreuzberg besuchen kommen solle. Warum eigentlich nicht Berlin, sagte sich Bobby. Berlin klang gut. Als er nachsehen wollte, ob er auch wirklich Klaras Nummer hatte, bemerkte er, dass sein Handy weg war.

»Fuck, die Bullen haben mein Handy!«, rief er.

Hoffentlich konnte er es bald abholen.

»Berlin …«, murmelte er und trank den letzten Schluck aus der Flasche.

Draußen dämmerte es. Bobby wankte hinüber zu seinem Bett. Ohne seine Klamotten auszuziehen, warf er sich darauf. Eine Weile kreisten seine Gedanken noch im Wodkadunst um die Geschehnisse dieser Nacht, dann schlief er ein.

Die Wohnungsübergabe verlief sang- und klanglos. Ein Trio junger Studierender, die sich im ersten Semester in ihren Vorlesungen kennengelernt hatten und nun eine WG gründen wollten, übernahm die Wohnung, sodass Artur und Bobby problemlos vor der offiziellen Kündigungsfrist ausziehen konnten. Die drei übernahmen sogar zu einem fairen Preis ihre provisorische Küche und Bobbys Möbel. Bobby half Artur noch bei seinem Umzug zu Nejla. Unterwegs alberten sie zwar rum wie früher, doch es fühlte sich mehr so an, als wollten sie die bedrückende Stille vermeiden, die sich zwischendurch immer mal wieder einstellte und sich nach einem unangenehmen Abschied anfühlte, für den keiner von ihnen die richtigen Worte fand.

»Bro, wenn was ist, du kannst mich immer anrufen!«, versprach Artur, als sie sich schließlich an der Tür seiner neuen Wohnung verabschiedeten. »Sobald du 'ne Bude hast, komm ich dich direkt besuchen!«

»Auf jeden!«, entgegnete Bobby, obwohl er das Gefühl hatte, dass Artur es nur halb ernst meinte. Trotzdem sagte er: »Ich komm demnächst mal wieder rum, ist ja nicht so weit.«

Dabei wusste er, dass ihn so bald nichts nach Bielefeld zog.

Am nächsten Morgen saß er auf dem Rücksitz seiner Mitfahrgelegenheit und sah aus dem Seitenfenster hinaus auf die diesige Landschaft mit ihren kleinen Käffern und den brachliegenden Feldern, an denen er während der letzten Jahre auf all den Skatetrips in die Umgebung tausendmal vorbeigekommen war. Seine Léon-der-Profi-Pflanze hatte er auf den Schoß genommen, neben ihm lag ein Trekking-Rucksack, in dem sich seine gesamte Habe befand. Seine Möbel waren verkauft, Antjes Renault auf dem Schrottplatz gelandet und den Rest seiner Sachen hatte er Artur, Kazim und den Jungs vom Kesselbrink vermacht. Erst hatte er noch überlegt, nach Sennestadt zu fahren und sich von Oma und seinen Schwestern zu verabschieden, doch irgendwie hatte er es nicht übers Herz gebracht. Am Ende wäre er vielleicht noch seiner Mutter begegnet, und das wäre einfach zu viel für ihn gewesen.

Sein Aufbruch zu einem Neuanfang in Berlin war nicht unbedingt so, wie er ihn sich ausgemalt hatte – strahlender Sonnenschein nach einer krassen Abschiedsparty mit mildem Kater und in bester Laune –, aber trotzdem hätte es auch übler sein können. Mit jedem Kilometer, den er Bielefeld hinter sich ließ, fühlte er sich etwas leichter.

Das Pärchen, ein frisch verheiratetes, etwas spießiges Ehepaar, kaum ein paar Jahre älter als er, war auf geradezu beängstigende Weise zuvorkommend und an ihm interessiert. Mehrmals versuchten sie, ihn in ein Gespräch zu verwickeln, aber Bobby verspürte keine große Lust, von sich zu erzählen, woraufhin die beiden sich hauptsächlich miteinander unterhielten. Das Radio blieb die ganze Fahrt über unberührt, was ihm nicht mal unrecht war, zumal es bei einer Mitfahrgelegenheit nichts Schlimmeres gab, als wenn der Fahrer oder die Fahrerin einen durchgängig mit einem schrecklichen Musikgeschmack quälte. Am Messedamm vor dem Internationalen Congress Centrum ließen sie ihn schließlich heraus.

»Warte mal«, rief der junge Mann ihm zu, nachdem Bobby ihm das Geld gegeben hatte und gerade seinen Rucksack schultern wollte.

»Wir wollen dir etwas schenken«, meldete sich seine Frau und lächelte Bobby verschwörerisch vom Beifahrersitz aus zu. »Geh zum Kofferraum und nimm dir heraus, was du willst!«

Verwundert hob Bobby die Augenbrauen.

»Echt jetzt? Seid ihr Dealer oder so?«

»Sowas in der Art«, sagte die Frau und sah verschmitzt zu ihrem Mann herüber, woraufhin dieser kicherte. »Aber das, was wir verteilen, kann man nicht mit Geld kaufen!«

Schulterzuckend ging Bobby zum Heck und öffnete den Kofferraum.

What da fuck, sowas musste ja kommen, dachte er sich, als er sah, dass der ganze Kofferraum voller Bibeln war. Bibeln in den verschiedensten Sprachen, von Türkisch über Kurdisch, Russisch, Arabisch bis hin zu Chinesisch und anderen Schriftzeichen, die er nicht kannte.

»Nimm dir eine«, rief das Ehepaar.

»Tut mir leid«, log Bobby. »Aber ich hab 'ne Leseschwäche.«

»Wir haben auch Hörbücher«, meinte die Frau.

»Super«, erwiderte Bobby und schloss den Kofferraum, ohne etwas zu nehmen.

Kopfschüttelnd trottete er in Richtung S-Bahnstation Messe Nord/ICC. Klara wohnte in einer WG in der Oranienstraße direkt am Kottbusser Tor, oder »Kotti«, wie sie gesagt hatte. Der U- und S-Bahn-Plan bestand aus einem bunten Gewirr unzähliger Linien und es dauerte eine Weile, bis er die passende Verbindung gefunden hatte. Es war das erste Mal, dass er in so einer großen Stadt war. Er war zwar auch schon in Köln und Hamburg gewesen, aber Berlin war irgendwie noch mal anders, das spürte er sofort.

Größer, rauer, lauter und wilder. Als die rote und ockerfarbene S-Bahn in den Bahnhof donnerte, die er bereits aus Graffiti-Videos kannte, und einen der Waggons ein Panel von FOK von der RMA Crew zierte, staunte er nicht schlecht. Mit klopfendem Herzen stieg er ein. Während er aus dem Fenster sah und nach Graffiti-Pieces legendärer Berliner Writer und Crews Ausschau hielt, schweifte sein Blick immer wieder unsicher zu dem Verkehrsnetzplan unter der Decke, um sich zu vergewissern, dass er die Station nicht verpasste, an der er umsteigen musste. Als er in die U3 stieg, die nach Kreuzberg fuhr, änderte sich auch das Publikum. Die Leute waren jünger und freakiger angezogen, wobei die eine Hälfte wirkte, als käme sie gerade von einer Afterhour, während die andere richtig Welle machte, herumschrie, lachte und sich stritt. Einem Bettler, der mit einem Kaffeebecher nach Kleingeld fragte, folgte ein Duo junger Roma, die *Hit the Road Jack* sangen. Ein oder zwei Stationen vor dem Kotti stellte sich irgendein besoffener Typ mit Kapuzenpulli in die offene Tür und pisste einfach hinaus, woraufhin ihm jemand kurz vor der Weiterfahrt einen Arschtritt verpasste, sodass er auf den Bahnsteig stolperte und ausgesperrt wurde.

Am Kotti ging es geschäftig zu. Egal ob an den Obst- und Blumenständen, in den Restaurants und Dönerimbissen, Wettbüros oder in den Hinterhöfen, überall war etwas los. Bobby ging hinüber zum Kaiser's neben der Platte und kaufte Klara noch eine Flasche Wein, um nicht mit leeren Händen vor der Tür zu stehen. Als er auf der Rolltreppe aus der unteren Etage hinauffuhr, beobachtete er, wie auf der ihm entgegenkommenden Rolltreppe ein Typ völlig ungeniert einen fetten Marker herauszog und ein übertrieben großes Tag an die Ladenwand setzte.

Geil, freute sich Bobby, als er mit der Weinflasche draußen vor dem Laden stand und die von Grill- und Kohleheizungsgeruch schwangere Luft einsog. Jetzt weiß ich, warum Klara damals meinte, dass Berlin zu mir passt. Hier zog jeder einfach sein Ding durch und schiss darauf, ob er damit bei irgendwem aneckte. Und auch wenn es hier oft genug krachte, lebten alle doch einigermaßen harmonisch in diesem bunten Chaos zusammen. Unbarmherzig, aber frei.

Der Weg zu Klara war leicht zu finden. Kaum fünf Minuten später stand er vor ihrer Tür. Zu Bobbys Enttäuschung war ihr Wiedersehen nicht ganz so euphorisch wie der Abschied damals im Forum. Klara hatte vor ein paar Tagen auf einer Party einen Typen kennengelernt, Steve, mit dem sie jetzt, ihren Worten zufolge, bisschen was am Laufen hatte und der gerade mit den anderen aus ihrer WG, Miguel, Alba und Lena, in der Küche saß. Auf die Frage, ob es denn okay sei, dass er heute bei ihr übernachte, meinte sie nur, dass sich sicherlich irgendwo ein Platz für ihn finden würde.

Es ist, wie es ist, dachte sich Bobby, ließ Rucksack und Pflanze im Gang stehen und folgte Klara in die Küche. Die Freude über sein Eintreffen legte sich, als klar wurde, dass er nicht derjenige war, der das MDMA mitbrachte. Ansonsten schienen alle in Ordnung zu sein. Miguel war Programmierer bei irgendeinem Start-up, Alba machte Modern Dance, jobbte aber hauptsächlich in der Gastro, Steve machte irgendwas mit Grafik und Lena sowie Klara hatten gerade erst angefangen zu studieren. Nach einer Weile kam dann auch noch Roy, der Typ mit dem MDMA, dazu.

Obwohl sich in Bielefeld viele Kumpels in seinem Umfeld alles Mögliche reinzogen, hatte Bobby bisher immer nur gesoffen, gekifft und einmal in Holland Pilze gegessen. Ohne groß darüber zu sprechen, hatten Artur und er in stillschweigendem Einvernehmen zu allem anderen immer Nein gesagt und dabei aufeinander aufgepasst. Doch jetzt lag die Sache anders. Jetzt trieb er alleine durch den Kosmos, nichts hielt ihn zurück und alles konnte passieren.

Was soll's, sagte er sich und schüttete das MDMA in seinen Drink.

Später landeten sie auf irgendeiner Elektroparty, wo Roy ihn noch auf eine Line Koks auf der Toilette einlud. Artur hatte keine Ahnung, wo er sich befand, doch das war ihm egal. Nach einer kleinen Afterhour in irgendeiner WG landete er morgens schließlich im Bett von Alba, Klaras Mitbewohnerin, die anschließend meinte, dass er total komisch tanzen, dafür aber überraschend gut ficken würde.

Wie sich herausstellte, reichte dies jedoch leider nicht aus, um noch eine Nacht bei ihr unterzukommen. Als sie am frühen Abend ziemlich verkatert in der WG-Küche saßen und zusammen frühstückten, erklärte Alba, dass am nächsten Wochenende ihr Freund aus Spanien zu Besuch komme und sie es nicht mit ihrem Gewissen vereinbaren könne, mehr als einen One-Night-Stand mit Bobby zu haben.

»Wir müssen ja keinen Sex haben«, meinte Bobby, doch Alba blieb hart, schüttelte bloß den Kopf und sagte:

»Tut mir leid, Bobby, aber so geht das nicht.«

»Fuck, Alter«, murmelte Bobby, als er schließlich mitsamt seinem Gepäck vor die Haustür trat und bemerkte, dass es regnete. Das Hochgefühl der letzten Nacht, in der ihm Berlin wie ein riesiger Abenteuerspielplatz erschienen war, der nur darauf wartete, von ihm erkundet zu werden, war verschwunden. Er fühlte sich leer, ausgelaugt und verloren.

Um nicht wie ein ausgesetztes Haustier direkt vor der Eingangstür stehen zu bleiben, stellte er sich ein paar Hundert Meter weiter bei einem Schawarma-Imbiss unter die Markise und checkte seine Finanzen. Die gestrige Partynacht war teurer gewesen, als er gedacht hatte.

Ich Vollasi, sagte er sich, als er bemerkte, dass von den zweihundert Euro, die er im Portmonee gehabt hatte, gerade mal knapp dreißig übrig waren. Wofür habe ich bloß die ganze Kohle rausgeballert?! Habe ich auf der After etwa das Kokstaxi allein bezahlt?

Für dreißig Euro bekam er kaum noch ein Bett in einem Hostel, geschweige denn ein Hotelzimmer und wenn, dann blieb ihm nichts mehr zum Essen. Aber wo sollte er pennen? In einem dieser verjunkten Parks? Bei dem Wetter?

Abgesehen davon, dass er keinen Bock hatte, ausgeraubt zu werden, war es für Anfang März noch ziemlich kalt, die Temperaturen fielen nachts auf um die null Grad. Da er sich in Berlin noch nicht auskannte, blieben ihm, wenn er im Trockenen übernachten wollte, eigentlich nur die U-Bahnstationen.

Bobby überlegte. Am Kottbusser Tor ging es zu hoch her. Das Beste war, wenn er ein bisschen herumfuhr und sich einen Eindruck von den Stationen verschaffte, die etwas weiter außerhalb lagen. Sicherlich fände sich irgendwo ein ruhiges und zugleich sicheres Zwischengeschoss, in dem er sich mit seinem Schlafsack hinlegen konnte.

Während Bobby aus dem U-Bahnfenster sah, erinnerte er sich daran, wie irgendwer ihm mal erzählt hatte, dass sich in Bielefeld die kleinste U-Bahn der Welt befand. Tatsächlich gab es in Bielefeld insgesamt vier Straßenbahnlinien, die im Zentrum für die Dauer einiger Stationen unterirdisch fuhren. Berlin war genau das Gegenteil. Zum einen fuhren die U-Bahnen hier teilweise oberirdisch und zum anderen war das U-Bahnnetz schier endlos. Allein mit der U7 dauerte die Fahrt von einer zur anderen Endstation ungefähr eine Stunde und egal wo man ausstieg, man hatte immer noch das Gefühl, mitten in der Stadt zu sein.

Nachdem er auf gut Glück verschiedene Stationen und Linien abgefahren war, landete er zufällig wieder am Kaiserdamm in der Nähe des Kongresszentrums, wo seine Berlin-Odyssee mit dem überfreundlichen Missionarspärchen am Vortag begonnen hatte. Tatsächlich schien das Zwischengeschoss dort bestens geeignet. Es war riesig, so gut wie ausgestorben und angenehm schummrig beleuchtet.

Ein älterer Obdachloser in einer schmutzigen Wolljacke, wahrscheinlich so um die fünfzig, saß allein auf weiter Flur auf seinem Pappkarton an der Wand, trank Wein aus dem Tetrapak, rauchte billige Zigarillos und las in einem Buch, das vor ihm neben seinem Kleingeldbecher lag.

»Was liest du da?«, erkundigte Bobby sich.

Der Alte sah überrascht auf.

»Das ist Geschenk«, sagte er, strich über den Buchrücken und nahm einen Schluck aus seinem Tetrapak.

Bobby betrachtete das Buch und bemerkte, dass es sich um eine der Bibeln aus dem Kofferraum seiner Mitfahrgelegenheit handelte. Die Schrift sah kyrillisch aus.

»Ist das Russisch?«, fragte Bobby.

»Bulgarisch«, sagte der Mann und runzelte die Stirn, da er offensichtlich nicht sicher war, was Bobby von ihm wollte.

»Ach so«, meinte Bobby und machte eine kurze Pause, bevor er fragte: »Kann ich hier auch schlafen?«

Der Alte musterte ihn verwundert von oben bis unten.

»Ich bin nicht Hotelrezeption«, sagte er schließlich. »Kannst du schlafen, wo du willst.«

»Okay«, antwortete Bobby und stellte Rucksack und Pflanze ab.

Neugierig verfolgte seine neue Bekanntschaft, was er tat.

»Hast du kein Zuhause, Junge?«, fragte er, während Bobby seinen Schlafsack auspackte.

Bobby schüttelte nur den Kopf und ließ sich ebenfalls an der Wand nieder. Der Alte nickte und reichte ihm seinen Billigwein rüber.

Bobby bedankte sich, nahm einen Schluck und bot ihm im Gegenzug ein paar Sonnenblumenkerne an.

»Hab auch ich Sohn«, sagte der Alte nach einer Weile. »So wie du. Bisschen älter vielleicht. Guter Junge, wohnt in Frankfurt.«

Bobby nickte.

»Aber er will nix zu tun haben mit mir.«

»Warum?«, erkundigte sich Bobby, doch der Alte winkte ab und schwieg.

»Und du? Hast du keine Familie?«, fragte er nach einer Weile, während sie sich den Wein teilten und gemeinsam Sonnenblumenkerne knackten.

Bobby schüttelte den Kopf.

»Alle tot.«

Der Alte sah ihn ungläubig an. Offenbar wusste er nicht so recht, ob er Bobbys Worten Glauben schenken sollte. Dann sagte er:

»Wir kommen auf die Welt allein und wir gehen von die Welt allein, aber in Leben du sollst nicht allein sein.«

»Da hast du wahrscheinlich recht«, entgegnete Bobby und nahm einen Schluck vom Wein.

Er musste an seinen Vater denken. Vielleicht weil sein neuer Kumpel von seinem Sohn erzählt hatte und vielleicht auch, weil sein Vater jetzt wohl ungefähr so alt wäre wie er.

Er wusste so gut wie nichts über ihn. Nur dass er ihn mit gerade mal einundzwanzig Jahren bereits überlebt hatte, da er noch vor seiner Geburt an einer Überdosis abgekratzt war. Seiner Mutter zufolge war er angeblich halber Engländer gewesen und Bobbys Großvater ein britischer Militär, der in Deutschland stationiert gewesen war. Doch wenn er den Worten seiner Mutter Glauben schenkte, hatte dessen Familie Bobby nicht kennenlernen wollen. Bobby stellte sich manchmal vor, wie es wohl wäre, seinen Vater zu treffen, ein Jahr jünger als er, voll drauf irgendwo auf einer verdrogten Technoparty und alles, was sie verband, war dieses beschissene Gefühl kompletter Verlorenheit.

Der Wein machte Bobby langsam schläfrig und ließ ihn seine Erschöpfung spüren. Nach der letzten Partynacht hatte er kaum mehr als ein paar Stunden in Albas Bett geschlafen. Er bedankte sich bei dem Alten, der stoisch dasaß und seinen Zigarillo paffte. Um dem beißenden Rauch zu entgehen, legte er sich einige Meter weiter weg längs der Wand in seinen Schlafsack und nutzte seinen Rucksack als Kopfkissen. Während er die Augen schloss und eindöste, begann der Alte im Hintergrund halblaut auf Bulgarisch vor sich hinzumurmeln. Kurz bevor er einschlief, begriff Bobby, dass der Alte wieder in seinem Geschenk las.

Kurz nach sieben wurde das Stakkato der Sohlen auf dem Betonboden so laut, dass Bobby aufwachte. Sein Körper war steif und schmerzte. Da er weder Pappe noch Isomatte besaß, war die Kälte aus dem Steinboden durch das Futter seines Schlafsacks gedrungen. Bobby rieb sich ächzend die Glieder und packte seine Sachen zusammen. Der Alte lag eingerollt auf seiner Pappe und schlief. Bobby wollte schon gehen, doch dann überlegte er es sich anders und rüttelte ihn sanft an der Schulter.

»Hey, danke für den Wein und so«, sagte er. »Ich zieh jetzt weiter.«

Der Alte grunzte und blinzelte ihn verwirrt an. Bobby merkte, wie es in seinem vom Alkohol aufgeweichten Hirn arbeitete, bis er ihn schließlich wieder einordnen konnte.

»Hier, schreibst du deine Telefonnummer«, murmelte er und deutete mit seinem nikotingelben Zeigefinger auf das Pappschild neben seinem Kleingeldbecher.

»Okay«, meinte Bobby und holte einen Stift aus dem Rucksack, wobei ihm einfiel, dass er dem Alten gar nicht seinen Namen genannte hatte. »Ich heiße übrigens Bobby.«

»Bobby«, murmelte der Alte. »Kennst du Bobby Fischer?«

»Nee«, entgegnete Bobby.

»Ich bin Stani«, sagte der Alte und schloss wieder die Augen.

»Mach's gut, Stani«, verabschiedete sich Bobby und legte ihm ein paar Euro in seinen Becher.

Dann stieg er hinauf an die Oberfläche, wo bereits der morgendliche Berufsverkehr toste. Nachdem Bobby seine Pflanze gegossen und sich beim Bäcker etwas zum Frühstücken besorgt hatte, lief er den Kaiserdamm hinunter Richtung Charlottenburg. Die Sonne schien und ein Hauch von Frühling lag über der Stadt. Obwohl die Nacht nicht gerade angenehm gewesen war, verspürte Bobby neue Frische und Zuversicht. Damit sich diese Nacht nicht wiederholte, betrat er das nächste Internetcafé, an dem er vorbeikam.

Nachdem er seine E-Mails gecheckt hatte, legte er sich ein Benutzerkonto bei Couchsurfing an und schrieb ein paar Leute an, um zumindest für ein paar Tage eine Bleibe zu finden.

Am späten Nachmittag, als er gerade den Ku'damm entlangspazierte, klingelte sein Telefon.

Endlich, dachte er sich erleichtert. Wird auch Zeit, dass sich jemand meldet.

»Bobby Fischer«, meldete sich am anderen Ende eine bekannte Stimme. »Hier Stani!«

Verdammt, dachte Bobby enttäuscht.

»Kommst du später wieder Kaiserdamm?«, fragte Stani.

»Vielleicht«, antwortete Bobby zögerlich. »Ich suche gerade eigentlich was anderes.«

Stani ignorierte seine Antwort.

»Wenn du kommst«, sagte er. »Bringst du Wein mit? Diese Tetrapak. Zwei Liter, wenn geht!«

»Alles klar, mach ich«, sagte Bobby, während er von ganzem Herzen hoffte, dass er Stani an diesem Abend nicht wiedersehen musste.

Her Şeyi Yak

Die Sonne schien und zum ersten Mal in diesem Jahr waren die Temperaturen auf über zwanzig Grad geklettert. Dilek und Hang liefen lachend die Rigaer Straße entlang Richtung Frankfurter Allee. Den Leuten, die ihnen entgegenkamen, konnte man es förmlich ansehen, wie sehr sie es genossen, endlich wieder im T-Shirt rauszugehen. Dilek spürte, wie die Passantinnen und Passanten Auge machten und ihnen teilweise richtig ungeniert hinterherglotzten, doch das juckte sie nicht. Eigentlich war es auch nicht verwunderlich, denn sie trugen immer noch die selbstgeschneiderten Latexkostüme, die sie sich von einer befreundeten Modedesignstudentin ausgeliehen hatten, um ins KitKat zu gehen.

»Hier, schau mal«, sagte Dilek und streckte Hang ihre Hand entgegen.

Verwundert betrachtete ihre Freundin das Objekt auf Dileks Handfläche, eine kleine Schneekugel, wie man sie in Touristenshops kaufen konnte. Auf dem Sockel stand »Barcelona« und in der Kugel befand sich eine Miniaturabbildung der Sagrada Familia.

»Ey, ich glaub's nicht«, rief Hang. »Die stand doch da auf dem Fensterbrett. Hast du ihm die abgezogen?«

»Ich brauchte doch irgendein Souvenir zur Erinnerung an unseren ersten Dreier«, sagte Dilek und zuckte grinsend mit den Schultern.

»Die Türme sehen bisschen aus wie Schwänze«, meinte Hang und überlegte. »Wie fandest du's, sich einen zu teilen? Hättest du gern noch 'nen zweiten dabeigehabt?«

»Hmm, ich weiß nicht«, meinte Dilek, während sie die Kugel in ihrer Handtasche verschwinden ließ. »Ich fand's manchmal auch geil, zwischendurch einfach bei dir zuzuschauen. Und wenigstens hat er sich auch mit der Zunge richtig ins Zeug gelegt.«

»Findest du, er konnte gut lecken?«

BARCELON

»Ging schon«, antwortete Dilek. »Aber nicht so gut wie du.«

Hang lächelte und wurde ein wenig rot.

»Wir haben ihn auf jeden Fall richtig arbeiten lassen«, sagte sie dann. »Der war irgendwann echt am Ende. Heute Morgen dachte ich erst, er wäre tot, ich schwöre.«

»Sein Schwanz muss bestimmt für paar Wochen in die Reha«, entgegnete Dilek.

Beide lachten.

»Ey, wir sind gar nicht so weit weg vom Restaurant meiner Eltern«, erklärte Hang und zeigte in die Querstraße. »Sind ungefähr fünfzehn Minuten.«

»Wollen wir sie besuchen?«, fragte Dilek scherzhaft.

»In diesem Outfit?!«, antworte Hang und schüttelte entschlossen den Kopf. »Auf keinen Fall.«

Hang musste es nicht weiter erklären. Dilek wusste, dass Hangs Eltern ziemlich konservativ waren, weshalb ihre bisexuelle Tochter ihr Liebesleben sorgsam unter Verschluss hielt. Dilek kannte das Problem nur allzu gut aus ihrem eigenen Elternhaus, wobei es bei ihr wahrscheinlich noch mal um einiges schlimmer gewesen war.

Dilek überlegte, wie viel Zeit mittlerweile vergangen war, seit sie von zuhause weggelaufen war. Damals war sie fünfzehn gewesen und Ende Mai wurde sie zweiundzwanzig. Sieben Jahre. Sieben Jahre hatte es gebraucht, einigermaßen klarzukommen. Dass es alles so kommen würde, hätte sie damals nicht gedacht. Sie war weggelaufen, weil sie die ganzen Verbote und die Schläge nicht mehr ausgehalten hatte. Weil sie nicht länger hatte zusehen können, wie ihre Schulkameradinnen und alle anderen um sie herum ein normales Leben hatten, während sie jeden Tag nach der Schule zurück in ihr Gefängnis musste, in das sie ausgerechnet diejenigen sperrten, die sie eigentlich am meisten liebten. Damals hatte sie mit vielem gerechnet: dass man sie verfolgen würde, dass es sehr einsam werden würde und schmerzhaft, weil sie Bielefeld samt ihrer ganzen Familie und all ihren Freunden zurückließ, und dass sie bei Problemen komplett auf sich allein gestellt sein würde. Aber sie hatte nicht damit gerechnet, dass sie genau das Gefängnis, aus dem sie dachte, entkommen zu sein, noch so lange in ihrem Herzen mit sich herumtragen müsste: ihre unsichtbare persönliche Hölle voll vernichtender Schuldgefühle und Selbstzweifel. In Regensburg, wo sie in einer betreuten Mädchen-WG gewohnt hatte, fühlte sie sich in den folgenden Jahren immer noch wie eine Hure, wenn sie im Sommer kurze Shorts und T-Shirt trug. Auf der Abschlussfeier ihrer ersten Berufsausbildung zur Bürokauffrau dachte sie, dass alles, was sie erreichte, einen Scheiß wert sei. Und vor menschlicher Berührung schreckte sie zurück wie vor Feuer. Nach dem ersten Mal mit ihrem Freund, einem harmlosen Kerl, der sie wirklich mochte, bekam sie einen fürchterlichen Heulkrampf, sie schlug ihn und hasste ihn in diesem Moment regelrecht.

Erst als sie vor drei Jahren nach Berlin gezogen war, hatte sich das alles langsam verändert. In Berlin hatte sie sich zum ersten Mal auch gefühlsmäßig nicht mehr so eingeengt gefühlt. Berlin war größer und anonymer und hatte einen ganz anderen Vibe als das doch recht beschauliche und etwas konservative Regensburg. Hier war alles freier und wilder, und auch die türkische Community, welche sie während der letzten Jahre in Regensburg bewusst gemieden hatte, war ganz anders drauf. Natürlich gab es auch hier engstirnige, rückwärtsgewandte Leute, aber es gab eben noch genug andere, die ein ganz eigenes Selbstverständnis hatten.

Außerdem hatte sie richtig Glück gehabt, was ihre Freunde und Freundinnen betraf. Die Leute in ihrer ersten WG waren super gewesen und auch wenn sie mittlerweile alleine wohnte, waren Lena und Pjotr, der aus Russland ausgewandert war, weil er auf Männer stand, für sie nach wie vor wie Familie. Dann gab es noch Meral und Jonas, die sie auf der Abendschule kennengelernt hatte, an der sie ihr Abitur nachholte, und

Hang, mit der sie nicht nur gemeinsam bei H&M arbeitete, sondern auch super feiern gehen konnte.

Nachdem sie beim Bäcker einen Kaffee getrunken hatten, brachte Dilek Hang zur U-Bahn und nahm dann selbst die S-Bahn Richtung Hermannstraße.

Während die Stadt an ihr vorbeizog, ließ sie noch einmal die gestrige Nacht im KitKat Revue passieren. All die Leute mit ihren verrückten Kostümen, die einfach Spaß hatten und ihr sexuelles Verlangen ganz selbstverständlich offen auslebten. Dabei konnte jeder bestimmen, wie weit oder in welche Richtung er in dieser Nacht gehen wollte, zumal die Leute sich größtenteils respektvoller begegneten als in anderen Clubs. Und so hatten Hang und sie sich irgendwann wortlos in die Augen gesehen, genickt und gemeinsam diesen heißen Boy mit dem durchtrainierten Oberkörper und der Fuchsmaske, der schon eine Weile neben ihnen tanzte, in ihre Mitte genommen. Nachdem sie eine Weile zu dritt herumgemacht hatten und Hang seine Hose öffnen wollte, hatte Max, wie er sich später im Taxi vorstellte, zunächst zurückhaltend reagiert, da es ihm auf der Tanzfläche offenbar doch etwas unangenehm war. Also hatte Dilek ihm kurzerhand drei Finger vor das Gesicht gehalten und Richtung Ausgang gezeigt. Max war einverstanden und so waren Hang und sie zu ihm nach Friedrichshain gefahren, wo er seinen Schwanz, sobald sie durch die Wohnungstür getreten waren, tatsächlich kaum noch im Zaum halten konnte.

Dilek hatte, seitdem sie in Berlin war, schon mit einigen Männern geschlafen, mal war es besser und mal war es schlechter gewesen, und einmal hatte sie auf einer Party auf der Toilette aus einer Laune heraus mit Hang geknutscht und sie hatten ein wenig aneinander herumgespielt. Aber das heute Nacht war etwas komplett anderes und neues. Auch wenn sie Sex mit einem Mann wahrscheinlich am meisten genoss, fand sie Schwänze – wenn sie es sich recht überlegte – von einem ästhetischen Standpunkt aus gesehen eigentlich eher hässlich. Nur in hartem Zustand und wenn sie selbst geil war, entwickelten sie ihre besondere Anziehungskraft. Im Gegensatz dazu hatte sie Hangs nackten Körper, egal ob sie geil war oder nicht, einfach schön gefunden: von ihrem schlanken Hals über ihre festen, etwas spitzen Brüste und die Wölbung ihres Venushügels bis hin zu ihren hübschen kleinen Füßen. Konnte es sein, dass sie auch auf Frauen stand?, fragte sich Dilek.

Am meisten hatte sie es genossen, Zeuge davon zu werden, wie Max' Schwanz Hang penetriert hatte, sowie ihren Blick, als er dann sie selbst genommen hatte. Doch obwohl Max es gewesen war, der ihnen Lust verschafft hatte, hatte sie viel deutlicher die sexuelle Spannung zwischen Hang und sich gespürt, die aus dem Teilen dieser Lust entstanden war. Max war eher das Transportmittel oder Medium dafür gewesen. Allerdings konnte sie sich so etwas auch nur mit Hang vorstellen. Eine andere Frau ließ sich nicht generell ausschließen, aber wenn sie an ihre anderen Mädels dachte, dann kam keine davon infrage. Was ihre Sexualität und das Ausleben ihrer Bedürfnisse betraf, war Hang wahrscheinlich so etwas wie ihr *partner in crime*. Sie war abenteuerlustig, mutig und hatte keine Hemmungen. Zugleich musste Dilek nichts vor ihr verbergen und konnte ihr hundertprozentig vertrauen.

Aber war es abgesehen vom Sex nicht mit vielem so?, fragte sie sich. Waren bestimmte Freundschaften – egal ob mit Mann oder Frau – nicht vornehmlich dazu da, bestimmte Bedürfnisse oder Aktivitäten zu teilen? War man befreundet, weil man entweder das Gleiche erleben wollte oder das Gleiche erlebt hatte?

Mit Lena und Pjotr teilte sie das Bedürfnis nach einem Zuhause, wie Familie, bei der man einfach immer anrufen und sich ausheulen konnte oder wo man einfach nur abhing und chillte, ohne groß kommunizieren zu müssen. Mit Meral und Jonas lernte sie gerade fürs Abi und alle drei teilten den Wunsch, etwas in der Gesellschaft zu verändern, wobei Jonas bereits Mitglied bei der Linken war und Meral sich in verschiedenen sozialen Projekten engagierte, während Dilek noch nach einem konkreten Betätigungsfeld suchte. Außerdem stammte Merals Familie so wie Dileks aus der Türkei, sodass sie der gleiche kulturelle Background verband. Seitdem sie mit Meral befreundet war, merkte sie erst wieder, wie viele Dinge von zuhause sie vermisst hatte, sei es eine gewisse Art, miteinander zu reden, oder bestimmte Umgangsformen und Kleinigkeiten, auf die ihre anderen Freunde nicht unbedingt achteten. Zum Beispiel, dass man für Gäste immer etwas auf den Tisch stellte und dafür sorgte, dass dieser niemals leer wurde, oder dass es ganz selbstverständlich war, Freunde zur U-Bahn zu bringen und später noch einmal nachzufragen, ob sie gut angekommen seien.

Dilek stieg an der Hermannstraße in die U8 um und fuhr weiter Richtung Hermannplatz, wo sie seit einem Jahr allein in einer kleinen Zwei-Zimmer-Wohnung lebte.

Die ersten Jahre in ihrer Neuköllner WG waren wirklich super gewesen, aber nachdem sie bereits in Regensburg gemeinsam mit anderen Teenagerinnen in einer betreuten Wohngruppe gelebt hatte, genoss sie es, zum ersten Mal im Leben ihre eigenen vier Wände zu haben. Was Freundschaften anging, hatte sie aus ihrer Regensburger Zeit nicht viel mitgenommen. Damals hatte sie sich eher in sich zurückgezogen, um all den Schmerz und den Verlust zu verarbeiten. Das Einzige, was sie im Nachhinein bereute, war, dass sie in dieser Zeit versäumt hatte, auf die Briefe ihrer besten Kindheitsfreundin aus Bielefeld zu antworten. Dabei hätte ihre ehemalige Klassenlehrerin ihre Antworten sicherlich diskret an sie weitergeleitet.

Was Nejla jetzt wohl so macht?, fragte sich Dilek. Und wie sie wohl so drauf ist?

Wenn sie an die Zeit mit Nejla zurückdachte, dann kam es ihr vor, als erinnerte sie sich an ein anderes Leben, oder besser gesagt: das Leben einer anderen.

Mit Nejla hatte sie nach der Schule ihre erste Zigarette geraucht, Marlboro Menthol hinter dem Sportplatz. Hajde, auf Lunge!, hatte Nejla gerufen, woraufhin sie beide so stark an ihren Zigaretten gezogen hatten, dass sie fast kotzen mussten. Und wie hatte noch einmal der lustige Junge geheißen, der ihnen immer hinterhergelaufen war? Bobby. Damals hatte sie sich kaum getraut, mit Jungs zu reden, anders als Nejla. Die war für ihr Alter schon ziemlich weit gewesen und hatte sich von niemandem was sagen lassen. Kein Wunder, ihr Papa war ja auch im Bosnienkrieg gestorben und sie war allein mit ihrer Mutter nach Deutschland geflohen.

Vielleicht finde ich sie ja, sagte sich Dilek und beschloss, zuhause im Internet nachzusehen.

Von der U-Bahn zu ihr waren es zu Fuß ungefähr noch zehn Minuten. Vor dem Karstadt am Hermannplatz streckte eine alte Roma-Bettlerin den Vorbeigehenden ihre Hand entgegen. Dilek hielt an und suchte in ihrer Handtasche nach etwas Kleingeld. Es kam nur selten vor, dass sie an Obdachlosen einfach vorbeiging, ohne ihnen etwas zu geben, besonders bei alten Frauen wie dieser brach es ihr jedes Mal das Herz. Mit ihren Kopftüchern, den faltigen, vom Leben gezeichneten Gesichtern und ihren langen, geblümten Röcken erinnerten sie Dilek jedes Mal an ihre eigene Mutter. Ihre Mutter war die Einzige aus ihrer Familie, die sie noch immer vermisste und an die sie manchmal dachte. Dilek drückte der Frau einen Euro in die Hand und gab ihr noch einen frischen Simit, den sie an einem der Marktstände auf dem Hermannplatz gekauft hatte.

Zuhause angekommen, schlüpfte sie aus dem Kostüm und stieg unter die Dusche, um sich den Sexgeruch abzuwaschen. Am liebsten duschte oder wusch sie sich direkt danach, da sie, egal wie gut oder schlecht jemand roch, keinen intensiven Körpergeruch mochte, doch dafür war heute Morgen keine Zeit gewesen, als Hang und sie sich heimlich rausgeschlichen hatten.

Nach dem Duschen betrachtete sie sich eingehend im Badezimmerspiegel. Ihre ganze Teenagerzeit über und auch noch danach hatte sie sich in ihrem Körper nie richtig wohlgefühlt. Sie war früh in die Pubertät gekommen und hatte sich schnell zur Frau entwickelt, was ihr damals jedoch wie ein fürchterlicher Fluch vorgekommen war. Während viele ihrer Klassenkameradinnen sie gehänselt und beneidet hatten, waren die Regeln und Verbote zuhause aufgrund ihres veränderten Aussehens immer schlimmer geworden.

Dilek fuhr sich durch den Pony. Sie trug ihr glattes, schwarzes Haar seit einigen Jahren als mittellangen Bob. Vor Kurzem hatte sie sich zum ersten Mal blonde Strähnen machen lassen und fand, dass sie ihr super standen. Aufgrund ihrer für ihren dunklen Teint ungewöhnlichen grünen Augen hatten die Leute sie bereits in ihrer Kindheit oft angestarrt. Was sie damals schon als unangenehm empfunden hatte, war während der Pubertät wegen ihrer Oberweite noch schlimmer geworden. Prüfend hob sie ihre Brüste an und ließ sie wieder fallen.

Was soll's, dachte sie sich. Große Brüste hängen eben ein bisschen.

Mittlerweile schämte sie sich nicht mehr dafür. Sie war stolz auf ihre Rundungen und ihr gefiel, dass sie ein bisschen mehr Brust und Arsch hatte. Trotzdem achtete sie nach wie vor sehr streng darauf, wie viel sie aß, hatte Angst zuzunehmen und bekam schnell ein schlechtes Gewissen, wenn sie ihr Fitnessprogramm vernachlässigte.

Wenn ich nur noch ein paar Zentimeter größer wäre, dachte sie sich, während sie vor dem Spiegel posierte. Dann wäre es echt perfekt.

Im Handtuch ging sie in die Küche hinüber und stellte den Çay auf den Herd. Nachdem sie Jogginghose und Hoodie angezogen hatte, machte sie sich einen Teller mit Simit, Oliven, frischen Tomaten, Gurke und Schafskäse und setzte sich an ihren Schreibtisch vor den Laptop, um im Netz nach Spuren ihrer Kindheitsfreundin zu suchen.

Bei Myspace fand sie eine Menge Nejlas, die auf der ganzen Welt verstreut waren. Es dauerte eine Weile, bis sie alle durchgesehen hatte, doch keines der Profile wollte zu ihrer Freundin passen, auch wenn sie sich bei dem einen oder anderen zunächst nicht ganz sicher war.

Natürlich war es möglich, dass Nejla gar kein Profil auf Myspace hatte. Oder sie benutzte einen ganz anderen Nickname, so wie Dilek selbst.

Ob sich Nejla nach all den Jahren noch an mich erinnert? Hat sie auch mal nach mir gesucht?, überlegte sie.

Dilek hatte im Alltag mittlerweile kaum noch Angst, dass ihre Familie sie suchte oder ihr Leid zufügte, aber trotzdem achtete sie nach wie vor auf ihre Privatsphäre und meldete sich im Netz nie mit ihrem echten Namen an. Außerdem lud sie nirgendwo Bilder hoch, auf denen ihr Gesicht zu sehen war. Ihre Eltern würden ohnehin nicht im Netz nachschauen, aber sie wollte vermeiden, dass einer ihrer beiden Brüder oder jemand anderes aus der Verwandtschaft zufällig im Netz auf irgendein Bild stieß, sei es ein Schnappschuss von einer Party oder ein ganz normales Porträt.

Erst wenn ich es geschafft habe, dachte sie sich. Wenn ich eine Position im öffentlichen Leben habe, mein eigenes Business, oder Teil von etwas Gutem bin, das die Welt verändert. Dann kann die ganze Verwandtschaft ruhig staunen, Auge machen oder sich das Maul darüber zerreißen, was aus mir geworden ist. Und vielleicht, ganz vielleicht, wäre meine Mutter sogar heimlich stolz auf mich.

Dilek schenkte sich noch einen Çay ein und durchsuchte StudiVZ, ein neues deutsches Portal für Studierende, das Lena ihr empfohlen hatte. Doch auch dort wurde sie nicht fündig. Schließlich versuchte sie es einfach auf Google mit den Schlagwörtern »Nejla« und »Bielefeld«, da Dilek zu ihrer eigenen Überraschung der Familienname ihrer Freundin nicht mehr einfiel.

»Da isse!«, rief Dilek aufgeregt, als sie unter den Suchergebnissen die Überschrift zu einem Artikel im Lokalteil der Neuen Westfälischen entdeckte: »Nejla Zlatar, natürlich!«

Die Schlagzeile des Artikels lautete: *Junge Bielefelderin erhält renommierte Nachwuchsförderung für ihre Kunstinstallation.*

»Maşallah!«, rief Dilek und las gespannt den Artikel.

Eigentlich wunderte sie sich kaum darüber, dass Nejla etwas Kreatives machte. Ihre Freundin hatte schon immer verrückte Ideen gehabt, war gut in Kunst gewesen und von der Kunstlehrerin oft gelobt worden. Aus dem Artikel erfuhr sie, dass Nejla seit zwei Semestern an der Fachhochschule Bielefeld Grafikdesign studierte. Nachdem sie trotz ihres fehlenden Schulabschlusses an der FH einen Begabtenstudienplatz bekommen hatte, hatte sie nun für ihre Kunstinstallation *Unwish Mechanics* eine Nachwuchsförderung der Kunststiftung NRW erhalten. Ihre Installation sollte zunächst im Foyer des Fachbereichs für Gestaltung ausgestellt werden und später möglicherweise sogar in einer öffentlichen Galerie. Bei der Installation handelte sich laut dem Artikel um eine Art umgekehrten Wunschbrunnen, dessen Mechanismus philosophische Themen wie Wunsch und Wille veranschaulichte. Tatsächlich war dem Artikel ein Foto beigefügt, auf dem ihre erwachsene Freundin lächelnd vor dem Eingang der Fachhochschule stand und eine Skizze ihrer Installation präsentierte. Der Kommentar darunter lautete: *Diesen Wunsch möchte Nejla sicherlich nicht rückgängig machen.*

Die reiferen, aber nichtsdestotrotz vertrauten Gesichtszüge ihrer Kindheitsfreundin katapultieren sie jäh zurück in ihre Kindheit.

»Vay be«, murmelte sie und spürte, wie irgendetwas Hartes in ihrer Brust auseinanderbrach, schmolz und sich in ihrem gesamten Körper verteilte. Dilek hatte seit Jahren nicht mehr geweint, sodass sie erst gar nicht recht begriff, was mit ihr geschah, als ihr die Tränen plötzlich über die Wangen strömten. Nejlas Lächeln macht mich so glücklich, dachte sie, warum bin ich gleichzeitig so unglaublich traurig?

Sie fischte eine Zigarette aus der Packung Gauloises auf dem Tisch und ging zum Fenster, um zu rauchen. Die Luft war frisch, aber frühlingshaft. Von unten drang der Verkehrslärm der Urbanstraße zu ihr herauf. Ab und zu flaute er ab und man hörte die ersten abendlichen Gesänge der Vögel. Schon in ihrer Kindheit hatte ihr Abendgesang sie in den Sommern traurig gemacht. Denn obwohl es draußen noch hell war, hatte sie abends nicht mehr zu den Nachbarskindern hinausgedurft. Und da ihre Wohnung weder über Balkon noch Garten verfügte, hatte sie alleine am Fenster gesessen, die Passanten unten auf der Straße beobachtet und dem Gesang der Vögel gelauscht, die über den Dächern unbeschwert durch die Luft jagten.

Dilek nahm einen tiefen Zug von ihrer Zigarette, blies den Rauch aus dem Fenster und beobachtete die Tauben auf dem gegenüberliegenden Dach. Heute war alles anders, aber gewisse Gefühle verschwanden eben nie. So wie Nejlas Gesicht ihr trotz all der Zeit, die vergangen war, immer noch so unglaublich vertraut erschien. Ihr Lächeln war immer noch dasselbe und ihre Augen strahlten dieselbe Lebensfreude und Energie aus, die sie trotz des tragischen Schicksals ihrer Familie und Heimat schon in der Kindheit ausgezeichnet hatten. Gleichzeitig wirkte sie auf dem Zeitungsfoto reifer, selbstbewusster und im Gegensatz zu früher wirklich von ganzem Herzen glücklich, so als stünde sie im Leben genau dort, wo sie immer hatte sein wollen.

Ob sie mittlerweile eine andere beste Freundin hatte? War sie mit jemandem zusammen? Mit einem Typen oder vielleicht einer Frau? Und wäre es wohl eher der Machotyp oder ein Softie?

Dilek drückte ihre Kippe aus, schloss das Fenster und sah auf die Wanduhr, die neben dem Duman-Poster über der Schreibtischwand hing. Schon fast halb sechs. Die Zeit war unbemerkt verflogen. Um halb sieben war sie mit Jonas und Meral verabredet, um auf ein Treffen des

Kreuzberger Ortsverbandes der Linken zu gehen, in dem Jonas aktiv war. Für Dilek kam eigentlich eher der Ortsverband in Neukölln infrage, aber da Meral und sie sich nicht sicher waren, ob eine Partei überhaupt der richtige Platz für ihr soziales Engagement war, hatte Jonas sie zu sich nach Kreuzberg eingeladen, damit sie sich einen ersten Eindruck verschaffen konnten.

»Çüş!«, rief Dilek, als sie ihr verweintes Gesicht im Spiegel sah. »Wie seh ich aus!«

Nachdem sie sich im Bad ein wenig frisch gemacht hatte, steckte sie sich ein Kaugummi in den Mund, packte ihre Handtasche und lief zur U-Bahn.

Auf dem Weg zum Kotti erhielt sie eine SMS von Meral, die nicht kommen konnte, da sie unerwartet auf ihre kleine Nichte aufpassen musste.

Schade, dachte sie sich. Besonders für Jonas, der schon seit längerer Zeit auf Meral stand.

Als Dilek an der Kneipe ankam, in der der Stammtisch des Ortsverbands stattfand, wartete Jonas bereits vor der Tür. »Hey«, rief er. »Cool, dass du gekommen bist!«

»Klaro.«

»Wo ist denn Meral?!«, wunderte sich Jonas und fuhr sich ein wenig enttäuscht durch die hellbraunen Locken.

»Die muss auf ihre kleine Nichte aufpassen.«

»Ach, schade.«

»Aber ich soll dich ganz lieb grüßen«, sagte Dilek.

Sofort trat ein Lächeln in Jonas' Gesicht, das Dilek stets an einen gutmütigen Cartoon-Bären erinnerte.

»Die meisten sind schon da«, sagte Jonas. »Komm, ich stell dich mal vor.«

Jonas führte sie in den hinteren Teil des Lokals, der für den Stammtisch reserviert war. Während einige der dort Sitzenden bereits hitzig miteinander diskutierten, wurde Dilek von den anderen neugierig gemustert.

Außer Dilek gab es noch eine andere junge Frau, die ungefähr in ihrem Alter sein musste. Der Großteil der anderen war schätzungsweise zehn bis zwanzig Jahre älter als sie, wobei Frauen ungefähr ein gutes Drittel der Anwesenden ausmachten. Der Migrantenanteil lag – zumindest Dileks erstem Eindruck nach – noch einmal deutlich darunter, was sie ein wenig verwunderte, da Kreuzberg ansonsten eine große türkische und kurdische Community hatte. Auch wenn sie es auf der einen Seite bedauerte, so war sie auf der anderen Seite auch erleichtert, nicht allzu neugierige Fragen von ihren Landsleuten beantworten zu müssen. Die Deutschen reagierten zwar oft verwundert, wenn sie sagte, dass sie aus Deutschland komme, was sie oft wütend machte, doch sobald sie sagte, ihre Familie stamme aus der Türkei, waren die meisten zufriedengestellt. Nur die wenigsten machten sich noch die Mühe, sie nach ihrer Heimatstadt zu fragen, auf deren Name in der Regel nur ein unbestimmtes »Ah« oder »Aha« folgte. Unterhielt sie sich mit einem Türken oder einer Türkin, bestand zumindest eine gewisse Chance, dass der- oder diejenige aus der gleichen Gegend kam und ihre Familie kannte, oder dass er oder sie jemanden kannte, der ihre Familie kannte, weshalb Dilek in solchen Gesprächen oft einfach einen falschen Namen nannte. Auch wenn sie am Stammtisch der Linken in Kreuzberg niemanden Konservatives erwartete, so wusste sie doch, wie schnell etwas in der türkischen Community die Runde machen konnte und wie klein die Welt war. Einmal hatte sie mit Lena in Kreuzberg irgendwo Merçimek gegessen und dabei festgestellt, dass die junge Bedienung aus Mersin ein entfernter Cousin von ihr war, woraufhin sie das Restaurant nicht mehr besuchte.

An diesem Abend wurde am Stammtisch hauptsächlich über Integration und das Berliner Schulsystem diskutiert, was Dilek nicht überraschte. Letzte Woche war ein offener Brief der Rektorin der Rütli-Schule veröffentlicht worden und bildete aktuell das Hauptthema in der lokalen

Presse. Laut diesem Brief herrschten an der Neuköllner Hauptschule, deren Schülerinnen und Schüler zu achtzig Prozent ausländischer Herkunft waren, katastrophale Zustände geprägt von Gewalt, Kriminalität, Intoleranz, Verwahrlosung und Resignation.

»Das Schulsystem ist nach wie vor ein rückständiges Abbild unserer Dreiklassengesellschaft«, erboste sich Jonas. »Kein Wunder, dass es da jetzt knallt! Die Jugendlichen sind ja nicht dumm, die merken doch selbst, dass sie sich dort auf dem Abstellgleis befinden und die Politik kein Interesse an ihnen hat! Dabei muss gerade im Bereich Integration ein Augenmerk auf Bildung und Förderung gelegt werden!«

»Die Hauptschulen gehören abgeschafft. Das ist längst höchste Zeit!«, pflichtete eine Genossin ihm bei.

Nach einer Weile wurde eine neue Runde Getränke bestellt und die Diskussion unterbrochen.

Wie viele von denen, die hier so hitzig diskutieren, waren wohl auf einer Hauptschule?, fragte sich Dilek, während sie in die Runde sah. Wahrscheinlich höchstens ein oder zwei.

Plötzlich merkte sie, dass die anderen sie und die beiden weiteren migrantisch aussehenden Personen erwartungsvoll anschauten. Keine von ihnen hatte bisher etwas gesagt.

»Ich weiß nicht, wie es heute ist, aber in meiner Generation kamen verschiedene Dinge zusammen«, räusperte sich der Genosse, der sich bei der Begrüßung als Ersin vorgestellt hatte. »Integration hatten die Deutschen damals wahrscheinlich gar nicht vor. Beziehungsweise keine Ahnung davon, wie so etwas funktioniert.«

Dilek schätzte ihn auf Mitte/Ende dreißig. Während sein kurzgeschorener Bart auffällig dicht war, wurden die kurzen schwarzen Locken auf seinem Hinterkopf bereits etwas lichter. Er hatte große, wache Augen, ein sympathisches Lächeln und trug einen dunkelroten Zipper mit Kapuze.

»Die deutsche Regierung brauchte damals billige Arbeitskräfte aus dem Ausland. Das war das Einzige, was zählte. Und dann gab es halt verfolgte Personengruppen, die Asyl gesucht haben und die man aus humanitären Gründen aufgenommen hat, um nicht unmenschlich dazustehen, so wie zum Beispiel die Flüchtlinge in der Zeit des Bosnienkriegs. Aber beide Gruppen wollte Deutschland eigentlich immer nur für eine begrenzte Zeit haben und dann wieder zurückschicken. Von den Gastarbeitern wollten sie nur die Arbeitskraft, da war seitens der Deutschen gar nicht gewünscht, dass die hier ein neues Zuhause finden. In Berlin hat man den Zuzug sogar nur für bestimmte Viertel genehmigt. Kein Wunder also, dass sich hier bestimmte Parallelgesellschaften herausgebildet haben. Und dann gab es die nächste Generation, die Gastarbeiterkinder. Die hat es in gewisser Hinsicht am härtesten getroffen. Denn die sind ja in Deutschland geboren und wollten gar nicht mehr wie ihre Eltern zurück. Trotzdem wurden viele von uns, nachdem wir bereits jahrelang in Deutschland gelebt haben, zu den Großeltern in die Türkei geschickt, um da zur Schule zu gehen. Die Eltern mussten ja hier in irgendwelchen Fabriken schuften und hatten keine Zeit. Außerdem dachten sie sich, dass die Kinder dann wenigstens ordentlich Türkisch lernen. Dabei kamen dort viele in der Schule nicht richtig mit, da sie nicht gut Türkisch sprachen, und als die Eltern sie dann mit vierzehn oder fünfzehn doch wieder zurückgeholt haben, sprachen sie kaum noch Deutsch und hatten hier dann ein so großes Lerndefizit, also an den deutschen Schulen, dass die meisten gerade noch so einen Haupt- oder vielleicht Realschulabschluss geschafft haben. Ich hatte das Glück, dass ich aus einem linksintellektuellen Lehrerhaushalt kam und meine Eltern Wert auf Bildung gelegt haben, aber viele andere hatten nicht so ein Glück und gingen in diesem System verloren.«

»Die Politik hatte ein klares kapitalistisches Interesse. Es ging um Profit und die deutsche Wirtschaft! Und dieses Interesse traf auf die Not und das fehlende Bewusstsein unserer Elterngeneration«, stimmte die Genossin zu, die neben Ersin saß und in etwa genauso alt war.

Ihre wilde, braun getönte Mähne wurde von einem bunten Haarreif zusammengehalten. Knallroter Lippenstift betonte ihren auffällig breiten Mund. Sie trug ein schlichtes schwarzes Oberteil und ein geflochtenes Lederarmband an ihrem rechten Handgelenk.

»Als moderne Frau mit unserem kulturellen Hintergrund hat man dabei an zwei Fronten zu kämpfen«, fuhr die Genossin fort, wobei sie einen vielsagenden Blick mit Dilek wechselte. »Einmal gegen die Vorurteile und die Ignoranz, mit der man dir in der deutschen Gesellschaft begegnet, besonders wenn du Muslima bist. Und auf der anderen Seite mit einer rückständigen Elterngeneration, die in der Diaspora noch konservativer wird, als sie sowieso schon ist. Wozu brauchen die Mädchen denn Bildung, sie heiraten doch eh? Und selbst wenn es als positiv und ehrenvoll angesehen wird, wenn die Töchter gut in der Schule sind, ist meistens nach der Schule Schluss. Egal ob sie zehnmal klüger sind oder bessere Noten haben als die Söhne. Denn wenn sie zu sehr ihren eigenen Kopf haben, bekommen sie keinen Mann! Und du bist mittendrin, ganz auf dich allein gestellt. Denn die Deutschen verstehen deine Situation zuhause und in der Familie nicht, und die Familie versteht nicht deine Situation in der Schule und in der deutschen Gesellschaft. Das wird sich erst ändern, wenn es mehr Erzieherinnen und Erzieher beziehungsweise Lehrerinnen und Lehrer mit Migrationshintergrund gibt und hybride Formen kultureller Identität hier wirklich Akzeptanz finden. Sonst wird einem immer das Gefühl vermittelt, sich für eine Seite entscheiden zu müssen.«

Dilek nickte ihr zu.

Die Genossin lächelte und sagte:

»Aber vielleicht hören wir dazu auch die Meinung von dir«, sagte sie und machte mit der Hand eine einladende Geste in Dileks Richtung.

Die Augen der anderen richteten sich neugierig auf sie.

»Also ich kann äh …«, stoppte Dilek und sah fragend in Richtung der Genossin.

»Derya«, half diese ihr prompt.

»… Deryas Worte sehr gut nachvollziehen. Besonders, was sie über uns Frauen gesagt hat.«

Dilek spürte, wie sie plötzlich rot wurde. Obwohl sie sehr gesprächig war, gab sie anfangs meist nur wenig von sich preis und es dauerte sehr lange, bis sie Vertrauen zu jemandem gefasst hatte und ihm oder ihr mehr aus ihrer eigenen Vergangenheit erzählte.

»Was das Schulsystem angeht, kann ich zu Berlin nicht viel sagen. Ich bin in NRW und später in Regensburg zur Schule gegangen. In Bayern war die Schule total konservativ und autoritär. Die haben einen als Ausländer ziemlich schnell abgestempelt. Und die Lehrer konnten entscheiden, wen sie nach der Grundschule wohin schicken. Für die meisten Ausländer, die ich kennengelernt habe, war klar, dass sie auf der Hauptschule landen. Wenn man auf die Realschule kam, war das schon richtig gut. In NRW war das anders. Ich war auf einer Gesamtschule. Da war alles ziemlich modern und bunt gemischt. Das fand ich echt gut. Wenn ihr mich fragt, bin ich für die Auflösung des alten Schulsystems. Es sollte hauptsächlich Gesamtschulen geben. Klar fällt es da auch irgendwann auf, wer einen guten Bildungshintergrund hat und wem die Eltern zuhause nicht helfen können. Meine Mutter kann beispielsweise kaum schreiben und meine beiden Eltern sprechen nur gebrochen Deutsch. Ab einem bestimmten Level merkst du dann plötzlich, dass du ziemlich viele Basics nachholen musst, die andere ganz selbstverständlich von zuhause mitbekommen haben. Diese Einsicht tut weh, aber wenigstens kommst du an diesen Punkt. Du kannst daran arbeiten und mit ein wenig Disziplin und Willen hast du vielleicht Glück. Auf der Hauptschule spielt so etwas keine Rolle. Die Erwartungen sind unheimlich niedrig und du bekommst gar nicht mit, welche Defizite du gerade aufbaust. Bei meinen beiden älteren Brüdern war das so. Du bist sechzehn oder siebzehn, mit der Schule fertig und merkst, dass dir viele Türen nicht offenstehen, während andere machen können, was sie wollen und einfach überall reinkommen.«

Obwohl Dilek nur ein, zwei Dinge über ihr Elternhaus erzählt hatte, spürte sie, wie aufgeregt sie war und wie nah es ihr ging. Bin ich laut geworden?, fragte sie sich.

Jonas und die anderen nickten anerkennend. Verstehen sie wirklich, was ich meine?, überlegte sie und sah hinüber zu Derya, die sie anlächelte.

»Şerefe«, rief Ersin und hob sein Glas.

»Prost«, riefen die anderen und hoben ebenfalls die Gläser.

Dilek trank einen großen Schluck von ihrer Weinschorle.

In den weiteren Gesprächen redeten die Genossinnen und Genossen hauptsächlich über Berliner Kommunalpolitik und parteiinterne Events. Viele der Namen und Ereignisse sagten Dilek nur wenig. Später ging es um den kürzlich verstorbenen israelischen Premierminister Scharon sowie um dessen Nachfolge und den Gaza-Konflikt, was die Gemüter noch einmal ziemlich erhitze. Die Meinungen gingen weit auseinander und Dilek nervte die Kompromisslosigkeit, mit der die Anwesenden ihre jeweilige Position verteidigten und die andere Seite schlechtmachten, denn es erinnerte sie an Fans zweier Fußballteams, die auf Teufel komm raus einen Sieg ihrer Mannschaft erreichen wollten. Entweder man war für Team A oder Team B, dazwischen gab es nichts. Wie konnten sie sich anmaßen, so zu urteilen, wo sie doch noch nicht einmal betroffen waren? Obwohl sie sich so ereiferten, hatte sie das Gefühl, dass dem einen oder der anderen die Empathie und das Verständnis für die eigentlich Betroffenen fehlte. Auf beiden Seiten gab es Menschen, die Familie, Freunde oder ihr Zuhause verloren hatten. Jemand, der diesen Schmerz nicht kannte, hatte gut reden.

Überhaupt fiel ihr an diesem Abend bei einigen auf, dass sie es sichtlich genossen, im Mittelpunkt zu stehen, und dass sie sich selbst gern reden hörten, wobei das Thema, um das es eigentlich ging, nur so etwas wie ein Mittel zum Zweck wurde: der eigene Profilierungsdrang musste ausgelebt werden. Dilek mochte intelligente Menschen, sie hörte gerne zu und sie diskutierte auch gern, aber Leute, die extrem von sich und dem, was sie sagten, überzeugt waren und ihrem Gegenüber keine grundsätzliche Offenheit entgegenbrachten, konnte sie nicht ausstehen. Dilek selbst war in dieser Hinsicht sehr pragmatisch. Sie wollte etwas verändern und half gern. Sie freute sich, wenn ihr Engagement zu etwas Gutem führte, doch dabei ging es ihr um das Ergebnis als solches und nicht darum, dass ihre Person dadurch in besonderem Maße Aufmerksamkeit bekam.

Bei Leuten wie Jonas, Derya sowie einigen anderen, mit denen sie an diesem Abend nicht so viel geredet hatte, hatte sie das Gefühl, dass es ihnen auch so ging. Doch bei anderen hatte sie den Eindruck, dass es vor allem um die Gruppe und um die Partei ging, und sie war sich nach wie vor nicht sicher, ob das der richtige Ort war, an dem sie sich für ihre Mitmenschen engagieren wollte.

»Und wie hat's dir gefallen?«, erkundigte sich Jonas, als sich der Stammtisch langsam auflöste und sie zusammen vor die Tür traten.

»Ich fand's interessant, zu sehen, wie das in einer Partei so im Kleinen abläuft«, antwortete Dilek. »Derya ist ja echt eine kluge Frau und es gab auch einige andere nette Leute …«

»Schön, dass du heute da warst!«, unterbrach sie Ersin, der hinter ihnen aus der Kneipe gekommen war und sich eine Kippe drehte.

»Hat mich auch gefreut«, erwiderte Dilek.

»Wie lange biste schon in Berlin?«, erkundigte sich Ersin.

»Gut zweieinhalb Jahre.«

»Ach so«, sagte er. »Hast du Familie hier?«

»Nein«, sagte Dilek. »Und du, bist du Berliner?«

»Kreuzberger«, sagte Ersin und lächelte. »Born and raised.«

Nachdem sie noch ein paar Worte gewechselt hatten, verabschiedete sich Dilek und ging alleine zum Kotti. In der Oranienstraße war noch relativ viel los. Der Winter war vorbei und neben den Einheimischen tummelten sich auch wieder mehr Nachtschwärmer und Touristen im Kiez. Während Dilek an den Bars, Imbissen und Spätis vorbeilief, ließ sie noch einmal die Gespräche des heutigen Abends Revue passieren, die Diskussion über die Rütli-Schule und was über Integration und die deutsche Gesellschaft gesagt worden war.

Irgendwie leben wir alle zusammen und gleichzeitig völlig aneinander vorbei, sagte sie sich. Ob das wohl in einem Land wie den USA anders ist? Und wie wird es hier wohl in zehn, zwanzig Jahren aussehen? Wird es mehr Miteinander geben oder mehr Zersplitterung?

Dilek gefiel es in Deutschland, sie war im Großen und Ganzen froh, hier zu sein. Sie war immer gern zur Schule gegangen und ohne ihre damalige Klassenlehrerin, Frau Voß, die sie sehr gemocht und die sich wirklich für sie eingesetzt hatte, wäre sie sicherlich nicht dort gelandet, wo sie heute war. Auch dass sie jetzt noch ihr Abi nachmachte, Bafög bekam und dann studieren konnte, war eine gute Sache. Aber dafür hatte sie sich selbst komplett aus ihrem kulturellen Umfeld und ihrer Familie herausschneiden müssen, mit einem harten, irreversiblen Schnitt, wie bei einer Amputation. Sie hatte für ihre Freiheit einen hohen Preis bezahlt und vor den Schmerzen dieses Eingriffs hatte sie niemand gewarnt. Mit solchen Schmerzen wusste auch die deutsche Gesellschaft nicht umzugehen, da sie eine Geschichte wie die ihre immer als Erfolgsgeschichte verstehen würde, als ein Beispiel geglückter Integration. Ob Dilek das anders empfand, spielte für die Deutschen keine Rolle. Auch nicht, wie ungerecht es war, dass sie einen so unvergleichlich hohen Preis hatte bezahlen müssen für etwas, das für andere vollkommen normal war. Aber das konnte doch nicht der einzig mögliche Weg sein, es musste doch auch anders gehen! Ob sich das in den nächsten Generationen ändern würde?

Plötzlich spürte sie, wie müde sie war. Durch die U-Bahn lief ein Mann mit Pappbecher und bettelte. Als Dilek auf der Suche nach Kleingeld in die Handtasche griff, fand ihre Hand die Schneekugel, die sie morgens hatte mitgehen lassen.

»Barcelona«, murmelte der Bettler, der abwartend vor ihr stehen geblieben war. »War ick ooch schoma.«

Dilek nickte und warf etwas Kleingeld in seinen Becher. Was war das noch mal gewesen, fragte sie sich, was ihre alte Freundin baute? Eine Wunschmaschine?

Film

Der Radiowecker meldete sich zum zweiten Mal aus dem Snooze-Modus.

Scheiße, dachte Bobby beim Blick auf die rot leuchtenden Ziffern. So spät schon. Mit ’nem Frühstück würde es heute mal wieder knapp werden.

Tastend fuhr Bobby mit der Hand über die Matratze neben sich. Sie war leer, auf dem zerschlissenen Bettlaken lag bloß eine Karte, wie sie am Eingang von Bars oder bei den Toiletten zu finden waren. Auf der Karte war ein Radiowecker abgebildet, ähnlich wie der seine, nur dass auf dem Display anstelle der Uhrzeit eine Blume leuchtete. Auf der Rückseite stand mit Kugelschreiber geschrieben: *Was, wenn du aufwachst, Bobby, und die Blume, die du im Traum gefickt hast, ist nicht mehr da?*

»Tss, Freak, Alter«, murmelte Bobby und rieb sich die Augen.

Wahrscheinlich war es auf die Dauer keine so gute Idee, mit Laura zu schlafen. Endlich hatte er wieder ein eigenes Zimmer, und Laura wohnte ebenfalls in der WG. Gestern war sie zum zweiten Mal abends bei ihm aufgekreuzt, weil sie ihren eigenen Worten nach »einfach Bock auf Sex« gehabt hatte. Laura sah gut aus und Bobby hatte eh keine Freundin, also hatte er nichts dagegen einzuwenden. Nur ihre Art war irgendwie komisch. Als sie angefangen hatten miteinander rumzumachen, hatte sie plötzlich zu ihm gesagt: Bild dir bloß nichts drauf ein. Ich spiele normalerweise in einer anderen Liga.

Wenn da WG-Krach nicht vorprogrammiert ist, dachte er sich.

Kopfschüttelnd steckte er die Karte in das Peter-Singer-Büchlein, das neben dem Bett lag, und ging hinüber zu dem wilden Durcheinander auf dem Kleiderständer, an dem seine komplette Garderobe hing. Ansonsten war sein Zimmer ziemlich spartanisch eingerichtet. Seine Léon-der-Profi-Pflanze stand auf dem Fenstersims, davor befand sich ein einfacher Schreibtisch aus einer Holzplatte und zwei Tapezierböcken sowie ein Bürostuhl.

Außerdem gab es noch einen ausgeblichenen grünen Ohrensessel, den er auf dem Sperrmüll gefunden hatte, und eine windschiefe alte Stehlampe, aber das war auch schon alles.

Nachdem er ein Holzfällerhemd gefunden hatte, das nicht gänzlich zerknittert war, schlüpfte er in seine schwarze Jeans und fischte ein paar Socken aus den Vans-Kartons, in denen er seine Unterwäsche aufbewahrte.

Als er aus dem Bad kam, sagte ihm ein Blick auf die Uhr, dass ihm für einen Kaffee keine Zeit mehr blieb. Die Fahrt nach Potsdam zum Filmstudio Babelsberg dauerte ungefähr eine Stunde und er musste pünktlich in der Maske sein. Eigentlich arbeitete er dort neben seinem nächtlichen Runner-Job im Cassiopeia bloß ab und zu als Kabelträger bei der Beleuchtung, aber er hatte einen guten Draht zu Mara, einer der Casting-Assistentinnen, und heute waren bei einer richtig großen Produktion kurzfristig mehrere Statisten ausgefallen. Da Mara wusste, dass Bobby immer auf der Suche nach irgendeinem Gelegenheitsjob war und unter chronischer Geldnot litt, hatte sie ihm coolerweise den Job klargemacht. Bobby waren keine Details bekannt – dafür hatte Mara während des Telefonats keine Zeit gehabt –, er kannte nur Uhrzeit und Ort und wusste, dass es sich um eine richtig große Kinoproduktion handelte.

Bobby riss den Kühlschrank auf, kratzte einen Rest Hummus aus dem Becher, klatschte ihn zusammen mit einer Tomate zwischen zwei Brotscheiben und rannte zur U-Bahn.

An der Warschauer Straße stieg er um in die S7 Richtung Potsdam.

Bobby sah aus dem Fenster und ließ seine Gedanken schweifen. Gestern hatte er zum ersten Mal seit einiger Zeit wieder mit Artur telefoniert. Bobby hatte sich gefreut, seine Stimme zu hören, und sie hatten rumgescherzt wie eh und je, trotzdem hatte es ihn auch ziemlich traurig gemacht, denn während er mit seinem alten Kumpel gesprochen hatte, der fast wie ein Bruder für ihn war, spürte er mit aller Deutlichkeit, dass er mit dem

Umzug nach Berlin wirklich einen Cut gemacht hatte. Und so sehr er Artur und die anderen auch vermisste, graute es ihm bei dem Gedanken, wieder nach Bielefeld zu fahren.

Artur hatte ganz happy geklungen. Nejla und das Musikding mit Kazim schienen ihm gutzutun und er wirkte nicht mehr so abwesend und depri wie im letzten Sommer, was Bobby erleichterte. Artur hatte zwar wie immer nicht über seine Gefühle gesprochen, aber dass sein Vater abgehauen war und seine Ex ihn verlassen hatte, musste ihn echt fertiggemacht haben. Er hatte so hohl und leer gewirkt damals. Nur im Suff hatte er wieder dieses Leuchten in seinen Augen gehabt, aber dann wurde er auch immer so schnell aggro. Umso cooler, dass er jetzt mit Kazim seine erste Platte rausbrachte. Als Rapper klang er irgendwie ganz anders als der normale Artur. So ernst und erwachsen. Gestern hatte Artur ihn nach seiner Adresse gefragt, um ihm die Scheibe zu schicken. Bobby freute sich darauf, das Ding in den Händen zu halten, immerhin hatten er und Nejla zusammen das Design gemacht. Zu ihrem Releasekonzert in Bielefeld würde er wohl nicht fahren, aber vielleicht konnte er ihnen ja eine Show in Berlin klarmachen. Mal sehen.

Bobby schloss die Augen und fühlte die warme Sonne und das Spiel von Schatten und Licht auf seinen geschlossenen Lidern. Er wusste genau, was Artur jetzt sagen würde: Alter, wie kannst du nur 'ne Stunde ohne MP3-Player in der S-Bahn sitzen. Ohne Mucke? Das ist doch die Hölle, Mann.

Aber Bobby fehlte nichts. Gerade nicht.

Nach einer Weile öffnete er wieder die Augen und betrachtete die Graffiti an der S-Bahnlinie. Nach wie vor sketchte er ganz gern, aber irgendwie war ihm in letzter Zeit die Lust vergangen, nachts rauszugehen und zu malen. In Berlin tickte die Graffitiszene sowieso anders, der Ton war rauer, die Leute verrückter und Stress konnte schneller eskalieren. Die meisten lokalen Writer, die er bisher kennengelernt hatte, trugen Messer und Pfefferspray mit sich herum. Außerdem kontrollierten einige Crews die Yards und man durfte nur mit ihrer Genehmigung rein. Von Kazim, der ein paar Typen aus einer Berliner Crew kannte, hatte Bobby eine Connection bekommen. Einer der Writer, die gerade ziemlich krass abgingen, hatte ihn daraufhin gegen eine Art Schutzgeld in die U-Bahntunnel mitgenommen und Bobby hatte seinen ersten Berliner Train gemalt. Das Gefühl dort unten war schon cool gewesen, aber nachdem der Adrenalinkick verschwunden war, hatte das Ganze irgendwie einen schalen Beigeschmack: Er hatte jemandem Geld gezahlt, um malen zu dürfen. Das fühlte sich scheiße an, also verzichtete er auf ein zweites Mal.

In Griebnitzsee stieg Bobby zusammen mit den ganzen Studenten aus, die zur Uni Potsdam fuhren, und lief die letzten zehn Minuten bis zu den Filmstudios zu Fuß. Mara hatte ihm eine SMS geschickt, in der stand, in welchem Studio er sich melden sollte. Er kannte sich mittlerweile ein wenig auf dem riesigen Gelände aus, aber in dem Studio, das Mara ihm aufgeschrieben hatte, war er bisher noch nicht gewesen.

Während er über das Gelände lief, spürte er, wie seine Aufregung langsam wuchs. Was war das für eine Produktion, in der er eine Statistenrolle bekommen hatte? Er sah auf die Uhr und beschleunigte seine Schritte. Kurz darauf stand er vor dem kreuzförmigen Gebäudekomplex. Von außen wirkte alles ruhig, doch Bobby ahnte, dass der Schein trog, und er hatte recht. Sobald er durch die Tür trat, wuselte es um ihn herum wie in einem Wespennest.

»Ich bin Statist, Bobby Ramsbrock«, meldete sich Bobby bei einem der herumeilenden Produktionsassistenten. »Ich sollte um acht in der Maske sein.«

»Komm mit«, sagte der Assistent und lief los, ohne sich nach Bobby umzusehen.

An der nächsten Ecke blieb er stehen und deutete den Flur hinunter.

»Fünfte Tür links, melde dich bei Gisela, die macht dich fertig.«

Bevor Bobby sich bedanken konnte, war er weg.

In der Maske herrschte mindestens genauso viel Hektik wie auf dem Flur. Eine Frau mit einem Klemmbrett in der Hand – wahrscheinlich Gisela – kam auf ihn zu, erkundigte sich nach Namen und Kleidergröße und notierte sich etwas auf ihrer Liste. Dann führte sie ihn zur Garderobe und suchte ihm sein Kostüm heraus, ein Outfit bestehend aus einem karierten grauen Anzug, Weste, weißem Hemd, Krawatte und einer Schiebermütze.

»Was ist das eigentlich für ein Streifen, der heute gedreht wird?«, fragte Bobby die junge Make-up-Artistin, die sein Gesicht abpuderte. »Ist das 'n Gangsterfilm aus den Zwanzigern oder sowas?«

»Du weißt nicht, an welchem Set du bist?«, wunderte sie sich.

»Bin spontan eingesprungen.«

»Ach so«, sagte sie. »Also die drehen hier *Die Fälscher.* Basiert auf 'ner wahren Geschichte. Mit Gangster liegst du also nicht ganz falsch. Es geht um so 'n Typen, der Geldfälscher ist. Aber es spielt in der Nazizeit. Er wird gefasst und weil er Jude ist, landet er im KZ, wo er dann gemeinsam mit anderen im großen Stil Dollars für die Nazis fälschen soll.«

»Ah, echt?«, wunderte sich Bobby. »Ich spiele also einen Nazi?«

»Keine Ahnung«, antwortete die Make-up-Artistin. »Du stehst eigentlich nur in einer Nachtclubszene an der Bar rum. Man sieht dich wahrscheinlich höchstens 'ne Sekunde oder so.«

»Ach so.«

»Aber weißt du, wer die Hauptrolle spielt?«, sagte sie und grinste. »So ein Österreicher. Als ich den gesehen habe, kam der mir gleich bekannt vor. Und dann kam es mir plötzlich! Das ist der aus *Kommissar Rex.*«

»Kommissar Rex, der mit dem Hund?«

»Genau, aber nicht Tobias Moretti, sondern sein Kollege. Stocki oder so heißt der in der Serie! In Wirklichkeit hat er irgendnen Jugo-Namen.«

»Ach, der …«

»Macht euch bereit!«, unterbrach sie Gisela. »Gleich kommt jemand, der euch ans Set bringt! Ihr seid in Studio sechs!«

Angeführt von einem Produktionsassistenten lief Bobby gemeinsam mit etwa zehn anderen Männern unterschiedlichen Alters und in eleganter Abendgarderobe den Flur entlang zum Studio sechs. Hinter ihnen traten noch einmal so viele Frauen aus der benachbarten Garderobe, einige von ihnen trugen elegante Abendkleider und andere waren angezogen wie Revuegirls: knappe Kostüme mit Zylinder oder Federkrone. Neugierig drehten Bobby und die anderen sich nach ihnen um. Einige schienen sich zu kennen. Vermutlich Schauspielschülerinnen und -schüler, die zusammen studierten.

Wie die Make-up-Frau gesagt hatte, befand sich in dem Studio, in dem gedreht wurde, eine L-förmige Nachtklubkulisse mit Bartresen, verspiegelten Wänden, Tischen an einem und einer kleinen Tanzfläche mit Jazzband am anderen Ende. Um die teils offene Kulisse waren alle möglichen Scheinwerfer, Kameras, Monitore und Metallkonstruktionen aufgebaut. Neugierig sah Bobby sich nach Stocki aus *Kommissar Rex* um. Tatsächlich entdeckte er ihn in einiger Entfernung neben einem älteren Mann in Jeans und schwarzem Hemd, der das Geschehen um sich herum zu bestimmen schien und wahrscheinlich der Regisseur war. Der Österreicher hatte tatsächlich kaum etwas von dem vertrottelten Polizisten, sondern wirkte eher wie die Hauptrolle in einem alten amerikanischen Gangsterstreifen.

Während der Regieassistent zu ihnen kam, um sie zu briefen und den Statistinnen und Statisten ihre Positionen am Set zuzuweisen, verlagerte sich Bobbys Interesse auf die Frauen in den imposanten Kostümen. Die Showgirls sahen in ihren knappen Oberteilen und Höschen alle ziemlich sexy aus, doch Bobbys Blick blieb an einer dunkelhaarigen

Schönheit in einem eleganten gelben Abendkleid hängen. Erst wurden ein paar Statisten an die Tische gesetzt, dann kam die Tanzfläche dran. Zu seinem Pech wurde die Hübsche in dem gelben Kleid einem Tanzpartner zugewiesen und gemeinsam mit einigen anderen Paaren auf die Tanzfläche geschickt. Bobby bekam eine dynamische Rolle, das heißt, er musste auf ein Zeichen der Regieassistenz hinter einem der Hauptdarsteller durch den Raum gehen und dann zum Tresen abbiegen, um sich dort zu einer Frau zu gesellen. Leider befand er sich deshalb nicht in der Nähe der Tanzenden und wandte zudem der Hübschen auch noch den Rücken zu.

Immer wenn Drehpause war und sie auf ihren Positionen warteten, sah er neugierig zu ihr hinüber. Das Licht war schummrig und die Sicht zwischendurch immer wieder durch die anderen Statisten verdeckt, aber jedes Mal, wenn er für einen Moment ihren Blick erhaschte, kam sie ihm irgendwie vertrauter vor. Dieses Lächeln kannte er von irgendwoher. Bloß woher?

»Die hat es dir anjetan, wa?«, meinte Sandra, die mit Bobby gemeinsam am Tresen stehen musste.

Sandra war gut zehn Jahre älter als er. Sie spielte an einer Laienbühne, war schon seit Jahren in der Kartei einer Castingfirma und hatte ihren Worten zufolge schon in mehreren Blockbustern mitgespielt, unter anderem in *Sonnenallee*, *Die Bourne Verschwörung* und *V wie Vendetta*.

»Ick sach dir, dit jeht vielen so!«, meinte Sandra. »Ick kenn ooch welche, die sich am Set kennenjelernt ham! Dit is diese Magie hier! Die jungen Leute denken ja sowieso, dass dit mit der Liebe so läuft wie im Film: Die Welt steht still, allet in Slomo und so …«

Bobby wurde rot unter seinem Abdeckpuder.

»Nee, das ist es nicht. Die kommt mir irgendwie so bekannt vor. Ich glaub, ich kenne sie.«

Sandra nickte, doch ihrem Lächeln nach schien sie Bobby das nicht ganz abzunehmen.

Der Dreh zog sich ziemlich hin. Manchmal standen Bobby und Sandra nur im Hintergrund herum und warteten, bis man sie wieder in die Szene holte, doch mit dem Mädchen im gelben Kleid hatte er nie zur gleichen Zeit Pause.

»Weeßte, wie viel Minuten Film dit heut werdn?«, fragte Sandra, während sie mal wieder herumstanden. »Der Drehtag heute, dit jibt vielleicht ein, zwei Minuten Film, wa!«

Nach ungefähr drei Stunden sagte der Regisseur eine kurze Mittagspause an. Es gab Catering und alle konnten sich etwas zu essen holen. Bobby beschloss, das Mädchen mit dem gelben Kleid während der Pause anzusprechen, doch als er aus der Schlange am Buffet trat und sich umsah, konnte er es nirgends entdecken.

Vielleicht ist sie kurz rauchen oder auf Toilette, sagte er sich. Zu seiner Enttäuschung kreuzte sie erst wieder auf, als es weiterging und alle wieder auf ihre Plätze mussten. Nach zwei Stunden waren die tanzenden Paare fertig, während Bobby und Sandra weiterhin auf ihrem Posten stehen bleiben mussten.

Scheiße, dachte Bobby, während er zum Studiorand hinübersah, wo das Mädchen mit dem gelben Kleid zusammen mit den anderen Tänzern bei der Aufnahmeleiterin stand. Die haut gleich ab!

Dabei stand die Crew gerade unmittelbar vor dem nächsten Take und die Kamera filmte over the shoulder über den Hauptdarsteller direkt in seine Richtung.

»Fuck«, murmelte Bobby.

Tatsächlich wandte sich das Mädchen in dem gelben Kleid zusammen mit den übrigen Statisten Richtung Ausgang.

»Alle auf ihre Plätze!«, rief der Regieassistent.

Die sehe ich nie wieder, dachte sich Bobby. Jetzt oder nie!

An den Schauspielern und Statisten vorbeihechtend sprang er aus der Kulisse und rief ihr hinterher:

»Dilek!«

Ich Idiot, dachte Bobby für einen Sekundenbruchteil. Übelste Blamage.

Doch das Mädchen im gelben Kleid blieb tatsächlich überrascht stehen und drehte sich zu ihm um.

»Ich bin's, Bobby«, rief Bobby. »Aus Bielefeld!«

Sie starrte ihn an, als ob sie einen Geist gesehen hätte.

»Junge, bist du nicht mehr ganz frisch im Kopf?! Hast du eine Ahnung, was das hier kostet?!«, schrie der Regieassistent außer sich. »Sieh zu, dass du auf deinen verdammten Platz kommst!«

Bobby ignorierte ihn.

»Wartest du auf mich?«, fragte er sie.

Dilek stand immer noch regungslos da. Schließlich lächelte sie und nickte.

Bobby lächelte zurück.

Der Regieassistent packte ihn grob an den Schultern und schüttelte ihn.

»Ist ja schon gut«, ertönte hinter ihnen eine Stimme. »Lass Bobby aus Bielefeld in Ruhe.«

Überrascht drehte sich der Filmassistent um. Ein paar der Schauspieler – unter anderem auch Karl Markovics – waren aus der Kulisse herausgetreten und sahen ihnen zu.

»Ist alles geklärt?«, erkundigte sich Markovics und sah von Dilek zu Bobby.

»Alles geklärt«, entgegnete Bobby.

»Gut«, meinte Markovics. »Dann können wir ja weiterdrehen.«

Bobby nickte und folgte dem Regieassistenten zurück auf seine Position. Sein Körper fühlte sich immer noch ganz leicht an vom Adrenalin. Jetzt da er wusste, dass Dilek auf ihn wartete, war ihm alles egal.

»Junge, du bist echt die Härte«, flüsterte Sandra und schüttelte ungläubig den Kopf. »Dit war ja oscarreif!«

»Danke«, flüsterte Bobby zurück.

Er war so glücklich, dass er sich zusammenreißen musste, während der Aufnahmen nicht die ganze Zeit zu lächeln.

Nach einer knappen Stunde war der Dreh endlich zu Ende. Aufgeregt hielt Bobby Ausschau nach Dilek, doch sie war nicht mehr am Set.

Vermutlich wartet sie draußen, dachte er sich und ging gemeinsam mit den verbliebenen Statisten zur Garderobe, um seine Kleidung zu wechseln. So schnell es ging, schlüpfte er in seine Straßenkleidung und lief die Flure hinunter.

Sie wartet, sagte sich Bobby. Sie hat gesagt, dass sie wartet. Wenn nicht hier, dann am Haupteingang.

Vor dem Haupteingang stand eine Traube von Filmleuten und rauchte. Die Sonne war bereits hinter den Studiogebäuden verschwunden und ihre Fassaden lagen im Schatten, doch der Himmel leuchtete immer noch hell violett-blau.

Sollte sie doch schon abgehauen sein?, fragte er sich und sah sich unschlüssig um.

Plötzlich ertönte von der anderen Straßenseite ein Pfiff.

An der gegenüberliegenden Gebäudefront lehnte eine einzelne Person und winkte zu ihm herüber. Mit ihrer dunkelblauen Bomberjacke und der schwarzen Jeans war sie ihm vor der dunklen Häuserfassade zuerst gar nicht aufgefallen. Aus irgendeinem absurden Grund hatte er sich vorgestellt, dass Dilek immer noch das gelbe Kleid vom Set trug.

»Hey«, rief Bobby.

Dilek schnippte ihre Kippe weg und kam ihm entgegen.

Endlich konnte Bobby sie aus der Nähe betrachten. Das letzte Mal hatte er sie mit vierzehn oder fünfzehn gesehen. Dilek war zwar damals für ihr

Alter ziemlich weit entwickelt gewesen, doch jetzt stand eine erwachsene, selbstbewusste Frau vor ihm, die nur noch entfernt an das Mädchen von einst erinnerte.

»Krass, dass du mich wiedererkannt hast«, sagte Dilek und grinste. »Und dass du mir mitten im Dreh hinterhergelaufen bist, Bobby aus Bielefeld!«

»Direkt als ich dich gesehen habe, hab ich mir gedacht, ich kenn doch diese Augen und dieses Lächeln«, antwortete Bobby. »Aber du warst immer so weit weg, deswegen war ich mir erst nicht ganz sicher.«

»Mutig«, sagte Dilek und betrachtete ihn unbefangen mit ihren grünen Augen, derentwegen sie schon damals ein Blickfang gewesen war. »Aber das warst du ja schon immer. Hast du nicht damals dieses Graffiti an die Schulwand gesprüht?«

»Ja«, sagte Bobby und freute sich, dass Dilek sich daran erinnerte. »Wahrscheinlich mehr als eins.«

»Das ist echt verrückt!«, sagte Dilek. »Letztens habe ich zum ersten Mal seit ewiger Zeit an Nejla gedacht und sie im Internet gestalkt. Und jetzt stehst du vor mir! Weißt du, dass du die allererste Person aus Bielefeld bist, die ich wiedersehe?«

»Wirklich? Krass!«, rief Bobby. »Und weißt du, dass du mein allererster Schulschwarm warst?«

»Echt?«, wunderte sich Dilek. »Obwohl ich Kopftuch getragen habe?«

»Das hat dein schönes Gesicht noch mehr zur Geltung gebracht«, antwortete Bobby.

Tatsächlich wurde ihm in diesem Moment bewusst, dass er Dilek heute zum ersten Mal ohne Kopftuch sah. Sie trug ihr glattes schwarzes Haar nun nicht mehr hochgesteckt wie noch am Set. Stattdessen fiel es ihr locker in die Stirn und in ihren Nacken. Der perfekte Rahmen für ihr rundes, gleichmäßiges Gesicht mit diesen heftig leuchtenden Augen, die einen direkt in den Bann zogen. Ihre dunklen Augenbrauen waren perfekt gezupft, ihre langen Wimpern nach oben geschwungen und sie trug noch das Make-up vom Dreh. Der rote Lippenstift betonte ihren süßen Mund.

»Du Schleimer«, sagte Dilek belustigt. »Ich kann mich nicht erinnern, dass du jemals sowas in der Schule zu mir gesagt hast. Warst das nicht du, der mal versucht hat, mir in der Freistunde das Kopftuch runterzuziehen?«

»Damals konnte ich noch nicht so gut mit meinen Gefühlen umgehen«, sagte Bobby und machte ein bedauerndes Gesicht.

»Na ja, mittlerweile scheinst du das Problem ja nicht mehr zu haben«, sagte Dilek.

»Ich bemühe mich zumindest«, sagte Bobby.

Dilek hatte sich echt verändert. Früher hatte sie immer ein wenig beherrscht und distanziert gewirkt, so als ob sie von einer unsichtbaren Wand umgeben wäre, aber jetzt war sie auf geradezu einschüchternde Weise direkt, wobei ihrer freundlichen Art eine gewisse Härte innewohnte.

Gemeinsam gingen sie zur S-Bahn. Als sie an der Station ankamen, war es dunkel. Sie stiegen mit ein paar Studenten, die spät aus der Uni kamen, in den Zug und fuhren nach Berlin. Wie Bobby herausfand, wohnte Dilek in Neukölln. Die ganze Fahrt über unterhielten sie sich angeregt über ihr Leben, über Berlin und was jeder von ihnen gerade so machte. Ehe sie sich's versahen, erreichten sie die Warschauer Straße, wo Bobby eigentlich umsteigen musste.

»Ich weiß, es ist recht spontan«, meinte Bobby und blieb sitzen. »Aber hast du vielleicht Bock, noch was trinken zu gehen?«

»Können wir machen«, sagte Dilek. »Aber ich muss vorher was essen!«

Gemeinsam stiegen sie aus und fuhren zum Kotti. Zu Bobbys Freude war Dilek schon seit vielen Jahren überzeugte Vegetarierin, also teilten sie sich einen Falafelteller und kauften danach eine Flasche Weißwein, mit der sie sich auf die Admiralbrücke setzten.

Der Frühlingsabend war relativ lau, die Stimmung des Publikums auf der Brücke ausgelassen und der Geruch des Landwehrkanals mischte sich mit dem Duft der blühenden Bäume vom Böcklerpark. Als sie ungefähr die Hälfte der Flasche geleert hatten und Dilek sich eine neue Zigarette anzündete, stellte Bobby ihr die Frage, die ihm schon die ganze Zeit auf der Zunge lag, ohne dass er sich getraut hatte, sie zu stellen:

»Was ist eigentlich damals passiert, als du nach den Sommerferien nicht mehr in die Schule gekommen bist?«

Dilek nahm einen Zug und ließ den Rauch langsam aus ihrem Mund steigen. Ihre Katzenaugen musterten ihn nachdenklich.

»Sorry«, meinte Bobby. »Du musst nichts sagen, wenn es dir unangenehm ist.«

»Schon gut«, sagte Dilek. »Was hast du denn damals über mich gehört?«

»Nejla hat nur gesagt, dass du von zuhause abgehauen bist, weil du ziemlich schlimme Probleme mit deinen Eltern hattest. Und dass du wahrscheinlich in ein Mädchenheim kommst, aber niemandem sagen darfst, wo das ist.«

»Hmm«, sagte Dilek und blickte gedankenversunken auf den dunklen Kanal. »Nejla war die Einzige, die ungefähr wusste, was abging. Und unsere Klassenlehrerin Frau Voß, die mochte mich aus irgendeinem Grund. Die hat es auch irgendwann gecheckt. Dabei war es zuhause schon über Jahre richtig scheiße gewesen. Du hast es wahrscheinlich nicht richtig mitbekommen, weil ich nicht am Sport- und Schwimmunterricht teilnehmen durfte und meistens direkt nach der Schule nach Hause musste, aber seit ich mit elf zum ersten Mal meine Tage bekommen hatte, wurde mir fast alles verboten. Ich musste immer meiner Mutter im Haushalt helfen und durfte nur noch mit meinen Cousinen spielen. Oder unter Aufsicht mit den türkischen Nachbarsmädchen. Mein Vater hat mir nicht einmal mehr erlaubt, Nejla zu treffen. Meine beste Freundin! Nur weil sie keinen Vater mehr hatte und ihre Mutter in seinen Augen keine richtige Muslima war! Du glaubst nicht, wie glücklich ich in der Schule war. Das war wie Freigang im Knast!«

»Krass«, meinte Bobby. »Als Kind habe ich das gar nicht richtig gecheckt.«

»Wie denn auch?«, erwiderte Dilek. »Die meisten von euch durften ja alles. Auf jeden Fall bin ich einmal in den Sommerferien heimlich ins Freibad gegangen. Ich weiß noch genau, was für ein schöner Tag das war. Vormittags hatten wir schon über dreißig Grad, es fühlte sich gar nicht mehr wie Bielefeld an, sondern wie irgendeine Stadt im Süden, und die Kids aus der Nachbarschaft rannten alle mit ihren Handtüchern und Rucksäcken ins Freibad. Meine Eltern sind gemeinsam mit Yusuf, meinem zweitältesten Bruder, auf eine Hochzeit ins Ruhrgebiet gefahren und Fatih, der älteste von uns, hatte ein Auswärtsspiel mit seiner Fußballmannschaft. Also war ich allein zuhause mit Umut, der nur ein Jahr älter war als ich. Umut hatte aber keinen Bock, auf mich aufzupassen, und ging rüber zu seinem Kumpel, Nintendo spielen. Dass ich nicht mitkommen wollte, war ihm ganz recht. Endlich sturmfreie Bude, ich war total aufgeregt! Ich wusste, dass Nejla mit ein paar Freundinnen ins Gadderbaumer Freibad wollte, also rief ich sie an. Ich hatte nicht mal 'nen Badeanzug, also musste eins der Mädels mir einen leihen. Es war nicht mal ein Bikini, sondern voll das Omateil, aber du glaubst nicht, wie ich mich geschämt habe, als ich ihn angezogen habe. Ich fühlte mich einerseits total cool, andererseits hatte ich krasse Schuldgefühle.«

Dilek nahm einen Schluck aus der fast leeren Weinflasche und reichte den Rest Bobby.

»Na ja«, fuhr sie fort. »Die Mädels und ich tobten also im Schwimmbecken rum und hatten Spaß. Nach einer Stunde klettere ich die Leiter aus dem Schwimmbecken hoch und plötzlich steht Fatih vor mir am Beckenrand! Der hatte gar kein Fußballspiel, er wollte einfach nicht auf die Hochzeit! Wahrscheinlich fühlte er sich genauso ertappt, jedenfalls machte ihn mein Anblick total wütend. Meine jüngeren Brüder waren ganz okay, aber Fatih war ein Arschloch, das seine schlechte Laune immer an uns ausließ. Dem machte es richtig Spaß, andere zu quälen. Er zerrte mich, so wie ich war, nach Hause, schlug mich und sperrte mich im Bad ein, bis meine Eltern zurückkamen. Dann petzte die feige Sau alles meinem Vater. Ich schrie zwar, dass Fatih auch gelogen hatte und gar nicht zum Fußball gegangen war, aber als mein Vater sah, wie ich da im Badeanzug halbnackt vor ihm stand, verlor er komplett die Fassung und prügelte auf mich ein, bis meine Mutter sich schließlich zwischen uns warf. Ich wusste, wie es war, verprügelt zu werden, doch dieses Mal fühlte es sich anders an. Ich hatte krasse Schmerzen in der Brust und ein ganz komisches Gefühl in der Lunge. Obwohl ich atmete, bekam ich irgendwie keine Luft. Schließlich bekam mein Vater Angst, holte meinen Onkel und sie fuhren mich ins Krankenhaus. Das Röntgenbild zeigte mehrere Rippenbrüche, wobei sich eine Rippe verkantet und meine Lunge verletzt hatte. Ich wurde sofort operiert. Die Ärzte waren nicht dumm, sie vermuteten häusliche Gewalt. Also verboten sie meiner Familie, mich zu besuchen, und kontaktierten einen Opferschutzbeauftragten der Polizei und eine Kinderpsychologin, die mich dann ausfragten. Von da an war klar, dass ich nicht mehr zurück nach Hause konnte. Als sie mich nach einer Vertrauensperson fragten, nannte ich Frau Voß. Die ließ mich sogar einige Zeit bei sich wohnen, half mir mit den ganzen Behördendingen und bemühte sich darum, mich in einem Mädchenheim unterzubringen. Ich wollte so weit weg wie möglich, also landete ich in Regensburg.«

»Heftig«, murmelte Bobby und nahm den letzten Schluck aus der Weißweinflasche. Dileks Story hatte ihn sichtlich mitgenommen. »Das macht mich so wütend. Wie kann man seinem Kind nur sowas antun?«

»Wollen wir ein bisschen gehen?«, meinte Dilek und stand auf. »Ich brauch irgendwie Bewegung.«

»Klar«, sagte Bobby und stellte die leere Weinflasche neben einen überquellenden Mülleimer.

Gemeinsam gingen sie das am Kanalufer entlang durch den Böcklerpark.

»Tatsächlich dachte mein Vater, dass ich diejenige war, die etwas Schlimmes getan hatte. Er ist in einer ganz anderen Welt aufgewachsen, mit ganz anderen Vorstellungen. Dass er mich damals so krass verletzt hat, kam aus dem Affekt, ich weiß, dass es ihm leidtat. Er ist an sich kein böser Mensch. Aber bei Fatih, diesem Bastard, ist das was anderes. Dem macht es Spaß, Leute zu verletzen.«

»Gab es denn damals eine Gerichtsverhandlung oder sowas?«

»Ja, schon. Aber ich musste zum Glück nicht dabei sein. Das Urteil hat mich auch nicht interessiert. Seit jenem Tag im Sommer habe ich niemanden aus meiner Familie wiedergesehen.«

Schweigend liefen sie nebeneinander durch den dunklen Park. Von einer Bank nahe der Sportanlange wehte intensiver Weedgeruch herüber. Dilek blieb stehen und lehnte sich ans Weggeländer. Das Wasser schimmerte silbrig schwarz.

»Aber weißt du, was das Verrückteste ist?«, sagte sie. »Als ich endlich aus diesem Zuhause rausgekommen war, das sich wie ein Gefängnis angefühlt hatte, habe ich mich oft nach nichts mehr gesehnt, als wieder genau dort zu sein. Und ich habe mir gewünscht, dass mein Vater und meine jüngeren Brüder mich suchen – nur nicht Fatih, der Wichser. Obwohl ich gleichzeitig genau wusste, dass ich nicht zurückwill! Ich dachte sogar, hey, soll er mich ruhig noch mal verprügeln. Wenigstens weiß ich dann, dass er mich vermisst hat und wütend ist, weil ich abgehauen bin.«

Bobby trat neben Dilek an das Geländer.

»Das ist nicht verrückt«, sagte er leise. »Nur traurig. Ich kann das gut verstehen. Meine Mutter wurde zwar selten handgreiflich, aber sie säuft und ist eine krasse Cholerikerin. Außerdem hat sie sich um mich und meine Schwestern kaum gekümmert, sondern immer nur ihr Ding gemacht. Wir wuchsen quasi bei meiner Oma und meiner Uroma auf. Manchmal ließ meine Ma mich oder eine meiner Schwestern für ein paar Tage bei sich wohnen. Aber sobald sie ’nen neuen Kerl hatte oder es ihr zu viel wurde mit uns, schob sie uns wieder ab. Es war immer das Gleiche. Wenn ich bei ihr war, regte sie sich nach einer Weile nur noch über mich auf. Abendessen gab’s oft nicht, weil sie in irgendwelchen Rockerkneipen rumhing. Manchmal musste ich am nächsten Tag in die Schule und sie war immer noch nicht wieder da. Aber obwohl sie mich wie Scheiße behandelt hat, war ich immer froh, wenn ich mal bei ihr wohnen durfte.«

»Was ist denn mit deinem Vater?«

»Den hab ich nie kennengelernt. Starb vor meiner Geburt an einer Überdosis.«

»Krass«, sagte Dilek mitfühlend. »Das tut mir leid.«

»Schon gut«, sagte Bobby. »Ich weiß ja gar nicht, wie es ist, einen Vater zu haben. Deswegen hab ich es auch nie vermisst. Höchstens später, wenn ich mal bei meinen Freunden war und gesehen habe, wie das bei denen läuft.«

»War deine Oma denn streng?«

»Nee, eigentlich nicht so. Außerdem war sie immer bis abends auf der Arbeit.«

»Dann war das bei dir quasi genau das Gegenteil«, überlegte Dilek.

»Wenn du so willst, ja«, meinte Bobby. »Ich hatte immer alle Freiheiten. Wenn ich Scheiße gebaut habe, hat es niemand gecheckt. Keinen hat es gekümmert, was ich mache oder wann ich komme und gehe. Außer meine Uroma. Aber die war schon so alt, dass sie kaum vom Fernsehsessel bis zum Bett gehen konnte. Manchmal bin ich extra zu ihr gegangen, damit sie mich ausschimpft, wenn ich was angestellt hatte. Wenigstens hat sie sich Sorgen um mich gemacht. Vieles hab ich ihr natürlich nicht erzählt, denn ich wollte nicht, dass sie sich zu viele Sorgen macht.«

Während sie weitergingen, stellte Dilek ihm allerlei Fragen zu seiner Familie. Es war das erste Mal seit dem Tod von Uroma, dass er mit jemandem über sie sprach. Erst freute er sich sehr über Dileks Interesse, aber bald spürte er, wie viel Schmerz und Frust sich in ihm aufgestaut hatten, und es wurde ihm zu viel.

»Kuck mal«, rief er, erleichtert über die Möglichkeit, das Thema zu wechseln. »Der sieht so ähnlich aus wie dieser Schauspieler von *Gegen die Wand* …«

Auf einer Bierbank neben dem Eingang eines Spätis kauerte ein Typ mit graumeliertem, zerzaustem Haar, Dreitagebart und rotem Gesicht. Vor ihm standen ein überquellender Aschenbecher und einige leere Bierflaschen. Den Kopf auf der Brust schnarchte er gleichmäßig vor sich hin.

Dilek trat leise an ihn heran und musterte ihn genauer.

»Du hast recht«, wandte sie sich flüsternd an Bobby. »Das ist Birol Ünel. Hast du ihn noch nie gesehen? Der kommt ja aus Kreuzberg und hängt hier öfters rum. Er trinkt wohl recht viel.«

»Echt?! Nee«, meinte Bobby verwundert. »Sollen wir uns zu ihm setzen?«

»Ich glaube, der will lieber seine Ruhe haben«, entgegnete Dilek.

Bobby hatte Dilek versprochen, sie nach Hause zu bringen, also kauften sie sich jeder ein Wegbier und spazierten langsam Richtung Reuterkiez. Eine gute halbe Stunde später standen sie vor Dileks Haustür.

Die Hände in den Taschen trat Bobby von einem Bein aufs andere und sah sie unschlüssig an. Eigentlich war er nicht so schüchtern, aber bei Dilek war es irgendwie anders. Schon am Filmset, als ihm der Gedanke gekommen war, die junge Frau in dem gelben Kleid könnte Dilek sein, war er total nervös geworden, fast so, wie wenn er nachts sprühen ging.

Was soll ich machen?, fragte er sich. Der Abend war perfekt! Soll ich sie küssen oder besser nichts überstürzen?! Aber wann sehe ich sie wieder? Wird es dann anders sein?

Ein unbestimmtes Lächeln umspielte Dileks Mundwinkel, als sie seinen Blick erwiderte. Plötzlich zog sie ihn zu sich heran und küsste ihn.

»Komm mit rauf«, hörte er sie sagen, als ihre Lippen sich wieder voneinander lösten. »Dann erfüllt dir dein Schulschwarm vielleicht einen deiner feuchten Träume von damals.«

»Ich weiß nicht«, erwiderte Bobby. »Versteh mich nicht falsch, dieser Abend war perfekt …«

Die Art, wie Dilek ihn ansah, sagte ihm, dass genau das passiert war, was er befürchtete. Sie hatte ihn falsch verstanden.

»Der Abend war perfekt, aber?!«, fragte sie und hob misstrauisch die Augenbrauen.

»Kein Aber«, meinte Bobby. »Ich kann gar nicht fassen, dass ich dich nach all den Jahren wiedersehe. Das ist so krass. Du bist voll cool, ich denke nur, dass wir es langsam angehen sollten …«

Doch der Ausdruck in Dileks Gesicht wollte nicht verschwinden. Die Dilek, die jetzt vor Bobby stand, war eine ganz andere als die, neben der er am Landwehrkanal gestanden hatte und die ihn so vorbehaltlos in ihre Welt hineingelassen hatte.

»Denkst du etwa, wir haben schon was am Laufen?!«, rief Dilek. »Junge, übertreib mal nicht deine Rolle!«

»So meinte ich das doch überhaupt nicht«, versuchte Bobby verzweifelt, die Situation zu retten. Doch es hatte keinen Sinn.

Kopfschüttelnd schloss Dilek die Haustür auf.

»Gute Nacht, Bobby aus Bielefeld«, rief sie, während sie im Hausflur verschwand. »Wir sehen uns.«

»Alter, what da fuck«, murmelte Bobby und starrte ratlos auf die mit Tags und Stickern übersäte Haustür.

Das kann doch nicht sein, dachte er sich, während er niedergeschlagen zur U-Bahn wankte. Was ist denn da eben schiefgelaufen?! So kann der Abend doch jetzt nicht enden.

Dabei fiel ihm auf, dass er nicht einmal Dileks Nummer hatte.

Na ja, sagte er sich. Immerhin weiß ich, wo sie wohnt und wo sie arbeitet …

Eichhörnchen/Der Geschmack der Sterne

Nächste Haltestelle: Rosa-Luxemburg-Platz. Noch zwei Stationen bis zur Eberswalder Straße. Dilek sah nervös auf die Uhr. Obwohl sie sich vorgenommen hatte, rechtzeitig loszufahren, kam sie schon wieder zu spät zur Arbeit.

Hoffentlich ist Laura noch in der Mittagspause, dachte sie sich. Die führt sich eh schon genug auf, seitdem sie Abteilungsleiterin ist.

Wenigstens arbeitete sie heute mal wieder mit Hang zusammen.

Dileks Blick fiel auf eine Reklame für den Filmpark Babelsberg. Unwillkürlich musste sie an Bobby denken. Seit ihrem gemeinsamen Abend waren ein paar Tage vergangen, aber er wollte ihr einfach nicht aus dem Kopf.

Dieser Penner, sagte sie sich. Wieso hat er vor der Haustür plötzlich einen Rückzieher gemacht? Diese Kerle, denken immer nur an das eine und wenn eine Frau dann mal ein bisschen direkter ist, schieben die sich einen.

Dabei war er ihr doch wie ein Verrückter am Set hinterhergelaufen und hatte noch etwas mit ihr trinken wollen. Hatte sie ihm zu viel erzählt? Vielleicht war er auf ihre Geschichte nicht klargekommen. Allerdings hatte er ja selbst danach gefragt. Wenn ihm die Scheiße zu heftig war, hätte er nicht damit anfangen sollen. Was hatte er denn erwartet? Oder passte ihr jetziges Ich nicht zu der Vorstellung, die er früher von ihr gehabt hatte?

Gedankenversunken stieg sie aus und lief die letzten Meter über die Straße zu H&M.

Warum macht er mich so wütend?, fragte sie sich. An sich hat er ja nix Schlimmes getan. Mag ich ihn etwa? Liegt es vielleicht daran?

Wahrscheinlich hatte er an diesem Abend gar nicht gecheckt, wie krass das alles für sie gewesen war. Sie konnte selbst noch nicht fassen, wie viel sie von sich preisgegeben hatte. Normalerweise erzählte sie den Typen, mit denen sie was hatte, kaum etwas von sich und ihrer Vergangenheit, geschweige denn von ihrer Familie. Bei Bobby war es natürlich anders gewesen, da er gewissermaßen selbst ein Teil davon war. Wie ein verdammter Marty McFly war er in dieser Nacht mit seinem DeLorean in ihr Leben gecrasht und hatte ihr etwas zurückgebracht, das sie für immer verloren geglaubt hatte. Ein Stück von dem Ort, der für sie nicht mehr existierte.

Wenn Leute mit ihrem dämlichen Bielefeldwitz daherkamen und meinten, dass es Bielefeld doch gar nicht gebe, dann hatten sie in ihrem Fall wirklich recht. Ja, in ihrem Leben gab es diesen Ort nicht mehr. Zumindest bis zu dem Tag in den Filmstudios, als sie Bobby getroffen hatte. Und das Schlimme daran war, dass sie ihn wiedersehen wollte.

»Hey Süße«, riss Hang sie aus ihren Gedanken. »Hab dich schon vermisst.«

Ihre Freundin hatte eine Ausbildung im Einzelhandel gemacht und arbeitete mittlerweile Vollzeit bei H&M.

»Ich dich auch, Çanim«, antwortete Dilek und hielt vorsichtig Ausschau nach Laura.

»Keine Sorge«, erriet Hang ihre Gedanken und zwinkerte ihr zu. »Die Alte ist grade nicht da. Aber offenbar sucht dich jemand anderes.«

»Echt?«, wunderte sich Dilek. »Wer denn?«

»Hmm«, überlegte Hang. »So 'n Boy. Weiß gar nicht, ob er überhaupt seinen Namen gesagt hat. Auf jeden Fall war er mittelgroß, hatte braune Haare, so 'ne Strubbelfrisur, leichten Bart, durchtrainierten Oberkörper und 'nen süßen Arsch. Bisschen so der Skatertyp. Aber ich war mir nicht sicher, ob der dich irgendwie stalkt oder aufdringlich ist, deswegen hab ich ihm gesagt, dass ich nicht weiß, wann du wieder arbeitest. Aber er hat dir hier seine Telefonnummer aufgeschrieben.«

Hang reichte Dilek einen zusammengefalteten Zettel.

»Bobby!«, rief Dilek überrascht, nachdem sie die verschlungenen Buchstaben der Graffitiskizze entziffert hatte. Neben seinen Namen hatte er ein lächelndes Cartoon-Handy mit Herzen in den Augen gemalt. Mit der einen

Hand winkte es ihr zu und mit der anderen deutete es auf die Telefonnummer, die darunter stand.

»Nicht schlecht«, meinte Hang. »Ist ja voll der Künstler.«

»Ja«, sagte Dilek lächelnd. »Er konnte schon immer gut malen.«

Zuhause hängte Dilek den Zettel mit Bobbys Nummer direkt über ihren Schreibtisch. Jedes Mal wenn sie den Blick von den Schulbüchern hob, mit denen sie gerade für ihre Abschlussklausuren lernte, freute sie sich, dass er dort hing, aber trotzdem zögerte sie, Bobby anzurufen. Ehe sie sich's versah, war eine Woche vergangen und sie hatte sich immer noch nicht bei ihm gemeldet.

Am Samstagabend fragte Hang, ob sie mit ihr feiern gehen wolle, doch sie hatte nicht so richtig Lust. Eine Frau, die am Nachmittag mit ihrer Tochter bei H&M gewesen war, hatte sie an ihre eigene Mutter erinnert und als sie von der Arbeit kam, hatte sie plötzlich schreckliche Sehnsucht nach dem Essen von zuhause, also ging sie spontan bei einem türkischen Supermarkt vorbei und kaufte Reis, ein Bund glatte Petersilie, Weinblätter und ein bisschen Baklava. Nachdem sie die Weinblätter in Wasser eingelegt und gewaschen hatte, hackte sie Zwiebeln und Petersilie und bereitete mit etwas Tomatenmark, Öl, Zwiebeln, Pfeffer und Salz die Reisfüllung zu. Als sie gerade am Küchentisch saß und Weinblätter rollte, klingelte es plötzlich an der Tür.

Verwundert ging sie zum Fenster und sah hinunter.

»Bobby?!«, rief sie überrascht.

Bobby legte den Kopf in den Nacken und winkte herauf.

»Sorry«, rief er. »Ich wusste nicht, wie ich dich sonst erreichen sollte! Wenn du gerade keine Zeit hast, kann ich auch wieder gehen.«

»Komm rauf, du Idiot!«, rief Dilek und ging zur Tür, um den Öffner zu drücken.

Einen Augenblick später stand Bobby sichtlich außer Atem auf dem Treppenabsatz vor ihr.

»Bist du gerannt?«, fragte Dilek.

»Nicht dass du dir's anders überlegst«, antwortete Bobby.

»Ach, Quatsch«, sagte sie und reichte ihm ein paar Hausschuhe. »Ich mache gerade Weinblätter, kannst mitessen.«

Amüsiert verfolgte Dilek Bobbys erste Versuche, Weinblätter zu füllen. Am Anfang stellte er sich noch etwas tollpatschig an, doch nach einer Weile hatte er den Dreh raus.

»Nicht übel für 'n Alman«, grinste Dilek.

Bobby hatte ein bisschen Ot und eine Flasche Wein mitgebracht. Während die Weinblätter kochten, öffneten sie die Flasche und quatschten.

Bobby erzählte ihr, dass Nejlas neuer Freund Artur, der zufällig auch Bobbys bester Kumpel war, rappte. Über einen Bekannten war es ihm gelungen, Artur einen Gig in Berlin zu besorgen. Der Hip-Hop-Jam, bei dem verschiedene Acts auftraten, fand in einigen Wochen statt, und wie es der Zufall wollte, kam Nejla höchstwahrscheinlich auch mit.

»Ich kann dir gern ihre Nummer besorgen«, bot Bobby an. »Dann könntet ihr euch ja absprechen.«

»Hmm …« Dilek schüttelte den Kopf. »Ich glaube, ich würde sie lieber überraschen. Sie weiß doch noch nicht, dass du mich getroffen hast, oder? Ich möchte ihr Gesicht sehen, wenn ich ihr plötzlich gegenüberstehe!«

Nachdem sie die Weinblätter gegessen hatten, drehte Bobby ihnen eine Tüte. Während sie rauchten, spielte er ihr an ihrem Laptop auf Myspace ein paar Songs von AK602 vor, der Band von Nejlas Freund.

Dilek hörte eigentlich nicht so viel Rap und vor allem keinen Deutschrap. Wenn, dann hörte sie amerikanischen Rap zum Tanzen im Club, doch die Songs von den beiden waren gar nicht übel. Außerdem fand sie es cool, dass die Jungs von Orten in Bielefeld erzählten, deren Namen sie schon lange nicht mehr gehört hatte und die ihr trotzdem noch so vertraut waren. Als Teil eines Songs hatten sie plötzlich eine ganz neue Magie und Anziehungskraft, so ähnlich wie wenn man seine eigene Stadt plötzlich als Kulisse in einem Film sieht.

Bei dem Refrain des Songs, der gerade im Hintergrund lief, einer etwas härteren Nummer mit düsterem Beat, wurde sie stutzig.

»Die sagen die ganze Zeit ›Piti‹. Was heißt das?«, fragte sie Bobby.

»Hast du das noch nie gehört?«, wunderte er sich. »In Bielefeld benutzen das voll viele.«

»Keine Ahnung«, gestand Dilek. »Ich kann mich nicht daran erinnern.«

»Du Piti heißt so viel wie du Opfer«, erklärte Bobby.

»Ah, okay«, meinte Dilek und zog an dem Joint.

Der nächste Song mit dem Titel *Morgenrot* gefiel ihr besser. Mit seiner verträumten Melodie und den nachdenklichen Lyrics über die Vergangenheit und das Leben traf er genau ihre momentane Stimmung.

»Herforder Straße 78«, wiederholte sie einen Teil des Textes, während sie zusah, wie der Rauch in Zeitlupengeschwindigkeit aus ihrem Mund strömte und schwerelos im Raum hängen blieb. »Habt ihr da gewohnt?«

Bobby nickte.

»Ich glaub, dort um die Ecke war ich ein-, zweimal mit meinen Eltern essen. Gab es da nicht so ein türkisches Restaurant?«

»Ein kurdisches«, verbesserte sie Bobby. »Es gehört dem Onkel von Kazim. Unsere WG war direkt darüber.«

»Verrückt«, murmelte Dilek. »Die Welt ist echt klein.«

Während sie über dieses und jenes redeten, verstrich unbemerkt die Zeit.

Mit Bobby kann man sich echt super unterhalten, dachte sie sich.

Sonst war es bei Menschen, die man lange nicht gesehen hatte, oft so, dass man sich am Anfang wahnsinnig viel zu erzählen hatte, doch sobald man auf dem neuesten Stand war, gingen einem die Themen aus und man hatte von der- oder demjenigen erst mal wieder genug. Aber Bobby interessierte sich für so viele verschiedene Dinge und hatte so originelle Gedanken, dass es mit ihm einfach nicht langweilig wurde.

Die Weinflasche war leer und der zweite Joint beinahe aufgeraucht, da klingelte plötzlich Bobbys Handy.

Er ging ran und kurz drauf wurde sein Blick ernst. Irritiert verfolgte Dilek das eigenartige Gespräch. Es schien um eine Art Notfall oder Unfall zu gehen, aber worum genau es sich handelte und welche Rolle Bobby dabei spielte, wurde ihr nicht ganz klar.

»Sein Schwanz ist verletzt … ein Stück ist ab? Sie trauen sich nicht, es anzufassen. Es ist bei Ihnen zuhause passiert. Ja … ja … wir kommen und kümmern uns darum.«

Bobby griff sich einen Stift vom Schreibtisch und deutete auf einen Collegeblock. Dilek nickte.

»Ihre Adresse bitte … Okay, ist gut. In circa einer halben Stunde, Frau Kubitzki. Bis dann.«

Entgeistert sah Dilek ihn an.

»Was ist los?!«, fragte sie.

»Ach, tut mir leid«, sagte Bobby. »Ich habe heute Rufbereitschaft.«

»Bist du Sanitäter für Sexunfälle oder so?«

Bobby lachte.

»Nee, ich bin bei der Eichhörnchenhilfe.«

»Du verarschst mich.«

»Nee, ehrlich«, erklärte Bobby. »Ich helfe da seit paar Monaten mit. Ist so ’n Verein, alles ehrenamtlich.«

»Und was war das für ein Anruf?«

»Wir haben so ein Notrufhandy. Die Nummer ist auf unserer Homepage. Wenn irgendwer in Berlin ’nen verletztes oder krankes Eichhörnchen findet, kann er uns anrufen und wir kümmern uns darum.«

»Echt? Krass … Und die Frau hat eins gefunden?«

»Ja, der ist im Garten ein Eichhörnchen in die Mäusefalle gegangen und jetzt hängt es darin fest und sein Schwanz ist verletzt. Willst du mitkommen?«

»Auf jeden Fall«, antwortete Dilek, wobei sie sich nicht sicher war, ob Bobby sie nicht vielleicht doch verarschte.

Während sie aufstand, spürte sie, wie ihr Kreislauf in den Keller ging.

Shit, dachte sie sich. Ich bin echt high.

»Warte«, meinte sie und ging die Küche. »Ich glaube, ich habe irgendwo noch eine Packung Nüsse.«

Gemeinsam fuhren sie mit der U-Bahn nach Wilmersdorf rüber.

»Wie kommt's, dass du bei dieser Eichhörnchenhilfe mitmachst?«, fragte Dilek, während sie an den Nüssen knabberte, die eigentlich für das Eichhörnchen waren.

»Hmm«, überlegte Bobby.

Je länger Dilek ihn von der Seite betrachtete, desto mehr hatte er mit seinen strubbeligen braunen Haaren und dem Bärtchen selbst irgendwie etwas Eichhörnchenhaftes an sich. Aus irgendeinem Grund kam ihr plötzlich die Melodie von dieser Zeichentrickserie aus ihrer Kindheit in den Sinn: *Chip Chip Chip Chip und Chap, Ritter des Rechts …*

Das sind doch auch Eichhörnchen gewesen, sagte sie sich. Aber diese amerikanischen. Wie hieß noch mal das Eichhörnchenmädchen von denen?

»Also, ich wollte schon immer was auf dieser Welt verändern. Aber Menschen sind einfach scheiße und daran wird sich wahrscheinlich auch nichts ändern. Deswegen helfe ich lieber Tieren. Ich bin auch bei Peta aktiv – dieser Tierschutzorganisation. Und bei einer Aktion von denen habe ich dann wen von der Eichhörnchenhilfe Berlin kennengelernt.«

»Ja, das kann ich verstehen«, sagte Dilek, während in ihrem Kopf die Titelmelodie der Eichhörnchenserie in Dauerschleife lief. »Aber ich habe die Hoffnung noch nicht aufgegeben. Ich glaube, ich würde gerne Kindern helfen. Apropos Kinder, erinnerst du dich an den Namen des Eichhörnchenmädchens aus dieser Zeichentrickserie, *Chip und Chap*?«

»Trixi«, sagte Bobby prompt.

»Trixi«, wiederholte Dilek. »Die hatte es echt raus.«

An der Konstanzer Straße stiegen sie aus. Frau Kubitzkis Wohnung befand sich in einer Wohngegend, in der kaum etwas los war.

»Und wo wohnt diese Frau Kubitzki?«, wollte Dilek wissen.

»In der Bielefelder Straße«, antwortete Bobby grinsend und hielt ihr das Papier mit der Adresse vor die Nase.

»Verarsch mich nicht!«, sagte Dilek und starrte ihn ungläubig an.

Das konnten doch keine Zufälle sein. Alles schien nach Drehbuch abzulaufen, wie in einem Film. War sie die Einzige, die nicht checkte, dass alles nur gespielt war, so wie in diesem Film mit Jim Carrey? Wenn sie es sich genau überlegte, war Bobby ihr ja auch an einem Filmset über den Weg gelaufen. Ganz zufällig tauchte dort ein alter Schulfreund auf, den sie seit Jahren nicht mehr gesehen hatte. Vorausgesetzt, er war es überhaupt! Vielleicht war er ja nur ein gut gecasteter Schauspieler! Und der bekam dann nachts zufällig einen Notruf von der Eichhörnchenrettung, der sie in die Bielefelder Straße führte, alles klar! Am Ende warteten da noch ihre Brüder auf sie.

»Bist du wirklich Bobby aus Bielefeld?«, sagte sie und musterte ihn misstrauisch von der Seite.

»Wer denn sonst?«, sagte Bobby irritiert.

»Keine Ahnung«, sagte Dilek. »Ein Schauspieler?! Oder ein Eichhörnchen in einem Bobby-Kostüm?!«

»Du bist doch die, die die ganze Zeit Nüsse futtert«, sagte Bobby und zeigte auf die fast leere Tüte in ihrer Hand.

Während Bobby an Frau Kubitzkis Wohnungstür das Reden übernahm, hielt sich Dilek im Hintergrund und beobachtete – in höchste Alarmbereitschaft versetzt –, was um sie herum geschah.

Frau Kubitzki, die sich als verwitwete Rentnerin ausgab, führte sie durch ihre Wohnung hinaus auf die Terrasse. In einer Ecke lag eine umgestülpte Plastikwanne, unter der das Eichhörnchen sich angeblich in der Falle verfangen hatte.

Von wegen, dachte sich Dilek. Das ist sicherlich eine Falle. Gleich springen sie im Garten aus dem Gebüsch.

Doch alles blieb ruhig. Während Dilek in der Nähe der Terrassentür stehen blieb, holte Bobby Latexhandschuhe aus seiner Jackentasche und hob vorsichtig die Plastikwanne an. Von dort, wo Dilek stand, konnte sie nicht sehen, was sich darunter befand.

»Vorhin hat es sich noch bewegt«, meinte Frau Kubitzki neben Bobby.

»Haben Sie zufällig einen alten Schuhkarton?«, fragte Bobby. »Wir holen es erst auf dem Vereinsgelände aus der Falle, sonst bekommt es vor lauter Angst einen Herzinfarkt oder haut ab.«

Frau Kubitzki nickte und verschwand in der Wohnung.

Während sie zurück zur U-Bahn liefen, betrachtete Dilek skeptisch den Karton in Bobbys Händen. War da wirklich ein Eichhörnchen drin? Nachdem sie sich und dem vermeintlichen Eichhörnchen am Späti eine frische Tüte Sonnenblumenkerne gekauft hatte, fuhren sie mit der S-Bahn zum Südkreuz, wo die Eichhörnchenhilfe ein Grundstück in einer Kleingartenanlage gepachtet hatte.

Unterwegs in der menschenverlassenen, dunklen Gartenanlage wurde ihr immer mulmiger zumute. Außer dem knirschenden Kies unter ihren

Sohlen und entferntem Verkehrsrauschen war es totenstill. Bald hatte Dilek sowohl ihr Zeitgefühl als auch den Orientierungssinn komplett verloren.

Verdammt, dachte sie sich, warum bin ich in der U-Bahn nicht einfach abgehauen. Jetzt ist es zu spät. Wenn ich hier schreie, hört mich keiner.

»Waren wir hier nicht schon mal?«, wunderte sich Dilek, als sie an einer Weggabelung vorbeikamen.

»Keine Angst«, sagte Bobby. »Ich weiß, wo es langgeht.«

Aber ich nicht, überlegte Dilek. Wenn Bobby plötzlich abhaut, finde ich hier nie wieder raus.

Ein Anflug von Panik überkam sie.

»Alter, das ist voll das Labyrinth hier«, sagte sie. »Schwör, dass du mich hier wieder rausführst.«

»Eigentlich wollte ich dich ins Eichhörnchengehege sperren«, antwortete Bobby und blieb unvermittelt vor einem abgezäunten Grundstück stehen.

Jetzt macht er auch noch Witze, wunderte sich Dilek. Aber wer weiß …

An dem Tor hob sich ein weißes Schild deutlich von der Dunkelheit ab. Der Mond war zwischen den Wolken hervorgekommen und schien so hell, dass Dilek mühelos die von zwei Eichhörnchensilhouetten gesäumte Aufschrift lesen konnte: *Eichhörnchen-Nothilfe e.V.*

»Halt mal«, sagte Bobby und reichte ihr den Schuhkarton.

Dilek spürte, wie sich etwas im Inneren der Schachtel regte und sein Gewicht verlagerte.

Scheiße, dachte sie sich. Da ist ja echt irgendeine Kreatur drin.

Bobby holte einen Schlüssel hervor und schloss das Tor auf. Im hinteren Teil des Geländes befand sich ein von Bäumen umsäumtes Holzhäuschen, wie es für Schrebergärten typisch war. Den Gartenweg dorthin säumten vier große, etwa zwei Meter hohe Drahtgehege, in denen sich Baumstümpfe und Astwerk befanden.

»Sind da überall Eichhörnchen drin?«, erkundigte sich Dilek.

»Größtenteils schon«, antwortete Bobby und führte sie zu dem Holzhäuschen, wo er eine Solarlaterne anschaltete.

Unter dem Vordach des Hauses befand sich eine Reihe kleinerer Käfige mit Futterschalen. Momentan waren die Boxen jedoch alle leer.

»Das ist quasi die Krankenstation«, erklärte Bobby. »Die Boxen habe ich gebaut.«

»Echt?«, staunte Dilek.

»Ja, ich entwerfe und baue ganz gerne Sachen. Skaterampen, Möbel und so.«

»Wenn wir hier wieder rauskommen sollten, baust du mir dann ein Regal?«

»Klar. Aber was meinst du mit wenn wir hier wieder rauskommen?!«

Vorsichtig legte Bobby die Lebendfalle in eine der leeren Boxen und öffnete die Klappe. Dilek hatte einen Schritt zurück gemacht und wartete gespannt ab, was nun zum Vorschein kommen würde.

Tatsächlich zeigte sich nach einer Weile ein recht ramponiert aussehendes Nagetier und schnupperte ängstlich an einem der Sonnenblumenkerne, die Dilek im Käfig ausgestreut hatte.

»Der arme Kleine!«, rief Bobby. »Sein Schwanz ist ja ganz geknickt.«

Eigentlich ganz süß, dachte Dilek erleichtert, doch bei längerem Betrachten hatten die großen schwarzen Knopfaugen des Eichhörnchens etwas Unheimliches, Alienhaftes.

»Morgen kommt ein Tierarzt, der ehrenamtlich bei uns aushilft«, meinte Bobby. »Der sieht es sich an.«

»Das war's?«, erkundigte sich Dilek erleichtert.

»Mission vorerst erfolgreich«, bekräftigte Bobby. »Darauf müssen wir anstoßen. Ich glaube, irgendwo waren hier auch noch ein paar Bier …«

Bobby verschwand in dem Häuschen. Kurz darauf kam er mit zwei Flaschen Schultheiss in der Hand zurück und führte Dilek zu einer Bank.

Dilek nippte verhalten an ihrem Bier und betrachtete schweigend den Nachthimmel. Die mondbeschienenen Umrisse der gigantischen weißen Wolkenfetzen sahen aus wie die fluoreszierenden Kontinente eines fremden Planeten, der drohte, mit der Erde zu kollidieren. Die Eichhörnchen in den Gehegen waren ruhig, doch Dilek war sich sicher, dass sie mit ihren pechschwarzen Knopfaugen jede ihrer Bewegungen genau verfolgten. Neben ihr kaute das große Eichhörnchen in dem Bobby-Kostüm auf einem Sonnenblumenkern herum.

»Für ein Rieseneichhörnchen machst du das aber ganz schön ungeschickt!«, sagte sie verwundert. »Komm, ich zeig's dir.«

War das alles ein verrückter Traum?, fragte sich Dilek, als sie am nächsten Tag zuhause aufwachte. War gestern wirklich Bobby vorbeigekommen und sie hatten zusammen in der Bielefelder Straße ein Eichhörnchen gerettet?

Dilek überlegte kurz, dann ging sie rüber zu ihrem Schreibtisch, nahm Bobbys Notizzettel von der Wand und wählte seine Nummer.

Nachdem es ein paarmal geklingelt hatte, meldete sich am anderen Ende eine Stimme.

»Bobby?«, fragte Dilek. »Haben wir gestern zusammen ein Eichhörnchen gerettet?«

»Ja«, bestätigte Bobby.

»Boah, ich dachte schon, ich hätte voll die Filme geschoben«, sagte Dilek und lachte erleichtert auf. »Dann hast du mir also gestern wirklich versprochen, ein Regal zu bauen?!«

»Sorry«, sagte Bobby und bemühte sich, Störgeräusche in der Leitung zu imitieren. »Der Empfang ist so schlecht, ich kann dich nicht verstehen …«

»Du hast mich schon verstanden«, sagte Dilek und grinste.

Tatsächlich fuhren sie ein paar Tage später zum Baumarkt, um Holz zu kaufen. Bobby hielt sein Wort und baute ihr das Regal. Dilek staunte nicht schlecht. Bobby war nicht nur geschickt, sondern auch außerordentlich kreativ und entwarf ein unkonventionelles Design, das super in ihr Zimmer passte. Je mehr sie mit ihm unternahm, desto mehr überraschte er sie. Irgendwie gab es nichts, dass er nicht konnte – außer tanzen.

Zum Glück, dachte sich Dilek, die ziemlich gut tanzen konnte. Wäre irgendwie deprimierend, wenn ihm alles so leichtfallen würde. Dabei war es weniger die Tatsache, dass sie Bobby nichts gönnte, sondern vielmehr der Fakt, dass er nicht mehr aus seiner vielseitigen Begabung machte. Ansonsten war sie schwer beeindruckt von seiner Selbstlosigkeit. Dafür dass er Menschen eigentlich gar nicht mochte, war er unglaublich hilfsbereit und ständig für irgendwen da. Doch so sehr sie diese Eigenschaft schätzte, bemerkte sie bald auch die gefährliche Kehrseite davon. Bobby kannte keine Grenzen und rieb sich so lange auf, bis er schließlich die Schnauze voll hatte, es nicht mehr aushielt und entweder abhaute oder ausflippte.

Ein gutes Beispiel dafür waren diese Eichhörnchenhelfer, die, wie Dilek nach einigen weiteren Besuchen in der Kleingartenanlage herausgefunden hatte, hauptsächlich aus einer Reihe Frührentnerinnen und Langzeitarbeitsloser bestanden, die auf ihrem Grundstück hockten und nichts Besseres zu tun hatten, als Bobby anzurufen und ihn zu den unmöglichsten Zeiten mit irgendwelchen speziellen Aufträgen quer durch Berlin zu scheuchen. Bobby gab sich zwar alle Mühe, cool zu bleiben, doch Dilek spürte, dass es nicht mehr lange dauern würde, bis er platzte und Werner, Gudrun und die gesamte Eichhörnchenhilfe zum Teufel schickte.

Dilek, die mittlerweile oft mit Bobby unterwegs war, blieb deshalb vorsichtig und bremste ihn, wenn er ihr seine Hilfe anbot, obwohl sie sich auch geschmeichelt fühlte. Manchmal hatte sie das Gefühl, dass Bobby in sie verliebt war, aber dann dachte sie sofort, das sei einfach seine Art und er verhalte sich bei allen so. Die Frage, was sie selbst für ihn empfand, versuchte sie, so gut es ging, auszuklammern. Ja, wenn sie ehrlich war, war sie ziemlich gern mit ihm zusammen, und die Vorstellung, er könnte so plötzlich, wie er aufgetaucht war, wieder aus ihrem Leben verschwinden, gab ihr ein ziemlich ungutes Gefühl, aber dass sie mehr als gute Freunde seien? Nein, das wollte sie nicht. Vielleicht auch gerade deshalb, weil sie ihn mochte. Denn die Typen, mit denen sie etwas hatte, waren austauschbar, bei ihnen blieb sie in emotionaler Hinsicht stets auf Distanz. Sex- und Gefühlsleben konnten aus ihrer Sicht durchaus zwei verschiedene Dinge sein.

So wie es ist, läuft es doch gut, dachte sie sich. Mit Bobby hatte sie einen lange verloren geglaubten Teil ihres alten Lebens in Bielefeld wiedergefunden und wenn sie in ein paar Wochen endlich ihr Abitur in der Tasche hatte, dann sah es auch zukunftstechnisch nicht übel aus, denn dann konnte sie sich endlich ihren langersehnten Traum erfüllen und studieren. Als Erste in ihrer Familie.

Ende Mai war es endlich so weit. Mit brummendem Schädel und einem unheimlich großen Verlangen nach einer Kippe trat Dilek an einem Freitagnachmittag aus dem Haupteingang des Leibnizgymnasiums, wo sie und Jonas als Externe ihre letzte Leistungskursklausur hatten mitschreiben müssen.

»Fertig, ihr Penner!«, schrie sie in Rocky-Balboa-Siegerpose und tänzelte grinsend die Treppe hinunter zu Bobby, Jonas, Meral und Lena, die vor der Schule auf sie warteten.

Nachdem sie angestoßen und etwas gegessen hatten, fuhren sie raus nach Grunewald, wo auf dem Teufelsberg ein Rave stattfinden sollte.

In bester Laune spazierten sie hinauf zur Ruine der ehemaligen amerikanischen Abhörstation, die wie ein abgespaceter Raketenpenis aus einem verrückten Science-Fiction-Film senkrecht zwischen den Bäumen in den

Himmel ragte. Das Wetter war perfekt, es war warm, der Himmel strahlend blau und auf dem Gelände vermischten sich Partypublikum und Schaulustige, die die Anlage erkunden wollten. Einige Techno-DJs hatten unten im Hof ein Soundsystem aufgebaut, es gab zu essen und zu trinken und Lena meinte, dass die Party abends oben in der Ruine weitergehen würde.

Dileks Müdigkeit war mittlerweile verflogen und sie strotzte nur so vor Energie.

»Alter, du bist der Beste«, rief sie lachend und tanzte Bobby an, woraufhin der noch mehr Gas gab. »Ich habe echt noch nie jemanden gesehen, der so lustig tanzt wie du!«

Als sie richtig durchgeschwitzt waren, legten sie eine Pause ein und machten eine Tour über das Gelände, bei der Bobby ihnen ein bisschen was zu den Graffitis erzählte, die überall die Wände der Ruine zierten. Nachdem sich Jonas, der noch zu seiner Mutter nach Cottbus fahren musste, verabschiedet hatte, kamen ein paar Bekannte von Lena dazu, alles Technofreaks, ein bisschen druff, aber ansonsten ganz cool und friedlich.

Dilek nahm eigentlich so gut wie keine Drogen. Sie kiffte ab und zu und trank relativ wenig Alkohol, aber heute war ein besonderer Tag und sie hatte irgendwie Bock, etwas Neues auszuprobieren. Meral war bei so etwas grundsätzlich raus und auch Bobby schüttelte den Kopf, doch Lena, die öfter mal was nahm, wenn sie feiern ging, war mit von der Partie und besorgte jedem von ihnen ein Teil.

Aufgeregt betrachtete Dilek die kleine gelbe Pille auf ihrer feuchten Handfläche, die aussah wie der Stern aus *Super Mario Land*, das sie früher manchmal heimlich auf dem Gameboy ihres Bruders gespielt hatte.

»Na dann, meine Süße«, sagte Lena und zwinkerte ihr komplizenhaft zu. »Lass uns feiern.«

Nachdem Dilek ihr Teil geschmissen hatte, stieg sie mit Bobby und Meral auf das Flachdach hinauf, um sich den Sonnenuntergang anzuschauen, während Lena und ihre Kumpels in die obere Kuppel stiegen, wo jeden Augenblick der Sound angeschmissen werden sollte. Während die Sonne sich wie ein glutrotes Brandloch in den Himmel fraß und langsam hinter dem Horizont verschwand, spürte Dilek, wie eine unglaubliche Euphorie in ihr emporstieg. So etwas Ähnliches hatte sie das letzte Mal gefühlt, als sie als Kind auf der Schaukel in den Himmel geflogen war.

»Leute, ich kann mich nicht erinnern, wann das letzte Mal so ein geiler Tag war«, rief sie und küsste Meral und Bobby auf die Wangen.

Ein Bekannter von Bobby, der am Nachmittag unten ein Graffiti gemalt hatte, gesellte sich zu ihnen und drehte sich einen. Bobby und Meral unterhielten sich mit ihm, aber Dilek fand den Typen und sein Gelaber irgendwie langweilig. Die Energie, die durch ihren Körper strömte, drängte darauf, freigelassen zu werden.

Haydi Leute! Ich will mich bewegen, dachte sie sich und sah sich um.

In einer der unteren Kuppeln auf der Aussichtsplattform gab es ebenfalls einen Dancefloor mit DJ-Pult.

»Ich schau da mal vorbei«, meinte sie kurzerhand, woraufhin die anderen versprachen, nachzukommen.

Der Sound dort, eine Mischung aus Dub und Ambient, war chillig, aber für Dilek, die Lust hatte, richtig abzugehen, zu entspannt. Als sie sah, dass Bobby und die anderen keine Anstalten machten, sich von der Stelle zu bewegen, und nach wie vor nur herumhingen, beschloss sie, sich zu Lena und ihren Leuten zu gesellen und in die obere Kuppel des bruchgelandeten Weltraumpenis hinaufzusteigen. Aus dem Dunkel des Treppenhauses schallte ihr ein diffuser Mix aus Stimmen, Schritten und Basswummern entgegen. Im Gegensatz zu den unteren Kuppeln war die Außenmembran der oberen Kuppel komplett erhalten. Zwei riesige Gestalten, eine menschliche und ein Sensenmann, zierten die Kuppel und erinnerten mit ihren ausgestreckten Zeigefingern an die Deckenmalerei einer Kirche, wobei

Dilek beim Anblick der vollen Tanzfläche sofort dieser Song von Faithless, *God Is a DJ*, in den Sinn kam. Im Licht der Strobos reckten die Tanzenden ekstatisch Arme und Köpfe in die Luft und erinnerten sie an ein Heer von Spermien, das darauf wartete, durch das kleine Loch im Kuppeldach in den Nachthimmel hinausgeschossen zu werden.

Aufgeregt drängte sie sich in die Menge. Nach einer Weile fand sie Lena und ihre Leute, tanzte mit ihnen und verlor sie wieder. Ein recht süßer Typ, der scheinbar zufällig immer wieder neben ihr tanzte, lächelte sie an und rief ihr irgendetwas zu. Sie lächelte zurück, sah ihm tief in die Augen und tanzte so nahe an ihn heran, dass sich ihre Arme und Hüften berührten, dann wandte sie sich wieder ab. An seinem Blick und seinen Bewegungen erkannte Dilek, dass sie ihn immer geiler machte. Als sie eine Weile später wieder ganz nah aneinander tanzten und seine Hände bereits auf ihrer Taille lagen, drehte sie sich unvermittelt zu ihm um und begann, mit ihm herumzuknutschen. Ihre Zungen und Körper, die Lichter und die übrigen Tanzenden, alles verschmolz zu einem einzigen pulsierenden Organismus. Die Hände und die Zunge dieses Typen waren überall.

Dilek öffnete die Augen und blickte entgeistert zum Treppenaufgang.

Bilde ich es mir bloß ein, oder war da gerade Bobby?, fragte sie sich.

Das Gesicht zu einer eigenartigen Grimasse verzerrt, hatte er genau in ihre Richtung gestarrt und war nach dem nächsten Stroboblitz wieder in der Dunkelheit verschwunden.

Was sollte das?, dachte Dilek besorgt und verärgert zugleich. Habe ich ihn verletzt? Zwischen uns ist doch gar nichts?!

Sie unterdrückte den Impuls, Bobby hinterherzulaufen, aber sein Anblick ging ihr nicht mehr aus dem Kopf. Nach einer Weile machte sie sich von dem Typen los und hielt Ausschau nach Bobby. Auf der Tanzfläche war er nicht und auch Lena hatte ihn nicht gesehen, also stieg sie den dunklen Treppenhausschacht hinunter zur großen Aussichtsplattform.

Wieso renne ich ihm eigentlich hinterher?, dachte sie kopfschüttelnd, während sie zu der Kuppel hinüberlief, in der jetzt Drum ’n’ Bass lief.

Ungefähr dort, wo sie vorhin mit Bobbys Bekanntem und Meral gesessen hatte, entdeckte sie zwei Gestalten, die miteinander rummachten.

Was zur Hölle, dachte sie, als sie näherkam. Das sind Bobby und Meral!

»Hey ihr beiden«, rief sie. »Was ist denn hier los?!«

Erschrocken lösten sich Meral und Bobby voneinander. Am Plattformrand war es ziemlich dunkel, sodass Dilek kaum ihre Gesichter erkennen konnte.

»Tut mir leid«, meinte Meral und ihre Stimme klang etwas unsicher. »Ist gerade irgendwie so passiert.«

Dilek ignorierte Meral und wandte sich direkt an Bobby.

»Hey du, was machst du hier einfach so mit meiner Freundin rum?«

»Was ist daran denn falsch?«, entgegnete Bobby, seine Stimme klang erbost. »Meral und ich können doch machen, was wir wollen!«

»Du machst das doch nur, weil du eben mich gesehen hast!«

»Was laberst du?!«

»Warst du vorhin nicht oben im Turm?«

»Ja, und?!«

»Du hast richtig entsetzt geschaut, als du gesehen hast, dass ich bisschen mit so ’nem Typen rummache, und bist einfach abgehauen!«

»Soll ich danebenstehen oder was?!«

»Nee, aber zieh meine Freundin nicht mit rein, nur weil du nicht darauf klarkommst!«

»Ich habe keine Ahnung, was da gerade zwischen euch abgeht«, unterbrach sie Meral. »Aber ich bin raus, haydi, tschau.«

Bobby und Dilek waren so sehr mit sich beschäftigt, dass sie nicht reagierten.

»Was soll das, Mann?«, rief Dilek. »Ich dachte, wir sind Freunde.«

»Freunde für ’n Arsch!«

»Was für ’n Arsch!?«

»Ey, du checkst es einfach nicht …«

»Du sagst ja nichts«, rief Dilek. »Was kann ich dafür, wenn du keine Eier hast.«

»Weißt du was?!«, schrie Bobby. »Fick dich!«

»Siktir lan«, entgegnete Dilek. »Was bildest du dir ein, so mit mir zu reden!«

Sie waren so laut geworden, dass die Umstehenden bereits zu ihnen rübersahen.

»Belästigt der dich?«, rief jemand.

»Halt doch die Fresse«, entgegnete Bobby.

»Junge, was willst du? Komm her!«, rief ein Typ und machte Anstalten, herüberzukommen.

Doch Bobby schüttelte bloß wütend den Kopf stapfte davon.

»Ja, hau ruhig ab«, rief Dilek.

Was für eine Scheiße, dachte sie sich. Der Tag hat so gut anfangen.

Wütend und verwirrt spazierte sie umher. Irgendwann kam Lena ihr entgegen.

»Hey meine Liebe«, sagte Lena. »Alles gut bei dir?«

»Geht schon«, sagte Dilek und wandte den Blick ab.

Am Horizont schimmerte die Skyline von Berlin. Der hell beleuchtete Fernsehturm stach ihr ins Auge wie eine goldene Nadel.

Komm schon Dilek, sagte sie sich. Reiß dich zusammen. Du wirst doch jetzt nicht heulen.

Rapper sollten keine Hurensöhne sein (Nein, nein, nein)

Der Arschtritt tat nicht unbedingt weh. Trotzdem kam er total überraschend. Bobby stolperte nach vorne, wobei seine Tüte ihm aus der Hand glitt und ein Schwall Kondome sich auf dem Boden verteilte.

»Hey, du Wichser!«, rief Bobby.

»Halt's Maul, Schwanzgesicht!«, rief ihm ein Junge aus einiger Entfernung zu.

Dem Bartflaum in seiner frech grinsenden Fresse nach zu urteilen, war er wahrscheinlich kaum sechzehn. Die Teenagergang, mit der er unterwegs war, lachte schadenfroh und zog ihren Freund mit sich weiter.

Kopfschüttelnd kniete Bobby nieder und sammelte die Kondome ein.

Das ist das letzte Mal, sagte er sich, dass ich so einen scheiß Promojob mache.

Aber es war Monatsende und er hatte den Hunni cash auf die Hand bitter nötig, denn schließlich kamen Artur, Nejla und Kazim übers Wochenende zu Besuch.

»Mama, ist das ein Superheld?«, fragte ein kleines Mädchen seine Mutter und zeigte im Vorbeigehen neugierig auf Bobby.

»Äh, nicht ganz«, sagte seine Mutter. »Der Mann ist als Kondom verkleidet.«

»Was ist das?«, wollte die Kleine wissen.

»Luftballons für Erwachsene. Jetzt komm!«

»Ich will auch einen Luftballon!«, rief das Mädchen.

Seine Mutter sah hinüber zu Bobby und rollte mit den Augen, als wäre er dafür verantwortlich.

Bobbys Handy klingelte. Werner von der Eichhörnchenhilfe.

»Werner, ich bin gerade am Arbeiten«, meldete sich Bobby genervt. »Was is?«

»Hey Bobby, du musst das Notruftelefon übernehmen«, verkündete Werner. »Bei der Hitze heute ist Alarmstufe Rot! Unsere mobilen Wassertränken müssen unbedingt nachgefüllt werden. Du weißt doch, ich kann nicht U-Bahn fahren und Gudrun hat richtig schlimm Kreislauf.«

»Und Sandra?«

»Die geht nicht ran.«

Kann ich verstehen, dachte Bobby.

»Tut mir leid«, sagte er. »Ich bekomme übers Wochenende Besuch.«

»Und wer hilft dann den Eichhörnchen?«

»Weiß ich jetzt auch nicht, Werner«, sagte Bobby und legte auf.

Seine Tüte in der Hand spazierte er den Ku'damm hinunter und geradewegs in eine Gruppe japanischer Touristen hinein, die unbedingt ein Foto machen wollten. Wenigstens konnte er bei ihnen ein paar Kondome loswerden.

Wenn er gewusst hätte, dass er in einem hautengen rosa Spandexanzug als Kondom durch die Gegend laufen würde, und das ausgerechnet an einem verdammt schwülen Sommernachmittag, an dem einem schon vom bloßen Herumstehen der Schweiß herunterlief, hätte er sich nach einem anderen Tagesjob umgeschaut. Kein Wunder, dass in der Anzeige lediglich ein Vermerk »Arbeitskleidung wird gestellt« gestanden hatte.

Ironischerweise stammte die Kondomfirma, für die er Reklame machte, aus Bielefeld. Irgendwie ließ ihn Bielefeld nicht los. Wenn er jemandem erzählte, woher er kam, musste er sich immer erst mal diesen bescheuerten Witz anhören, dass es die Stadt doch eigentlich gar nicht gebe. Doch wie der Zufall es wollte, traf er in letzter Zeit ständig auf irgendetwas oder irgendwen von dort. Wie zum Beispiel Dilek.

Ihr Streit auf dem Teufelsberg war mittlerweile gut drei Wochen her und seitdem herrschte zwischen ihnen Funkstille, doch Dilek ging ihm einfach nicht aus dem Kopf. Nach ungefähr einer Woche war seine Wut verflogen und er war traurig darüber, dass sie sich weder aussprachen noch sahen. Davor hatten sie sich alle paar Tage getroffen und er spürte, dass seine Verletztheit über ihren Streit seine Sehnsucht nach ihr nur noch verschlimmert hatte. Ist das Liebe oder nur ein beschissenes Machtspiel?, fragte er sich.

Unzählige Male hatte er Revue passieren lassen, was an jenem Abend passiert war. Jedes Mal, wenn er daran dachte, wie sie mit dem Kerl auf der Tanzfläche rummachte und wie sie ihn später beleidigt hatte, spürte er, wie all seine Eifersucht und Wut wieder hochkamen. Andererseits, sagte er sich, hatte sie ihn danach gesucht und war nicht bei dem Kerl geblieben. Außerdem war er es gewesen, der sie an ihrem ersten Abend hatte abblitzen lassen, und auch danach war er bei ihr, zumindest bei allem, was über Freundschaft hinausging, nicht mehr in die Offensive gegangen, obwohl er zweifellos in sie verliebt war. Aber warum? Weil er Angst hatte, verletzt zu werden? Stattdessen hatte er Dilek verletzt und mit ihrer Freundin rumgemacht, nur um es ihr heimzuzahlen.

Ja, dachte er sich, sie hat das Recht, wütend auf mich zu sein.

Mittlerweile kannte er sie gut genug, um zu wissen, wie stolz und verletzlich Dilek war. Der erste Move musste von ihm kommen, so viel war klar. Vermutlich würde sie sich freuen, wenn er sich meldete. Die Tatsache, dass Nejla an diesem Wochenende mit von der Partie war, kam ihm da gerade recht.

Dilek wollte doch unbedingt ihre alte Kindheitsfreundin überraschen und so würden auch er und sie sich wiedersehen, ohne dass ihr Streit und alles, was damit zusammenhing, direkt im Vordergrund standen.

Nachdem Bobby den Rest seiner Werbekondome verteilt hatte, holte er sein Handy raus und schrieb Dilek.

Als er am frühen Abend zum neuen Hauptbahnhof fuhr, um seine Freunde vom Zug abzuholen, bekam er eine SMS von Dilek. Schon als er ihren Namen auf dem Display las, begann sein Herz schneller zu schlagen.

Hey Bobby, cool, dass du dich meldest! Bin heute Abend bei Lena. Aber würde euch voll gerne morgen sehen, sag einfach wann und wo, LG
PS: Verrat Nejla nix :-)

Yes, dachte er glücklich, als er aus der S-Bahn stieg. Sie ist nicht mehr wütend. Das wird ein richtig geiles Wochenende!

Staunend sprang er in dem riesigen, futuristischen Glaswürfel die Rolltreppen hinunter. Mit seinen scheinbar frei in der Luft schwebenden Ebenen und den zahllosen Rolltreppen hatte er ein bisschen was von einer unmöglichen Escher-Zeichnung. Das Gebäude war erst vor gut einem Monat eröffnet worden und hatte ziemlich lange in den Schlagzeilen gestanden, da die Eröffnungsfeier von einem Amoklauf überschattet worden war. Wenn Bobby sich richtig erinnerte, hatte irgend so ein junger Typ mit seinem Messer an die vierzig Menschen niedergestochen. Eins der Opfer hatte HIV gehabt.

Alter, was für eine Szene, dachte sich Bobby, während er nach der richtigen Gleisnummer Ausschau hielt. Natürlich hatte der Zug, ein IC aus Amsterdam, fünfzehn Minuten Verspätung.

Während er am Bahnsteig wartete, wunderte er sich über sich selbst, wie aufgeregt er war. Seine Beine waren ganz weich geworden und seine Hände verschwitzt und zittrig. Gut vier Monate waren vergangen, seitdem er seine Freunde zuletzt gesehen hatte. Eigentlich keine lange Zeit, aber irgendwie fühlte es sich wie eine Ewigkeit an.

Wenn er jetzt an Bielefeld zurückdachte, kam ihm sein bisheriges Leben dort unwirklich vor, wie ein seltsamer Traum, aus dem er aufgewacht war und den er nicht mehr weiterträumen wollte. Klar, Dilek kam auch ursprünglich aus Bielefeld, aber sie war schon lange kein Teil mehr davon, nicht so wie Arturo, Nejla und Kazim. Für einen Augenblick spielte er mit dem verrückten Gedanken, einfach wieder abzuhauen. Doch stattdessen ging er zum Snackautomaten und zog sich einen Mr. Tom.

Eine halbe Stunde später war Bobbys Anspannung komplett verflogen. Die Stimmung war bestens und es fühlte sich an wie eh und je. Auf der Fahrt zu seiner WG rissen Artur und er dieselben dämlichen Witze wie früher, Kazim schüttelte bloß lächelnd den Kopf und betrachtete neugierig die Graffitis an der S-Bahnlinie, während Nejla ihm tausend Fragen über Berlin stellte.

»Ey Leute«, verkündete Kazim, als sie ihre Rucksäcke in Bobbys Zimmer brachten und er sich an den Schreibtisch setzte, um einen zu bauen. »Onkel Silêman hat in Kreuzberg 'n Restaurant. Lasst mal dahin, was essen!«

»Alter«, lachte Bobby. »Ich zieh Hunderte Kilometer weg und wohne schon wieder neben einem Onkel von dir. Wo hast du eigentlich keine Verwandtschaft?!«

»Kurdische Diaspora, Brudi«, antwortete Kazim. »Wir sind überall.«

»Deine Léon-der-Profi-Pflanze lebt ja immer noch!«, rief Artur und deutete aufs Fensterbrett.

»Klar, Mann«, antwortete Bobby. »Was dachtest du denn?! Das ist das Einzige, worauf ich immer aufpasse!«

»Cool«, sagte Artur sichtlich erfreut. »Ich habe meine auch noch.«

Später am Abend gingen Artur und Bobby runter zum Späti, um noch ein paar Bier und Papers zu holen. Nejla und Kazim blieben oben, sodass sie ein bisschen Zeit hatten, alleine zu quatschen.

»Weißt du noch, wie wir ungefähr vor einem Jahr am Flughafen bei Paderborn im Auto saßen und über die Zukunft geredet haben?«, fragte Bobby, als sie aus dem muffigen Treppenhaus in die frische Abendluft traten.

»Klar, Mann«, erwiderte Artur. »Hättest du mir damals gesagt, dass ich ’n Jahr später mit meiner neuen Freundin zusammenwohne und eine eigene Rap-EP rausbringe, hätte ich gedacht, du willst mich verarschen.«

»Und dass ich in Berlin lande …«, sagte Bobby.

»Alter, dir habe ich immer alles zugetraut«, lachte Artur.

»Was soll das denn bitte heißen?«, empörte sich Bobby.

»Ich mein’s im Guten«, sagte Artur und wurde wieder ernst. »Du machst immer dein Ding, egal wo du bist. Und wenn du was willst, dann checkst du es auch.«

»Hmm, danke«, antwortete Bobby. »Wenn ich bloß wüsste, was ich will. Ich habe das Gefühl, ich will ständig irgendwas anderes. Aber du siehst gut aus, Bro. Wirkst irgendwie so, als wärst du angekommen.«

»Echt, findest du?«, wunderte sich Artur. »Danke …«

Tatsächlich machte Artur wirklich einen guten Eindruck. Er wirkte viel geerdeter und glücklicher. In ihrer WG-Zeit hatte er manchmal so einen verlorenen Blick gehabt, auch wenn er gelächelt hatte. Diese Leere in seinen Augen schien verschwunden zu sein. Nejla und das Zusammenleben mit ihr taten ihm offensichtlich gut. Außerdem trat Artur, seitdem er rappte, viel selbstbewusster auf. Die EP mit Kazim war echt gut geworden. Die Lyrics waren nicht bloß irgendein Gelaber, sondern berührten einen und die Beats waren auch cool. Kein Wunder, dass sie sogar bei den Hip-Hop-Mags gut angekommen war.

Als sie wieder vor der Haustür standen und Bobby bereits seinen Schlüssel herausholte, hielt Artur plötzlich inne.

»Alles ist echt gut gerade«, begann er zögerlich. »Und ich meine: echt Bombe … Aber kennst du das, wenn du nicht daran glauben kannst?«

Bobby sah ihn überrascht an.

»Dieses Gefühl ist nicht immer da«, fuhr Artur fort. »Aber manchmal spüre ich diese Leere in mir, obwohl alles cool ist. Es ist wie ein schwarzes Loch, dass in mir drin ist und droht, mich zu verschlucken.«

Bobby wusste nicht, was er sagen sollte. Damit hatte er nicht gerechnet.

»Aber du hast doch Nejla und uns …«

»Ich weiß, Bratischka. Aber ich habe Angst, dass ich gerade denen, die mir am nächsten sind, wehtue. Ich liebe Nejla, wirklich, aber manchmal habe ich so dunkle Vorahnungen und ich will sie nicht in diese Scheiße mit reinziehen.«

»Hast du schon mal überlegt, mit jemandem darüber zu sprechen?«, erkundigte sich Bobby vorsichtig. »Ich meine jemanden Professionelles.«

Artur schaute ihn überrascht an. Offenbar hatte er nicht mit Bobbys Reaktion gerechnet.

»Hmm, ja«, sagte er dann und senkte den Blick. »Tatsächlich habe ich mit Nejla schon mal darüber gesprochen. Ich glaube, wenn wir aus dem Urlaub zurückkommen, check ich mal ab, wie das mit 'ner Therapie läuft.«

»Bro«, sagte Bobby und legte ihm den Arm um die Schulter. »Du weißt, wenn du Hilfe brauchst oder was ist, kannst du immer anrufen.«

»Danke, Mann«, meinte Artur und lächelte. »Ich wüsste nicht, was ich ohne euch machen würde.«

»Lass uns hochgehen«, sagte Bobby. »Die anderen machen sich bestimmt schon Sorgen.«

Dilek hatte ihm geschrieben, dass sie gegen zwölf Uhr mittags vorbeikommen würde. Bobby hing mit seinen Gästen in der WG-Küche rum, als es an Tür klingelte. Mit der Entschuldigung, einen Kaffee aufsetzen zu wollen, bat er Nejla so beiläufig wie möglich darum, an die Tür zu gehen.

Das wilde Geschrei, was kurz darauf durch den Flur und das gesamte Treppenhaus hallte, zeugte davon, dass die Überraschung gelungen war.

Kazim und Artur machten große Augen und schüttelten verwundert die Köpfe. Bobby lächelte und zuckte bloß mit den Schultern, doch als er aus der Küche hinaus in den Flur trat, war er fast so aufgeregt wie Nejla. Dileks Anblick war der Hammer.

Sie hatte sich grüne Strähnen machen lassen. Mit ihren krassen grünen Augen und in Kombination mit ihrem Outfit – einem bauchfreien grünen Top, schwarzen Baggy-Jeans und weißen Reebok Classic – sah sie aus wie ein Mix aus Animeheldin und Hip-Hop-Videostar.

»O mein Gott!«, schrie Nejla, während sie Dilek abwechselnd ansah und an sich drückte. »Und wie schön du bist, meine Süße! Mašala! Ich kann es immer noch nicht fassen!«

»Ach, was«, sagte Dilek. »Schau dich erst mal an!«

Erst jetzt bemerkte Bobby, dass sie vor lauter Rührung Tränen in den Augen hatte.

»Danke, dass du daran gedacht hast«, flüsterte Dilek Bobby ins Ohr, als er sie schließlich zur Begrüßung ebenfalls umarmte.

»Schön, dass du da bist«, antwortete Bobby.

Am liebsten hätte er ihr noch tausend andere Dinge gesagt, aber dafür war gerade nicht die passende Gelegenheit. Nejla und Dilek waren nicht mehr voneinander zu trennen. Obwohl er sich für die beiden freute, war er auch ein bisschen eifersüchtig.

Alter, was ist los mit dir, sagte er sich. Stell dir vor, das wärt Artur und du. Wir wären auch ausgeflippt. Die beiden waren früher beste Freundinnen und haben sich nicht mehr gesehen, seitdem sie fünfzehn waren.

Kazim und Artur waren schon am Nachmittag mit den Organisatoren des Jams beim Cassiopeia verabredet, um die Location kennenzulernen. Außerdem wollte Kazim auf dem Gelände noch eine Wand malen. Bobby schloss sich den beiden an, sodass Dilek und Nejla ein wenig Zeit für sich hatten und später am Abend zu ihnen stoßen konnten.

Auf dem RAW-Gelände in Friedrichshain tummelten sich bereits einige Leute, da im Zuge der Jams ein paar Wände gemalt wurden. Die Jungs, die das *Hard2Burn*-Graffiti-Magazin machten, waren auch da. Kazim und Bobby kannten sie bereits aus Bielefeld, da sie mit dem Bielefelder

Indie-Label 667 verbunden waren. Die Jungs waren cool drauf, erzählten ihnen verrückte Storys und machten sie mit verschiedenen Leuten bekannt.

Das Wetter war super, es hatte über 25 Grad und das erste Bier, was Bobby und Artur sich aufmachten, stieg ihnen direkt in den Schädel. Als DJ und Freestyler hatte Kazim bereits einige Bühnenerfahrung und war recht entspannt, doch Artur, der bisher kaum aufgetreten war, war die Nervosität anzumerken. Je tiefer die Sonne sank und je mehr Leute auf das Gelände kamen, desto schweigsamer wurde er. Immer wieder entfernte er sich ein paar Schritte von den anderen, um leise seine Texte vor sich hinzumurmeln.

»Bro, du rockst den Shit«, ermunterte Bobby ihn. »Da bin ich mir sicher!«

»Ja, Mann«, sagte Artur, doch Bobby hatte das Gefühl, dass er nicht wirklich zuhörte.

Auch bei Bobby stieg die Aufregung, allerdings weniger wegen des Auftritts, sondern mehr wegen Dilek.

Was, wenn sie gar nicht zum Jam kommt?, fragte er sich.

Artur und Kazim waren mittlerweile zum Soundcheck verschwunden und Bobby stand allein vor der Tür. Ungeduldig sah er auf die Uhr. Halb acht. Eigentlich sollten Dilek und Nejla langsam da sein, denn sie hatten ausgemacht, vorher zusammen noch etwas zu essen.

Um viertel vor acht waren sie immer noch nicht da. Bobby stellte sein leeres Bier weg und holte sein Handy heraus, um Dilek zu schreiben. In einer Viertelstunde begann der Einlass und an der Tür bildete sich bereits eine Schlange. So wie es aussah, würde es an diesem Abend richtig voll werden. Kein Wunder eigentlich, bei diesem Line-up. Neben AK602 gab es noch zwei Berliner Acts, die Bobby nicht kannte, dann kam Mach One und als Headliner des Abends trat Taktloss, die Berliner Battlerap-Legende, auf.

Als Bobby gerade anfing, eine SMS an Dilek zu tippen, hörte er plötzlich seinen Namen.

»Ey, bist du nicht Bobby aus Bielefeld?«, riefen Dilek und Nejla.

Einander untergehakt kamen sie ihm entgegen. Die Leute in der Schlange drehten sich neugierig nach den beiden lärmenden Schönheiten um. Mit ihrem Gekicher und dem schelmischen Grinsen in ihren Gesichtern erinnerten sie Bobby voll an die beiden Mädchen vom Pausenhof der Gesamtschule. Offenbar waren die beiden wieder ganz ein Herz und eine Seele.

Ob sie wohl auch über mich geredet haben?, fragte sich Bobby und studierte den Ausdruck in Dileks Gesicht.

Gemeinsam gingen sie an der Schlange vorbei zur Abendkasse, die mittlerweile geöffnet hatte.

»Wir gehören zu AK602«, sagte er zu der Frau an der Kasse. »Ich hab so 'n Bändchen und die Mädels stehen auf der Gästeliste.«

Einer der Berliner, denen er am Nachmittag vorgestellt worden war und der ebenfalls an der Tür stand, nickte ihr zu und winkte sie durch.

So cool hatte Bobby sich schon lange nicht mehr gefühlt. Er kannte die Leute vor Ort, seine Crew chillte VIP-mäßig ab und er lief mit zwei superhübschen Frauen durch die Gegend. Er konnte die neidischen Blicke der Wartenden in der Schlange hinter sich förmlich spüren.

Artur und Kazim waren als zweiter Act an der Reihe. Bobby war in Bielefeld früher ab und zu auf kleineren Hip-Hop-Jams im Falkendom, Stricker oder AJZ gewesen und wusste, dass man als Opener manchmal die Arschkarte hatte, da das Publikum noch größtenteils vor der Tür rumhing und es oft ein wenig dauerte, bis sich der Raum füllte. Dazu kam, dass lokale Crews oft ihre eigenen Fans mitbrachten und diese nicht unbedingt auch die anderen Acts feierten. Doch an diesem Abend war es anders. Der Laden war von Anfang an brechend voll, die erste Crew ging ziemlich ab und die Stimmung war direkt so aufgeheizt, dass vor der Bühne fast eine Schlägerei ausbrach.

Ein Typ, der umgeschubst wurde, landete dabei auf Nejla. Dilek regte sich total auf. Sie und Bobby wollten sich schon einmischen, doch Nejla winkte bloß ab und blieb cool, zumal sie Auseinandersetzungen aus der Gastro zur Genüge kannte.

Als sich die Situation wieder etwas beruhigt hatte, blickten alle gespannt in Richtung Bühne. AK602 war die einzige Gruppe, die nicht aus Berlin kam; den meisten im Publikum sagte ihr Name wahrscheinlich überhaupt nichts.

Hoffentlich geht das Publikum gut ab, dachte Bobby, als Artur und Kazim auf die Bühne traten.

Kazim wirkte wie immer ziemlich locker und nur jemand wie Bobby, der ihn gut kannte und beim Malen bereits in Stresssituationen erlebt hatte, konnte erkennen, dass er aufgeregt war. Bei Artur war es das genaue Gegenteil. Artur wirkte so angespannt, dass Bobby seinen Kumpel kaum wiedererkannte. Die Farbe war komplett aus seinem Gesicht gewichen. Das Mikro in der Hand stand er regungslos da und stierte vor sich hin wie ein Boxer, der den Einlauf seines Gegners erwartete.

Fuck, dachte Bobby besorgt. Er hat doch nicht etwa im Backstage nach dem Soundcheck noch richtig gesoffen? Hoffentlich verkackt er nicht und vergisst seine Texte.

»Hajde, srce moje!«, feuerte Nejla ihn an. »Udri ga!«

Über Arturs Gesicht huschte der Anflug eines Lächelns. Kazim begrüßte das Publikum, woraufhin ein erster verhaltener Applaus ertönte. Dann schenkte er Artur einen vielsagenden Blick und es ging los.

Komm schon, sagte sich Bobby, der jetzt selbst fast so aufgeregt war wie Artur. Zeig's ihnen!

Tatsächlich erweckte der Beat einen anderen Artur zum Leben. Dieser Artur marschierte geradewegs an den Rand der Bühne, stellte seinen Fuß auf die Monitorbox und rappte mit einer nie vermuteten Power seinen Part herunter, sodass Bobby fast die Luft wegblieb. Bei ihrem zweiten Song

AK
602

verschwand die Aufregung komplett aus seiner Stimme, er wurde lockerer und die unterschiedlichen Energien von ihm und Kazim ergänzten sich immer besser. Mit ihrem dritten Song *Polîs,* einem Lied über die Bullen, hatten sie komplett das Eis gebrochen. Das Publikum geriet richtig aus dem Häuschen, applaudierte wild und verlangte, dass sie den Song noch einmal spielten.

Als Artur und Kazim schließlich von der Bühne stiegen, sah man ihnen an, wie glücklich sie waren. Besonders Artur hatte Bobby schon lange nicht mehr so unbeschwert lächeln sehen. Während Kazim sich mit dem Publikum unterhielt und die selbstgebrannten EPs aus dem Rucksack verkaufte, schlug Artur bloß flüchtig im Vorbeigehen mit ein paar Leuten ein und drängte sich zu Nejla durch. Während Nejla und Artur sich küssten, sah Bobby zu Dilek hinüber, die neben den beiden stand und plötzlich etwas verloren wirkte. Als Dilek bemerkte, dass Bobby sie beobachtete, schnitt sie eine Grimasse und deutete mit dem Kopf vielsagend auf die beiden. Bobby musste grinsen.

»Leute, ich schwöre«, rief Artur ihnen kurz darauf zu und umarmte ihn und Dilek. »Das war das Heftigste, was ich jemals erlebt habe. Richtig geil! Bobby, du bist so krass, dass du uns diesen Gig klargemacht hast! Kommt, wir gehen ins Backstage und holen uns was zu trinken, bevor die anderen alles wegsaufen!«

»Bıra«, rief Kazim und gesellte sich grinsend zu ihnen. »Nächstes Mal brauchen wir mehr Merch! Und dann lassen wir richtige CDs pressen, oder am besten Vinyl!«

»Hast du alle verkauft?!«, erkundigte sich Artur ungläubig.

Kazim nickte und schüttelte zum Beweis den leeren Rucksack.

Aus dem Backstage schlug ihnen ein heftiger Weedgeruch entgegen, es war total stickig und brechend voll. Die Berliner Acts hatten eine ziemlich große

Entourage dabei. Dazu kamen noch einige verrückte Gestalten, die Bobby nicht recht einordnen konnte, die aber ebenso selbstverständlich dort herumhingen.

Mit neugierigen, teils misstrauischen Blicken wurden die Neuankömmlinge gemustert. Taktloss war nirgends zu sehen, dafür aber eine Truppe, die eher nach Schlägern oder Türstehern aussah.

»Wer sind denn die da?«, raunte Bobby Kazim zu.

»Hmm, könnten welche von BC sein«, meinte Kazim schulterzuckend und rief dann: »Hey Jungs, hat hier zufällig jemand Papers?«

Während Kazim sich mit dem Typen unterhielt, der ihm aus seiner Hitbag Papers gab, setzte Bobby sich mit den anderen auf ein freies Sofa in der Ecke und ließ den Blick schweifen. Irgendwie lag eine gewisse Spannung in der Luft. Bobby hatte das Gefühl, dass immer wieder mal jemand komisch zu ihnen herüberschielte und die Stimmung schnell kippen konnte.

Artur stand auf und ging zum Kühlschrank, um ihnen ein paar Getränke zu besorgen. Der Kühlschrank war schon ziemlich leer. Ein paar Kerle machten sich gerade daran zu schaffen und gaben Flasche um Flasche weiter an ihre Kollegen, die in der Nähe um einen Tisch saßen.

»Hey, hey, Moment mal!«, rief einer von ihnen, als Artur ebenfalls in den Kühlschrank griff. »Dit is unser Kühlschrank. Da geht man nich so ohne Genehmigung ran!«

»Ich bin hier gerade aufgetreten, Mann!«, entgegnete Artur.

»Du kannst auftreten, wo de willst«, sagte sein Gegenüber herablassend »Aber ick manage hier die Getränke!«

Kazim horchte auf und sah zu Artur herüber. Die Typen am Tisch sahen jetzt ebenfalls in seine Richtung. Arturs Augen blickten starr vor Wut, schweigend presste er seine Lippen aufeinander.

Fuck Alter, dachte Bobby. Das endet übel. Der Raum ist voller Berliner und nirgendwo einer der Jungs, die wir kennen.

Besorgt drehte er sich zu Nejla und Dilek um, die gerade so vertieft miteinander quatschen, dass sie gar nicht mitbekommen hatten, was los war.

Da richtete sich am Tisch plötzlich ein großer, bulliger Typ mit Glatze auf und rief zu Artur herüber:

»Du bist doch von AK602 oder so?«

»Ja, Mann.«

»Coole Show«, sagte er. »Hab ich mir reingezogen.«

»Danke.«

»Wo kommt ihr eigentlich her?«

»Aus Bielefeld!«

»Bielefeld?!«, horchte der Typ am Tisch auf, der bei den anderen offensichtlich ziemlich viel Respekt genoss. »Kennste Aci K?«

»Von Harlem City, Untergrundsoldaten und so?«

»Genau.«

»Ja, schon. Kennste auch Egoshooter? Der hat mit DJ Melrok dieses *Special Bonus*-Tape gemacht.«

»Yo, kenn' ich. Der ist bei 667 oder?«, sagte der Typ mit der Glatze und nickte dem vermeintlichen Kühlschrankmanager zu. »Gute Jungs, die Bielefelder. Grüß ma' vom Atzenkeeper.«

»Yo, mach ich«, meinte Artur und nahm ein paar Bier aus dem Kühlschrank.

O Mann, dachte Bobby erleichtert. Grinsend kam Kazim mit seinem Joint anspaziert.

»Ich schwöre, lo. Alle sind mit Bielefeld connected.«

Sie zogen sich Taktloss' verrückten Auftritt rein und machten Party, bis die Musik ausging und das Licht an. Ein paar von den Berlinern luden sie noch auf eine Afterhour ein, aber Artur und die anderen wollten die letzten Stunden vor ihrer Rückfahrt lieber noch in Ruhe mit Bobby abhängen. Ihre gemeinsame Zeit in Berlin war wie im Flug vergangen und wer weiß, wann sie sich das nächste Mal wiedersahen.

»Wenn ihr Bock habt, können wir auch noch zu mir«, bot Dilek ihnen an. Überhaupt war sie heute ziemlich entspannt drauf und hatte zu Bobbys Verwunderung zwischendurch immer wieder seine Nähe gesucht.

»Cool«, sagte Nejla. »Ich will deine Wohnung sehen!«

Artur und Kazim hatten ebenfalls nichts dagegen, also fuhren sie zu Nejla in den Reuterkiez.

»Nicht schlecht, meine Liebe«, rief Nejla anerkennend, als Dilek ihnen ihre Wohnung zeigte. »Zwei Zimmer. Die Bude rockt!«

Obwohl Dileks Wohnung für Bobbys Geschmack total aufgeräumt und sauber war, entschuldigte sie sich tausendmal für die Unordnung und verschwand in der Küche, um kurz darauf mit einem Tablett zurückzukommen, auf dem sich verschiedenste Snacks und Getränke türmten.

Gemeinsam setzten sie sich auf den Boden und das Sofa, tranken, kifften und quatschten, euphorisiert von dem coolen Wochenende, über ihre Zukunftspläne.

»Wir machen in ein paar Wochen eine kleine Balkantour«, sagte Nejla. »Wir fliegen erst nach Dubrovnik ans Meer und später fahren wir mit dem Bus über Mostar nach Sarajevo hoch und besuchen meine Mutter!«

»Ich bin schon gespannt«, ergänzte Artur. »Es ist das erste Mal, dass ich in ein slawisches Land fahre. Irgendwann will ich auch noch mal nach Russland.«

»Glaub mir, du wirst es lieben«, versicherte ihm Nejla.

»Ich war seit meiner Geburt auch nicht mehr in Kurdistan«, meinte Kazim.

»Und wo machst du so Urlaub?«, wollte Dilek wissen.

»In meinem Kopf«, sagte Kazim und blies den Rauch hinauf zur Decke.

Kazims Joint gab Bobby den Rest. Nach ein paar Zügen verspürte er eine unglaubliche Müdigkeit. Seine Augenlider fühlten sich an wie achtzig Kilo auf der Hantelbank.

»Leute, ich bin richtig platt«, murmelte er.

»Wenn du willst, kannst du dich drüben bisschen hinlegen«, bot Dilek ihm an.

Mit letzten Kräften schleppte Bobby sich in Dileks Schlafzimmer und fiel auf das Bett.

Alter, wo bin ich, fragte Bobby sich verwirrt, als er wieder aufwachte. Er lag in Klamotten auf dem Bett. Durch die Jalousien am Fenster drang milchiges Grau, zugleich spürte er die Anwesenheit von irgendjemandem im Raum. Er brauchte einen Moment, bis das Gefühl lähmender Betäubung aus seinem Körper verschwand und er seinen Kopf zur anderen Seite wandte. Im Dämmerlicht erkannte er Dileks Gestalt. Sie hatte sich umgezogen, trug Hoodie und Jogginghose und stand vor dem Bett. Als sie sah, wie Bobby verwundert in ihre Richtung blinzelte, lächelte sie und kroch neben ihn. Schweigend lagen sie nebeneinander.

»Wo sind die anderen?«, flüsterte Bobby heiser.

»Kazim ist im Sessel eingeschlafen und Nejla und Artur pennen auf der Couch.«

»Ach so«, sagte Bobby.

Durch das gekippte Fenster drangen gedämpftes Verkehrsrauschen und das Singen der Vögel.

»Die beiden haben sich echt gefunden, oder?«, meinte Dilek nach einer Weile.

»Artur und Nejla?«, fragte Bobby. »Ja, schon.«

»Ich war noch nie am Meer. Ich meine, so richtig im Sommerurlaub. Spanien oder Italien oder so.«

»Ich auch nicht«, murmelte Bobby.

Dilek hob die Schneekugel mit der Sagrada Familia vom Nachttisch und schüttelte sie.

Schneit es in Barcelona überhaupt?, wunderte sich Bobby, während er die Kugel betrachtete.

»Ich muss nach Barcelona«, sagte Nejla. »Kommst du mit?«

Bobby sah sie überrascht an.

»Diesen Sommer?«

Dilek nickte.

»Ja«, sagte Bobby und lächelte. »Ich bin dabei.«

Dilek schmiegte ihren Kopf an seine Schulter. Kurz darauf war sie eingeschlafen. Ihr leises Schnarchen erinnerte ihn an das Schnurren einer Katze.

Um sie nicht aufzuwecken, verharrte Bobby regungslos in derselben Position.

Barcelona, dachte er glücklich. Wir fahren nach Barcelona.

Me gustas tú

Eine gute Woche nachdem Nejla und Artur nach Dubrovnik geflogen waren, saß Dilek mit Bobby am Flughafen Tegel draußen auf der Panoramaterrasse und sah zu, wie ein Flugzeug nach dem anderen die Startbahn entlangdonnerte und abhob.

»Früher, wenn mich mein Leben so richtig angekotzt hat und ich nicht wusste, wohin, bin ich manchmal hierhergekommen«, meinte Dilek und nahm einen Schluck von dem überteuerten Dosenbier, das sie sich in einem der Flughafenshops gekauft hatten. »Wenn du all die Flugzeuge siehst, die quer durch die ganze Welt fliegen, dann bekommst du ein Gefühl dafür, was es da draußen alles gibt und was alles noch auf dich wartet. Im Alltag vergisst man das viel zu oft.«

»Ich war erst einmal aufm Flughafen. Das war mit Artur in Paderborn«, antwortete Bobby. »Wir sollten seinen Vater abholen, aber sein Flug wurde gestrichen und wir hingen da ganz umsonst rum.«

»Ich wusste gar nicht, dass Paderborn 'nen Flughafen hat …«

»Ja, voll die Schande, wenn, dann sollte Bielefeld einen haben!«

»Moment mal. Wenn ich das richtig verstehe, heißt das, dass du noch nie geflogen bist?!«

»Ja, das ist heute mein erstes Mal.«

»Wie süß! Du bist noch eine Flugjungfrau«, sagte Dilek und lachte. »Und ich darf die Erste sein, die mit dir fliegt! Hab keine Angst.«

»Ich hab keine Angst«, entgegnete Bobby, den diese Feststellung offenbar ein wenig beschämte. »Bist du denn schon oft geflogen?!«

»Nee, nicht wirklich. Einmal als kleines Kind von Istanbul nach Deutschland und vor anderthalb Jahren bin ich mal mit Lena für ein Wochenende nach Dublin.«

Dilek holte die Digitalkamera raus, die sie sich extra für den Urlaub von Lena geliehen hatte.

»Diesen historischen Moment müssen wir festhalten«, rief sie, lehnte sich zu ihm und legte den Arm um seine Schulter.

Sie streckte den freien Arm aus und machte ein Selfie. Eine Windböe wirbelte ihr Haar in Bobbys Gesicht.

»Wir fliegen nach Barça«, rief sie fröhlich.

»Wir fliegen nach Barça«, murmelte Bobby, der erst jetzt, da sie gemeinsam mit ihrem Gepäck auf der Flughafenterrasse saßen, so richtig verstand, was Sache war.

Aufmerksam musterte Dilek sein Gesicht. Bobby redete heute weniger und war irgendwie ruhiger als sonst. Trotzdem wirkte er nicht unglücklich, im Gegenteil. Seine Augen strahlten und seine Mundwinkel umspielte ein Lächeln.

Cool, dachte sich Dilek. Es fühlt sich richtig an, dass wir zusammen wegfahren.

Dilek wusste von sich selbst, dass sie manchmal aus einer Laune heraus auf irgendwelche Ideen kam oder Dinge vorschlug, die sie ein paar Stunden oder Tage später wieder als idiotisch verwarf, aber mit ihrem Barcelona-Trip war es anders. In dem Moment, als sie und Bobby auf ihrem Bett gelegen und gemeinsam in die Schneekugel gestarrt hatten, war ihr vollkommen klar gewesen, dass sie nach Barcelona fahren musste. Dass es ihr Schicksal war und sie dort irgendetwas erwartete. Und zwar nicht nur sie, sondern auch Bobby. Bobby und sie mussten gemeinsam dorthin fahren. Dilek war nicht mehr besonders religiös, auch wenn sie sich selbst noch als Muslima vorstellte, aber wenn sie diesen Moment hätte beschreiben müssen, dann hätte sie wohl gesagt, dass es eine Vision oder Eingebung gewesen sei.

Sie warf einen Blick auf ihre Armbanduhr.

»Komm«, sagte sie zu Bobby, der gebannt den Start eines riesigen Düsenjets verfolgte. »Wir sollten langsam runter zu unserem Gate.«

Bobby nickte.

»Ich check zwar die Physik und was da passiert«, meinte er, »aber trotzdem ist es verrückt, dass so ein tonnenschweres, riesiges Ding mit diesen klapprigen Flügeln Tausende von Metern hoch in die Luft steigt und dann wieder heil auf dem Boden landet.«

»Ich dachte, du hast keine Angst«, sagte Dilek grinsend.

»Ich habe keine Angst«, verteidigte sich Bobby. »Aber irgendwie ist es verrückt, dass wir Menschen fliegen können. Was sollen bloß die Vögel denken? Stell dir vor, dir begegnet eines Tages ein Rudel Delfine, dass in selbstgebauten Robotern durch Kreuzberg läuft?«

»Frag mal die Junkies im Görli«, sagte Dilek. »Die haben bestimmt schon welche gesehen.«

Die zweieinhalb Stunden im Flugzeug vergingen schneller als gedacht. Da es Bobbys erster Flug war, überließ sie ihm bereitwillig den Fensterplatz. Als sie beim Start von der Beschleunigung der Maschine in die Sitze gepresst wurden und kurz darauf abhoben, wurde Bobby ganz bleich und kauerte starr in seinem Sitz. Dilek griff instinktiv nach seiner Hand und lächelte. Zum ersten Mal sah sie, dass Bobby, der ansonsten vor nichts und niemandem zurückschreckte, Angst hatte. Als sie ihre Flughöhe erreicht hatten und über den Wolken schwebten, die an ein unendlich weites Bett aus Zuckerwatte erinnerten, entspannte er sich wieder. Neugierig wie ein kleiner Junge blickte er aus dem Fenster und studierte die Broschüren in der Tasche vor seinem Sitz und alles, was um ihn herum geschah. Als die Stewardess kam, bestellten sie sich Wein in Miniflaschen und lasen zusammen in Dileks kleinem Taschenwörterbuch. Dilek hatte sowohl in der Gesamtschule als auch später in der Abendschule einige Jahre Spanisch gelernt und erprobte ihre Kenntnisse unerschrocken bei den spanischen Touristinnen und Touristen, die in immer größerer Zahl nach Berlin kamen, wobei das größte Kompliment für sie darin bestand, dass sie manchmal für eine Kolumbianerin oder Venezolanerin gehalten wurde. Bobby hatte, wie sich herausstellte, irgendwann ebenfalls einmal ein Jahr Spanisch belegt, doch er konnte sich an so gut wie nichts mehr erinnern. Dafür konnte er perfekt einen spanischen Akzent nachmachen und steigerte sich so sehr in diese Rolle hinein, dass er beim Aussteigen gar nicht mehr bemerkte, dass er nur noch mit Akzent sprach.

Da Dileks Koffer und Bobbys Trekkingrucksack ins Handgepäck passten, mussten sie nicht auf die Gepäckausgabe warten, sondern konnten direkt durch die Passkontrolle. Angetrunken von dem Wein und der Vorfreude liefen sie durch die Empfangshalle Richtung Ausgang.

Die getönte Glastür glitt zur Seite und Dilek trat aus der klimatisierten Halle. Obwohl sie zum ersten Mal in dieser fremden Umgebung war, fühlte es sich auf seltsame Weise vertraut an. In dem Schwall heißer Luft, der ihr entgegenschlug, vermischte sich der Abgasgeruch der Taxis und Busse mit dem mediterranen Duft der Pflanzen und des nahen Meeres. Dilek schloss die Augen. Während sie bedächtig die Luft einsog, stieg von dem Grund ihres Bewusstseins etwas in ihr auf, von dem sie gar nicht mehr wusste, dass es die ganze Zeit über in ihr existiert hatte. Dieses Etwas Erinnerung zu nennen, wäre übertrieben. Es war eher so etwas wie ein undeutliches, aber gleichzeitig unglaublich vertrautes und intensives Gefühl. Dieses Gefühl war so überwältigend, dass für einen Sekundenbruchteil so etwas wie Panik in ihr aufkam. Dilek hatte schon genug Scheiße erlebt, um genau zu wissen, was Wut, Schmerz und Verzweiflung bedeuteten. Seit ihrer Jugend hatte sie sich geradezu daran gewöhnt, ständig mit diesen Gefühlen zu leben. Aber das, was sie in diesem Augenblick fühlte, löste gerade deshalb Panik in ihr aus, weil es komplett frei davon war.

Alles ist gut, dachte sie sich und spürte währenddessen, dass es zum ersten Mal seit Langem auch wirklich so war. Sie begann langsam wieder ein

Gefühl dafür zu bekommen, wie es sich ohne diese ganze Scheiße anfühlte. Und dieses Gefühl war ganz früher schon einmal da gewesen. In dem Moment, in dem sie in der Nachmittagshitze die heiße mediterrane Luft einsog, erinnerte sie sich wieder daran: an diesen heilen Zustand. Sie war schon einmal glücklich gewesen.

Dilek war gut drei Jahre alt, als ihr Vater, der schon einige Jahre als Gastarbeiter in Deutschland lebte, die Familie zu sich holte. Bis dahin hatten ihre Mutter, Brüder und sie zusammen mit den Familien ihrer Onkels und Tanten in einem kleinen Dorf bei Mersin gewohnt, doch sie konnte sich kaum an etwas aus dieser Zeit erinnern. Das Einzige, was irgendwie in ihr präsent war, war der Eismann, dem sie – sobald sie gehen konnte – halbnackt entgegenrannte, wenn er an heißen Sommertagen mit seinem Wagen hupend die Straße hinaufkam. Allerdings hatte sie diese Geschichte so oft von ihren Brüdern gehört, die sie gerne damit aufgezogen hatten, was für ein dickes Kleinkind sie gewesen war, dass sie nicht wirklich sagen konnte, ob sie sich tatsächlich selbst an diese Szene erinnerte oder sich die Erinnerung daran bloß einbildete. Das, was sie nun fühlte, hatte zwar keine konkrete Form, aber dafür wusste sie, dass es aus dieser Zeit stammte und real war.

Dilek öffnete die Augen und kam zurück ins Hier und Jetzt. Bobby lächelte.

»Cool, dass wir hier sind«, sagte er ernst.

»Finde ich auch«, stimmte Dilek zu.

Mit dem Flughafenbus fuhren sie ins Zentrum bis zur Plaça Catalunya. Vor der Reise hatten Bobby und sie ihre gesamte Kohle zusammengekratzt und sich für eine gemeinsame Urlaubkasse entschieden. Um das Bestmögliche aus ihren begrenzten Mitteln herauszuholen, hatten sie sich für die ersten vier Tage über Couchsurfing einen kostenlosen Platz in einer Studenten-WG in Raval organisiert. Ihr Plan war, zuerst Barcelona anzuschauen und feiern zu gehen. Für die zweite Hälfte ihres Aufenthalts hatten sie sich in Canet, einem kleinen Badeort, der gut mit der S-Bahn zu erreichen war, ein Doppelzimmer in einem günstigen Hostal reserviert. Dort wollten sie sich entspannen und Strandurlaub machen. Mit der WG, in der sie unterkamen, hatten sie bereits geskypt und ihre Hosts hatten einen ziemlich lockeren Eindruck gemacht.

Miguel war Cellist und kam aus Peru, Jan, von Beruf Informatiker, lebte seit zwei Jahren in Barcelona und war ursprünglich aus Tschechien. Die beiden waren ein Paar und teilten sich die Wohnung, aber derzeit hatten sie ein Zimmer an Lisa aus Köln untervermietet, die gerade in Barcelona Erasmus machte. Da Jan und Miguel für ein paar Tage nach Marokko fuhren, wo in der Wüste irgendein verrückter Rave stattfand, konnten Dilek und Bobby ihr Zimmer beziehen und waren mit Lisa allein in der WG.

Die Wohnung lag nur fünfzehn Minuten zu Fuß von der Plaça Catalunya entfernt. Jan hatte ihnen einen Kartenausschnitt gemailt und den Weg darauf markiert, sodass sie nur der Beschreibung folgen mussten.

Neugierig tauchten sie in den bunten Menschenstrom ein, der sich in die Rambla ergoss. Im Schatten der Platanen, die den breiten Fußgängerboulevard säumten, standen Dutzende Zeitungs- und Souvenirbuden, dazwischen tummelten sich Scharen von Straßenkünstlern, Straßenverkäufern und Taschenspielern. Dilek hatte das Gefühl, unmittelbar mit der Stadt und ihren Bewohnern zu verschmelzen. Unter den Blicken der Einheimischen kam sie sich nicht fremd vor, sondern vielmehr wie eine von ihnen und im Gegensatz zu Bobby wurde sie von den Straßenverkäufern direkt auf Spanisch oder Katalanisch angesprochen. Nach ihrer Zeit in Regensburg, wo sie sich oft exotisch und fremd gefühlt hatte, war es ihr zum ersten Mal in Kreuzberg und Neukölln so gegangen. Trotzdem hatte sie sich unter all den Landsmännern und -frauen nicht so unbeschwert gefühlt wie hier, wo sie gänzlich anonym und nichts und niemandem verpflichtet war. Barça wirkte so bunt, alternativ und chaotisch wie Berlin, aber mit viel mehr Sonne und zugleich dunkleren, älteren und verwinkelteren Gassen. Mit ihren Graffitis, Handyshops, arabischen Minimärkten sowie den Falafel- und anderen kleinen Imbissbuden erinnerte die Carrer de San Pau, die Straße, in der sich die Wohnung ihrer Couchsurfing-Hosts befand, Dilek tatsächlich stark an ihren eigenen Kiez in Berlin, nur dass hier alles viel enger und gedrängter war. Wie Miguel ihnen während ihrer Skype-Session erklärt hatte, führten der Platzmangel und die Überbevölkerung Ravals dazu, dass auf viele Häuser nachträglich weitere Geschosse obendrauf gebaut wurden. Die Wohnung ihrer Gastgeber stellte daher so etwas wie ein Miniaturhaus auf dem Dach eines Hinterhauses dar und war für Erstbesucher so schwer zu finden, dass Miguel versprach, sie an der Straße abzuholen.

»Hier muss es sein«, meinte Dilek und deutete auf eine unscheinbare, etwas heruntergekommene Eingangstür neben einem Handyshop.

Bobby holte sein Handy heraus und ließ ein paarmal bei Miguel anklingeln. Als Dilek gerade vorschlagen wollte, dass Bobby es noch mal versuchen solle, öffnete sich die Tür.

»Bienvenidos, mis amigos!«, rief Miguel und umarmte sie herzlich.

Er hatte ein sympathisches Lächeln. Sein Kinn zierte ein schütteres Ziegenbärtchen, sein schwarzes, gegeltes Haar war zu einem Seitenscheitel frisiert und an seinen Ohren funkelten kleine goldene Ohrringe. Von der Statur her war er zierlich und kaum größer als Dilek. Miguel trug Khakishorts, ein kurzärmliges Jeanshemd und Sandalen.

»You had a good flight?«, erkundigte sich Miguel ins Englische wechselnd.

Dilek und Bobby bejahten und folgten ihm in das schummrige Treppenhaus, das sie durch eine weitere Tür sogleich wieder verließen. Sie überquerten einen schmalen Hinterhof. Über ihren Köpfen zerschnitten elektrische Außenleitungen und Wäscheleinen den schmalen Streifen blauen Himmels. Miguel bog seitlich ab in den Eingang eines schönen, aber ziemlich baufälligen Hinterhauses und stieg bis ins fünfte Stockwerk hinauf.

Dort schloss er eine Tür auf, die anstatt in eine Wohnung auf eine eiserne Außentreppe führte, welche direkt auf das Dach ging. Oben angelangt staunten sie nicht schlecht. Tatsächlich befand sich auf dem Flachdach ein kleines einstöckiges Häuschen, das den Großteil der angrenzenden Gebäude noch einmal überragte. Auf der Terrasse vor dem Häuschen standen ein paar bunt zusammengewürfelte Stühle, ein Wäscheständer und jede Menge Blumentöpfe mit Agaven und verschiedenen Kakteenarten. In einer Ecke wuchs außerdem eine große, verlockend duftende Cannabisstaude.

»You go up there, you have even better view", sagte Miguel und deutete auf eine Leiter, die auf das ebenfalls flache Dach des Häuschens führte.

»Wie krass ist das denn bitte!«, rief Dilek, nachdem sie hinaufgeklettert waren.

»Boah, Alter«, murmelte Bobby ebenfalls beeindruckt.

Vom Dach aus bot sich ihnen ein freier Blick über Barcelona bis zum Horizont, der in hellem Dunst mit dem Meer verschmolz. Hier und dort ragten Baukräne und Kirchtürme in den Himmel, ansonsten hatten die meisten Häuser flache, mit Antennen und Satellitenschüsseln gespickte Dächer. Auf manchen Terrassen befanden sich kleine Gärten oder Häuschen, ähnlich dem ihrer Gastgeber.

Wie eine Stadt über der Stadt, dachte Dilek.

»Here you see Santa Maria del Pi and la Catedral«, sagte Miguel, der ebenfalls hinter ihnen hinaufgeklettert war. »And that skyscraper far over there, that looks like a big phallus, is Torre Agbar.«

Die Wohnung war klein, vollgestopft und chaotisch, aber gemütlich. Es gab ein Wohnzimmer mit Esstisch, Kühlschrank, einem kleinen alten Fernseher sowie einer Stereoanlage. Die Bücher- und Schallplattenregale an den Wänden waren zur Hälfte mit verschiedenem Krimskrams wie Figuren, Holzschnitzereien und anderen Reiseandenken zugestellt. Neben der Kochnische, die lediglich durch einen Plastikperlenvorhang abgetrennt war, führte ein Durchgang zu zwei Zimmern. In Lisas Zimmer passte nicht viel mehr als ein Bett. Jan und Miguels Zimmer war etwas größer. Darin standen ein Doppelbett, ein bunt angemalter Kleiderschrank, ein Schreibtisch sowie ein Notenständer und überall flogen Partituren und lose Notenblätter herum.

Miguel holte ein paar Dosen Estrella aus dem Kühlschrank. Gemeinsam setzten sie sich auf die Terrasse in die Spätnachmittagssonne und tranken Bier. Jan war noch unterwegs, aber dafür gesellte Lisa sich zu ihnen.

Lisa, eine junge Studentin mit blondem Haar, fröhlichen hellblauen Augen und der heiseren Stimme einer älteren Barfrau, war ziemlich lustig drauf und machte einen unkomplizierten Eindruck. Wie die meisten Erasmusstudis ging sie gern feiern und saufen. Nichtsdestotrotz war ihr erstaunlich gutes Spanisch akzentfreier als ihr Deutsch, bei dem man den unverkennbaren Kölner Dialekt deutlich heraushörte. Da sie sich in der Stadt und im Nachtleben bereits bestens auskannte, bot sie den beiden an, sie ein wenig herumzuführen. Miguel und Jan hatten leider keine Zeit, da sie die letzten Vorbereitungen für ihren Trip nach Marokko treffen mussten, doch dafür schenkte Miguel ihnen zum Abschied einen fetten Plastikbeutel mit mindestens zehn Gramm selbstangebautem Gras.

»I just grow it for myself«, erklärte er. »But it's too much for me and I don't want to sell. So you can have it. It's a present.«

Miguel und Bobby rauchten einen, aber Dilek hielt sich zurück. Seit ihrer Eichhörnchen-Rettungsaktion hatte sie nicht mehr gekifft, außerdem stieg ihr das Bier in der schwülen Hitze ziemlich zu Kopf.

Als die Sonne langsam hinter den Dächern versank, gingen sie mit Lisa in ein brechend volles Tapasrestaurant, in dem hauptsächlich Einheimische saßen. Normalerweise aß Dilek weder Fleisch noch Fisch, doch die Tapas sahen so lecker aus, dass sie an diesem Abend eine Ausnahme machte und sich gebratenen Oktopus und Gambas bestellte.

Als sie aus dem Restaurant kamen, war es dunkel geworden und die Stadt hatte ihr Gesicht verändert. Das Labyrinth der engen Gassen wirkte noch dunkler und enger als vorher und das Leben noch chaotischer und lauter. Lisa führte sie in eine kleine, verrauchte Absinthbar mit Jugendstilinterieur, in der man sich vorkam wie in der Künstlerszene Anfang des letzten Jahrhunderts. Mit der Faszination eines Zauberlehrlings schmolz Dilek Zucker auf einem Löffel und träufelte ihn in die grünlich schimmernde Flüssigkeit, die in eleganten Kristallgläsern serviert wurde. Allerdings schmeckte das Gebräu einfach nur widerlich und machte sie so betrunken, dass sie auf dem Weg zur Plaça George Orwell, wo sie Lisas Erasmusfreunde treffen sollten, kaum noch ein Bier herunter- oder ein Wort herausbekam.

»Nehmt euch in Acht vor den Mossos«, warnte sie Lisa, als sie beim Überqueren der Rambla fast von einem Streifenwagen umgefahren wurden. »Das ist die katalanische Polizei. Die machen hier regelmäßig irgendwelche Razzien und greifen richtig hart durch.«

Davon, dass Alkoholkonsum in der Öffentlichkeit offiziell verboten war, spürte man an der Plaça George Orwell allerdings kaum etwas. In der Mitte des etwas versteckt gelegenen Platzes hing eine gewaltige Schar junger Leute um eine surreale Skulptur herum, die an einen in den Himmel ragenden Korkenzieher erinnerte. Es war laut und alle tranken oder kifften.

»Oh my god. You have so beautiful eyes!«, sagte eine der italienischen Studentinnen aus Lisas Erasmusprogramm, die sich neben Dilek gesetzt hatte.

»Muchas gracias«, murmelte Dilek mit bleichem Gesicht.

»Wusstest du, dass George Orwell im Spanischen Bürgerkrieg in den Hals geschossen wurde?«, sagte Bobby, der auf der anderen Seite saß. »Und dass er tätowiert war? In Burma hat er sich Punkte auf seine Fingerknöchel tätowieren lassen!«

»Wer hat Tattoos?«, wunderte sich Dilek, die damit beschäftigt war, gegen die Übelkeit anzukämpfen, und nur mit halbem Ohr zuhörte.

»Orwell«, rief Bobby begeistert. »Hey, wie wär's, wenn wir uns hier tätowieren lassen?«

»Mhm«, machte Dilek und lächelte schwach.

Obwohl einige von Lisas Erasmusfreundinnen ihn immer wieder anflirteten, hatte Dilek mit einer gewissen Genugtuung bemerkt, dass Bobby nicht darauf einging und kaum von ihrer Seite wich.

»Geht's dir nicht so gut?«, erkundigte er sich. »Ist dir schlecht?«

»Ein bisschen«, murmelte Dilek. »Geht gleich wieder.«

»Vielleicht bekomm' ich irgendwo 'ne Cola«, sagte Bobby und hielt Ausschau nach einem der senegalesischen Straßenverkäufer, die erst vor wenigen Augenblicken einige Meter weiter aus ihren Rucksäcken und Plastiktüten heimlich Bier verkauft hatten, aber plötzlich nirgendwo mehr zu sehen waren.

»Die können noch nicht weit sein«, meinte Bobby und stand auf. »Bin gleich zurück!«

Dilek nickte und ließ den Kopf auf die Knie sinken.

Kurz darauf hörte sie überall lautes Geschrei. Verwundert hob Dilek den Kopf. Es herrschte Chaos. Leute sprangen auf und liefen verwirrt durcheinander. Lautsprecheransagen ertönten und zwei gepanzerte, militärisch aussehende Fahrzeuge, flankiert von Gestalten mit schwarzen Helmen und Uniformen, kamen aus einer Seitenstraße und fluteten den Platz mit Blaulicht.

»Mossos!«, rief irgendwer neben ihr.

Vergebens sah Dilek sich nach Bobby um. Keine Spur, weder von ihm noch von Lisa. Etwas weiter weg entdeckte Dilek eine der Italienerinnen, die neben ihr gesessen hatten.

Die gehört zu Lisas Erasmusleuten, sagte sie sich und lief ihr hinterher, doch an der nächsten Ecke hatte sie die Italienerin bereits wieder aus den Augen verloren. Dilek holte ihr Handy raus und stellte fest, dass ihr Akku leer war.

Scheiße, dachte sie, wo sind die alle bloß hin?!

Nach und nach verlor sich die Menschentraube, mit der sie von der Plaça George Orwell geflohen war, im Wirrwarr der Gassen, ohne dass Bobby oder Lisa irgendwo aufgetaucht waren. Dilek hatte keine Ahnung mehr, woher sie gekommen war, geschweige denn in welche Richtung sie gehen sollte. Das Laufen hatte ihren Kreislauf wieder einigermaßen in Schwung gebracht, aber nun meldete sich das mulmige Gefühl in ihrem Bauch zurück. Heißer Speichel schoss ihr in den Mund, sie taumelte gegen eine Hauswand, lehnte sich in einen Eingang und erbrach sich. Als die Krämpfe in der Magengegend langsam nachließen, bemerkte sie etwas weiter entfernt die Silhouetten einiger Gestalten. Eine Männerstimme rief irgendetwas, das sie nicht genau verstand, vermutlich war es auf Katalanisch.

Dilek wischte sich mit ihrem Handrücken über den Mund und ging so cool und gefasst, wie es ihr Zustand erlaubte, weiter. Aus dem ununterbrochenen Rauschen der nächtlichen Stadt löste sich irgendwo in der Ferne der Klang von Sirenen, nicht weit entfernt hallten Gelächter und Geschrei durch das Häuserlabyrinth, doch die Gasse vor ihr war leer. Wieder rief jemand.

Hörte sich das eben nicht wie mein Name an?, überlegte sie. Soll ich wieder umkehren? Vielleicht sind die anderen ja hinter mir und suchen mich.

Aber irgendein dumpfes Gefühl sagte ihr, dass es klüger sei, weiterzugehen. Sie beschleunigte ihre Schritte und bog an der nächsten Kreuzung ab. In dieser Gasse waren mehr Leute unterwegs, trotzdem blieb sie nicht stehen, sondern lief so lange weiter, bis sie nicht mehr konnte. Ihre Lunge brannte und ihr Herz klopfte, als würde es ihr jeden Moment aus der Brust springen, doch als sie sich die Tränen aus den Augen wischte, stellte sie fest, dass die Straße, auf der sie sich befand, auf einen großen Boulevard hinausführte.

»Die Rambla«, murmelte sie erleichtert und mischte sich unter das Publikum auf der hell erleuchteten Allee.

»Dilek!«, hörte sie plötzlich jemanden rufen.

Diesmal gab es keinen Zweifel.

Inmitten des Gedränges entdeckte sie Bobby, der sich ungeduldig zu ihr hindurchdrängte.

»Alter, hab ich mir Sorgen gemacht«, sagte er mit einem erleichterten Lächeln. »Wir suchen dich schon die ganze Zeit.«

Anstelle einer Antwort umarmte sie ihn bloß und drückte ihn so fest, dass sie seinen Herzschlag spüren konnte. Eine gefühlte Ewigkeit standen sie eng umschlungen da, ohne dass einer von ihnen ein Wort sagte oder sich regte. Schließlich löste Dilek ihren Kopf von Bobbys Brust und sah ihm direkt in die Augen. Bobby strich ihr eine Haarsträhne aus dem Gesicht und erwiderte ihren Blick.

Er will mich küssen, dachte sie sich. Will ich ihn küssen? Ja, ich will ihn küssen. Scheiße, ich rieche bestimmt voll nach Kotze. Nein, das geht nicht …

»Na ihr«, unterbrach Lisa ihren Gedankenfluss. »Da seid ihr ja!«

Während der nächsten beiden Tage sahen Bobby und Dilek sich einiges an. Sie fuhren zum Park Güell, stiegen auf den Montjuïc und besichtigten die Sagrada Familia sowie einige andere Kathedralen und Kirchen. Dilek war fasziniert von den Farben und dem Spiel von Schatten und Licht, das ganz anders wirkte als in Berlin, aber am meisten beeindruckte sie der Anblick des Meeres. Eigentlich war der Plan gewesen, erst in der zweiten Hälfte Badeurlaub zu machen, doch jetzt, da Dilek die unendliche, blaue, glitzernde Weite des Meeres erblickte und das endlose Rauschen der Brandung in den Ohren hatte, war ihre Sehnsucht danach so groß, dass Bobby und sie ihre Tour durch die Stadt meist schon am frühen Nachmittag beendeten, Handtuch und Badesachen holten und zum Stadtstrand hinunterliefen.

Wenn sie dort am Strand saß, ihre Zehen in den heißen Sand grub und die Wellen betrachtete, die eine unsichtbare Hand wie einen riesigen türkisen Teppich mit weißen Rändern unermüdlich aufschlug und wieder glättete, dann fühlte sie zum ersten Mal seit unglaublich langer Zeit so etwas wie inneren Frieden und sie wusste, dass dieses Gefühl, das sie bereits bei ihrer Ankunft am Flughafen überkommen hatte, kein einmaliger Flash gewesen war, sondern etwas Konstanteres, das sich langsam in ihr verfestigte.

Sie fühlte sich wieder zuhause. Und in gewisser Hinsicht stimmte es ja auch. Denn genauso wie hier schlug das Meer auch unweit von ihrem Heimatdorf am Fuß der Taurusberge seit eh und je gegen das Land. Es war ganz egal, ob sie es damals tatsächlich gesehen hatte oder ob ihre Mutter recht hatte, die meinte, dass Onkel Yusuf bloß mit ihren älteren Brüdern einmal dorthin gefahren war und sie gar nicht mitgenommen hatte. Das Meer war da gewesen, so wie es auch heute noch da war. Und ob sie hier am Meer saß oder dort, war ebenfalls egal, denn das Wasser kannte keine Grenzen und es hatte seine eigene Zeit. Die der Menschen interessierte sie nicht. Alles was zählte, war, dass sie jetzt hier saß und das Rauschen des Meeres hörte.

Ich bin genau dort, wo ich sein soll, sagte sie sich. Das ist mein Weg, egal, wer irgendwas anderes sagt. Ich weiß, dass es der richtige ist.

Sie hatte immer das Abi nachmachen wollen und jetzt hatte sie es in der Tasche. Im Herbst würde sie studieren, die Erste aus ihrer Familie, Politikwissenschaften oder BWL, und nebenbei würde sie irgendetwas machen, um anderen Menschen zu helfen. Und wenn es das, was sie machen wollte, nicht gab, warum nicht selbst eine Initiative oder Organisation starten?

Und dann war da Bobby. Bobby aus Bielefeld, der wie ein verlorengegangener Teil ihrer Jugend irgendwie zu ihr zurückgefunden und in den sie sich langsam, aber sicher verliebt hatte. Hier in Barcelona konnte sie es sich allmählich eingestehen, ohne dass es ihr Angst machte.

Die Arme hinter dem Kopf verschränkt, lag Bobby neben ihr auf dem Handtuch und döste in der Sonne vor sich hin. Dilek steckte sich eine Zigarette an und betrachtete ihn aus den Augenwinkeln.

Sein Gesicht war nicht schön im klassischen Sinn, aber Dilek gefiel es, gerade wegen seiner Wildheit und weil es nicht so glatt und symmetrisch geschnitten war. Egal was Bobby unternahm, sein dichtes, strubbeliges dunkelbraunes Haar stand stets kreuz und quer nach allen Seiten ab. Seine Stirn war hoch, seine ausdrucksstarke Nase hatte einen leichten Rechtsknick und machte den Anschein, als ob sie schon einmal gebrochen gewesen wäre. Er hatte große, leicht hervortretende hellbraune Augen, wobei das rechte Auge bei genauer Betrachtung unmerklich kleiner war. Seine Lippen waren sinnlich geschwungen, voll und weich und zwar in einem Maß, das sie schon fast künstlich aussehen ließ. Außerdem fuhr Dilek voll auf seinen Body ab. Hang hatte recht gehabt. Bobby hatte einen süßen Arsch und war um einiges durchtrainierter, als seine Baggy-Klamotten zunächst vermuten ließen. Seine Arm- und Schultermuskeln waren schön definiert, ohne dabei übertrieben zu wirken, außerdem besaß er ein dezentes Sixpack an Bauchmuskeln. Dilek verblüffte auch die Fülle an Tattoos, die sie am Strand zum ersten Mal zu Gesicht bekommen hatte. Manche davon konnte man typisch nennen, andere überraschten sie ein wenig und einige schienen einfach aus einer Laune heraus oder zum Scherz gestochen worden zu sein. Anstelle einer Kette stand *Bling Bling* auf seinem Schlüsselbein. Auf der Höhe seines Herzens war ein blutiger Ninjastern tätowiert, der so aussah, als stecke er zur Hälfte in seiner Brust, rechts seitlich der Hüfte prangte die Grinsekatze von *Alice im Wunderland*, über seine Schultern spannte sich eine große Banderole mit dem Schriftzug *Live Fast, Die Young* und darunter fuhr ein Skelett auf seinem Rücken Skateboard.

»Na«, murmelte Bobby und blinzelte gegen die Sonne. »Worüber denkst du nach?«

»Übers Leben«, antwortete Dilek und hielt ihre Zigarette vor sich in die Luft, als würde der Wind ebenfalls einen Zug nehmen.

»Und zu welchem Schluss kommst du?«, sagte Bobby und setzte sich aufrecht hin.

»Dass ich zum ersten Mal seit langer Zeit das Gefühl habe, komplett bei mir zu sein. Ich kann ›Alles ist gut‹ sagen und es fühlt sich nicht so an, als ob ich mir selbst nur gut zurede, sondern es ist auch wirklich so.«

Bobby betrachtete sie aufmerksam von der Seite und lächelte.

»Du wirkst auch total entspannt, seit du hier bist. Irgendwie so, als ob du hier zuhause wärst«, sagte er dann, wobei sein Blick aufs Meer hinausschweifte.

Dilek nickte mit einem stillen Lächeln und strich sich eine Haarsträhne hinters Ohr.

»Und du«, sagte sie dann. »Wie geht's dir?«

»Hmm, gut«, antwortete Bobby, den Blick immer noch auf das Meer geheftet, wo sich im blauen Dunst unwirklich wie auf einem alten Ölgemälde ein riesiger Frachter abzeichnete, während eine Schar Kinder sich fröhlich schreiend in die brechenden Wellen warf. »Ich bin sehr froh, dass wir zusammen hierhergekommen sind.«

Bobby machte eine Pause und ließ eine Handvoll Sand zwischen den Fingern zerrinnen.

»Weißt du, ich habe schon lange das Gefühl, dass ich alleine bin und komplett haltlos durch dieses Leben treibe«, fuhr er fort. »Wie so ein einsamer Asteroid durch das Universum. Ohne zu wissen, wann und mit wem oder was ich zusammenstoße. Ich habe viel über mich und das Leben nachgedacht. Der Gedanke, dass alles nur ein einziges, riesiges, unkontrollierbares Chaos ist, zieht einen auf die Dauer echt runter. Versteh mich nicht falsch, ich bin selbst ja überhaupt kein Fan von Gesetzen oder Regeln, die irgendwelche Menschen für andere Menschen aufstellen. Aber auf einer höheren, universelleren Ebene hofft man ja irgendwie trotzdem, dass es irgendwelche Gesetzmäßigkeiten gibt, nach denen sich unsere kleine, erbärmliche Existenz ausrichtet. Selbst wenn wir nie dahinterkommen werden.«

Bobby hielt inne und schien zu überlegen, ob er weiterreden solle. Dilek sagte nichts und wartete ab.

»Na ja, jedenfalls habe ich langsam das Gefühl, dass es okay ist, sich in dieses Chaos fallen zu lassen und es einfach so anzunehmen«, sagte er. »Früher dachte ich immer, dass dieses Chaos mich allem und jedem entreißt und ich darin einsam und verloren bin. Aber mittlerweile denke ich, dass es etwas Gutes ist. Schließlich hat das Chaos in meinem Leben uns beide aufeinandertreffen lassen. Und dafür bin ich ihm sehr dankbar. Denn in deiner Gegenwart fühle ich mich irgendwie aufgehoben und nicht länger allein.«

Bei seinen letzten Worten war Bobby rot geworden. Ein wenig verunsichert starrte er zwischen seinen Knien in den Sand.

Dilek hatte ebenfalls den Kopf gesenkt, doch ihre Lippen formten ein Lächeln.

War das eben so etwas wie eine indirekte Liebeserklärung?, wunderte sie sich. Er ist ganz rot geworden! Wie süß er ist, wenn er schüchtern ist.

»Weißt du, was wir machen?«, sagte Dilek und legte ihre Hand auf sein Knie, ihre Augen strahlten. »Du hast mich auf eine super Idee gebracht!«

Erwartungsvoll sah Bobby auf.

»Heute ist doch unser letzter Abend in der WG. Lass uns draußen auf dem Dach übernachten. Unter freiem Himmel! Früher, als ich noch ganz klein war und bei meinen Onkeln und Tanten in unserem Heimatdorf gewohnt habe, da haben wir im Sommer in heißen Nächten auch einfach alle auf dem Dach geschlafen.«

»Echt?«, fragte Bobby.

»Vallah, kein Scherz«, sagte Dilek. »Wir nehmen einfach unser Bettzeug mit rauf. Dann holen wir uns noch eine Flasche Wein – wir haben auch noch

Miguels Gras – und dann legen wir uns aufs Dach und lassen uns fallen, genau wie du sagst! Nur der Sternenhimmel über uns.«

»Cool, das machen wir!«, sagte Bobby und grinste wie ein kleiner Junge, dem eine große Überraschung versprochen worden war.

Die Sonne war schon versunken, aber ihr goldenes Licht und pastellrote Wolkenfetzen schmückten wie das Standbild einer Explosion immer noch den Horizont. Auf dem äußersten Landzipfel ragten die dunklen Silhouetten der Baukräne in den Himmel, die irgendein neues Luxushotel errichteten.

Dilek liebte die Abendstimmung am Meer, wenn es langsam ruhiger wurde, der Strand sich leerte und das Rauschen der Brandung in den Vordergrund trat. Schweigend saßen Bobby und sie im Sand, der noch einen Rest der Tageswärme gespeichert hatte, und genossen den Ausblick.

Schließlich gingen sie zum Supermarkt und kauften sich zum Abendessen Brot, scharfe Banderillas-Gemüsespieße, eingelegte Artischocken und Manchego-Käse, für den Bobby ausnahmsweise seinen veganen Vorsatz brach. Als sie nach Hause kamen, entdeckten sie auf dem Esstisch im Wohnzimmer eine Einladung von Lisa. Sie war auf eine Erasmusparty gegangen und hatte ihnen die Adresse aufgeschrieben, falls sie nachkommen wollten.

»Sturmfreie Bude«, rief Bobby.

Dilek grinste.

Was für ein Zufall, dachte sie sich.

Beide schienen deutlich zu spüren, dass sich diese gewisse Energie zwischen ihnen aufgebaut hatte und etwas in der Luft lag. Blieb nur die Frage, wann und auf welche Weise sie sich entladen würde.

»Stell dir vor, das Dach ist eine einsame Insel, auf der wir bis zum Morgengrauen gestrandet sind«, sagte Dilek, während sie sich bereit machten, hinaufzuklettern. »Überleg dir genau, was du mitnehmen willst!«

Da es auch nachts ziemlich heiß war, brauchten sie bloß ihre Bettbezüge und Kopfkissen. Als Unterlage benutzten sie die Polster der alten Liegestühle, die vor der Wohnung auf der Terrasse standen. Nachdem sie das Essen, den Wein und ein paar Kerzen hochgeschafft hatten, verschwand Bobby noch einmal nach unten.

»Was hast du geholt?«, erkundigte sich Dilek, als er wiederkam.

»Das verrate ich dir vielleicht später«, entgegnete Bobby mit einem geheimnisvollen Lächeln.

Als sie gegessen hatten, lag Dunkelheit über der Stadt. Das unsichtbare Nachtleben in den Gassen von Raval drang gedämpft zu ihnen herauf. Vor ihnen erstreckte sich das von Lichtern durchsetzte Häusermeer. Ein leichter Wind kam auf und trieb einige helle Quellwolken über den Himmel.

»Als wären wir auf einer einsamen Insel«, sagte Bobby und deutete auf den Antennenmast hinter sich. »Wir haben sogar eine Palme.«

»Hab ich dir doch gesagt«, meinte Dilek, während sie mit der Spitze ihrer Zunge über die Klebestellen des Joints fuhr, den sie gerade gebaut hatte. »Warte erst mal, bis wir den hier geraucht haben. Du wirst das Gefühl haben, in den Himmel zu fallen.«

Dilek rauchte den Joint an, nahm ein paar Züge und reichte ihn weiter. Bobby stopfte sich sein Kissen unter den Kopf, legte sich aufs Dach und blies den Rauch in den Himmel hinauf. Dilek tat es ihm gleich und legte sich neben ihn. Nach einer Weile verschwanden die Wolken über den Hügeln im Inland und sie hatten freien Blick auf die Sterne.

»Schau mal«, murmelte Bobby und zeigte hinauf in den Himmel. »Der Große Wagen.«

»Yo«, meinte Dilek und rauchte. »Kennst du noch andere Sternbilder?«

»Nee.«

»Sag mal«, sagte sie nach einer Weile. »Findest du es nicht komisch, dass alle immer nur den Großen Wagen kennen? Woran liegt das eigentlich?«

»Hmm, keine Ahnung«, meinte Bobby und überlegte. »Wahrscheinlich ist er am einfachsten zu finden und man braucht dazu nicht viel Fantasie. Jeder Horst kann sich darunter irgendwas vorstellen. 'n großen Wagen halt, so wie 'ne S-Klasse oder 'n 7er. Aber denk mal an Kassiopeia oder Andromeda. Da weiß doch niemand, wer oder was zur Hölle das sein soll, geschweige denn, wie's aussieht. Oder zeig mal auf ein paar leuchtende Punkte in einem Meer aus lauter Punkten und sag: Siehst du da die Eidechse über dem geflügelten Pferd?«

Dilek lachte und reichte ihm den beinahe toten Joint. »Was hältst du davon«, sagte sie dann. »Das nächste Mal, wenn wir wieder zusammen in den Sternenhimmel schauen, dann muss jeder dem anderen ein neues Sternbild zeigen.«

»Abgemacht«, stimmte Bobby ihr zu.

Schweigend schauten sie zu den Sternen hinauf, jeder hing seinen eigenen Gedanken nach.

Wie die Körner in einer Sanduhr sickerten die unzähligen winzigen Lichter aus den unendlichen Weiten des Alls allmählich in Dilek hinein, bis sie ihr gesamtes Bewusstsein ausfüllten, all die menschlichen Nöte und Ängste nichtig erscheinen ließen und sie eine tiefe innere Ruhe empfand.

Wir sehen die Sterne oft, dachte sie sich. Aber wir betrachten sie viel zu selten.

Das letzte Mal, dass sie wirklich zu den Sternen hinaufgesehen und etwas Ähnliches gefühlt hatte, musste vor gut zehn Jahren gewesen sein, als Baba ihr auf persönliche Bitte der Klassenlehrerin in einem Anfall von Großzügigkeit erlaubt hatte, für ein Wochenende ins Schullandheim nach Häger mitzufahren. Damals hatte sie sich mit Nejla, die wegen des Bosnienkriegs unter Albträumen litt, nachts heimlich aus ihrem Zimmer geschlichen. Draußen hatten sie sich auf die Schaukeln gesetzt und in den Himmel gesehen. Nejla, die damals erst relativ kurz in Deutschland war, hatte ihr in gebrochenem Deutsch erklärt, dass ihr Papa dort oben bei den Sternen sei und auf sie hinunterschaue. Daraufhin hatte Dilek ihr so viel Anschwung gegeben, dass sie ganz hoch in die Luft flog, damit ihr Vater sie auch wirklich sehen konnte, wenn sie ihm zuwinkte.

»Dilek«, hörte sie Bobby neben sich murmeln. »Bist du noch da?«

»Ja«, flüsterte Dilek.

»Wo?«

»Hier«, sagte Dilek und nahm seine Hand.

Bobbys Handrücken war sehnig, aber weich, seine Finger rau und die Handflächen etwas feucht.

Sie spürte wie Bobby den Kopf langsam zu ihr wandte. Seiner Bewegung folgend beugte sie sich zu ihm herüber. Bobbys glänzende, dunkle Augen waren nur wenige Zentimeter von Dileks entfernt. Sie schloss die Augen und küsste ihn. Seufzend teilten sich ihre Lippen. Dilek fuhr mit der Hand durch seine Haare, die vom Meersalz noch widerspenstiger waren als sonst, und zog ihn zu sich heran. Wild umschlungen rollten sie über die von der Tageshitze warme, weiche Teerpappe. Dilek presste ihre Hüften gegen Bobbys und genoss es, zu spüren, wie sein Schwanz in den Shorts immer härter wurde.

Im Hintergrund klingelte Bobbys Handy, doch sie ignorierten es.

»Mach's aus«, flüsterte Dilek, als es nach einer Weile zum zweiten Mal anfing zu klingeln.

Irritiert streckte Bobby die Hand nach dem Telefon aus, das ihm aus der Tasche gerutscht war und einen Meter weiter auf dem Boden lag.

»Kazim und davor Nejla«, rief er verwundert und sah unentschlossen zwischen Dilek und dem Telefon in seiner Hand hin und her. »Die wissen doch, dass wir im Urlaub sind!«

Kurz nachdem das Klingeln zum zweiten Mal aufgehört hatte, kam eine SMS hinterher. Bobby hielt Dilek das leuchtende Display seines Telefons vor die Nase:

Bıra, ruf mich mal zurück!

Ich schwöre, es ist wichtig!

»Ruf ihn zurück«, sagte Dilek, während sie ihr Bikinioberteil wieder zurechtrückte. »Es scheint ein Notfall zu sein!«

Bobby nickte stumm und drückte die Rückruftaste. Dilek hatte plötzlich ein ziemlich ungutes Gefühl, gespannt sah sie zu ihm hinüber. Es dauerte nicht lange, bis Kazim sich meldete.

»Yo Bro«, sagte Bobby. »Was ist los?«

Dilek verstand nicht, was Kazim am anderen Ende der Leitung sagte, aber Bobby wurde plötzlich ganz bleich und in seinem Gesicht zeigte sich Entsetzen.

»Was?«, rief er entgeistert. »Du verarschst mich doch?! … Echt … Scheiße, Alter …«

Fragend sah Dilek ihn an, doch er schüttelte nur ungläubig den Kopf und bedeutete ihr, sich noch einen Moment zu gedulden.

»Ich spreche mit Dilek und ruf dich dann gleich zurück«, sagte er schließlich und legte auf.

»Schieß los«, rief Dilek aufgeregt. »Was ist passiert?«

»Artur hatte einen Unfall in Sarajevo«, antwortete Bobby. »Er wurde mit schweren Kopfverletzungen in die Notaufnahme eingeliefert und wird gerade operiert.«

Bobby machte eine Pause und schluckte.

»Sie wissen nicht, ob er durchkommt«, flüsterte er.

Seine Stimme versagte, Tränen traten ihm in die Augen und er wandte sich ab.

Dilek nahm ihn in die Arme.

»Hey«, flüsterte sie. »Nur dass sie es nicht wissen, heißt nicht, dass Artur es nicht schafft.«

Während sie versuchte, Bobby zu beruhigen, schossen ihr selbst tausend Gedanken durch den Kopf.

Aman Allahım, dachte sie sich. Die arme Nejla. Das muss die Hölle für sie sein. Jetzt verliert sie nach ihrem Papa in Sarajevo auch noch den zweiten Mann, den sie wirklich liebt. Verdammt, wie ungerecht kann das Leben sein!

»Kazim meinte, er will nach Sarajevo fahren«, murmelte Bobby, nachdem er sich wieder etwas gefasst hatte. »Aber er weiß noch nicht genau, wie er runterkommt, weil er keinen Führerschein hat …«

»Wir fahren alle zusammen nach Sarajevo«, verkündete Dilek, als sei es das Selbstverständlichste der Welt. »Mit der Kohle für die Übernachtung im Hostal können wir unseren Flug umbuchen. Dann organisieren wir uns in Berlin ein Auto und holen Kazim unterwegs ab.«

Überrascht sah Bobby sie an.

»Ist das okay für dich? Ich meine, du hast dich so auf diesen Urlaub gefreut.«

»Unsere Freunde brauchen uns. Sie sind doch die einzige Familie, die wir haben. Wie sollen wir da einfach am Strand liegen?!«

Bobby lächelte und betrachtete sie.

»Ich liebe dich«, sagte er unvermittelt.

»Ich liebe dich auch, Bobby aus Bielefeld«, sagte Dilek und küsste ihn.

»Was war das eigentlich, was du mir später zeigen wolltest?«, erkundigte sich Dilek, nachdem sich ihre Lippen wieder voneinander getrennt hatten.

»Ach, das ist jetzt unwichtig«, sagte Bobby kopfschüttelnd.

»Nee, sag schon. Ich will es wissen.«

Bobby schien es etwas unangenehm zu sein. Mit einem müden Lächeln zog er ein paar Kondome aus seiner Hosentasche.

»Du kleiner Gigolo«, sagte Dilek mit gespielter Empörung und musterte die Packung. »Die kommen ja aus Bielefeld.«

»Ja. Hab noch 'ne ganze Einkaufstüte voll. Von so 'nem Promojob, den ich mal gemacht habe.«

»Was du alles schon gemacht hast …«

»Das Leben ist so ungerecht und verrückt«, murmelte Bobby. »Mein bester Freund liegt Tausende von Kilometern in einer fremden Stadt auf irgendeinem Operationstisch und kämpft um sein Leben. Und ich sitze hier mit dir über den Dächern von Barcelona und denke, ich bin das letzte Arschloch. Wie kann ich in diesem Moment trotzdem so glücklich sein?! Das ist doch total egoistisch.«

»Nee, ist es nicht«, sagte Dilek und nahm Bobbys Hand. »Du bist ja trotzdem in Gedanken bei ihm. Eben weil du glücklich bist und es dir gut geht, kannst du auch für ihn da sein und mit mir da runterfahren. Wenn du selbst total unglücklich wärst, hättest du doch überhaupt keine Kraft dazu.«

»Danke«, sagte Bobby und nahm einen tiefen Schluck aus der halb leeren Weinflasche. »Wahrscheinlich hast du recht.«

Bobby rief Kazim an und teilte ihm ihre Entscheidung mit, den Urlaub abzubrechen und nach Sarajevo mitzukommen. Dilek probierte es ein paarmal auf Nejlas Handy, doch sie konnte ihre Freundin nicht erreichen.

Zum Glück sind wenigstens ihre Mama und die Familie da, dachte Dilek, während sie ihr eine SMS schrieb. Nachdem sie von zuhause abgehauen war, hatte sie sich oft gefragt, wen sie bei einem Unfall im Krankenhaus als Kontaktperson angeben könnte und wer zu ihrer Beerdigung käme. Egal wie sehr sie ihre Familie gehasst hatte, musste sie sich doch eingestehen, dass sie sich insgeheim wünschte, einige von ihnen würden kommen.

»Meinst du, Arturs Eltern kommen auch?«, fragte sie.

»Ich weiß nicht. Ich glaube, Artur hatte seit der Scheidung keinen Kontakt mehr zu seinem Vater. Aber ich kann mir gut vorstellen, dass Stjopa kommt. Eigentlich war er immer voll in Ordnung.«

Dilek nickte, nahm die Weinflasche aus Arturs Hand und trank ebenfalls einen Schluck.

»Wie habt ihr euch eigentlich kennengelernt, du und Artur?«

»Auf dem Kesselbrink beim Skaten«, sagte Bobby und ein schwaches Lächeln umspielte seine Mundwinkel. »Ich muss so um die vierzehn gewesen sein und er war ein Jahr jünger. Wir waren die Einzigen, die wirklich immer da waren. Abends, wenn die anderen nach Hause gingen, zu ihren Freundinnen oder auf Party, waren wir noch am Start und fuhren im Licht der Straßenlaternen. Selbst wenn es geregnet oder geschneit hat, habe ich ihn unter dem Vordach der Bushaltestelle mit seinem Deck gesehen. Auch als wir noch nicht befreundet waren und unsere Telefonnummern ausgetauscht hatten, wusste ich, dass er da sein würde. Und er wusste, dass ich kommen würde. Das Skateboard war für uns beide so etwas wie ein mobiles Zuhause. Nachdem wir gecheckt hatten, dass es uns beiden so ging, waren wir so gut wie unzertrennbar. Wir haben echt jeden Tag miteinander rumgehangen und allen möglichen Scheiß zusammen gemacht …«

Bobby und Dilek blieben auf dem Dach und erzählten sich Geschichten aus ihrer Jugend, bis der Lärm der Straßenkehrmaschinen und Müllfahrzeuge das trunkene Gelächter und die Schreie der Nachtschwärmer verdrängte und der Himmel sich im Osten langsam rosa färbte.

Dilek verfolgte den Flug von einem Schwarm Möwen, der von einem der Nachbardächer aufstieg, dann fielen ihr jäh die Augen zu.

»Nur fünf Minuten«, murmelte sie, den Kopf an Bobbys Brust geschmiegt, doch anstelle einer Antwort ertönte nur ein gleichmäßiges Sägegeräusch aus Bobbys offenem Mund. Über ihren Köpfen wankte der eiserne Antennenmast leise im Wind.

Nur noch fünf Minuten auf unserer einsamen Insel, dachte Dilek, dann bekommt uns diese wunderbare und grausame Welt wieder zurück.

To be continued …

Anmerkungen

12 *Bljad* – russisch, sinngemäß: Scheiße/verdammt (wörtlich: Hure)
13 *Babuschka* – russisch: Großmutter
18 *Ty gde byl i gde papa?* – russisch: Wo warst du und wo ist Papa?
18 *Ty segodnja ne rabotajesch?!* – russisch: Arbeitest du heute nicht?!
18 *Mamotschka* – russisch: Mütterchen (Koseform)
18 *Tschto ona teper o tebe dumajet?* – russisch: Was denkt sie jetzt von dir?
18 *Da nu* – russisch: Na ja
18 *A gde twoja golowa?* – russisch: Und wo ist dein Kopf?
18 *... kak ty so mnoj rasgowariwajesch?* – russisch: Wie sprichst du mit mir?
18 *Ty tschjo kuschat ne budesch? Ja scharkoje swarila* – russisch: Magst du nichts essen? Ich habe Kartoffeleintopf gekocht.
19 *Bolwan* – russisch: Dummkopf
25 *Švabo* – bosnisch: Bezeichnung für Deutsch oder Deutsche*r (sinngemäß: Schwabe, kann kontextabhängig etwas abwertend sein)
25 *Šta ćeš, to ti je život* – bosnisch: Was willst du machen, so ist das Leben
26 *Molim* – bosnisch: Bitte
26 *Evo me, mama, je l' me čuješ?* – bosnisch: Ich bin's, Mama, hörst du mich?
26 *Čujem ... sunce moje, čujem. Kako si mi?* – bosnisch: Ich höre ... meine Sonne, ich höre. Wie geht's dir?
26 *Dobro, mama, dobro, ti? Kako je dole?* – bosnisch: Gut, Mama, gut, und dir? Wie ist es unten?
26 *Pa znaš kako je. Sve isto kod nas ...* – bosnisch: Du weißt doch, wie es ist. Alles beim Alten, man lebt. Tante Mersija war hier. Eben ist sie gegangen. Amra hat entbunden. Sie hat einen Sohn bekommen. Alen heißt der Kleine.
26 *Mala Amra? (...) Koliko ima godina? Nije više mala?* – bosnisch: Die kleine Amra? (...) Wie alt ist sie? Ist sie nicht noch recht jung?
27 *Dvadeset. Prava žena. Znaš kako je kod nas ...* – bosnisch: Zwanzig. Eine richtige Frau. Du weißt, wie es bei uns ist. Die Leute warten mit dem Kinderbekommen nicht, bis sie sterben.
27 *Kafana* – bosnisch: Café oder Bar
27 *Svaka joj čast. Nazvat ću je.* – bosnisch: Gratulation. Ich werde sie anrufen.
27 *Dobro* – bosnisch: Gut
28 *Odlučila sam što ću sada ...* – bosnisch: Ich habe mich entschieden, was ich jetzt machen werde ...
28 *Slušam ...* – bosnisch: Ich höre dir zu ...
28 *Studirat ću!* – bosnisch: Ich werde studieren!
28 *A kako ćeš studirati? (...) Ne ide bez mature, jel'da?* – bosnisch: Aber wie willst du studieren? (...) Das geht nicht ohne Abitur, nicht wahr?
28 *Studirat ću grafički dizajn. Svake godine Fachhochschule ...* – bosnisch: Ich werde Grafikdesign studieren. Die Fachhochschule bietet jedes Jahr einen Platz für besonders Begabte an. Dann braucht man kein Abitur.

28 *Okay, pa to je to …* – bosnisch: Okay, so ist das also …

29 *I nije li teško dobiti to mjesto? Zar nema puno ljudi koji ga žele?* – bosnisch: Aber ist es nicht schwer, diesen Platz zu bekommen? Gibt es nicht viele Leute, die ihn wollen?

30 *Kontam (…) To ti je lijepa stvar. Svaka ti čast …* – bosnisch: Ich verstehe. Das ist eine schöne Sache. Meinen Glückwunsch. Aber was ist nach dem Diplom? Gibt es Geld?

30 *Reklame su svugdje! Šta misliš, ko to radi?* – bosnisch: Werbung ist überall! Was denkst du, wer die macht?

30 *Onda radit ćeš u oglašavanju jel?* – bosnisch: Dann wirst du also in der Werbung arbeiten?

30 *Eto, mama, napokon kontaš* – bosnisch: Genau, Mama, endlich verstehst du es.

30 *Eto, bit će (…) Pametna si i imaš jaku volju, baš kao i tvoj tata.* – bosnisch: So, das wird schon. Du bist klug und hast einen starken Willen, genau wie dein Papa

30 *Pa znam, mama, bit će* – bosnisch: Ich weiß, Mama, es wird schon.

31 *Volim te, draga moja. Čuvaj se* – bosnisch: Ich liebe dich, meine Liebe. Pass auf dich auf.

31 *Volim i ja tebe, mama* – bosnisch: Ich liebe dich auch, Mama

32 *List koje pada …* – bosnisch, sinngemäß: Das Blatt, das fällt / kennt nicht den Ort / es weiß nicht wohin, nicht wann / es weiß nur, dass es dich liebt / es liebt (Übersetzung: Andrej Murašov)

35 *Budet, budet* – russisch: Wird schon, wird schon

36 *Papa na raswod podal* – russisch: Papa hat die Scheidung eingereicht

36 *A eto daleko jeschtscho ne wso* – russisch: Und das ist bei Weitem nicht alles

36 *Tschto podelajesch, ja tosche ne snaju* – russisch: Was soll man da machen, ich weiß es auch nicht.

36 *Wot suka* – russisch: So eine Hure!

36 *Da poschol on …* – russisch: Er soll sich … (Kurz für: *Da poschol on na hui:* Er soll sich auf einen Schwanz setzen, sinngemäß: Er soll sich verpissen.)

36 *Tak ne nado* – russisch: So nicht

36 *Ty kuda? Postoj!* – russisch: Wohin gehst du? Warte!

37 *Suka bljad!* – russisch: Verdammte Scheiße!

40 *Semetschki* – russisch: Sonnenblumenkerne

50 *Joj, Anela, pička ti materina* – bosnisch, sinngemäß: Ach, Anela, verdammte Scheiße noch mal (wörtlich: Ach, Anela, F*tze deiner Mutter)

53 *Hajde, ćao* – bosnisch: Na dann, tschau

56 *Bijelo Dugme* – jugoslawische Kultband aus Sarajevo (wörtlich: weißer Knopf)

56 *Jebem ti život* – bosnisch: Ich ficke dir das Leben

60 *Haydi* – türkisch: Los

60 *Moruk!* – türkisch: Alter!

60 *amına koyim* – türkisch, sinngemäß: Scheiße (wörtlich: Ich steck ihn dir rein)

60 *Putang ina mo* – filipino, sinngemäß: Fick dich oder Scheiße (wörtlich: Deine Mutter ist eine Hure)

67 *Eh, srce slatko, kakva si mi?* – bosnisch, sinngemäß: Na, mein Schatz, wie geht´s dir? (wörtlich: Na, mein süßes Herz, was bist du mir für eine?)

68 *auf Kombi geben* – Slang für Drogen verkaufen, aber erst später die Bezahlung einfordern

68 *Joj, pusti ga, molim te* – bosnisch: Ach, lass ihn, ich bitte dich

71 *Hajmo* – bosnisch: Komm, gehen wir

71 *No sikiriki* – bosnisch: Keine Sorge (Slang/Wortspiel)

74 *Arturtschik* – russisch: Artur (Koseform)

77 *solnyschko mojo* – russisch: meine Sonne

78 *lo* – kurdisch: Mann oder Junge am Ende eines Satzes.

78 *Bıra* – kurdisch: Bruder

78 *Ah, kak de̩la, bljad?!* – russisch: Ah, wie geht's dir, verdammt?!

78 *Normalno* – russisch: ganz gut

78 *Tausī Melek* – kurdisch: der Engel Taus (im jesidischen Glauben der erste von sieben Erzengeln, der als Pfau in Erscheinung tritt bzw. als solcher symbolisiert wird)

80 *Ot* – türkisch: Gras, Marihuana

87 *Šljivovica* – bosnisch: Pflaumenschnaps

88 *Šljiva* – bosnisch: Pflaume (hier: Abkürzung für den Schnaps)

91 *Dino* – kurdisch: Idiot

94 *Usch ja begal, begal, begal …* – russisch:
War schon gerannt, gerannt, gerannt
Und müde.
Setzte mich auf ein Kästchen; zu rennen
Hörte ich auf.
Ich seh: am Himmel fliegt
Eine Dohle,
Und dann fliegt noch
Eine Dohle
Und dann fliegt noch
Eine Dohle
Und dann fliegt noch
Eine Dohle,
Warum flieg ich nicht?
Ach wie schade!
(Zitiert aus Daniil Charms, *Einfach Schnickschnack,* DTV, München 1995, Übersetzung: Gisela und Michael Wachinger)

94 *Edik* – russisch: Eduard (Kurzform)

95 *Edja* – russisch: Eduard (Koseform)

98 *Kurê Kaxba* – kurdisch: Hurensohn

100 *Joj, jebem ti, šta ću* – bosnisch: Ach verdammt, was soll ich machen?

101 *Mrš* – bosnisch: Hau ab

101 *Korzo* – bosnisch: Promenade
105 *Živjeli* – bosnisch: Prost
113 *Dođi ovamo, sunce moje* – bosnisch: Komm her zu mir, meine Sonne
113 *Ne boj se* – bosnisch: Hab keine Angst
113 *Joj, papo* – bosnisch: Ach, Papa
121 *Kurac* – bosnisch, sinngemäß: verdammt oder Scheiße (wörtlich: Schwanz)
123 *Nu dawaj, bljad* – russisch: Komm schon, verdammt
131 *Tfu bljad* – russisch: Pfui Scheiße
134 *Pisdez* – russisch: Abgefuckt, beschissen
151 *Šuti* – bosnisch: Sei still
151 *Jebem ti* – bosnisch, sinngemäß: Scheiße (wörtlich: Ich ficke dir deine …)
153 *Kisa moja* – russisch: mein Kätzchen (Koseform)
156 *wso budet, budet* – russisch: Wird schon alles, wird schon
159 *hajde!* – bosnisch: Los!
160 *Wılo meke* – kurdisch: Lass das sein
163 *Almans* – türkisch/kurdisch: Deutsche (Alman wird im deutschen Kontext mitunter scherzhaft für einen Klischee-Deutschen oder eine Klischee-Deutsche benutzt)
168 *Mala min bê* – kurdisch: Ach du meine Güte
168 *Çawanî?* – kurdisch: Wie geht's dir?
168 *baş im, baş im!* – kurdisch: gut geht's mir, gut!
168 *Heware* – kurdisch: Penner
170 *Bra* – kurdisch: Bruder
175 *Polîs* – kurdisch: Polizei
175 *Piece* – Slang für Haschisch
179 *Pizda ti materina* – bosnisch, sinngemäß: So eine verfluchte Scheiße (wörtlich: F*tze deiner Mutter)
179 *Radenska* – beliebter Mineralwasserabfüller aus Slowenien (selbstgebrannter Schnaps wird oft in alte Wasserflaschen gefüllt)
179 *Rakija* – bosnischer Obstschnaps
184 *Bit će, bit će* – bosnisch: Wird schon, wird schon
186 *Halo, čujem* – bosnisch: Hallo, ich höre
186 *Ne brini se, čuješ (…) Sto posto* – bosnisch: Mach dir keine Sorgen, hörst du (…) Hundert Prozent
216 *Her Şeyi Yak* – türkisch: Verbrenne alles (Songtitel der Gruppe Duman)
216 *Auge machten* bzw. *Auge machen* – Slang für beneiden
223 *Simit* – türkisches Gebäck, Sesamring
224 *Çay* – türkisch: Tee
226 *Maşallah!* – arabisch, türkische Schreibweise, sinngemäß: Großartig! (wörtlich: Was Gott will!)
226 *Vay be* – türkisch: Wow!
228 *Çüş!* – türkisch: Bäh!, auch: Wow!

229 *Merçimek* – türkisch: Linsensuppe
234 *Şerefe* – türkisch: Prost
259 *Çanim* – türkisch: mein Schatz
277 *Siktir lan* – türkisch: Fick dich, Mann
284 *Bratischka* – russisch: Brüderchen (Koseform)
285 *Mašala!* – arabisch, bosnische Schreibweise, sinngemäß: Großartig! (wörtlich: Was Gott will!)
288 *Hajde, srce moje! (…) Udri ga!* – bosnisch: Komm schon, mein Herz! (…) Gib ihm!
296 *Me gustas tú* – spanisch: Ich mag dich
302 *Bienvenidos, mis amigos!* – spanisch: Herzlich willkommen, meine Freunde!
313 *Vallah* – türkisch: Bei Gott
318 *Aman Allahım* – türkisch: Du meine Güte / O mein Gott

Danksagung

Ein riesiges Dankeschön geht an Sebastian Wolter, ohne dich wäre dieses Buch nicht zustande gekommen. Des Weiteren auch vielen Dank an Philipp, Anja und Lukas für das detailgenaue und engagierte Lektorat, sowie an den ganzen KATAPULT-Verlag.

Danke, Malik Heilmann für das beeindruckende Cover und die Illustrationen, eine ungemeine Bereicherung für dieses Buch. Vielen Dank auch an Birth, den Graffiti-Artist, der die Cover-Tags für AK602 gestaltet hat und auch an einer Illustration beteiligt ist. Danke auch an Christin Franke für deinen Vorschlag und Earl Garcia Birch für dein Fotomaterial vom Kesselbrink.

Ein ganz großes Dankeschön an meine Mutter, meinen Vater, meine Geschwister, Teta Tanja und alle anderen, die mich beraten, unterstützt und die Übersetzungen korrigiert haben: Jerome P. Schaefer, Denijen Pauljević, Severin Perković, Mandica Lučić, Malik Heilmann, Azad Bingöl, Amira Lukovac-Banda, Dževad Mrkulić, Zinarin Çakar, Inan Erçik, Seray Erbaşı, Christian Leßmann, Joachim Scheuerer, Mensudin und Mevludin Demirović, Azra und Said Muraspahić, Ender Özgürel, Alexander Cimbulov, Swetlana Boos, Hassan Haider und Jessica Tischler.

Für die Mitarbeit am Soundtrack zum Buch muss ich mich zunächst bei Ricardo Pillado bedanken. Mit dir fing in Sachen Rap alles an und auch jetzt bist du ein ungemein großer Support für mich, sowohl als DJ als auch als Rapper des fiktiven Duos AK602. Vielen Dank auch an Joe Grass für die ausgezeichneten Mixes & Masters sowie Halfbreed Beatz, Davyd aka Fububeats und Djin für die erstklassigen Produktionen.

Daniel Gerlich, mein Mann an der Kamera, Dank dir für Videos und Teaser! Mein herzlicher Dank gilt auch den Featuregästen: Exxil von Guerilla System, SINAH, J. Mute und Black Pepper. Danke Raw Essence und D!aspora, meine Musik-Crews, Murat, mein Slojtschbruda, und Karo und Niki von Nika Musik.

Last but not least: Danke, Suzan Çakar, du hast mich in all den Jahren immer auf meinem Weg unterstützt und alle Höhen und Tiefen mitgemacht. Und Danke, Babuschka, du warst immer für mich da und hast an mich geglaubt.

Liebe geht raus an alle B-Girls und -Boys aus der Bielefelder Hip-Hop-Szene und an alle von damals am Kesselbrink und den AOK-Körben am Städtischen. If your soul loves the sun, money rock on …

ANDREJ MURAŠOV

geboren 1983, wuchs in Bielefeld mit einem slowenisch-russischen und deutschen Familienhintergrund auf. Er studierte allgemeine Literaturwissenschaft, Anglistik und Slawistik. Neben seiner Arbeit als freier Schriftsteller, promovierter Hip-Hop-Scholar und Dozent ist er unter dem Namen Partizan seit Jahren als Rapper und Beatproduzent aktiv. Nach Auslandsaufenthalten in Ljubljana, Sarajevo und Budapest lebt er heute in München.

MALIK HEILMANN

ist freischaffender Künstler, geboren und aufgewachsen im damals sowjetischen Usbekistan. Die orientalischen und slawischen Märchen und Mythen, aber auch die Illustrationen und Malereien des sowjetischen Realismus inspirieren ihn. Auf der Suche nach Identität setzt er sich mit dem Menschen und seinem facettenreichen Sein künstlerisch auseinander, das Ursprüngliche und Unergründliche steht dabei im Zentrum seines Interesses. Malik Heilmann lebt mit seiner Familie in Bielefeld.

Foto: © privat | Illustration: KATAPULT

AK602 – *Alles Gold*

1. **Alles Gold**
2. **P.T.**
3. **Besser**
4. **Polîs** feat. Exxil
5. **Sommer in der City**
   feat. SINAH & J. Mute
6. **Morgenrot**
7. **Alles Gold**
   (Sunset Version)

Alles Gold von AK602 gibt's auf
allen gängigen Streamingplattformen.

HIER REINHÖREN:
www.ak602.de

DER SOUND ZUM BUCH!